DIPLOMATISCHE

IMMUNITÄT

KLAUS KLATT

CONDOR

Verlag

Melbourne

AUSTRALIEN

Urheberrecht © Klaus Klatt 2021

Klaus Klatt hat das Recht geltend gemacht, identifiziert zu werden

als Autor dieses Werkes in Übereinstimmung mit

mit dem Copyright, Designs and Patents Act 1988

Dies ist ein Werk der Fiktion. Alle Charaktere und Beschreibungen von

Ereignissen

sind das Produkt der Phantasie des Autors und jeglicher Ähnlichkeit

zu tatsächlichen Personen ist völlig zufällig

Umschlaggestaltung bei Kamran Ramzan

www.awesomedesignz.com

Herausgegeben und Korrektur gelesen bei Sonia Stier

www.justrightproofing.com

ISBN: 9780648907244

Dieses Buch wäre nicht möglich gewesen

ohne die großzügigen Informationen,

die von den Strafverfolgungsbehörden und Militärberatern

aus aller Welt gegeben wurden.

Ich möchte Ihnen allen danken,

die einen unermesslichen Beitrag geleistet haben.

FBI Washington + New York

MI5

Interpol

Britische bewaffnete Eingreifstruppe (ARV)

Britische Schusswaffenkommandoeinheit zur Terrorismusbekämpfung (SCO19)

FBI-Geiselrettungsteam (HRT)

Französische Elite-Taktische Einheit (GIGN)

Italienisches 1. Carabinieri-Regiment

Kolumbianisches Sondereinsatzkommando (COPES)

Kolumbianisches 1. Fallschirm-Luftlandebataillon-13. Einheit

Nationale Kolumbianische Polizei

Navy SEAL Team 8

Ich schätze auch zutiefst die Informationen,

die die unermüdlich arbeitende Mitarbeiter

des Weißen Hauses uns erstattet haben.

Besonders Leah Hernandez, die uns bei der Führung

einen Einblick in die Arbeitsweise

der US-Regierung und dem Präsident gegeben hat.

Um dieses Buch zu schreiben

hätte ich nicht auf sie alle,

Computerexperten und Hacker,

verzichten können die aber namenlos bleiben möchten.

Von ganzem Herzen, ein Dankeschön.

Und möge der US-Kongress

einen Zuschuss zur Erforschung der Möglichkeit,

'WESPE'

Wirklichkeit werden zu lassen

und die Übel dieser Welt zu bekämpfen.

Frieden ist nicht Abwesenheit von Konflikten; es ist die Fähigkeit, den Konflikten mit friedlichen Mitteln zu umgehen.

US-Präsident Ronald Reagan

Kapital

Das Atrium im Ronald-Reagan-Gebäude und Trade Center in Washington DC war heute morgen ein Zentrum der Aktivitäten. Die neue Baureihe Chevrolet Impala sollte der Öffentlichkeit vorgestellt werden.

Im angrenzenden Ballsaal wurden die runden Bankettische aufgestellt, die für ein dreigängiges Abendessen mit vierhundert geladenen Gästen gedeckt werden sollten.

Auch der Präsident von General Motors, Robert Howley, und seine Führungsmannschaft würden mit ihrer Anwesenheit das Wort ergreifen. Man hoffte, dass der Impala 2 LS den japanischen Autoherstellern in der großen Auto-Serie ein wenig die Leviten lesen würde.

Zwölf Impalas mit unterschiedlichen Antriebssträngen und Farbschemen waren für die Ausstellung vorgesehen. Ihre schlankere und besser geformte Karosserie hatte von den Motorsport Journalisten bereits Bestnoten erhalten.

Der Raum innerhalb des Atriums sollte mit verschiedenen Verkaufsmethoden vollgestopft werden, wobei jedes Auto einen eigenen Stand und Personal haben sollte, um fragen zum Automobil zu beantworten und die geladenen Gäste bei der Ausstellung miteinander reden konnten.

Joe Santieri hatte genügend Platz, um seinen schweren Yale-Stapler über den Terrazzo- und Granitboden zu werfen.

Mit seiner Hubkapazität von 12.000 Pfund klemmte er die zwei Meter langen Gabeln unter dem dritten Impala ein ohne zu merken, dass er dabei das Auspuffrohr zerquetschte und das Fahrgestell nicht sicher genug war um den Wagen durch die Halle bis zu den Markierungen neben der großen Treppe zu transportieren.

Joe hob den Chevrolet zwei Meter vom Boden ab, anstatt die für schwere Maschinen erforderlichen ein Meter. Regulierung gehörte nicht zu seinen Stärken. Jedenfalls hatte er diesen Job schon seit zwölf Jahren gemacht und es gab bis jetzt keinen nennenswerten Zwischenfall.

Das Auto sah für ihn auf den Gabeln solide aus und nachdem er mehrere Meter rückwärts gefahren war, legte Santieri den Vorwärtsgang ziemlich brutal ein und raste vorwärts. Er fuhr über noch nicht ausgerollte Kabel, was ihn nicht sonderlich zu stören schien.

Der Wagen hing inzwischen in einem leichten Winkel an einem der Trägerarme, das er von seiner Kabine aus nicht sehen konnte. Aber Chuck Yagel, sein Kollege, konnte es vom unteren Ende der Treppe aus sehen.

"Joe! Joe! Nimm die Gabeln runter, Du Arschloch!"

Chuck brüllte und gestikulierte wild mit seinen Armen und deutete an, dass er sie fallen lassen sollte, aber es war zu spät. Joe konnte Chuck sowieso nicht sehen oder hören. Als er ruckartig zum Stillstand kam, rutschte der Chevrolet nach vorne und der Schwung drückte das Auto von den Gabeln und krachte in die Marmorsäule neben der Treppe.

Chuck machte einen riesigen Sprung nach links, bevor das Auto zu Boden stürzte und verhinderte damit, dass er platt gedrückt wurde.

"Du Stück Scheiße, Du hättest mich fast umgebracht!"

Er stand auf und war bereit Joe eine reinzuhauen, der sich aber klugerweise entschieden hatte, für eine Sekunde oder so in der Kabine zu bleiben.

"Es tut mir so leid, Chuck. Ich habe Dich da nicht gesehen. Geht es Dir gut?"

"Geht es mir gut? Oh ja, mir geht es gut, Du Drecksack; aber Du steckst in der Scheiße!"

„Das Auto ist zerstört, die Säule braucht ein Facelift und ab sofort wirst Du Dich nach einem neuen Job umsehen!"

"Oh ja, Mann, die Scheiße in der Du sitzt, ist so tief, dass ich es von hier aus riechen kann."

"Es stinkt jetzt wirklich."

Chuck hielt sich die Nase mit den Fingern zu. Er war nicht am scherzen. Es stank wirklich.

"Mann, das ist der schlimmste Geruch!"

Er musste den Kopf drehen, so faulig war es.

"Joe, Spinner Santieri, hast du gerade gefurzt?"

"Jetzt hast Du mir wirklich den Tag versaut, oh Mann, mir wird schlecht!"

Joe war aus seiner Kabine ausgestiegen und zuckte mit den Schultern.

"Bruder, wenn ich furzen würde, würdest Du nicht da stehen wo Du jetzt bist, aber dieser Geruch ist wirklich schlimmer als Pferdescheiße."

"Was ist das?"

Sie lehnten sich beide nach vorne in das klaffende Loch, das der stürzende Wagen in der Säule hinterlassen hatte.

"Warum in aller Welt sollte jemand seinen Müll in dieser Kammer vergraben?"

Chuck griff die Plastiktüte mit beiden Händen und versuchte, sie zur besseren Ansicht hochzuheben.

"Aaaaah!"

Er stieß einen durchdringenden Schrei aus, sprang rückwärts, drehte sich zur Seite und übergab sich.

"Jesus Maria!"

Auch Joe wurde weiss im Gesicht und er stolperte weg von dem, was er gerade gesehen hatte. Nur den Bruchteil einer Sekunde aber der Skelett Kopf hatte ihn direkt angestarrt.

Der verantwortliche FBI-Sonderagent Mark O'Brien war in seinem Büro in Washington und hatte seinen Stellvertreter am Telefon.

"Jack, wir haben einen neuen Fall."

"Der Chef hatte gerade angerufen, er möchte dass wir den Panama-Fall vorübergehend an Ron Dickson und sein Team weiterleiten."

Im Panama-Fall ging es im großen Stil um Geldwäsche der US-Firmen, die als Scheinfirmen in Panama gegründet wurden, um Steuern an das Finanzamt zu vermeiden.

"Scheisst Du mich jetzt an?" Jack war nicht gerade glücklich, das zu hören.

"Es an Ron weitergeben? Er wird es in fünf Minuten vermasseln."

"Tut mir leid mein Freund, aber dieser neue Fall hat für uns oberste Priorität."

"Bring das Team und Dich selbst zum Ronald-Reagan-Gebäude und Trade Center."

"Die Arbeiter fanden im Atrium eine Leiche in einer Marmorsäule, die sie mit einem Auto aufgeschlagen haben. Gute Arbeit."

"Die Polizei hat das Gebiet abgeriegelt, aber es ist jetzt unser Baby, da wir es mit einer föderalen Struktur zu tun haben".

Er konnte Jack stöhnen hören. Mark wusste, wie leidenschaftlich sich sein Assistent für den Panama-Fall eingesetzt hatte. In den Akten ist er zufällig auf Informationen über George Kushman gestossen, einen Milliardär aus Los Angeles, dem das NBA-Team der Lakers gehörte und der in diesem Steuerchaos verwickelt war.

"Ich weiß, Kumpel, aber es ist nicht meine Entscheidung."

"Wir werden Ron im Laufe des Tages informieren. Im Moment ist es entscheidend, dass wir die neue Richtlinie umsetzen!"

"Die Presse unter Quarantäne stellen. Keine Informationen, die nach außen dringen könnten."

"Ich werde die Polizei über Deine Ankunft informieren und die Sache unter Verschluss halten, bis Du das Kommando übernommen hast."

"Okay, verstanden. Wir sind auf dem Weg."

"Noch eine Sache Jack, Ihr alle reist mit einem inoffiziellen Auto und habt keine FBI-Jacken an."

"Wir wollen es nicht in die Nähe der Abendnachrichten bringen."

"Wer weiß, was wir dort noch finden werden."

" Ich schicke Debra La Fontaine als Verbindungsoffizierin von der Organisation für Arbeitsschutz und Arbeitssicherheit, um für jeden journalistischen Spürhund der sich in der Gegend herumtreibt, eine Geschichte auszuhecken."

"Sie ist die Anlaufstelle für Außenstehende."

"Hängt die große Absperrungs-Plane auf, ich bin in etwa einer Stunde selbst da."

Kapital

2

Als Mark O'Brien eine Stunde später sein Büro im vierten Stock verließ, benutzte er den Seitenausgang, der ihn auf die 10th St. North South West führte. Als er die Straße überquerte, führten ihn seine Schritte zu seinem Lieblingsrestaurant. Die Au Bon Pain Brasserie in der 10th St 406.

Hier war er Stammgast, und alle Mitarbeiter kannten ihn.

"Hallo Mark, heute ein Truthahnsandwich?"

"Hallo Martha," er winkte mit der Hand.

"Nein, heute nicht. Lass uns ein Black Angus Roastbeef mit Cheddar auf einem getoasteten Baguette essen."

Sie warf resigniert die Arme hoch.

"Ich werde nie aus Ihnen schlau."

"Sie kommen schon so lange hierher, dass ich Ihren Bauch kennen sollte, aber der ist wie andere Stimmungen, andere Speisen. Oder…"

Martha wedelte mit dem Finger, "Sie versuchen nur, mich abzulenken und mich auf meinen kleinen Zehenspitzen zu halten."

Er musste lachen.

"Liebe Martha, manchmal weiß ich auch nicht so recht was ich mag bis ich durch diese Tür komme."

"Ihr Laden riecht so gut, dass ich wirklich Schwierigkeiten habe bei der Entscheidung. Und oh Martha...."

Sie unterbrach ihn. "Ja, keine roten Zwiebeln. Zumindest das hat sich nicht geändert, ebenso wenig wie der starke schwarze Kaffee, oder?"

Er musste grinsen. "Sind sind genau richtig. Ich sitze wie immer draußen."

Immer die gleiche Stelle.

Der Tisch rechts unter dem gelben Sonnenschirm. Er brauchte heute etwas Zeit um über das Telefongespräch nachzudenken, das er am selben Morgen mit seiner Tochter Priscilla geführt hatte. Es war nicht gut angekommen.

Sie hatte es verdammt eilig, erwachsen zu werden.

Mark musste sich am Kopf kratzen. Sie war jetzt siebzehn Jahre alt und ging meistens ihren eigenen Weg.

Was war geschehen?

Erst gestern schrie sie noch nach ihrer Milchflasche, als sie noch in dem kleinen Kinderbettchen lag. Der strahlende Vater dachte alle seine Gebete seien erhört worden. Und jetzt....

"Hier sind wir, Mark!"

Martha unterbrach seine Gedanken und servierte das Baguette und schwarzen Kaffee.

"Ich wünsche Ihnen einen schönen Tag und viel Spaß."

Der Agent hatte ein Dauerkonto bei ihr, so dass er einfach gehen konnte. "Danke, Martha."

Wenn ein erwachsener Mann hört wie seine kleine Tochter sagte,"Das geht Dich nichts an Papa," dann wollte er etwas zerschlagen, als sich die Wut in ihm aufbaute. Aber er konnte nichts machen, nur hart schlucken und gelassen bleiben.

Es sei denn Mark wollte sie auf die eine oder andere Weise auch noch verlieren. Seine Frau war schon weg.

Priscilla war nun unabhängig und ihre Eltern wurden eine Nebenattraktion. Die Kinderbett-Tage waren längst vorbei. Er beendete seine Mahlzeit und machte sich auf den Weg.

Das Ronald-Reagan-Gebäude und Trade Center waren nur sieben Minuten zu Fuß von hier entfernt und er liebte es, hin und wieder einen kleinen Spaziergang zu machen.

Er überquerte die Pennsylvania Avenue und traf auf eine Gruppe von Touristen, die auf dem Segway, gerade die Straße überquerten.

Er konnte sich nie erklären, wie diese Maschinen auf zwei Rädern aufrecht stehen konnten.

Weiter entlang der Straße auf der rechten Seite kam er an den Del Frisco's Grille vorbei, wo Mark vor fast zwei Jahren ein sehr emotionales Gespräch mit seiner Frau Pamela hatte, die ihm mitteilte, dass sie sich trennen und sie aus dem Haus ausziehen würde.

Es hatte ihn wie eine Tonne Ziegelsteine getroffen.

Mark hätte es aber kommen sehen müssen. Seine langen Tage im Büro und ihr ständiges Geplapper über die Jahre, mehr Zeit mit seiner Familie zu verbringen, war auf taube Ohren gestoßen.

Es war wirklich nicht notwendigkeit gewesen oft mit Kollegen nach der Arbeit noch ein paar Drinks zu haben, insbesondere wenn die wenigen Drinks zu langen Abenden im Club führten.

Oder seine "Ich gehe Golf spielen und komme am späten Nachmittag zurück," Tage.

So typisch Macho-Mann, alles ist in Ordnung und die Heimfront ist glücklich.

Aber nicht mehr. Gebackene Bohnen auf Toast oder chinesische Take-away war jetzt auf der Karte.

Am Ende entschied er sich, dass es für seine Frau und seine Tochter das beste sei, wenn er sich eine andere Wohnung suchen würde.

Er ging um die Ecke und bog links in die 13th St. ab, wobei er an der Tiefgarage des Ronald-Reagan-Gebäudes und den Haupttüren des Trade Center vorbei kam.

Der Agent bog in die D Street wo das Büro des Bürgermeisters auf der rechten Seite lag.

Nur wenige Meter weiter sah Mark das Gebäude in der 14th St.

"Das sieht selbst von hier oben ziemlich chaotisch aus, Jack."

O'Brien befand sich immer noch auf der Treppe, als er seinen Stellvertreter Jack Spencer neben dem beschädigten Chevrolet entdeckte der auf der Seite lag, in genau der Position in der Joe ihn hatte fallen lassen.

"Ja, und es stinkt wirklich!" Jack drehte seinen Kopf.

"Selbst nachdem Jo-anne die Leiche zur forensischen Analyse entfernen ließ, ist der Geruch kaum auszuhalten."

"Wir hatten einen Krankenwagen in der Tiefgarage geparkt, um die Leiche ungesehen aus dem Gebäude zu befördern."

"Ich glaube es hat funktioniert."

Mark steckte seinen Kopf in den großen Bruch der beschädigten Säule.

"Hmmh, wie zum Teufel kommt eine Leiche in ein abgedichtetes Abteil wie dieses, zumal es sich um einen öffentlichen Bereich handelt."

"Wer immer das geschafft hat, wäre fast mit dem perfekten Mord davongekommen!"

"Ja." Jack zeigte hinter sich. "Aber dank des Amigos, der den Monster-Gabelstapler fuhr, ist er nicht perfekt! Was übrigens seinen Job gerettet hat."

Sein Chef nickte.

"Wir werden gleich mit den beiden Honchos reden. Wo ist Debra?"

Er hätte sich seine eigene Frage beantworten können, da sie nur wenige Meter weiter weg stand und ihr Handy benutzte.

Sie winkte ihm zu und deutete an, dass sie nicht mehr lange brauchen würde.

"Jack, finde heraus, ob in den letzten Jahren in dieser Gegend irgendwelche Reparaturen oder Bauarbeiten durchgeführt wurden."

"Vielleicht gibt uns das eine Idee, wie die Leiche dort hineingekommen ist!"

"Sobald Jo-anne festgestellt hat, wie lange der Verstorbene unseren wunderbaren Planeten verlassen hat, würde ich gerne wissen wer das ist."

"Hallo Debra, waren die Pressehunde in der Nähe?"

"Oh, Du kennst das ja, Mark."

Sie zuckte mit den Schultern.

"Nur das Übliche. Washington Post, Express, Sun Gazette."

"Ich erzählte ihnen von einem tödlichen Arbeiterunfall in einem Bundesgebäude, der zweifellos heute abend in die Nachrichten kommen wird aber sonst nichts. "

"Danke Deb,"

Mark schaute sich um, "denn wer immer das getan hat, braucht nicht zu wissen, dass wir ihm auf den Fersen sind!"

"Ich würde gerne glauben, dass wir das schon sind."

"Alles, was jeder im Moment erkennen kann, ist die Anwesenheit der Polizei, was im Falle des Todes eines Arbeiters ohnehin die übliche Praxis ist."

"Lass uns mit unseren Helden hier plaudern!"

Er dreht den Kopf zu seinem Stellvertreter.

"Hast Du Dich schon mit denen unterhalten?"

"Aber sicher doch, Boss."

Jack zeigte auf Joe und Chuck, die auf einem Schaukasten neben einem Auto-Container saßen und einen Kaffee in der Hand hielten.

"Soweit die wissen, sind wir nur Ermittler die für die Regierung arbeiten."

"Hallo Jungs, Ihr habt euch einen Wahnsinns Morgen gegönnt."

"Ich bin Mark," er schüttelte ihnen die Hand, "und Jack kennt Ihr ja schon."

"Ich will Sie nicht lange aufhalten."

"Wir untersuchen jeden Verlust von Menschenleben in einem Bundesgebäude und erstatten dann den verschiedenen Regierungsbehörden einen Bericht."

"Wer von Ihnen beiden war der Fahrer?"

Joe hob seine Hand.

"Das war ich, Sir. Ich hatte wirklich geglaubt, dass das Auto ordentlich auf den Gabeln war, aber da habe ich mich wohl wirklich geirrt."

"Das war Ihr Glücksstern Joe!"

"Ich glaube nicht, dass Ihr Job so sicher gewesen wäre, wenn Sie diese Entdeckung nicht gemacht hätten."

"Aber ich brauche Ihre Handys, meine Herren."

"Da dies eine strafrechtliche Untersuchung sein wird, unterliegen alle aufgenommenen Fotos dem Bundesrecht. Das heißt, sie gehören der Regierung!"

Er streckte seine Hände aus, um ihre Handys einzusammeln.

"Sie werden gelöscht und Ihnen in ein paar Minuten zurückgegeben. Jack!"

Er übergab sie seinem Stellvertreter, um nach Bildern zu suchen die mit der grausigen Entdeckung in Verbindung standen.

"Haben Sie noch irgendwelche Fragen an mich?"

Die Arbeiter sahen sich an, konnten aber an nichts anderes denken.

"Nein Sir, ich denke wir sind gut. Was machen wir jetzt?"

Chuck sah Mark nur mit einem ausdruckslosen Blick an. Der Agent erkannte den Beginn des Schocks, nachdem das Adrenalin der Aufregung von der letzten Stunden verflogen war.

"Es ist vielleicht gut wenn Ihr ein Gespräch mit Debra La Fontaine hier führt, die dafür ausgebildet ist, in diese Art von Situationen umzugehen."

"In der Zwischenzeit werde ich ein Gespräch mit Ihrem Vorarbeiter führen damit Sie nach Hause gehen können."

Im wirklichen Leben war Debra eine der erfolgreichsten Psychologinnen des FBI und ein Mitarbeiter in Marks Team. Er hatte Mitgefühl für die Arbeiter und dachte, das es das mindeste sei was er tun könne.

Er musste nun aber einen ziemlich verzweifelten Betriebsleiter beruhigen, der bis zum Äußersten gestresst war, als er sah wie seine Veranstaltung morgen abend in Rauch aufgehen würde.

O'Brien überredete ihn, die Autos auf den Woodrow Wilson Plaza auszustellen, die sich neben dem Atrium befand. Etwas eng, aber machbar. Es war ein Open-Air-Gelände, also wäre schönes Wetter gut.

Kapital

Mark O'Brien war wieder in seinem Büro und versuchte sich in diesem neuen Fall zurechtzufinden.

Er wollte die Panama-Akte nicht aufgeben und dachte er hätte vielleicht eine gute Chance, Trevor Handy, seinen unmittelbaren Chef und den stellvertretenden Direktor des FBI dazu zu bewegen, sie ihm zu überlassen.

Die Untersuchungen waren schon weit voraus und er wusste, dass Jack wild entschlossen war, den Besitzer der LA Lakers in den Arsch zu treten und alle anderen Personen in dieser Akte zu erwürgen.

Sein Stellvertreter hatte die harte Arbeit geleistet und dass ihm jetzt diese Akte wegen einer Leiche in Washington, die nach allem sowieso wie ein Mord aussah, abgenommen wurde, machte keinen Sinn.

Mark hielt das nicht für nötig und meinte, er habe genug Munition für ein überzeugendes Argument. Das Telefon unterbrach seine Gedanken.

"Nun, Jo-anne". Er erkannte die Durchwahlnummer.

"Rieche ich Aufregung?"

"Ooooh ja. Das tust Du ganz sicher."

"Und das hier wird Dir ein Mittagessen kosten!"

Aufregung in ihrer Stimme war eine Untertreibung.

"Verstehe," Mark kratzte sich den Schnurrbart, " ich nehme an, dass wir hier von einer ganzseitigen Schlagzeile reden."

"Darauf kannst Du wetten. Und die Rechnung geht auf Dich."

"Also gut." Mark war jetzt fasziniert.

"Geduld ist nicht meine größte Tugend."

"Also, lass uns heute Abend im Restaurant Lafayette im Hay Adams Hotel mit allem drum und dran essen gehen!"

"Uuuuuhuuuuh." Jo-anne klang wie ein Dampfzug.

"Es wird Dir leid tun, das gesagt zu haben!"

"Wir sehen uns dort um sieben Uhr, und übrigens Herr O'Brien, höre auf mich Jo-anne zu nennen; Jo genügt, verstanden?"

"Okay, habe es kapiert. Wir sehen uns im Hotel."

Dr. Jo-anne Tait oder Jo, war die erste fest angestellte forensische Pathologin des FBI überhaupt.

Normalerweise kümmerte sich der städtische Gerichtsmediziner um die Untersuchungen der Verstorbenen. Aber seit dem Terroranschlag vom 11. September 2001 wollte das FBI jemanden in seinen eigenen Räumlichkeiten haben, der überall in den USA für forensische Arbeiten herangezogen werden konnte.

Dr. Jo verfügte über ein Labor im Keller der Hauptgeschäftsstelle in der Pennsylvania Avenue, aber auch über eine voll funktionsfähige mobile Forschungseinheit, die in die regierungseigenen Flugzeuge des FBI geladen und dorthin geflogen werden konnte, wo sie gebraucht wurde.

Mark hielt sie zu Recht für die klügste Glühbirne, die durch die Eingangstür des J. Edgar-Hoover-Gebäudes getreten war. Sie war einfach ein erstaunlicher Mensch mit einem seltenen Talent.

Zur Entspannung fuhr Dr. Jo ein sechshundertfünfzig PS starkes Tier auf vier Rädern, das Black Lola genannt wurde.

Wann immer es die Zeit erlaubte, donnerte sie mit über 300 km/h in der Whelen Nascar-Serie über eine ovale Bahn.

Mark fuhr zwei Runden mit ihr bevor er die Raserei abbrach, da er sich eher unwohl fühlte oder um genauer zu sein, kotzen musste.

Der verantwortliche Spezial-Agent wartete in der Lobby des Hay Adams Hotels auf Jo. Er war eine Viertelstunde früher eingetroffen, damit sie nicht allein in der Lobby herumhängen musste.

Und Jo machte einen ziemlichen Auftritt in ihrem burgunderroten Satinrock mit einer cremefarbenen Bluse und passenden Ohrringen. Ihr pechschwarzes Haar, das sie gewöhnlich in einen Pferdeschwanz trug, hing nun in seiner ganzen Pracht lose über die Schultern und ihre Brille war auch heute abend verschwunden.

Jos stahlblaue Augen checkten Mark von oben bis unten durch. "Du siehst gut aus Mr. O'Brien."

"Ich sehe Dich nicht oft mit einer Krawatte. Sehr stilvoll."

"Nun, Dr. Jo, darf ich sagen, dass Du auffallend schön bist und zweifellos wird jeder Mann im Restaurant oder sogar im Hotel ziemlich eifersüchtig darauf sein nicht mit mir tauschen zu können."

"Wollen wir?"

"Du bist so ein geschmeidiger Redner."

Und damit nahm sie seinen Arm und beide gingen durch die kleine Lobby links die Treppe hoch zum Restaurant.

"Ah, Monsieur O'Brien."

Pascal, der Restaurant Manager strahlte vor Freude, als er Marks Hand umklammerte.

"Es ist so lange her. Sie haben uns nicht vergessen. Es ist immer so schön, Sie zu sehen."

Sein französischer Akzent war immer noch sehr stark, obwohl er seit fast zwanzig Jahren schon in den Vereinigten Staaten war.

"Pascal!" Mark erwidere das Kompliment.

"Es ist immer so eine Freude hier zu sein. Darf ich Ihnen eine Arbeitskollegin von mir vorstellen, Dr. Jo-anne Tait."

"Madame, es ist mir ein Ehre, Sie kennen zu lernen."

Pascal machte eine leichte Verbeugung und eine wohlwollende Armbewegung in Richtung des Restaurants.

"Ich habe einen wunderbaren Tisch für Sie, Madame und Monsieur, wenn Sie mir bitte folgen wollen!"

Er führte sie zu einer Ecke am Fenster mit Blick auf die H Street und den schwach beleuchteten Park Lafayette der etwas weiter dahinter lag.

"Paul, unser Oberkellner wird sich um Sie kümmern und ich wünsche Ihnen einen wunderbaren Abend und guten Appetit!"

Pascal verbeugte sich noch einmal feierlich und zog sich an die Rezeption zurück, um andere Gäste zu begrüßen.

"Sieh an, sieh an, mein lieber Arbeitskollege."

Sie faltete die Hände unter dem Kinn und neigte den Kopf leicht.

"Ich wusste gar nicht, dass ein verantwortlicher Spezial-Agent hier in der Gegend so bekannt ist und dann noch einen großzügigen Geldbeutel hat."

Er lehnte sich in seinem Stuhl zurück.

"Das FBI hat zu Unterhaltungszwecken ein Dauerkonto beim Hay Adams Hotel, das natürlich von meinem höheren Wesen genehmigt werden muss."

Jo hatte angefangen die Speisekarte zu studieren.

"Hmmm... ich frage mich, wie ich auf diese Liste kommen kann."

Simon De Bon hatte begonnen, Klavier zu spielen und seine romantischen Melodien erfüllten den Raum mit Wärme und Charme.

Nachdem sie ihre Mahlzeiten bestellt hatten und Mark sich für eine Flasche Alphonse Mellot, Pouilly Fume entschieden hatte, wurde es ernst.

"Dein Leichnam hat ein paar Spuren hinterlassen, die recht interessant sind."

Sie nahm einen Schluck Champagner und legte los.

"Zum Glück für meine Untersuchung war er beim Zahnarzt gewesen und krönte das Ganze mit zwei Strafzetteln für Geschwindigkeitsübertretungen die er übrigens nie bezahlt hat."

Sie tat so, als schaue sie über ihre Schulter und flüsterte.

"Sein Name ist Yuri Kasparoff, ein Russe, der seit sechs Jahren als ständiger Einwohner in Washington DC lebte."

"Mit dieser Art von Informationen bekommst Du weder ein Glas Champagner noch ein Essen," erwiderte er.

"Wo ist das Dynamit?"

"Immer die Ruhe, Mr. Spezial-Agent."

Die Hauptmahlzeit war gerade eingetroffen, aber Mark wollte jetzt mehr zu hören.

"Dazu kommen wir noch!"

Jo war in die Kontrolle und legte die Informationen zwischendurch auf den Tisch.

"Der Tote ist vor etwa zwei Jahren gestorben."

"An seiner rechten Hand fehlten zwei Finger; sie scheint abgeschnitten worden zu sein. Ein gequetschter unterer Wirbel und vier gebrochene Rippen deuten auf Folter hin."

"Sein Schildknorpel wurde durch gewaltsames Strangulieren nach innen gedrückt und ein Einschussloch in die linke Schläfe hat ihm den Rest gegeben."

"Sein Zahnarztbesuch war ein Jahr zuvor aufgezeichnet worden."

"Zurück zu den Strafzetteln für Geschwindigkeitsübertretungen. Es gibt einen Grund, warum er die Strafzettel nicht bezahlt hatte."

Sie starrte Mark an und wartete auf eine Reaktion.

"Komm schon, Jo, spuck's aus!"

"Nun, mein Freund, das brauchte er nicht."

"Was genau bedeutet das?"

Mark war ahnungslos und tippte mit dem Finger auf den Tisch.

"Yuri Kasparoff hatte persönliche Unverletztheit."

"Das nationale Datenbank Zentrum war ziemlich fesselnd mit Angaben über ihn."

"Er war was?"

Mark fand es manchmal ziemlich amüsant, wie Jo ihre Sprachkenntnisse in einer sehr artikulierten Weise einsetzte.

Sie beugte sich vor.

"Er hatte Diplomatische Immunität vor Strafverfolgung."

"Süße Maria!"

O'Brien keuchte.

"Du meinst, er ist/war ein Diplomat?"

"Nicht direkt."

Jo spielte mit dem Dessertlöffel in der Hand.

"Er war ein Leibwächter der russischen Botschaft."

Sie hielten kurz inne, als die Nachspeisen kamen.

"Wow, das ist schon was!"

Sie starrte mit offenem Mund auf ihren Teller. Für sie war es "Schoko-Napoleon," ein Honigblätterteig, gefüllt mit Schokoladenmousse und Mascarponecreme.

Für Mark war es ein "Erdbeer-Schoko-Genuss," Erdbeer-Mousse, umhüllt mit Schokoladen und gekrönt mit Erdbeercreme.

"Wir müssen teilen," Jo wusste nicht, wo sie zuerst hingucken sollte.

O'Brien brachte sie zurück in die Realität.

"Ein Leibwächter mit Diplomatischer Immunität arbeitet in der russischen Botschaft."

Er schaute aus dem Fenster in Richtung Lafayette-Park. Direkt dahinter befand sich das Weiße Haus, welches man von Jo's and Mark's Sitzplatz aus nicht sehen konnte.

"Ich wusste nicht, dass man einem Sicherheitsbeamten mit einem Diplomatenpass ausstellen würde und wie kommt es, dass er nicht mal als vermisst gemeldet wurde?"

"Es gibt noch mehr!"

Jo leckte ihren Löffel ab und starrte ihn direkt an.

"Yuri war der Sicherheitschef von Boris Andropov, dem ehemaligen und gegenwärtigen Wirtschaftsminister."

"Der wiederum Jahre davor der Wirtschaftsberater des damaligen russischen Präsidenten Andre Cherkov war der, wie Du weißt, jetzt im ekligen New York City residiert."

"Ich vermute, er hasst die kalten russischen Winter."

"Jesus Shit, Jo!"

Mark sackte in seinem Stuhl zurück.

"Das liegt weit über meiner Gehaltsstufe."

"Ein Sicherheitskommando mit Diplomatischer Immunität verschwindet und in der russischen Botschaft sagt niemand ein Wort."

"Noch besser." Jo entgegnete.

"Warum sollte ein Leibwächter Diplomatische Immunität haben?"

"Wollen wir den Abend mit einem Cognac ausklingen lassen? Vielleicht bei mir zu Hause?"

Jo's Augen spielten mit ihm. Sie hatte Mark schon lange gemocht.

"Nein, wir sind hier rein geschäftlich, Jo. Es wird nicht gut enden. Das weißt Du doch. Lass uns hier unseren Kaffee genießen."

Kapitel

Mark hatte für den nächsten Morgen eine Teambereitschaft im schallisolierten Sitzungssaal einberufen. Sie kamen alle aus verschiedenen Abteilungen und hatten ihre eigenen Fälle zu bearbeiten.

Aber der zuständige Spezial-Agent konnte bei Bedarf jederzeit auf ihr Fachwissen zurückgreifen.

O'Brien war einer der besten Agenten die das FBI hatte und eine Legende unter seinesgleichen.

Er war stolz auf seine Truppe und gemeinsam hatten sie eine Menge Fälle gelöst. Sie standen kurz davor, die Panama-Akten zu lösen und Mark hatte Trevor Handy überreden können, ihm die Akte vorerst zu überlassen. Es konnte jedoch nicht in die jetztig laufende Untersuchung eingreifen.

Einer nach dem anderen kamen sie in den Raum.

Sein Stellvertreter Jack Spencer war von der Kriminellen Ermittlungsabteilung oder kurz für CID. Dann kamen Dr. Jo anne Tait, die forensische Pathologin. Und gleich danach Debra La Fontaine, Psychologin, die der Direktion des Geheimdienstes unterstellt war. Ebenfalls vom CID war Tom Cooley, Spezialist für Finanzkriminalität und Geldwäsche, und Stephen Daniels, der für Überwachungsoperationen zuständig war.

Abgerundet wurde dieses bemerkenswerte Team durch Hannah 'Lippy' Sherman, eine Sprachexpertin, die fließend Russisch, Französisch, Deutsch und Italienisch sprach. Sie war auch die einzige Autorität des FBI für Lippenlesen. Eine Fähigkeit, die sie lernen musste, weil ihr Bruder Andy stumm und taub geboren wurde.

Niemand wusste wer ihr diesen Spitznamen gab, aber er blieb haften. Sie hatte viele Fälle des FBI gelöst, indem sie in der Lage war, das Gesagte während gefilmter Sitzungen bei strafrechtlichen Ermittlungen von den Lippen zu lesen und wenn notwendig, in einer anderen Sprache zu üebersetzen.

Mark O'Brien war für die Spionageabwehr zuständig.

"Guten Morgen allerseits."

Er unterbrach das Geplauder, als er mit einem Stapel Akten unter dem Arm den Raum betrat, die auf dem Tisch verteilt wurden.

"Dies entpuppt sich als einen sehr interessanten Fall."

"Jo hatte dank seiner zahnärztlichen Behandlung einige Informationen über die Leiche heraus gefunden, da ihm vor drei Jahren ein Weisheitszahn entfernt werden musste."

"Auch hatte er einen schweren Fuß auf dem Gaspedal, als er in der Innenstadt zweimal zu schnell fuhr."

"Jo, gib uns einen Überblick über die Informationen!"

"Okay, unser verstorbener Klient."

Alle fingen an zu lachen.

"Sein Name ist Yuri Kasparoff, ein dreiunddreißigjähriger Russe, der in St. Petersburg geboren wurde, aber seit sechs Jahren seinen ständigen Wohnsitz in den USA hat."

"Nun zum saftigen Teil."

Sie sah sich am Tisch um und wartete ein paar Sekunden, um die Vorfreude zu wecken. Jo wollte immer schon Schauspielerin sein und manchmal lebte sie auch wie eine, wenn auch nur für kurze Zeit.

"Komm schon, Jo!"

Jack wurde unruhig.

"Mach es nicht so dramatisch. Du bringst uns um."

"Ja, ja, schon gut." Sie lächelte.

"Unser Held arbeitete für die russische Botschaft hier in Washington."

"Er war für das Sicherheitskommando von Boris Andropov verantwortlich, dem derzeitigen Wirtschaftsminister."

"Und der zuvor der Wirtschaftsberater des früheren russischen Präsidenten Andre Cherkov war, der wie wir alle wissen, jetzt in New York City, USA residiert.

"Was für ein Scheißort!"

Das Team war jetzt wirklich am lachen.

Jeder kannte ihr Hassverhältnis zu New York. Getrennte Eltern, durchgefallene Schulprüfung, zerschmetterter Knöchel während eines Basketballspiels, gescheiterte Ehe und ein Autounfall. Alles in der Stadt. Sobald sie in Washington ankam, verflog das Unglück das sie so lange verfolgt hatte.

"Jesus!"

Tom sah sich um.

"Was verbirgt die Botschaft?"

"Jemand verschwindet und keiner hat eine Anzeige erstattet. Das stinkt wirklich."

"Warte!"

Jo hob ihre Hand.

"Das wird noch besser. Yuri hatte Diplomatische Immunität vor Strafverfolgung, deswegen hatte er die Bußgelder für Geschwindigkeitsübertretungen nicht bezahlt."

"Aber sein gewaltsamer Tod durch Folter an mehreren Fronten; gebrochene Rippen, zerquetschte Wirbel, abgeschnittene Finger, Strangulation und schließlich eine Kugel bedeutet, dass er irgendwo auf der Linie, abtrünnig geworden war."

"Wow!" Hannah war wirklich zurückgenommen. "Das ist vielleicht ein Fall."

"Aber."

Jack richtete seinen zusammengesackten Körper auf.

"Leibwächter erhalten normalerweise keine Diplomatische Immunität und darüber hinaus bleiben sie als Sicherheitskräfte bei ihrem zugewiesenen Klienten und weichen nie von ihrer Seite, insbesondere nicht wenn der ein hochgeschätzter Vertreter einer Regierung ist."

"Wie kommt es also dass Yuri, und ich vermute es im Moment nur, in diesem Land wohnte und nicht ständig mit dem Minister reiste?"

"Also."

Mark lehnte sich auf den Tisch.

"Und wie konnten sie die Leiche in einer versiegelten Säule in einem Bundesgebäude entsorgen, das rund um die Uhr physisch und digital gesichert ist?"

"Du hast Recht, Hannah, das ist in der Tat ein verdammt großer Fall."

"Das Vertrauen, das diese Sauger in sich selber hatten ist kaum vorstellbar und dann das Gefühl zu haben, der Verstorbene würde nie entdeckt werden ist ziemlich außergewöhnlich.

"Oder einfach nur dumm."

Debra schaute zu Jack,

"Irgendwelche Informationen über das Gebäude?"

"Was ich bis jetzt recherchieren konnte."

Er faltete die Hände,

"Ist, dass im April vor zwei Jahren das Gebäude grundlegend renoviert werden musste."

"Die Verkabelung wurde neu verlegt um dem wachsenden Bedarf an digitalen Schnittstellen gerecht zu werden."

"Ein Teil der Fassade streichte man neu und die Innenseite verkleidete man mit neuen Dekorationen und auch das Atrium musste restauriert werden, da es Nutzungserscheinungen aufwies."

"Und ja, die Marmorsäulen wurden freigelegt, da der Verputz vorher ziemlich billig war."

"Also" unterbrach Mark, "Irgendwo haben entweder die oder der vor Ort gearbeitet oder hatten Kenntnisse über den Wiederaufbau."

"Wir werden jetzt Schritt für Schritt vorgehen. Ich werde den stellvertretenden Direktor informieren.

"Debra, versuche mir ein Profil von dem zu geben, was Du jetzt über Kasparoff weißt."

"Ich nehme an, es ist nicht viel. Stephen, finde seine letzte Adresse und seine Bewegungsmethoden heraus."

"Hannah, durchstöbere das Netz und gib mir ein paar Hintergrund informationen über sein Leben in Russland. Ich erwarte nicht viel, denn wer auch immer dahinter steckt, hätte alle Spuren verwischt."

"Jack, ich würde gerne, dass Du mir Informationen über Boris Andropov geben kannst."

"Er ist irgendwie darin verwickelt, wie viel, werden wir auf die eine oder andere Weise herausfinden."

Jack nickte mit dem Kopf und wollte gerade aufstehen, als Mark ihn aufforderte, sich zu setzen.

"Ich kann nicht genug betonen, dass unsere Untersuchung sehr diskret sein muss. Wir wissen noch nicht, was deren Absichten waren oder sind und ob russische Regierungsvertreter an dieser Vertuschung beteiligt sind. Jeder Hinweis, dass wir hinter denen hinterher sind und diese Idioten werden alles still legen. Gott sei Dank gibt es jetzt die neue Richtlinie."

'Quarantäne der Presse!'

"Das darf unter keinen Umständen in die Nachrichten kommen. Vorerst bleibt das, was wir hier gerade besprochen haben in diesem Raum, bis der Direktor etwas anderes sagt. Je weniger Ohren, desto besser. Lasst uns das auf unsere Weise machen".

Und damit standen alle auf und verschwanden aus dem Raum.

Kapitel

"Jack," O'Brien legte eine Hand auf seine Schulter, "halte Dich einen Moment zurück."

Als alle den Raum verlassen hatten, reichte Mark ihm eine Mappe.

"Sehe Dir das an."

Er zeigte auf die Papiere.

"Wir haben einen neuen Rekrutieren. Tamara Hunter."

"Die Personalabteilung gab mir die erste Wahl und ich zögerte nicht. Eine der besten Absolventinnen des FBI seit der Gründung der Akademie 1908 in Quantico."

"Wow!"

Jack hob die Augenbrauen.

"Klassenbeste in den Bereichen Akademiker, Fallübungen, Schusswaffenausbildung, operative Fähigkeiten."

"Bester Rekrut der Klasse in Hogan's Alley-Geschützfähigkeiten und Verteidigungstaktiken."

Hogan's Alley war eine echte Stadt auf dem Gelände der Akademie, in der zukünftige FBI-Agenten in Geiselbefreiung, Einzelkampf, Schusswaffen Szenarien, Ermittlungstechniken usw. ausgebildet wurden.

"Heilige Scheiße!"

Die Augen von Mark's Stellvertreter öffneten sich jetzt wirklich.

"Der Empfänger des Direktor's Führungs Zeugnis. Tae Kwan Do, schwarzer Gürtel zweiter Dan."

"Der schnellste verzeichnete Lauf über eintausendfünfhundert Meter und hundertzwanzig Liegestützen."

„Dieses Mädchen ist eine Ein-Mann-Armee."

"Das ist sie mit Sicherheit."

Mark ging durch den Raum.

"Aber was mir wirklich ins Auge fiel, ist ihr beruflicher Hintergrund. Sie hat einen Master-Abschluss in Cyber-Sicherheitsrisikomanagement von der Georgetown-Universität hier in DC."

"Dort waren auch Bill Clinton und Lyndon Johnson ehemalige Studenten. Wieder mit Auszeichnung."

"Im Alter von sechsundzwanzig Jahren wurde Tamara die jüngste Direktorin der Brunswick Cyber Security Firm in der Massachusetts Avenue und leitete deren Finanz- und Unternehmenskommunikationsabteilung."

"Jack." er verschränkte seine Arme und starrte aus dem Fenster.

"Das ist wirklich, was wir brauchen."

"Dem Team fehlt einer ihres Kalibers, um Online-Aktivitäten wirklich zu knacken und uns Zugang zu den digitalen Köpfen der Kriminellen zu verschaffen."

"Was für eine Bereicherung für uns und das FBI."

"Großartig." Jack rieb sich die Hände. "Wann treffen wir Ms. Hunter?"

Mark drehte sich um und hatte ein breites Grinsen im Gesicht.

"Um ehrlich zu sein, in diesem Moment. Hier ist sie."

In der gleichen Sekunde klopfte es an der Glastür und Janet Steinberg, die Leiterin der Personalabteilung, betrat den Raum mit einem absoluten Hingucker im Schlepptau.

Jack war aus seinem Stuhl gesprungen und starrte Tamara mit offenem Mund an.

Das war wirklich eine schöne Frau.

"Meine Herren, darf ich Ihnen den jüngsten Rekruten des FBI und Ihr neues Teammitglied Tamara Hunter vorstellen?"

Tamara hatte bereits den Tisch umrundet und ihre Hand zu Mark ausgestreckt.

"Spezial-Agent O'Brien."

"Es ist mir eine Ehre, Sie kennenzulernen."

"Ich habe schon so viel von Ihnen gehört und freue mich sehr auf die Zusammenarbeit mit Ihnen."

"Danke, Tamara, das Vergnügen ist ganz meinerseits, aber es ist Mark und das Du ist hier ausreichend. Hier ist der Vorname völlig normal."

Janet unterbrach.

"Ich überlasse sie Ihnen, meine Herren."

"Tamara, ich wünsche Ihnen einen schönen Tag und ich bin sicher, dass Sie bald erkennen werden, dass Sie mit dem beeindruckendsten und besten Team des FBI zusammenarbeiten. Viel Glück."

Und damit war sie weg.

Mark zeigte an, dass sie sich alle setzen sollten. Jack atmete endlich wieder, nachdem er das Mädchen aus allen Winkeln gegoogelt und seinen übergewichtigen Bauch ein wenig eingesaugt hatte.

Mark hatte ein Grinsen im Gesicht, als er das Verschwinden des Bauches seines Stellvertreters bemerkte und Jacks streicheln von seinem ohnehin schon dünnem Haar.

"Ich kann Dir sagen, Tamara."

Der verantwortliche Spezial-Agent deutete auf seinem Ordner.

"Mein Team könnte einen Computerexperten wie Dich gut gebrauchen. Du wirst Roger Manner zugeteilt, der Direktor des Cyber Action Team oder kurz CAT genannt und parallel dazu wirst Du der forensischen Computer Abteilung beitreten."

Er bemerkte einen Anflug von Enttäuschung auf ihrem Gesicht

"Aber, du bist jetzt einer von uns. Wir alle arbeiten in verschiedenen Bereichen des FBI, so wie Jack hier."

Jack saß aufrecht, um größer auszusehen.

"Er gehört der Kriminalabteilung oder dem CID an."

"Und ich leite die Abteilung für Spionageabwehr. Ich werde Dich dem gesamten Team in der nächsten Besprechung vorstellen."

"Wir arbeiten gerade an einem Fall und Dein Fachwissen wird dringend benötigt. Du bist ein DC-Mädchen durch und durch."

Er hat ihren Ordner geöffnet.

"Ja, total."

Tamara warf den Kopf nach hinten und ihre blauen Augen hatten ein wirkliches Selbstvertrauen. Ihre Art und Weise interpretierte, dass sie kein Schwächling war.

Sie schnipste Männer zur Seite, wie und wann es ihr gefiel.

"Ich bin in Bradley Manor Longwood aufgewachsen."

"Mein Vater ist der Geschäftsführer von Lockheed Martin in Bethesda."

"Ich besuchte eine private Einrichtung in der Nähe, die Holton Arms School."

Bradley Manor Longwood war eine der reichsten Vorstädte der Vereinigten Staaten. Tamara war sicherlich mit einem Silberlöffel im Mund geboren.

"Mmmmh, aber Du wohnst jetzt in Logan Circle und Dein Arbeitsleben führte Dich zu einer der besten Cyber-Sicherheitsfirmen hier in Washington."

"In so jungen Jahren Direktorin zu werden, kommt sicherlich mit einen passenden Lebensstil."

"Warum das FBI?"

Mark drehte sich auf seinem Stuhl, streichelte seinen Schnurrbart und starrte sie direkt an.

Tamara begegnete seinem Blick mit gleicher Stärke. Männer schüchterten sie nicht ein.

Das warf ihn für ein oder zwei Sekunden aus der Bahn.

"Ja, mein Leben war voller Glanz und Parties. Nichts mit Substanz."

"Ich weiß, dass ich sehr gut aussehe und einen tollen Arsch habe, aber...."

"Du hast was?" Mark dachte, er hätte nicht richtig gehört.

"Einen tollen Arsch!" Sie wiederholte und warf einen Seitenblick auf Jack, der nicht wusste, wo er hinschauen sollte.

Die Arroganz in ihrer Körpersprache war fast überwältigend.

"Ich wollte etwas anderes mit meinem Leben anfangen und nicht in Papas erwartete Fußstapfen treten."

"Also rebellierte ich, kündigte meine Stelle und schrieb mich an der Akademie ein. Außerdem war ich auf der Suche nach ein wenig Struktur."

"Ich bekomme immer das was ich will und Männer können manchmal so weich sein, dass es keine Richtung gab."

Jack hatte einen Kloß im Hals, und Mark versuchte, nicht zu lachen.

"Nun, Tamara. Du bist sehr offen und selbstbewusst, aber vergiss nicht, dass unsere Arbeit hier von ernster Natur ist und wir hier drinnen alle im gleichen Boot sitzen."

"Andeutungen auf eine übertriebene Einstellung und Du bist raus aus dem Team. Ist das klar?"

Mark hatte tonnenweise Erfahrung mit Frauen wie sie, seine Tochter Priscilla kam ihm in den Sinn und er ließ sich von einer Glanz-Mieze nicht beleidigen.

In einer Sekunde ließ sie ihre Fassade fallen und verstand sehr deutlich, dass Mark anders war. Er bemerkte die Divergenz in ihrem Gesichtsausdruck in einem Herzschlag. Nichts entging ihm.

Kapitel

Mark blickte von seinem Schreibtisch auf und sah durch die Glastür Jack, wie er tanzend in Richtung seines Büros schwebte.

Bevor er die Tür erreichte, machte er eine Pirouette und fiel mit einem Knall in den Raum.

"Du siehst aus wie John Travolta auf Steroiden, mein Freund, was ist los?"

Jack stürzte von Kopf bis Fuß strahlend in den Stuhl. "Was soll ich sagen?"

Er streckte seine Arme nach oben.

"Mein Team fand einige sehr interessante Teile für unser Puzzle. Boris Andropov hat einen Sohn."

"Okay." Mark schaute nicht allzu beeindruckt.

"Das ist sehr aufregend. Ist das alles?"

"Natürlich nicht. Warte auf den Trommelwirbel."

"Er heißt Mikhail und..." Jack tat so, als spiele er Schlagzeug, "er war mit Susan Fletcher verheiratet."

"Okay." Der verantwortliche Special-Agent hatte ein großes Fragezeichen in den Augen.

"Sollte ich sie kennen?"

"Nein. Aber Susan ist die Tochter von Baronin Joanne Fletcher, die ehemalige Chefin des MI5 in Großbritannien."

Jetzt hatte er Marks vollste Aufmerksamkeit. Er glitt auf seinem Stuhl vorwärts.

"Heiliger Strohsack. Dieser Fall wird von Minute zu Minute interessanter."

"Die Russen steigen in Eile in das politische Establishment Großbritanniens auf. Du sagtest, sie *waren* verheiratet."

"Das stimmt, Kumpel, sie ließen sich vor drei Jahren scheiden. Die beiden waren nur ein paar Jahre verheiratet."

"In den Zeitungen steht, dass sie sich einvernehmlich getrennt haben. Baronin Joanne war über die Scheidung ziemlich erleichtert."

"Was natürlich verständlich ist da sie damals noch Chefin des MI5 war."

"Susan war oder ist von Natur aus eher rebellisch und hat den Rat ihrer Mutter oder auch den der britischen Regierung, sich nicht einzumischen, nicht sehr gut aufgenommen."

"In den Klatschspalten der Zeitungen war von einer Kriegs Situation zwischen Mutter und Tochter die Rede."

"Offenbar sprachen sie einige Jahre lang nicht miteinander. Übrigens sind jetzt alle wieder vereinigt."

Einige Minuten lang herrschte Schweigen im Zimmer während beide Männer versuchten, die Auswirkungen zu verdauen.

"Mikhail." Mark sprach zuerst.

"Wo ist er jetzt? Und was macht Susan beruflich?"

Jack hatte diese Frage erwartet.

"Nun, Mikhail ist jetzt Direktor des größten russischen Fernsehsenders und reist übrigens viel mit seinem Vater."

"Offenbar wegen der Fernsehberichterstattung. Und Susan ist die Direktorin einer in London ansässigen Marketingfirma."

"Okay."

Mark war von seinem Stuhl aufgestanden.

"Wir gehen davon aus, dass Mikhail die Aktivitäten seines Vaters kennt, was auch immer das sein mag."

"Und ich sollte natürlich nicht überrascht sein, dass sein Sohn ebenfalls Diplomatische Immunität genießt."

Jack nickte. "Richtig, Boss."

"Was die Frage aufwirft, warum ein leitender Angestellter des Fernsehens, unabhängig von der politischen Stellung eines Familienmitglieds, die Genehmigung eines Diplomaten erhält in ein anderes Land einzureisen."

"Weil das vom Außenministerium abgezeichnet werden muss."

Mark hatte seine Arme auf den Hüften.

"Das stinkt wirklich, Jack. Was haben die Russen vor und wie weit geht das in der Nahrungskette im Kreml nach oben?"

Er nahm den Hörer ab.

"Stephen, gibt es etwas neues an Yuri?"

Mark hörte eine Weile zu, schrieb die Dinge auf einen Notizblock und legte dann auf.

Er ging um den Tisch herum und stellte sich dicht neben Jack.

"Das ist was Stephen über unseren verstorbenen Freund herausgefunden hat."

"Er lebte und besaß ein Haus mit drei Schlafzimmern und drei Badezimmern in 13924 Mustang Hill Lane in North Potomac."

"Yuri fuhr laut Fahrzeugschein einen Ford Mustang der späteren Baujahre und einen nagelneuen Chevy Silverado."

"Stephen durchstöberte die Mitgliederregistrierungen und fand Kasparoff als Mitglied des Westleigh Recreation Club an der Dufief Mill Road 14900 in North Potomac. Er gehörte dort dem Tennis-Team an."

Jack atmete tief durch.

"Für einen Bodyguard hatte er ein ziemlich gutes Leben."

"Oh ja." fügte Mark hinzu.

"Aber dieser nächste Teil wird Dich aus den Socken hauen."

"Nach Yuris verschwinden übernahm die russische Botschaft das Haus, nachdem die sich vergewissert hatten, dass Yuri ihr Angestellter war und räumten das Gebäude aus."

"Und rate mal, wer die offiziellen Papiere unterschrieb?"

Jack zuckte mit den Schultern.

"Kein anderer als Mikhail Andropov."

Jacks Unterkiefer senkte sich und Mark legte langsam seinen Notizblock hin und faltete die Hände.

"Dieses Dossier muss nun an den stellvertretenden Direktor des FBI weitergeleitet werden."

Später, während Mark seinen Papierkram durchsah, klopfte es an der Bürotür. Tamara steckte ihren Kopf rein und sagte, "Hey, ich wollte nur mal kurz vorbeischauen."

"Komm rein, meine Tür ist immer offen!"

Mark war aus Höflichkeit aufgestanden.

"Also, wann immer Du glaubst mich unterhalten zu wollen, dann bist Du wie jedes andere Teammitglied herzlich eingeladen mich bei allem zu unterbrechen."

"Im Moment habe ich sowieso nur typische Schreibarbeit vor mir."

Tamara blieb stehen und hatte ihren Kopf leicht gebeugt.

"Ich... ich möchte mich nur für mein Verhalten vorhin entschuldigen. Es war der falsche Kommentar zur falschen Zeit."

"Hey." Er forderte sie auf Platz zu nehmen.

"Es ist schon vergessen. Wir alle sagen von Zeit zu Zeit Dinge, bei denen wir uns hinterher fragen, warum unser Gehirn sich so einen Mist ausgedacht hat."

Sie spürte eine sofortige Erleichterung.

"Und Du merkst, dass ich solche Kommentare sofort unter Kontrolle halte."

"Sogar in unseren Besprechungen wird mich jemand aus unserem Team daran erinnern wenn ich mit dummen Formulierungen oder Schlussfolgerungen auftauche."

"Also wirklich, Tamara. Lass nicht zu, diesen Kommentar Deine Gedanken zu trüben. Es ist absolut nichts."

"Danke, Mark, ich kann Dir nicht genug sagen wie glücklich ich bin, mit Dir und Deinem Team zusammenzuarbeiten."

"An der Akademie tauchte Dein Name immer wieder in Lebensfallszenarien auf und jetzt hier zu sein; das ist schon etwas."

"Ich kann es kaum erwarten, die anderen kennenzulernen."

Der verantwortliche Spezial-Agent hatte ein warmes Lächeln für sie.

"Um ehrlich zu sein."

"Dieses Treffen sollte morgen oder übermorgen stattfinden."

"Ich stelle gerade die Details zusammen." Sie stand auf und schüttelte ihm die Hand.

"Ich bin wirklich aufgeregt und kann es kaum erwarten."

Für eine Sekunde trafen sich ihre Augen frontal und ihr Händedruck dauerte länger als sonst. Marks Herzschlag wurde etwas unruhig, als Tamara das Büro verließ.

Sie hat wirklich einen tollen Hintern, dachte er.

Kapitel

Als er sein Auto aus der FBI-Tiefgarage auf der Pennsylvania Avenue heraus fuhr fühlte Mark sich danach, die wichtigste Person in seinem Leben anzurufen.

Die Trennung tat immer noch weh.

"Hallo Pam. Es ist schon eine Weile her. Ich dachte, ich müsste Dich anrufen."

"Hey Mark, geht's Dir gut?"

Seine Frau zeigte immer noch aufrichtige Sorgen um sein Wohlergehen. Trennung hin oder her.

"Ja, mir geht's gut."

"Ein anderer Fall und wieder mehr Kopfschmerzen. Du kennst das ja. Meine Migräne hilft da auch nicht."

"Wie kommst Du zurecht? Muss der Zaun repariert werden? Ich könnte ein paar neue Bretter einbauen."

"Nein Mark."

"Wenn der Zaun repariert werden muss, würde ich die Handwerker rufen."

"Wir müssen beide mit unserem Leben weitermachen."

"Es ist nicht hilfreich wenn Du ständig herkommst."

" Du weißt, warum ich die Scheidung noch nicht eingereicht habe. Ich möchte, dass Pris immer noch glaubt, dass sie ein familiäres Umfeld hat."

"Wenn sie erst einmal studiert, werden sich die Dinge ändern, aber bis es soweit ist, bleibt alles wie bisher."

"Triffst du dich mit jemandem?"

Marks Stimme zitterte und er wusste, dass er nicht fragen sollte.

"Hör auf, mich zu fragen."

"Ich brauche niemanden zu sehen um glücklich zu sein, das solltest Du wissen. Ich lebe mein Leben so, wie ich es sehe oder fühle."

"Im Moment ist es für Priscilla wichtig gute Ergebnisse in der Schule zu erreichen, und Du und ich werden dafür sorgen, dass das auch geschieht."

"Du bist ein guter Vater Mark, also konzentriere Dich auf Deine Tochter."

"Ja, Du warst ein lausiger Ehemann und oft hatte ich das Gefühl, das Word FBI war bei mir auf den Busen geschrieben, so wie du mich angesehen hast oder besser noch an einen Fall gedacht hast während du auf mich gelegen hast. Aber jetzt ist die Fahrt vorbei!"

"Verspreche mir einfach, Deine Tochter anzurufen wann immer es möglich ist und Zeit mit ihr zu verbringen."

"Sie ist nicht immer entgegenkommend und sie wird immer schwieriger."

"Pris ist jetzt siebzehn Jahre alt und erwachsen."

"Aber sie braucht immer noch ihren Vater und alle Ratschläge, die Du Ihr geben kannst."

"Vergesse das nie Mark."

„Die Schulferien beginnen in zehn Tagen, also wird es Zeit, aufzusatteln und mit ihr etwas zu unternehmen."

Mark schlug hart auf das Lenkrad, weil es wirklich weh tat, aber wem sollte er die Schuld geben?

Er bog mit seinen blauen Toyota Landcruiser in die Branch Avenue, wo der FBI-Agent eine Wohnung im Vorort Hillcrest gemietet hatte.

Er vermisste sein Haus, das er und Pamela im Druid Drive, Garett Park, gebaut hatten. Ein wunderschönes Anwesen mit drei Schlafzimmern im Kolonialstil mit einem schönen Hinterhof und einem kleinen Pavillon auf der Rückseite.

Mark wurde in das Büro des Assistant Direktor for Spionage Abwehr, Trevor Handy, seines unmittelbaren Chefs, eingeladen.

"Ah, Mark O'Brien, der beste leitende Spezial-Agent, den das FBI je hatte."

"Nehmen Sie Platz mein Freund und ich wette, ein Irischer Whiskey wird Ihr Herz erwärmen."

"Sie haben nicht Unrecht, Sir, und vielen Dank."

Mark knöpfte seine Anzugsjacke auf und nahm auf dem Ledersessel vor dem Schreibtisch platz.

"Ich habe Ihre erste Akte zu diesem Fall mit großem Interesse gelesen und der FBI-Direktor und auch ich sind der Meinung, dass diese Untersuchung oberste Priorität hat."

"Ich weiß nicht, wie Sie das machen, Mark."

"Ihnen stehen tausend Mitarbeiter zur Verfügung und Sie finden immer die besten Leute für Ihr Team."

"Unglaublich und so effizient. Und jetzt Ihre neueste Rekrutin, Tamara Hunter, ein weiterer Senkrechtstarter für Ihre Crew."

"Das FBI kann Sie für viele gelöste Fälle danken und wir sind Ihnen zu Recht sehr verpflichtet."

"Aber dieser Auftrag ist bei weitem der außergewöhnlichste. Was sind Ihre Gedanken? Was in aller Welt haben die Russen vor?"

"Wir haben nicht viele Anhaltspunkte, um die Gründe dafür zu wissen." Mark antwortete.

"Illegale Waffenlieferungen vielleicht oder Infiltration unseres politischen Systems."

"Wir wissen nicht, wer sonst noch von der russischen Regierung dahinter steckt."

"Wir haben noch nicht genug Material, um zu wissen was da los ist."

"Es ist noch zu früh in unserer Untersuchung um Schlussfolgerungen ziehen zu können. War Yuri Kasparoff ein Kurier oder ein Vermittler oder ein Verräter?"

"Wir wissen dass er irgendwo abtrünnig wurde und beide Andropovs scheinen darin verwickelt zu sein."

"Mark!"

Der stellvertretende Direktor saß auf der Tischkante.

"Wir werden nur auf Ihren Wunsch hin handeln."

"Der Direktor hat strikte Anweisungen gegeben, dass das FBI Ihnen alles geben wird, was uns zur Verfügung steht und dass Ihr Schreibtisch geräumt werden soll bis diese Angelegenheit geklärt ist."

"Ich weiß, dass ich Ihnen grünes Licht gegeben habe, mit den Panama-Akten fortzufahren, aber das war bevor Sie mir alle diese Informationen gaben."

"Wir geben die Akte niemandem, wir legen sie nur auf's Eis."

„Diese russische Sache dient der nationalen Sicherheit und bei Gott, wir wollen diese Bastarde. Also..."

Trevor griff hinter sich um einen Ordner zu holen.

"Wir werden Sie nach London schicken, um ein Gespräch mit Baronins Joan Fletcher zu führen."

"Um dies zu ermöglichen, werden Sie Sir Andrew Hawthorn, dem derzeitigen Direktor des MI5 in seinem Hauptquartier einen Höflichkeitsbesuch abstatten."

"Ich möchte Sie dort haben und nicht unseren britischen Sektionschef."

"Sie werden ihn jedoch in unserer Botschaft besuchen und ihn so gut wie möglich informieren."

"Ich habe mit unserem Botschafter Tom Yeager gesprochen, aber die Informationen, die er erhielt und die sie alle bekamen sind absichtlich sehr spärlich gehalten."

"Wir müssen darauf bedacht sein, dieses in einem kleinen Kreis zu halten bis Sie es anderweitig für angebracht halten."

"Heute ist Dienstag Mark und wir möchten dass Sie am kommenden Montag ins Flugzeug steigen. Irgendwelche Gedanken?"

"Nun, Sir... ist es möglich, dies zu einem kleinen Urlaub mit meiner Tochter im Schlepptau zu machen?"

Er war überrascht von seiner eigenen Offenheit und war ebenso erstaunt über die Antwort.

"Wann haben Sie mein lieben Freund, das letzte Mal für sich längere Zeit frei genommen?"

Die Augen des stellvertretenden Direktors durchbohrten ihn.

"Ich kann mich nicht erinnern, Sir. Vielleicht vor fünfzehn Monaten."

"Das ist richtig, Mark."

"Sie haben eine Trennung durchgemacht und Ihr Arbeitseinsatz hält die Zeit mit Ihrer Tochter in Grenzen."

"Sie haben so viel für uns getan, deshalb lautet die Antwort auf Ihre Frage ja und das FBI wird die Rechnung übernehmen."

"Wenn Ihr Flugzeug hier in DC auf dem Rollfeld Richtung Europa durch startet, möchte ich Sie erst in zwei Wochen wieder in diesem Gebäude sehen."

"Bleiben Sie per Videolink mit Ihrer Crew in Kontakt und berichten Sie mir über alle Hinweise oder Neuigkeiten."

"Ansonsten werden die Tickets und alle Informationen für London bis Donnerstag auf Ihrem Schreibtisch liegen."

Trevor hatte das breiteste Grinsen im Gesicht und sein Händedruck war so stark, dass Mark sich beherrschen musste keine Grimasse zu ziehen.

Kapitel

"Hallo Papa, wo kocht es?"

Mark hatte am selben Abend seine Tochter angerufen. Was für eine seltsame Sprache Kinder heutzutage benutzen.

"Hallo Pris. Was machst Du so? Wie läuft's in der Schule?"

"Ach, weißt Du, Schule ist scheiße."

Priscilla klang genau so, wie sie sich fühlte. Es langweilte sie mit ihrem Vater zu reden. Für sie gab es im Moment wichtigere Dinge zu tun.

Mit dem alten Mann zu plaudern gehörte nicht dazu.

Sie hatte sich auf dem Bett ausgestreckt und die Fingernägel lackiert, da ein junger Mann sie anhimmelte und Priscilla heute Abend unterhalten würde.

Der vorherige Freund hielt nur zwei Wochen durch, bevor Priscilla ihn in den Wind schlug.

"Ansonsten nur das übliche, viele Parties, Saufgelage, Jungs kommen und gehen und alles dazwischen."

Komm zur Sache Papa und dann lege auf.

"Saufgelage. Was meinst Du damit?" Seine Augen verengten sich zu einem Schlitz.

"Ach, komm schon, Papa, wirklich."

"Was glaubst Du, was wir bei unseren geselligen Zusammenkünften machen? Die Hände falten und eine Tasse Tee trinken?"

"Wir tanzen bis uns der Hintern wehtut, trinken bis zum umfallen und je nachdem wie ich in Stimmung bin, kann mich ein Junge mit nach Hause nehmen."

"Was Dich übrigens nichts angeht."

Marks Gesicht wurde rot und er musste sich beherrschen, nicht das Telefon nieder zu knallen. Das war nicht das Mädchen, das er aufgezogen hatte.

Die Worte seiner Frau rückten ins Blickfeld.

"Sie wird immer schwieriger."

"Gibt es sonst noch etwas, Papa?"

Priscilla rollte mit den Augen. "Denn ich muss jetzt wirklich gehen."

"Ja, da ist noch etwas anderes!" Jetzt war er am kochen.

"Erstens, Du wohnst in unserem Haus, also schlage ich vor, dass du Dich Deiner Mutter gegenüber freundlicher verhältst, das gleiche gilt auch für mich."

"Es wird die Zeit kommen, in der Du Dein eigenes Leben außerhalb unseres Hauses lebst und dann kannst Du tun was du willst."

"Zweitens, Ich mache es mir zur Aufgabe Dich anzurufen wo und wenn es mir passt."

"Du bist unsere Tochter und wir haben Dich so erzogen wie wir es für richtig hielten."

Sie kräuselte ihr Haar mit einem Finger.

"Ja, ja, wie auch immer, Papa."

"Drittens!" Er war bereit zu explodieren.

"Du vermasselst Deine Schulprüfung; es wird keine Universität geben und ich schmeiße Dich aus dem Haus. Ist das klar?"

"Ja, ja."

Seine Tochter schaute an die Decke und musste gähnen.

"Und viertens." Mark war wieder milder geworden.

"Ich fliege am Montag geschäftlich nach London und ich möchte, dass Du mitkommst."

Schweigen. Das Kräuseln hatte aufgehört. Die Augen öffneten sich. Im Nu saß Priscilla aufrecht.

"Was? Zurück, zurück, zurück. Wohin fliegen wir?"

Mark hatte ein Grinsen im Gesicht. Jetzt hatte er sie.

"Ich habe einige Termine im Vereinigten Königreich, aber ich werde es auch zu einem kleinen Urlaub machen und vielleicht möchte meine Tochter mich begleiten um London zu sehen und vielleicht Paris, Rom."

"Ich habe zwei Wochen Zeit."

Jetzt stand sie auf ihrem Bett.

"Papa, meinst Du das im ernst? Du machst keine Witze, oder? Sag es mir."

Jetzt fraß Priscilla ihm aus der Hand.

"Nein Pris, ich überlege nur was ich mitnehmen soll." Jetzt war er an der Reihe gelangweilt zu klingen.

"Die Flugscheine kommen am Donnerstag. Es ist schönes Wetter da drüben also sollte ich nicht zu schwer packen."

Mark streckte ihr die Karotte vor die Nase.

"Aber hey, wenn Du zu beschäftigt bist, dann ist das okay."

Er kam nicht weiter.

"Nein, nein, nein, ich bin überhaupt nicht beschäftigt."

"Wow Papa, du bist schon etwas Besonderes. Wir fliegen nach Europa, yeehaah. Ich bin schon am packen, oh Papa, ich liebe Dich wirklich."

Das waren Worte, die er schon lange nicht mehr gehört hatte.

Jeder aus seiner Mannschaft drängte sich in Marks Büro. Das Treffen sollte nur kurz sein.

"Gut, fangen wir mit dem wichtigsten Teil der Tagesordnung an!"

Mark zeigte auf seinen neuen Rekruten.

"Unser neues Teammitglied, Tamara Hunter."

"Sie wird von den CAT-Büros aus operieren und auch der forensischem Computer Abteilung angehören."

„Hannah, ich möchte, dass Du sie über unseren Fall bis ins kleinste Detail informierst!"

"Wenn Du Fragen hast Tamara, Hannah ist Deine Ansprechspartnerin."

Sie nickte mit dem Kopf, und die Aufregung in ihr wuchs von Sekunde zu Sekunde. Ihr erster Fall und was für ein Team, dem sie angehören sollte.

Das beste, das das FBI je hatte. In der Akademie wurden Mark O'Brien und sein 'Base Team' an vielen Fronten genannt, vor allem in Einsatzszenarien.

Sie sah sich um und die Gehirne in diesem Raum waren einfach unglaublich.

"Hannah!" Marks Stimme brach sie aus den Gedanken. "Gibt es digitale Informationen über Yuri?"

"Nein, keine, alles gelöscht."

Er hatte keine andere Antwort erwartet.

"Kein Facebook oder Instagram, aus dem man etwas heraus lesen könnte. Er existiert nicht. Das ist die offensichtlichste Antwort."

"Ich gehe jedoch gerne mit Tamaras Hilfe durch die Hintertür und versuche, ob wir eine Geburtsurkunde oder so etwas beschaffen können."

"Politische Reinigungskräfte übersehen normalerweise etwas."

"Und wie sieht es mit Bankkonten aus? Unsere Finanzinstitutionen haben eine Politik der Geschlossenheit, das heisst ohne Genehmigung werden keine Transaktionen ausgegeben."

"Okay, Tamara. Hier kommst Du ins Spiel. Was sind unsere Optionen?"

Sie war bereit.

"Wir haben eine Reihe von Möglichkeiten, gelöschte Codes oder Material zu knacken."

"Ich gehöre zu einer Gruppe namens 'Die stillen grauen Wolfsrudel' und wir entwickelten ein System, das wir 'Monster' nennen...."

"Moment mal!" Jack unterbrach. "Wer sind die grauen Wölfe und was genau macht Ihr?"

Alle Köpfe wandten sich dem Computergenie zu.

Tamara musste sich dem stellen was sie sowieso tun wollte, denn dieses Team war jetzt ihr Leben, also gehörten alle Geheimnisse ihnen.

"Die grauen Wolfsrudel waren die deutschen U-Boote, die während des Zweiten Weltkriegs lautlos in der Tiefe des Ozeans jagten."

"Wir brechen in Systeme ein um herauszufinden, wie verwundbar sie sind und manchmal lassen wir die Firmen wissen, dass sie von einer freundlichen Quelle angegriffen wurden und um ihre digitalen Schutz-Schilder zu verbessern."

"Wir verwenden die erhaltenen Informationen niemals für finanzielle Gewinne. Wir haben einen Eid geschworen."

"Jesus, Scheiße!"

Jo-anne wandte sich an Mark. "Ist das legal?"

"Wahrscheinlich nicht."

Mark spielte nun den Verteidiger.

"Aber interessiert uns das wirklich?"

"Wir wollen die Gauner mit allen Mitteln erwischen. Wenn das nach Hacken klingt, dann soll es so sein. Außer uns weiss keiner etwas. Also, ich sehe da kein Problem, Ihr etwa?"

Er sah sich um, nein kein Problem.

"Sag uns, was Du tun kannst!"

"Okay, also...."

Tamara war jetzt in ihrem Element.

"Was Monster macht ist, ein Kombinationsschloss benutzten wo wir jedes mögliche Passwort in das System eingeben und in Sekundenschnelle beginnt es jede Kombination zu analysieren."

"Wir gingen mit 'Monster' noch einen Schritt weiter und integrierten es mit der "Regenbogentabelle," ein vorberechnetes Programm, das umgekehrte kryptographische Hash-Funktionen verwendet und auf einem von Martin Hellman erfundenen Algorithmus basiert."

"Monster verwendet ein mehrstufiges Authentifizierungs-Motor und ist in der Lage, sich gleichzeitig mit fünfzig simultanen Zielen zu verbinden."

"Wir verwenden auch eine Dateisystem-Akquisition, die tatsächlich die Vordertür umgeht und mit einem Entschlüsselungsschlüssel direkt zum Sicherungssystem geht."

Totenstille folgte.

Mark lehnte sich in seinem Stuhl zurück und legte seine Fingerspitzen zusammen. "Jeder in diesem Raum hat absolut keine Ahnung, wovon Du gerade gesprochen hast, Tamara. Kannst Du gelöschte Dateien und Passwörter wiederherstellen?"

"Ja Sir, das kann ich."

Kapitel

"Hey."

Nach dem Treffen hatte sich Tamara an Mark gewandt, der seine losen Papiere in die Mappe legte, um sie im Büro in die untere Schreibtisch Schublade zu legen.

"Ich wollte Dich etwas fragen."

Sie wischte sich ein strähniges Haar von der Wange.

"Wäre es in Ordnung einen Kaffee mit Dir zu trinken; natürlich rein geschäftlich?"

"Es würde mir sehr helfen, wenn Du mir mehr über das Team und die FBI-Kultur im allgemeinen erzählen könntest bevor Du Dich auf den Weg nach Europa machst."

Sie sah sich im Raum um und zeigte auf die ausscheidenden Teammitglieder.

"Du hast hier die erstaunlichste Truppe und ich bin so glücklich ein Teil davon zu sein und liebe es, mehr darüber zu erfahren."

Tamara gab ihm den unschuldigsten Welpenblick, dem er nicht widerstehen konnte.

"Klar, warum nicht."

"Ich gehe in etwa einer Stunde zum Mittagessen; warum kommst Du nicht am Büro vorbei und ich zeige Dir wo Du in Washington die besten Sandwiches essen kannst."

"Okay großartig; wir sehen uns dann."

Und los ging sie mit Sonnenschein in den Augen.

Mark starrte ihr hinterher. Warum entwickle ich eine Schwäche für sie? Ich kenne sie nicht und will sie auch nicht kennen lernen.

Also, was zum Teufel mache ich hier? Er zog einfach die logische Schlussfolgerung, dass es eigentlich nur ein Geschäftsessen war und schlug sich diesen Gedanken aus dem Kopf.

Und doch war er aufgeregt mit ihr zum Mittag zu essen. Seine zwanzigjährige FBI-Erfahrung war umsonst, als er dem absichtlichen Charme einer Frau verfiel.

"Warum erzählst Du mir nicht ein bisschen mehr über Dich?"

Er hatte mit dem Smalltalk begonnen.

Sie hatten an Marks üblichem Außentisch in der Brasserie Au Bon Pain Platz genommen.

"Zusätzlich zu all den offiziellen Dingen, die ich bereits weiß."

Bevor Tamara in ihr Leben eintauchen konnte, hatte Martha den beiden das bestellte Mittagessen zusammen mit Marks üblichen schwarzen

Kaffee gebracht. Heute hatte er das "Chicken Magherita" auf getoastetem Ciabatta mit Mozzarella und natürlich ohne Zwiebeln. Tamara hatte sich für das "Napa Chicken" auf geröstetem Brot mit Avocado, Tomaten und Gurken entschieden.

"Nun, mein früheres Leben war nicht immer der Glanz und die Rosen, das Du oder irgendjemand anders so annehmen könnte."

"Mama und Papa hielten in gesellschaftlichen und beruflichen Kreisen eine große Fassade aufrecht."

"Sie trinkt sehr viel und obwohl ich nicht sage, dass sie Alkoholikerin ist, steht sie dem nahe. Daran hat sich bis heute nichts geändert."

"Papa war und ist immer noch viel unterwegs und ich schätze, Mama fühlt sich einsam."

"Sie versucht, die Tränen, Flaschen und Streitigkeiten die sie häufig hatten, vor mir zu verbergen, aber ich bin kein dummer Scheißer und habe die Schwingungen schon sehr früh gespürt."

"Dasselbe gilt für all die geheimen Affären, die Mama im Laufe der Jahre gehabt hat und ich bezweifle, dass Papa auch so ganz unschuldig ist und vermutlich all diese philippinischen Frauen vögelt, während er in Manila ist."

"Wow!" Mark hatte weder das, noch Tamaras Offenheit erwartet.

"Es ist schwer für jemanden wie mich sich dazu zu äußern und doch hast Du Dich selbst in diesen erstaunlichen Menschen mit einem außergewöhnlichen Intellekt und viel Selbstvertrauen entwickelt."

"Deinen Hintergrund würde man nie erraten."

Sie sah sich um und gab Mark dann diesen verletzlichen Blick, mit dem er sich ihr gegenüber sofort schützend fühlte.

"Ich habe in meinen jungen Jahren gelernt, in gesellschaftlichen Kreisen eine große Schauspielerin zu sein und die meisten meiner Freunde kannten nie alle meine häuslichen Probleme und so haben mein Studium und der anschließende Aufstieg auf der beruflichen Karriereleiter mein Leben dann sehr verzehrt."

"Unnötig zu sagen, dass ich kein gutes Verhältnis zu meinen Eltern habe."

"Sollte ich überrascht sein, das Deine Beziehungen zu Männern aufgrund dessen, was Du zu Hause erlebt hast, von kurzer Dauer ist?"

Peng!

Marks Frage traf Tamara mitten in den Magen. Sie brach sichtlich vor ihm zusammen und er wusste sofort, dass er zu weit gegangen war.

"Es tut mir so leid Tamara, meine Frage war nicht angebracht. Ich bitte um Entschuldigung."

"Nein, nein, ist schon gut."

Sie wischte sich eine Träne weg. "Ich habe gelernt damit umzugehen, und ja, meine Zuversicht isoliert vielleicht etwas in mir, das ich nicht unbewacht lassen möchte."

Auf dem Weg zurück ins Büro hatte Mark den Drang den Arm um sie zu legen, so wie er es väterlich mit seiner Tochter in jüngeren Jahren getan hatte. Aber er entschied sich klugerweise dagegen.

Dennoch konnte er sie für den Rest des Tages nicht mehr aus seinem Kopf bekommen. Und ihm wurde klar, dass nicht ein Gramm in ihrem Gespräch verwendet worden war, um über ihre Bereitschaft zu sprechen, etwas über das Team oder das FBI zu erfahren.

"Scheiße." dachte er.

Kapitel

"Guten Abend, meine Damen und Herren. Ihr British Airways-Flug mit der Flugnummer BA 216 nach London Heathrow ist jetzt zum Einsteigen bereit."

Es war Montagabend um halb sieben und auf dem internationalen Flughafen Washington Dulles herrschte reges Treiben. Aber nichts konnte sich mit Priscillas Aufregung messen. Sie war nicht in der Lage gewesen den Mund zu halten oder still zu sitzen, seit Mark sie von seinem früheren Zuhause abgeholt hatte.

Pamela freute sich darüber, dass er sich eine Auszeit genommen hatte, um die Gesellschaft seiner Töchter zu genießen. Auch wenn damit Geschäfte verbunden waren. Vielleicht, nur vielleicht, dachte sie, wird dies die Dinge für beide ändern.

"Komm schon, Papa. Das sind wir. Zeit, London zu begrüßen."

Er konnte kaum mithalten, als sie zur Eingangs-Brücke des Flugzeugs eilte. Innerhalb von Minuten hatten sie ihre Plätze in der Premium Economy eingenommen und waren angeschnallt.

"Guten Abend." Die lächelnden Umrisse einer Flugbegleiterin erschienen. "Darf ich Ihnen einen Drink anbieten?"

Bevor Mark auch nur ein Wort sagen konnte, hatte Priscilla bereits zwei Gläser Champagner verlangt.

"Entspanne Dich Papa," sie schlug ihm sanft auf seinen Arm, "Zeit zu glänzen. London..." Sie begann zu träumen, "Piccadilly, Trafalgar, Buckingham Palace, Oxford Street."

"Hey Papa, meinst Du, wir könnten Prinz Harry treffen?"

"Oh sicher, er wird uns vom Flughafen abholen."

"Sehr lustig. Oh guck mal."

Ihre Augen leuchteten immer mehr, wenn das überhaupt noch möglich wäre, "Schau Dir alle diese Filme an, die die auf der Liste haben, wow!"

Er hoffte, Priscilla würde sich drei oder vier hintereinander ansehen, damit seine Migräne etwas Ruhe und Stille bekommen würde.

Sie landeten am nächsten Morgen um sieben Uhr in London Heathrow. Mark hatte etwas schlafen können und fühlte sich erfrischt. Seine Migräne war abgeklungen und er freute sich darauf eine wunderbare Zeit mit seiner Tochter zu verbringen.

Sie ist eine Handvoll dachte er, aber immer noch meine Tochter.

Die amerikanische Botschaft hatte einen Wagen geschickt und sie fuhren zum Piccadilly, einen Steinwurf von all den Sehenswürdigkeiten die Priscilla sehen wollte entfernt und beide checkten in das Hotel Le Meridien ein.

Sie bekam ihr eigenes Zimmer und begann, auf dem Bett Kreise zu tanzen. Nach einer Dusche trafen sie sich im Terrassenrestaurant zu einem zweiten Frühstück, bei dem Priscilla das warme Gebäck mit Vergnügen verschlang.

Mark rief die Botschaft an, um mit Sektionschef Robert Muller zu sprechen und sie verabredeten sich für den nächsten Morgen zu einem Treffen.

FBI-Direktor William Shatner, hatte geplant, dass Mark am Nachmittag Sir Andrew Hawthorn in seinem MI5-Büro aufsuchen könnte.

Also genügend Zeit dazwischen um Priscilla London vorzustellen.

"Komm schon, Papa, lass uns gehen!"

Sie schleifte ihn buchstäblich aus dem Hotel um die Ecke in die Regent Street und bog dann rechts ab bis sie den Piccadilly Circus erreichten.

Dort gab Priscilla Mark fünf Minuten Zeit um zu Atem zu kommen und ehe er sich versah, saßen sie oben in einem offenen Doppeldeckerbus und seine Tochter klickte mit der Kamera weg und deutete, sprach und deutete erneut darauf, dass es ihm schwer fiel mitzuhalten.

Aber Priscilla war so glücklich, ein strahlendes Lächeln, das Mark schon lange nicht mehr gesehen hatte.

Sie legte sogar ihren Arm auf seine Schulter. All der Schmerz, die Frustration und die Qualen, die sie ihm im letzten Jahr zugefügt hatte, verschwanden in einem Augenblick.

Und für Priscilla war es unbezahlbar ihren Vater nur für sich selbst zu haben, keine Arbeit und keine Mutter dabei.

Sie sprangen am Tower von London aus dem Bus, aßen ein Eis, wo Mark dank seiner Tochter Sahne auf der Nase trug und sie vor lauter Lachen Bauchschmerzen hatte.

Wenn das seine Frau nur jetzt sehen könnte.

Und wieder im Bus waren sie. Sie drehten und drehten sich im Kreis. Buckingham Palace, die Mall hinunter, am Trafalgar Square entlang durch den Strand, das berühmte Savoy Hotel hinter sich lassend, eine Straße entlang der Themse und am Big Ben vorbei.

Am Ende der Tour gingen sie zu Fuß nach Covent Garden und aßen dort ein großes Mittagessen. Dann ging es in ein Taxi und weiter zu Harrods.

Viele Stunden wurden damit verbracht, von Modestand zu Modestand zu laufen. Plötzlich hatte Mark eine neue Jacke, zwei Hemden, Schuhe und ein paar Krawatten.

Er gab auf, den Überblick über all die Kleider, Röcke und Blusen zu behalten, die Priscilla kaufte und seine Kreditkarte schien von Kassiererin zu Kassiererin zu wandern.

Am Abend aßen sie in Chinatown und zurück im Hotel war sie in fünf Minuten eingeschlafen. "Ich liebe Dich Papa," und ihre Augen schlossen sich.

Kapitel

Um neun Uhr morgens hatte die amerikanische Botschaft einen Wagen zum Le Meridien geschickt, um Mark O'Brien und seine Tochter abzuholen.

Die Fahrt führte sie parallel zur Themse und zwanzig Minuten später standen sie vor dem neuen Botschaftsgebäude in der Nine Elms Lane 33 im Stadtteil Nine Elms.

Churchill Gardens lag direkt gegenüber auf der anderen Seite des Flusses.

Im Inneren der Botschaft unterhielt sich Priscilla mit einer Vielzahl von Modemagazinen und Londoner Besichtigungsbüchern, während Mark eine einstündige Besprechung mit dem Chef der FBI-Sektion, Roger Muller, hatte.

Der verantwortliche Spezial-Agent informierte ihn so viel wie nötig und vielleicht mehr als er sollte, aber sie waren schließlich Kollegen.

Sie erklärten sich bereit bei jeder neuen Entwicklung in Kontakt zu bleiben, und Roger würde Unterstützung leisten, falls und wann immer es nötig war.

Dann war es Zeit zum Londoner Zentrum zurückzukehren, da Priscilla, Oxford Street und Hyde Park für Ausflüge vorgesehen hatte. Und davor das Burberry-Geschäft in der Regent Street.

Mark war fast zweiundzwanzig Jahre lang im FBI-Büro tätig gewesen.

Seine Instinkte waren sehr fein auf seine Umgebung abgestimmt. Seine Sinne waren denen des Durchschnittsmenschen weit überlegen.

Selbst ohne es zu merken, war der Agent immer wachsam.

Seine Augen schnippten von links nach rechts, wie ein Radar, das ungewöhnliche Bewegungen aufnahm.

Als seine Ohren also das deutliche Hochdrehen eines großen Motors hörten, zog er Priscilla instinktiv näher an sich heran.

Sie hatten gerade die Vigo Street überquert und befanden sich vor Burberry, als Mark einen roten Metropolitan-Bus erblickte.

Anstatt an der herannahenden Bushaltestelle abzubremsen, hatte er beschleunigt und fuhr geradewegs auf den Fußweg zu auf dem Mark und Priscilla und viele andere Einkäufer unterwegs waren.

Keiner war sich der drohenden Gefahr bewusst ausser Mark, der in der Sekunde, als der Bus auf den Bordstein fuhr, seine Tochter zum Seiteneingang des Modegeschäfts gezogen hatte. Er stürzte mit der Schulter voran durch die Tür und schleuderte sie zu Boden.

"Papa, was zum Teufel...?" Er war bereits auf ihr drauf und schützte seine Tochter vor dem Gemetzel, das sich draußen abspielte.

Der Bus überrollte die ersten Fußgänger und tötete sie auf der Stelle.

Dreißig Passagiere waren an Bord und Panik brach aus. Sie schrien verzweifelt weil sie nichts tun konnten, um dieses Chaos zu verhindern.

Der Bus fuhr den Fußweg entlang und zerquetschte die Menschen unter seinen riesigen Rädern und das Leben wurde in einem Herzschlag ausgelöscht.

Gliedmaßen wurden abgerissen und durch die Luft geschleudert, Blut spritzte an den Hauswänden entlang und Organe waren sichtbar, wo einst ein gesunder Mensch war.

Der Bus krachte in Burberrys Ladenfront, zerschlug alle Fenster und kam donnernd an der Wand zum Stehen.

Nur Sekunden zuvor hatten Einschusslöcher die Fahrerkabine durchbohrt und den Fahrer getötet.

Im selben Moment in dem Mark merkte, dass etwas nicht stimmte, fuhr die Besatzung von der ARV, der Britischen bewaffneten Eingreiftruppe, die auf dem Weg zur Downing Street Nr. 10 dem Zuhause des Premierministers war, auf der andere Straßenseite. Auch sie hatten die Bedrohung bemerkt.

Ihr modifizierter BMW kreischte zum Stillstand.

Die Spezial-Polizei-Einheit sprang mit ihren bereits gezogenen Glock 17-Pistolen heraus und feuerte ohne zu zögern sechs Kugeln in die Kabine.

Der tote Fahrer hatte den Fuss noch auf dem Gaspedal und er raste noch einmal drei Meter durch die Menschenmenge, bevor der Bus gegen die Wand prallte.

Die Polizeieinheit lief mit gezogenen Pistolen auf das getroffene Fahrzeug zu und begann, die Passagiere mit der Hand über dem Kopf aus dem Bus zu befördern.

Es wurde kein Risiko eingegangen. Das Wehklagen und Schreien der Verletzten war bis zur Oxford Street zu hören.

Die Regent Street war ein Blutbad!

Umstehende wurden ohnmächtig und die meisten waren nicht in der Lage sich zu bewegen, als der Schock einsetzte.

"Hey Du!"

Marks brüllende Stimme erregte Aufmerksamkeit.

"Bringt meine Tochter außer Sichtweite!"

Seine militärisch geschulte Stimme richtete sich an eine Verkäuferin, die stocksteif und mit leblosen Augen dastand. Sie starrte nur vor sich hin.

"Ich rede mit Dir!" Er schrie sie an.

Das riss sie aus der Fassung.

"Kümmere Dich sich um sie und lasse sie nicht sehen, was da draußen los ist! Verstanden?"

Rachel konnte nur nicken. "Ich komme zurück und hole sie!"

Und damit rannte er durch die kaputte Tür und zwängte sich am Bus vorbei um zu sehen, wo er helfen konnte.

Genau in diesem Moment setzte die Menschlichkeit ein. Dutzende von Autos hielten mitten auf der Straße an und alle halfen den Verletzten und Sterbenden.

Mark rannte auf einen zerbrochenen Körper auf dem Seitenweg zu. Er hatte bereits seinen Gürtel aus der Hose gezogen, war auf die Knie gefallen und hatte ihn fest um den Oberschenkel einer Frau geschnallt um den Blutfluss zu stoppen.

"Ich übernehme!"

Der Spezial-Agent nickte mit dem Kopf.

Ein Sanitäter stand hinter ihm. Mindestens sieben Krankenwagen waren innerhalb von Minuten vor Ort.

Mark suchte die Umgebung ab. Er bemerkte eine zerquetschte Gestalt unter einem Rad des Busses. Sie bewegte sich noch immer.

"Kommt alle hierher!"

Er schrie so laut wie möglich und winkte sie auf den Bus zu.

Fast fünfzig Personen reagierten, darunter auch die bewaffneten Offiziere.

"Hebt den Bus hoch, da ist jemand unter dem Rad!"

"Auf geht's, auf geht's!"

"Na los, kommt schon! Ich muss da drunter."

Die Muskeln spannten sich an, die Nackenaterien dehnten sich und ihre Hände begannen zu bluten, als das Metall tief in ihr Fleisch schnitt, aber keine einzige Person wich zurück. Langsam hob der Bus sich an.

Mark rutschte unter den Rahmen. Wenn sie jetzt den Bus fallen ließen, wäre er tot.

Er zog die Frau unter dem Rad hervor und weg vom Bus. Erst dann ließen sie ihn los.

"Sanitäter!" Er schrie und hielt ihre Hand.

Sie zitterte und ihre Augen starrten lustlos in den Himmel.

Mark war sich nicht sicher ob sie es schaffen würde. Sie hatte viel Blut verloren und ihre Beine waren ein zerfetztes durcheinander, aber innerhalb von Sekunden war ein Sanitäterteam zur Stelle und führte die ersten Maßnahmen durch.

Erst später fand er heraus, dass man sie stabilisieren konnten und sie überlebte.

Eine weitere Person war über die Straße geschleudert worden, und er raste auf die zu, da niemand das Opfer dort bemerkt hatte.

Ein Blick und Mark wusste, dass jede Hilfe zu spät kommen würde.

Der Magen des Mannes war perforiert und alle inneren Organe lagen frei. Der Mann ergriff Marks Hand und starrte ihn einfach nur ausdruckslos an.

Er wusste dass er im Sterben lag, wollte aber nicht alleine gehen.

Der Agent blieb bis zum Schluss bei ihm.

Als der Tod kam, sprach Mark ein Gebet und schloss die Augen des Opfers.

O'Brien konnte mit dem Tod umgehen. Er hatte ihn in Ausübung seiner Pflicht schon oft erlebt, aber das bedeutete nicht, dass es leichter wurde.

Der Anblick am Tatort war chaotisch.

Die gesamte Straße war abgeriegelt und mindestens dreißig Krankenwagen mit rot/blau blinkenden Lichtern waren auf das Gelände gefahren.

Die Körper waren nun mit weißem Tuch bedeckt und die Verletzten wurden von Sanitätern versorgt, die verzweifelt versuchten alle zu stabilisieren.

Bewaffnete Polizeibeamte der Metropolitan Police hatten ihre Heckler&Koch G36-Gewehre bereit und nahmen im Falle andere Bedrohungen Kampfpositionen in der Nähe ein.

Ein Sanitäter kam auf ihn zu.

"Danke."

Und er streckte seine Hand aus. Mark nahm sie, lächelte schief und nickte.

Leute in der Nähe des Busses winkten ihm zu und ein Offizier näherte sich dem Agenten.

"Sie haben zwei Leben gerettet. Menschen wie Sie bringen mich dazu, weiter an die Güte der Menschlichkeit zu glauben. Ich bin John."

"Ich bin Mark." Und sie schüttelten sich die Hände.

"USA?"

Sein Akzent verriet ihn.

"Ja, im Urlaub mit meiner Tochter."

"Sind Sie beim Militär oder bei der Polizei? Ihr Benehmen kommt mir so vor."

"Sie beobachten gut. FBI, um genau zu sein."

Mark gab eine Erklärung ab, so gut er konnte und dann war es an der Zeit, "Ich sollte besser meine Tochter finden."

"Ja, es war nett, Sie kennen zu lernen und wir danken Ihnen noch einmal."

Er beobachtete, wie die Jagdhunde der Presse über den ganzen Tatort kletterten und die Beamten hatten alle Hände voll zu tun um sie fernzuhalten.

Mark trat durch die zersplitterte Vordertür ein und marschierte durch den Laden nach hinten.

"Papa, Papa!"

Er hörte ihre verzweifelten Schreie, sobald sie ihn entdeckte. Priscilla kam angerannt, warf sich um seinen Hals und ließ nicht mehr los.

Er umarmte sie fest, als ihr die Tränen über die Wangen liefen.

Mark versuchte, sie zu trösten als sie ihren Kopf in seiner Brust vergrub.

"Danke, dass Sie sich um sie gekümmert haben."

Er sah die Verkäuferin, Rachel, dort stehen, die immer noch am zittern war. Ein taubes Lächeln war alles, was sie aufbringen konnte.

Mark führte seine Tochter durch den Hinterausgang in die Vigo Street. Er schirmte sie davor ab, das Chaos zu sehen und trug Priscilla um ein anderes Gebäude herum zurück zum Hotel.

Im Zimmer zog er die Vorhänge zu, so dass sie sich geschützt fühlte.

"Lass mich nicht allein, Papa!"

Auf keinen Fall wich er von ihrer Seite.

"Du musst jetzt deine Mutter anrufen, bevor die Nachricht in die USA gelangt. Sie muss wissen, dass es uns gut geht!"

Während sie zu Hause anrief, warf Mark einen Blick auf sich selbst und sah jetzt erst seine blutbespritzte Jacke und sein durchnässtes Hemd. Er hatte einige Schnittwunden, nichts ernstes, aber auch keine Ahnung, wie er sie bekommen hat.

Priscilla gab das Telefon weiter und seine Frau hatte einen leichten Fall von Hysterie, als sie die Nachricht verdaut hatte.

Aber als Pamela die Stimme ihres Mannes hörte, war das genug um sie ein bisschen zu beruhigen.

Als Mark das Telefonat beendet hatte, fand er Priscilla schlafend auf dem Bett vor. Er rief erneut an, um das Treffen mit Sir Andrew Hawthorn auf den nächsten Morgen zu verlegen.

Dann legte sich Mark neben Priscilla und seine Tochter kroch in seine schützenden Arme.

Am späten Nachmittag standen sie beide auf. Mark hatte, während sie schlief, den Umzug in ein anderes Hotel organisiert.

Auf keinen Fall würde Priscilla diesen Alptraum in der Regent Street noch länger erleben.

Er hatte die Koffer gepackt und beide machten sich auf den Weg aus dem Gebäudekomplex. Sie mussten zum hundert Meter entfernten Piccadilly Circus laufen um ein Taxi zu nehmen, da die Gegend komplett abgeriegelt war.

Auf dem Weg zum Taxistand starrten ihn die Leute an, flüsterten und bedankten sich im Vorbeigehen. Dass Mark verwirrt war, war eine Untertreibung.

Erst später im Hotel, als er die Nachrichten sah wurde ihm klar, warum.

Sein Gesicht war als "Held der Regent Street" über die ganze Leinwand zu sehen.

Passanten hatten mit ihren Handy's Aufnahmen von ihm gemacht, wie er die Verletzten behandelt hatte. Und Personen dazu aufforderte den Bus anzuheben und er sich selbst in Gefahr begab, um jemandem zu helfen.

Zwölf unschuldige Menschen, darunter Touristen, waren gestorben und weit über vierzig waren verletzt, einige davon mit schweren Wunden.

Ihr neues Quartier war vorerst das Four Seasons Hotel am Hamilton Place, Park Lane gegenüber dem Hyde Park.

Später beim Abendessen im italienischen Restaurant Amaranto des Hotels diskutierten sie ihre Reisepläne. Mark wäre völlig einverstanden gewesen, wenn Priscilla am nächsten Morgen nach Hause hätte fliegen wollen und seine Pläne hätten sich um ihre herum entwickelt, keine Frage. Aber seine Tochter war wie ihr Papa knallhart und nichts würde ihren Glauben an eine gemeinsame Zeit mit ihrem Vater erschüttern. Die Würfel waren also gefallen, um ihr europäisches Abenteuer fortzusetzen.

Kapitel

12

Der Jaguar mit Chauffeur fuhr auf der Lamberth Palace Road entlang der Themse, bog rechts auf die Lamberth Bridge ab, bevor er in der Millbank rausfuhr und vor dem riesigen MI5-Gebäude, das auch als Thames House bekannt war, anhielt.

Mark rannte die Treppe hinauf und betrat das Gebäude durch eine der drei Doppeltüren.

Er wurde von einem Vertreter der britischen Regierung empfangen, der ihn in den achten Stock des Büros des Generaldirektors brachte.

Sir Andrew Hawthorn war von seinem Stuhl aufgestanden, um dem Spezialagenten bei seiner Ankunft in dem Bomben und Schallschutz sicherem Büro entgegenzukommen.

"Herr O'Brien," er schüttelte herzhaft Marks Hand, "Es ist wirklich eine Freude, Sie kennenzulernen."

"Darf ich Ihnen im Namen des Premierministers für Ihre Bemühungen an diesem Tag der Tragödie danken, die erneut über unsere britischen Bürger und ihre Freunde hereingebrochen ist."

Sir Andrew forderte Mark auf, mit ihm in die gemütliche Sofa-Ecke zu kommen. Sein Gesicht war niedergeschlagen und seine Stimme voller Trauer.

"Wir müssen akzeptieren, dass Angriffe von Einzelkämpfern wie der gestrige nicht vermieden werden können."

"Ich finde Trost in den Bemühungen unserer schnell reagierenden Polizei und unseres Rettungsdienstes."

"Und ich kann die Hilfe der einfachen Menschen nicht genug betonen, die selbstlos ihre eigenes Interesse zurückstellen, um Menschen in Not zu helfen."

"Und vor allem von Rettern wie Sie, die ihr Leben riskieren um den Verwundeten bei zu stehen."

"Nun, vielen Dank, Sir Hawthorn."

"Mir persönlich wäre es lieber gewesen, wenn es kein Kamera Material von mir gegeben hätte auf dem ich versuchte nur zu helfen."

"Ich hätte auf diesen fünfminütigen Prominentenstatus und die Überflutung durch Fernsehteams verzichten können."

"Glücklicherweise konnte die Presse mich bis jetzt nicht zu meiner neuen Unterkunft zurückverfolgen und hoffentlich werden andere Nachrichten meine Handlungen schnell überschatten."

Das brachte ein Lächeln auf das Gesicht des MI5 Direktors.

"Leider werden alle Bilder in Live eingefroren, aber das könnte uns auch zu weiteren Hinweisen auf diesen Angriff führen."

"Sir Hawthorn, gibt es Fortschritte bei der Frage, wer dahinter steckt?"

"Bisher," der Direktor schob sich auf dem Sofa leicht nach vorne, "ist der Busfahrer Mohammed Sahid der einzige, der in dieser Handlung identifiziert wurde."

"Scotland Yard sammelt seit gestern Nachmittag die Überwachungsbilder aller Kameras in diesem Gebiet und Umgebung."

"Wie Sie sich vorstellen können sind das eine Menge Daten, die es zu sichten gibt, aber wir haben einige außergewöhnlich talentierte Leute in unseren Sicherheitsbüros die in der Lage sind, denjenigen zu finden, der es auf uns abgesehen hat."

"Und wir werden sie finden!"

Den letzten Punkt machte er mit solcher Entschlossenheit, dass Mark das Gefühl hatte, die Zeit würde sehr knapp werden, bevor sich das Netz um die Schuldigen schloss.

"Nun zu der anderen Angelegenheit."

Sir Andrew faltete die Hände.

"Baronin Joan Fletcher wurde durch die Bitte des FBI informiert sich mit Ihnen zu unterhalten und sie hat zu einem Treffen in ihrem Haus zugestimmt."

"Ihr Direktor hat mir die meisten Einzelheiten Ihrer Untersuchung erläutert, die ich an unseren ehemaligen Leiter des MI5 weitergeleitet habe, aber es ist wichtig, Baronin Fletcher gegenüber sehr offen zu sein und ihr die Höflichkeit zu erweisen, ihr so viele Informationen wie möglich zu geben."

Der Generaldirektor warf ihm einen strengen Blick zu.

"Bitte denken Sie daran, dass dies ein Gespräch und kein Interview sein wird!"

"Sie ist bereit, bei den von Ihnen verfolgten Untersuchungen zu helfen und versucht, alle Informationen zu sammeln die Sie benötigen. Baronin Joan Fletchers Tochter wird eventuell ebenfalls anwesend sein."

"Ich muss jedoch betonen, dass dies Grenzen sind, die Sie nicht überschreiten dürfen!"

Sein Gesicht nahm nun einen viel wärmeren Glanz an und seine Stimme war weicher geworden.

"Ich hoffe, dass der weitere Aufenthalt für Sie und Ihre Tochter angenehmer sein wird. Vielleicht ist es auch eine gute Idee sie mit zu Baronin Fletcher zunehmen."

"Kann MI5 noch etwas für Sie tun?"

"Nun."

Sie standen beide auf und Mark knöpfte seine Anzugsjacke zu.

"Es sei denn, Sie können meine Tochter Priscilla dazu bringen Prinz Harry zu treffen." O'Brien war frech. "Meine Anfrage war eher unbeholfen. Ich hoffe, Ihre Untersuchung läuft gut."

Als er wieder in das wartende Auto sprang, hatte Mark nur einen Gedanken.

"Gott, sind die Briten ein snobistischer Haufen!"

Kapitel

13

Das Treffen mit Baronin Fletcher war für den Nachmittag vorgesehen so dass er beschloss, an diesen so schönen sonnigen Tag ein Picknick mit Priscilla im Hyde Park zu haben, der zu Fuß vom Hotel aus erreichbar war.

Während seines Treffens mit Sir Hawthorn hatte er einen Besuch mit Dr. Spencer, einem bekannten Londoner Kinderpsychologen, mit seiner Tochter arrangiert.

So hart sie auch war oder es vorgab zu sein, wusste er aus früheren Berufserfahrungen, dass es für ihre Gegenwart und für die Zukunft vorteilhaft wäre, einen Experten zur Hand zu haben der ihren Geist beruhigen kann und alle wiederkehrenden Bilder dieses schrecklichen Tages lindern könnte.

Das Hotel hatte einen Korb und eine Decke für ein wunderbares Mittagessen vorbereitet.

Beide genossen die Gelegenheit einfach eine Weile allein zu sein, bis Marks Geschäfte wieder in Anspruch genommen wurden.

"Dr. Spencer ist eine sehr interessante Person." Sie bemerkte, während sie auf einer Hähnchenkeule kaute.

"Er hat mir einige wirklich seltsame Fragen gestellt, aber ich schätze, er weiß wovon er spricht."

"Zum Beispiel, was ich gedacht habe, als Du mich zu Boden geworfen hast und auf mir lagst."

"Oder als Du die Verkäuferin angeschrien hast. Ich musste ihm alles erzählen."

"Wird er dafür bezahlt, so dumme Fragen zu stellen?"

Mark musste lachen.

"Ja Pris, das wird er. Es mag für Dich seltsam klingen, aber wahrscheinlich versucht er, diese Situation zu relativieren."

"Und jetzt werde ich der Psychologe sein. Aber anstelle von Fragen habe ich ein Geschenk."

"Oh?"

"In zwei Tagen nehmen wir den Zug nach Paris."

"Papa!"

Ihr Gesicht leuchtete auf wie ein Weihnachtsbaum.

"Wow, Paris! Champs Elysées, der Eiffelturm, Notre Dame, der Louvre, oh Papa, Du bist so unglaublich."

Er bekam die größte Umarmung von seiner Tochter an die er sich je erinnern konnte. Dr. Spencer hatte ihn gebeten ein Ziel zu initiieren, über das sie nachdenken sollte. Und Paris war dieses Ziel.

Das Auto brachte die beiden durch die englische Landschaft in der Grafschaft Kent, zu dem kleinen Dorf Otford in der Nähe der großen Stadt Sevenoaks. Nicht weit vom Zielort entfernt befand sich das Haus von Winston Spencer Churchill in Westerham.

Der große Staatsmann hatte dort über vierzig Jahre lang gelebt.

Als Riese unter seinen politischen Amtskollegen hatte er Großbritannien während der dunkelsten Stunde des Zweiten Weltkriegs präsidiert.

Als der Wagen in die gekrümmte Einfahrt der Shoreham Road einfuhr, bestaunte Priscilla den gepflegten Garten und den Rasen. Mark bewunderte das ziemlich große Herrenhaus. Es war prachtvoll und die Rosenbüsche schienen sich um die Front zu drapieren.

"Herr O'Brien, nehme ich an!"

Ein steif klingender Mann in einem Anzug hatte die Tür geöffnet.

"Bitte kommen Sie herein. Wir freuen uns über Ihre Anwesenheit."

"Baronin Fletcher oder Ma'am, mit der sie sich unterhalten werden, wird Ihre Bekanntschaft in der Bibliothek machen. Bitte folgen Sie mir!"

Mark und Priscilla sahen sich einander an. Was für ein merkwürdiger Gestalt der Butler war.

Baronin Fletcher war bereits aus ihren Raum herausgekommen und kam mit der ausgestreckten Hand auf sie zu.

"Mark O'Brien. Es ist wunderbar, Sie kennen zu lernen und glauben Sie mir, wir sind alle so glücklich, dass Sie am richtigen Ort und zur richtigen Zeit da waren."

Sie hatte einen warmen Händedruck und ihre Gesichtszüge drückten Freundlichkeit aus. Sie war modisch gekleidet und hatte nur einen Hauch von Make-up. Baronin Fletcher trug ihren Schmuck sehr spartanisch, nur eine einfache Perlenkette war sichtbar. Ihre blauen Augen zeigten eine anmutige und doch selbstbewusste Frau.

"Und Priscilla. Ich bin so froh, dass Du gekommen bist. Erwachsene können manchmal eine Menge Unsinn reden."

Sie mussten alle lachen. Seine Tochter fand sofort Gefallen an ihr. Die Baronin war so natürlich und einladend.

Sie klang überhaupt nicht wie all diese steifen britischen Oberlippen.

"Sie haben meinen Butler Henry kennen gelernt. Er ist schon länger bei mir als ich mich erinnern kann."

Henry antwortete mit einer tiefen Verbeugung.

"Lass uns nach draußen gehen!"

Baronin Joan winkte ihnen zu, "Und Priscilla, ich hoffe, Du schließt Dich mir in meiner Schwäche an. Scones mit Sahne und Marmelade. Viel davon."

"Oh ja, sehr gerne."

Die herrliche Kulisse der englischen Landschaft hieß sie willkommen. Die Aussicht erstreckte sich über Meilen und die Terrasse war gut gestaltet und der Tisch mit altem englischem Porzellan gedeckt.

Henry kam mit dem Tablett aus dem Haus heraus auf dem sich eine Kanne Tee und die berühmten Scones befanden.

Sie unterhielten sich eine Weile über das Vereinigte Königreich und die Vereinigten Staaten und Dame Fletcher sorgte dafür, dass Priscilla Teil des Gesprächs war.

"Dein Vater und ich müssen jetzt einer dieser langweiligen Erwachsenen Gespräche führen."

Sie beugte sich vor und senkte ihre Stimme.

"Also, habe ich Henry gebeten Dich herumzuführen und dann den Videobildschirm in der Bibliothek aufzustellen. Und...."

Die Dame flüsterte nun, "Vergiss bitte nicht ihn zu fragen wo die Pralinen in der Küche aufbewahrt sind. Nehme die ganze Schachtel," sie blinzelte mit einem Auge und lächelte.

Priscilla und der alte Butler waren bald auf dem Weg der Entdeckung.

Im sofortigen Augenblick nahm Baronin Fletcher einen geschäftstypischen Ton an, der über die Jahre hinweg beim MI5 so viel Respekt hervorgerufen hatte.

Er dachte, dass dies keine Frau sei mit der man sich anlegen sollte.

Sie war eine geduldige Zuhörerin als der Spezial-Agent seine Ermittlungen enthüllte und Baronin Fletcher unterbrach ihn nie.

Sie kam danach direkt auf den Punkt.

"Sein Name ist hier in der Gegend nicht willkommen, weshalb Susan an diesem Gespräch nicht teilnehmen wollte."

Die ehemalige Chefin des MI5 wandte sich an ihn.

"Er hat in dieser Familie viel Ärger verursacht, aber die Wunden sind jetzt geheilt und werden nie wieder geöffnet. Haben Sie das verstanden?"

"Ja, Ma'am."

Sie war zäh, wenn es sein musste und ihre Augen verengten sich zu einem Schlitz. Neben ihr auf dem Couchtisch lag ein Ordner, den Baronin Joan ihm übergab.

"In den letzten Tagen vor Ihrer Ankunft habe ich einige Nachforschungen über Mikhails gegenwärtiges Leben angestellt, das Susan übrigens nicht weiss."

"Die Ermittlungsteams von MI5 und Scotland Yard waren eine große Hilfe."

Mark studierte die erste Seite.

"Wie Sie sehen können, besitzt er eine große Wohnung in der 45 St. Johns Wood, High Street. Sein Auto und sein Nummernschild sind auf einem Foto auf der nächsten Seite zu sehen."

"Er hat ein Bankkonto bei der Barclays Bank. Das Konto und seine Daten stehen unten auf der letzten Seite."

Mark drehte das Blatt um.

"Das Bild das Sie sehen wurde vor drei Tagen vor seinem Haus aufgenommen. Er besucht unsere Küsten häufig und hat hier geschäftlich zu tun, aber wir hatten nicht die Zeit dem nachzugehen."

"Und ich glaube, dass Vertraulichkeit in dieser Angelegenheit von allergrößter Wichtigkeit ist, deshalb haben wir keine direkten Fragen über unsere Quellen gestellt."

"Wir haben jedoch einige wichtige Informationen über seine häufigen Reisen nach Bogota in Kolumbien eingeholt."

"Mindestens einmal im Monat reisst er entweder von London oder St. Petersburg aus direkt nach Südamerika."

"Ich überlasse es Ihrem Team, über die Art seiner Aufenthalte zu spekulieren. Dort genießt er den Luxus des Sofitel Victoria Regia."

Sie hielt inne und blickte in die Ferne.

"Ich muss mich jetzt für eine Dinnerparty heute Abend fertig machen."

Baronin Joan Fletcher stand auf.

"Ich hoffe, dass ich Ihnen behilflich sein konnte. Sie brauchen mir keine weiteren Nachrichten zu übermitteln, da das Thema für uns abgeschlossen ist. Ich glaube ich habe mich klar ausgedrückt!"

"Ja, Ma'am und danke, dass Sie mich empfangen haben. Es war mir eine Ehre."

Er schüttelte ihr die Hand, machte eine leichte Verbeugung und gemeinsam holten sie Priscilla aus der Bibliothek ab. Als das Auto die Einfahrt verließ, war Baronin Joan bereits wieder im Haus verschwunden.

Ihm wurde klar, wie schmerzhaft es für sie gewesen sein musste, emotionale und verletzte Erinnerungen auszugraben.

Kapitel

Der Eurostar fuhr um 7.01 Uhr morgens rechtzeitig ab und Mark hatte an dem Morgen Schwierigkeiten gehabt Priscilla aus dem Bett zerren, weil sie es lächerlich fand so früh aufzustehen um dem Paris-Abenteuer entgegen zu sehen.

Aber sobald sie im Taxi saß und beide in Richtung St. Pancras Internationalen Bahnhof fuhren, war sie nur noch ohne Pause am quatschen und sie sprudelte weiter, bis beide im Zug saßen.

Der Eurostar ließ die englische Hauptstadt hinter sich und fuhr mit einer Höchstgeschwindigkeit von dreihundert Stundenkilometer, bevor er sich im Tunnel auf einhundert Stundenkilometer verlangsamte.

Der Zug lief fast achtunddreißig Kilometer unter dem Englischen Kanal hindurch. Um genau 10.17 Uhr erreichte er den Pariser Gare du Nord Bahnhof.

Seine Tochter hob beim Aussteigen aus dem Zug ihre Hände hoch über den Kopf.

"Paris, comment ca va?," rief sie so laut sie nur konnte.

Zurück kam eine Antwort von einem Gepäckträger.

"Je vais tres bien merci," und während er lächelte winkte er mit seinem Hut. Sie faltete die Hände zusammen und konnte sich kaum beherrschen.

"Oh Papa, dieser Ort fühlt sich schon so romantisch an. Ich könnte für immer hier bleiben."

"Was sollte das kleine Gespräch?"

Mark sprach kein Wort Französisch.

"Ich sagte, Paris, wie geht es Dir? Und diese wunderbare Person, der übrigens sehr süß aussieht, antwortete. Mir geht es gut, danke."

Sie warf ihm einen Blick zu, den er immer bekam wenn Priscilla Bescheid wusste.

Sie fuhren mit dem Taxi zu ihrem Hotel, dem 'Andre Latin' in der Rue Gay-Lussac, das in der Nähe des Luxemburg-Parks und den meisten Touristenattraktionen lag.

Von außen fiel das Hotel mit seinen Pastell blauen Wänden auf und auf dem Bürgersteig standen eine Reihe kleiner Tische, mit weißen, Bambus geschnürter Stühle um anzuzeigen, dass das Bistro geöffnet war.

Das Innere war im Art-Déco-Stil der fünfziger Jahre eingerichtet, mit bequemen gelben und grauen Lounge-Stühlen in die sich Mark sofort verliebte und er wünschte sich nur, Pamela hätte auch hier sein können.

Laut seiner Tochter gab es keine Zeit zu verlieren und ehe er sich versah, waren sie zur Tür hinaus und auf dem Kriegspfad der Touristen.

Sie liefen die Länge der Champs Elysees bis zum Arc de Triomphe und dann die siebenhundertvier Stufen des Eiffelturms hinauf bis zur zweiten Ebene, was Marks Magen zum Rumpeln brachte, da er Höhen nicht abkonnte.

Beide nahmen ein spätes Mittagessen im berühmten Bistro "La Maison Bleue" ein, das Mark und Priscilla für etwas überteuert hielten, bevor der Tag mit einer Flussfahrt auf dem Fluss Seine weiter ging, von wo aus sie einen künstlichen Strand beobachteten konnten, der sich entlang des Flussufers erstreckte.

"Mein Gott, Papa. Meinen die Pariser das ernst? Ein Strand direkt hier mitten in der Stadt?"

Priscilla konnte nicht glauben, was sie sah.

"Das darf doch wohl nicht wahr sein."

Hunderte von Strandliebhabern drängten sich mit Liegestühlen und Sonnenschirmen am Fluss entlang und schmierten sich mit Sonnenschutzcreme ein um dann ihren Körper dorthin zu positionieren, wo immer die Sonne stand, damit die Pariser etwas Bräune bekamen und so tun konnten, als ob sie im Urlaub wären.

"Nun, Pris."

Mark war ebenso amüsiert, als er dieses Spektakel sah.

"Der nächste richtige Strand ist etwa zweihundert Kilometer entfernt, also ist dies das nächstbeste."

"Und es wird Dich vielleicht erstaunen zu wissen dass am Ende des Sommers die gesamte Strecke wieder zu einer offenen Straße wird, auf die Autos an der Böschung dort vorbeirauschen."

Priscillas Kopfschütteln sprach Bände von Worten.

Nach der Fahrt ging es zur Besichtigung der Kathedrale Notre Dame. Priscilla ging mit offenem Mund und weit aufgerissenen Augen durch das Gebäude. Der Bau dieses prächtigen Bauwerks im Stil der französischen Gotik begann 1160 unter der Leitung von Bischof Maurice de Sully, wurde aber erst hundert Jahre später, 1260, abgeschlossen.

Zu den Hauptbestandteilen, die Notre Dame auszeichneten, gehörte einer der größten Orgeln der Welt und ihre immensen Kirchenglocken.

Am Abend machten sie einen Spaziergang über die romantischste Brücke von Paris, die "Pont Alexandre III' am Quai d'Or," ein Juwel in der Krone.

Und der Agent konnte über die positiven Veränderungen seiner Tochter nur staunen. In der Hoffnung, dass es so bleiben würde.

Jegliche beunruhigenden Gedanken über die Nachwirkungen des Terroranschlags schienen auf sie vorerst abgeflaut zu sein.

Keine Anzeichen sprachen dagegen und es schien, als hätte Priscilla die Sache zumindest vorerst hinter sich gelassen.

Dr. Spencer hatte Mark jedoch davor gewarnt, dass es jederzeit wieder aufflammen könnte. Daher empfahl er, die Behandlung in den Staaten fortzusetzen.

Aber im Moment und für den Rest ihres Aufenthalts war alles in Ordnung.

Und so präsentierten sich ihm in diesen drei Nächten in der französischen Hauptstadt eine gut aussehende, charmante und gut erzogene junge Dame, auf die er unheimlich stolz war.

Aber die Arbeit wartete auf ihm in London.

Kapitel

15

Sofortiger Jubel war das erste, was Mark hörte und sah, nachdem eine Videoverbindung mit seinem Team in Washington hergestellt worden war.

Es war fünf Uhr abends in London und mittags in Washington DC. Seine Mannschaft hatte sich im Besprechungsraum versammelt und das Pumpen der Fäuste, Händeklatschen und Schmeicheleien waren die ersten Bilder.

"Der verantwortliche Spezial-Agent Mark O'Brien, der Held der Regent Street, ein toller Mann."

Stephen war wie alle anderen im Raum begeistert.

"Du warst überall in den Nachrichten Boss," Jack saß auf dem Tisch.

"Ja, CNN, Fox News, NBC, BBC, sofortiger Ruhm für Dich." Jo fügte hinzu. "Zeit für die Talkshow-Runden."

Mark forderte sie auf, sich zu beruhigen.

"Vielen Dank an alle, aber Ihr wisst, dass ich mich dabei nicht sehr wohl fühle. Sogar der FBI-Direktor rief an, um seinen Dank auszusprechen. Diese Handybilder sind manchmal eine echte Nervensäge. Aber was macht man da? Hoffentlich ist es vorbei, wenn ich in fünf Tagen wiederkomme."

Er hatte seine Kopfhörer auf und machte es sich in seinem Zimmer bequem, während Priscilla nebenan mit Caroline, ihrer engsten Freundin in DC, skypte.

"Jack, Du hast von mir alle Informationen über Mikhail erhalten; was ist auf Deiner Seite passiert?"

Jack antwortete. "Es gibt einige erstaunliche Hinweise, aber zuerst gebe ich Dich weiter an Lippy."

Hannah lehnte sich nach vorne.

"Dieser Typ ist eine interessante Persönlichkeit."

"Nach dem, was Stephen sich bereits ausgedacht hatte, wurde uns klar, dass es sich hier um eine zweigleisige Untersuchung handelt."

"Erstens, Wer ist Yuri Kasparoff und zweitens, was haben die Russen vor?"

"Wie üblich hinterließen die Reinigungskräfte die versuchten, die Existenz Kasparoffs auszuradieren, einige Lücken."

"Über Tamara haben wir seine Bankverbindung geknackt. Tamara, ich übergebe an Dich!"

Zeit für sie, sich stolz zu präsentieren.

"Er hat ein Konto bei der Eagle Bank, die sich hier in DC an der Connecticut Avenue befindet."

'Über zweieinhalb Millionen Dollar sind immer noch auf diesem Konto. Ich wusste nicht, dass Leibwächter so viel Geld verdienen."

Mark musste pfeifen.

"Wow, das ist schon was. Irgendwelche Spuren dieses Geldes?"

"Oh ja," sie legte die Hände hinter den Kopf, "jetzt wird es interessant. Yuri machte auf regelmässiger Basis Einzahlungen auf die City Bank in Grosny, Tschetschenien. Und wir sprechen hier von Hunderttausenden von Dollar auf einmal."

"Scheiße, Grosny."

Mark hörte auf, in seinen Stuhl zu schaukeln: "Kann mich jemand aufklären. Tom."

Der Spezialist für Finanzverbrechen und Geldwäsche der Kriminalpolizei nahm das vor ihm liegende Blatt auf.

"Yuri Kasparoff wurde in Moskau als Sohn tschetschenischer Eltern geboren die nach allem, was man hört, wahre Patrioten blieben."

"Tamara fand heraus, dass der Empfänger dieser Transfers eine Baufirma namens TAO in Usbekistan war. TAO wird von Yaneth Islaf kontrolliert, dem ersten Cousin von Adlan Kathidajew, einem tschetschenischen Kriegsherrn."

Tom wies Debra an, weiterzumachen.

"Dieser Adlan befindet sich in einem Machtkampf mit Sergej Unlatrov, dem Oberhaupt der tschetschenischen Republik, die von Moskau unterstützt wird und wir müssen davon ausgehen, dass Yuris Geld für diesen Kampf verwendet wurde.

Debra gab Mark einen ihrer typischen Blicke.

"Mark, wir wissen, dass Adlan erfolgreiche Attentate auf Marit Abramovitsch, den damaligen tschetschenischen Ministerpräsidenten und Generalmajor Alexander Strutkin, den Leiter des FSB, des russischen Sicherheitsdienstes in Grosny, ermöglicht hat...."

Stephen unterbrach Debra.

"Und sie waren laut russischen Medien zufolge auch für die Terroranschläge auf die Moskauer Bolschoj-Kanenny-Brücke und auf den Roten Platz verantwortlich, bei denen 57 Menschen getötet und Hunderte verletzt wurden."

"So!" Mark setzte die Gedanken aller fort. "Die Russen erfuhren von Yuris Geld, wurden sauer und zerstückelten ihn."

"Jetzt müssen wir die Punkte zwischen den Bewegungen Andropovs und Yuris großem Geldvorrat in Einklang bringen."

"Da Michail Andropov monatlich nach Bogota reist und Kasparoff diplomatische Immunität genießt, betrachte ich dies als eine Drogen Operation. Jack, Deine Schlussfolgerung?"

"Du bist genau am Punkt O'Brien, das sind auch unsere Gedanken."

"Vielleicht war Yuri auch ein Drogenkurier; nur ein Gedanke. Und..."

Jack sah sich im Raum um.

"Es gibt eine weitere Spur. In einigen Wochen reist Boris Andropov offiziell nach Santiago in Chile zum Russisch-Südamerikanischen Wirtschaftsforum." "Auf seiner Rückreise hat er hier in DC ein Treffen mit unserem Wirtschaftsminister Jonathan Steiner vereinbart, bevor er sich einige Tage frei nimmt um mit Andre Cherkov in dessen Residenz zu verbringen."

"Ganz offiziell und über dem Tisch."

"Die Frage lautet also...." Mark führte Jacks briefing weiter.

"Was weiß der Ex-Präsident und inwieweit ist er involviert?"

"Denn das würde diese Untersuchung auf eine ganz andere Ebene bringen."

"Aber wir wollen nichts überstürzen. Ich möchte, dass Mikhail Andropov im Visier behalten wird."

"Tamara, versuche bitte, in sein Barclays-Bankkonto einzubrechen. In der Zwischenzeit werde ich Scotland Yard bitten, seine Spur von hier aus zu verfolgen."

"Lippy!"

Hannah hob den Kopf als Mark sie ansprach.

"Ich möchte, dass wir, wenn möglich, Yuris vergangenen Reisen überprüfen!"

"Kannst Du die historische Flugdaten von Fluggesellschaften durchforsten die vor zwei Jahren von DC nach Bogota geflogen sind."

"Nutze Tamaras Fachwissen um gelöschte Dateien freizuschalten. Ich werde mich nach meiner Rückkehr mit meinem alten Freund Enrique Suarez in Kolumbien in Verbindung setzen."

"Wenn Mikhail wie erwartet mit seinem Vater reist, dann ist ein Zwischenstopp in Bogota durch den jüngeren Andropov in Aussicht. Und dann müssen die kolumbianischen Behörden ihn im Auge behalten.

"Tamara!"

Mark sprach sie direkt an.

"Ich nehme an es ist möglich, dass die Barclays Bank Kontoauszüge an seine E-Mail Adresse schickt? Also, könnte es einen Weg von hinten hinein in den Computer geben, wo irgendwo eine Bankakte steht. Was sagt Dein digitales Gehirn?"

"Nun," sie verschränkte ihre Arme, "Du musst wissen, Mark, dass das höchst illegal ist. Da ich es jedoch auf meinem privaten Server mache, wird unsere Rolle nicht beeinträchtigt. Sitzen wir alle im selben Boot?"

Alle gaben ihr die Zusicherung.

"Okay; was wir, das graue Wolfsrudel, entwickelt haben, ist eine neue Software namens 'Sky High', die eine Route öffnen kann um verschlüsselte Daten oder Nachrichten von einem PC oder Handy zu ernten. Um das zu tun, fangen wir das Signal zwischen dem Kommunikationssatelliten und dem Empfänger ab und können dann den elektronischen Schutz entfernen, wie zum Beispiel einen Ende-zu-Ende-Verschlüsselungsalgorithmus, der die Nachrichten während der Übertragung verschlüsselt hält."

Schweigen.

Dann Marks Antwort, "Als ich vor zweiundzwanzig Jahren zum FBI kam, gab es eine schwarz-weiße Linie zwischen Gut und Böse. Jetzt ist alles digital verschwommen."

"Jesus Tamara, erinnere mich daran, Dich nie wieder zu fragen, wie ein Computer funktioniert."

Der ganze Raum fing an zu lachen.

Kapitel

"Ja, Sir Hawthorn, es wäre uns eine Ehre, teilzunehmen."

Mark nahm den Anruf in seinem Zimmer entgegen und warf Priscilla einen lächelnden Blick zu: "Wir werden uns darauf freuen. Vielen Dank."

Seine Tochter hatte ein stirnenrunzigels Fragezeichen in den Augen.

"Was war das denn alles?"

"Ach, nichts."

Er gab ihr eine nonchalante Antwort.

"Am Tag nach unserer Rückkehr aus Irland werden wir an einer formellen Veranstaltung im Hotel Savoy teilnehmen."

"Aber jetzt lasst uns zum Flughafen fahren, Dublin wartet auf uns."

Irland stand auf Marks Wunschliste und er hatte sich diese Reise schon seit vielen Jahren gewünscht. Er hatte immer daran gedacht, diese Tour mit Pamela zu machen und es tat weh dass sie nicht hier war.

Sie kamen mit dem British Airways-Flug 0828 um 9.50 Uhr morgens in Dublin an.

Ihr Aufenthalt sollte nur zwei Nächte dauern, da das Ende des europäischen Abenteuers der O'Briens kurz bevorstand.

Sobald sie im Maldron-Hotel in der Innenstadt am Parnell Square eincheckten, war er schon darauf vorbereitet von Priscilla aus ihren Räumlichkeiten in den Kessel von Dublins irischen Charakter und lautes Singen geschleppt zu werden.

Blitzschnell hatte seine Tochter einen grünen Sightseeing-Bus entdeckt und im nu saß sie mit Mark im Schlepptau oben auf dem Deck.

Sie sprangen am Guinness Warenhaus ab und ehe Mark sich versah nahmen sie schon an einer Führung durch den Brauereikomplex teil und Priscilla kostete ihr erstes Bier, "Mmmmh," und einen Blick der Anerkennung bis Mark auf den kleinen weißen Bart zeigte, den sie auf der Oberlippe trug. Beide mussten lachen.

Dann ging es weiter zum berüchtigten ehemaligen Gefängnis Kilmainham Goal, wo Häftlinge von ihren Wärtern brutal unterworfen wurden, zu einer Zeit als der Schlagstock noch rechtsstaatlich war.

Das Trinity College stand als nächstes auf der Liste und Mark und Priscilla konnten nur mit offenem Mund staunen als die beiden die riesige Bibliothek mit Zehntausenden von Büchern sah.

Nach Abschluss der Bustour machten sie einen Spaziergang über die historische Ha'peeny Bridge, die den Fluss Liffey überquerte.

Ein spätes und langes Mittagessen in der Temple Bar, wo irische Musiker die Gäste unterhielten, war ebenfalls eine gute Gelegenheit für Mark sich zu verschnaufen.

Er war immer wieder erstaunt über die Energie, die seine Tochter auf dieser Reise an den Tag legte, wo sie zu Hause eher ein Stubenhocker war, der auf dem Bett zusammensackte oder wo immer möglich, einen bequemen Stuhl fand.

Ein Besuch im Dublinia Museum, wo die gesamte irische Geschichte durch Wachsfiguren und Ausstellungen lebendig wurde rundete den Tag auf.

Am nächsten Morgen war Mark auffallend ruhig und ein wenig nervös. Priscilla stellte keine Fragen, aber es war merkwürdig.

Sie bestiegen das Dubliner Schnellbahnsystem und zwölf Minuten später verließen Mark und Priscilla das Abteil, in Dun Loaghaire, einer kleinen Küstenstadt.

"Nun, Papa, schuldest Du mir nicht eine Erklärung?"

Sie hatte die Hände in den Hüften, genau wie ihre Mutter und den Kopf leicht geneigt.

"Ja, das tue ich, meine Tochter, denn hier..."

Er machte eine schwenkende Bewegung mit seinem Arm, "kam unser Blut her."

"Dein fünfmal Urgroßvater ist 1860 von hier weggegangen."

"Paddy O'Brien nahm ein Schiff von diesem Hafen und segelte nach Liverpool, wo er im Mai 1860 an Bord des Schiffes 'Star of the West' ging und nach New York auslief."

"Wow, Papa, das ist so cool."

Ihre Augen glänzten über den Horizont, wo das Schiff in der Ferne verschwunden wäre.

Sie betrachtete den künstlichen Hafen der sich vor ihnen erstreckte und stellten sich die Abfahrt des Schiffes vor.

Menschen, die am Vorufer standen winkten und schrien, während Matrosen die Taue lockerten und das mächtige Schiff langsam aus der wasserreichen Umzäunung heraus zu seinem Ziel Liverpool glitt.

Paddy O'Brien stand auf dem Deck und winkte mit Tränen in den Augen seinem Zuhause zum Abschied, das er nie wieder sehen würde.

New York wartete.

Mark hatte einen Kloß im Hals und er wurde emotional. Priscilla nahm seinen Arm und blieb nahe bei ihm. Sie konnte fühlen, was das für ihren Vater bedeutete.

Nach einer Weile drehten sie um und gingen auf der Crompton Road Richtung Westen, bis sie die alte Dunleary Road kreuzten.

Und da war es!

Dublins ältestes Pub, 'Purty Kitchen'.

"Und hier verbrachte unser Paddy seine letzte Nacht auf Irischem Boden."

Mark nahm dieses monumentale Erlebnis auf und war so stolz, dass er seine Tochter an seiner Seite hatte um dieses Ereignis mit ihm zu teilen.

Und typisch Priscilla, sie zog ihn mit und beide betraten ohne weitere Umstände den Pub.

Als sie die Kneipe betraten und die drei Treppen hinunterkamen, befand sich zu ihrer linken eine große Reihe von Tischen und Bänken und die alte hölzerne geschwungene Bar direkt daneben.

Die O'Briens wählten eine Sitzecke in der mit Teppich ausgelegten Ecke, die bequeme graue Stühle hatte. Geradeaus starrte Mark auf die mit Bierflaschen gefüllte Glasvitrine und auf der anderen Seite hing eine antike Uhr.

Er sah Paddy genau dort sitzen, wie er seine letzte Mahlzeit einnahm, bevor er sich hinlegte und Irland am nächsten Tag mit der Morgenflut verließ.

Ein überwältigendes Ereignis und sowohl Mark als auch Priscilla hatten ihre eigenen stillen Gedanken.

"Ich wünschte, Mama könnte das sehen."

Sie blickte mit Mark ihren sanften braunen Augen an und er nickte. Es gab nichts weiteres zu sagen.

Später gingen sie durch die Hauptstraße, die George Street, bevor sie einen Spaziergang am Ostpier von Dun Harbor machten.

Nach einem letzten Blick auf ihr Erbe nahmen sie am Nachmittag den Zug zurück nach Dublin und kamen am folgenden Tag mit dem Nachmittagsflug in London an.

Als sie im Savoy Hotel ankamen, wurden Mark und Priscilla in den kleinen Ballsaal geleitet, wo sich bereits ein Dutzend Uniformierte mischten und alle nur mit gedämpfter Stimme sprachen. Polizei, Ambulanz und Feuerwehr waren alle anwesend.

"Was ist denn hier los, Papa?"

Bevor er antworten konnte, hatte sich ein Armeeoffizier in einer roten, kurzen Jacke an sie gewandt.

"Mr. O'Brien und Ms. Priscilla, wenn Sie Ihre Position in diesem Halbkreis hier einnehmen möchten und wenn seine Hoheit sich nähert, verbeugen Sie sich bitte nur ein wenig und Sie Ms. Priscilla bitte einen kleinen Knicks."

"Er wird zuerst sprechen und dann dürfen Sie antworten."

"Sie werden beide zuerst mit Ihrer Königlichen Hoheit angeredet und danach mit Sir oder Ma'am. Er kann Ihnen die Hand schütteln oder auch nicht, aber die Initiative geht von Seiner Hoheit aus."

"Bitte genießen Sie diese Gelegenheit und entspannen Sie sich, er wird Sie nicht fressen."

Der Offizier sah Priscilla an und lächelte.

Noch bevor Priscilla noch ein Wort sagen konnte, unterbrach die dröhnende Stimme der Ehrengarde.

"Meine Damen und Herren, der Herzog und die Herzogin von Sussex."

Und dann schlenderten sie in den Raum.

"Oh, mein Gott, oh, mein Gott. Prinz Harry."

Sie begann zu zittern.

"Papa... er ist es. Ich werde mir in die Hose machen."

"Du was... nein, nein, das wirst du nicht."

"Oh, Papa, ich werde ohnmächtig. Das kann nicht sein."

"Pris," flüsterte Mark, "reiß dich zusammen!"

Prinz Harry und Meghan sprachen mit jeder Person im ersten Kreis. Ihre Hoheit trug ein wunderschönes weißes Kleid mit passenden Schuhen und einer Handtasche. Ihr Haar war zu einem Knoten gebunden und mit einem kleinen Hut gekrönt. Prinz Harry trug einen marineblauen Anzug und eine burgunderfarbene Krawatte. Und dann näherten sie sich ihrem Halbkreis und da Mark und seine Tochter als letzte in dieser Reihe standen, wurde sie immer nervöser.

"Ihre Hoheit," die Ehrengarde machte die Einleitung, "darf ich Ihnen FBI-Spezial-Agent Mark O'Brien und seine Tochter Priscilla vorstellen."

"Agent O'Brien."

Der Prinz schüttelte seine Hand, während Mark mit einer kleinen Verbeugung antwortete.

"Ich kann Ihnen gar nicht genug sagen, wie dankbar wir alle hier für Ihren enormen Mut sind, den Sie unter diesen schrecklichen Bedingungen bewiesen haben und ich möchte Ihnen im Namen der britischen Regierung danken."

"Ich hoffe, dass Ihre Zeit hier sonst ein Erfolg war?"

"Ja, Ihre Königliche Hoheit. Meine Tochter hat das Land in ihr Herz geschlossen."

"Priscilla."

Sie machte einen kleinen Knicks und auch er schüttelte ihr die Hand.

"Wie sehr wir uns freuen, Sie zu treffen, und es gibt uns allen große Kraft Sie hier zu sehen und ich hoffe Sie nehmen trotzdem einige wunderbare Erinnerungen mit."

"Ja, das werde ich Ihre Hoheit."

Und dann sprach Meghan direkt zu ihr.

"Priscilla, woher kommen Sie in den Staaten?"

"Oh, ich bin in Washington DC geboren und aufgewachsen, Ihre Hoheit."

"Wissen Sie, ich muss zugeben, dass ich noch nie dort gewesen bin."

Meghan war so natürlich in ihren Antworten, dachte Priscilla.

"Ich bin in Los Angeles aufgewachsen und meine Mutter lebt immer noch dort in View Park, Windsor Hills."

"Wenn mein Mann mich also mit nach Hause nimmt, muss DC auf meiner Liste stehen. Es ist so schön, Sie kennengelernt zu haben, Priscilla."

Prinz Harry fügte hinzu.

"Können wir sonst noch etwas für Sie tun, während Sie noch hier in London sind?"

"Oh ja, Sir." Priscilla war schnell zur Sache.

Bitte nicht Pris, aber Marks Gedanken kamen nicht weiter.

"Dürfte ich bitte ein Foto mit Ihnen haben?"

Und in einem Augenblick produzierte sie eine kleine Kamera.

Die Ehrengarde runzelte die Stirn.

"Ja, gerne!" Seine Hoheit war sehr zuvorkommend.

"Michael!"

Und er übergab die Kamera einem Mann direkt hinter sich und Mark nahm an das er vermutlich ein Sicherheitskommando war. Eine kleine Fotosession und dann gingen sie anderen Reihen entlang um dem gesamten Personal zu danken, das an diesem Tag so entscheidend dazu beigetragen hatte, Leben zu retten und diesem Terror ein Ende zu bereiten.

Prinz Harry und Meghan verließen dann den Raum und elegant gekleidete Kellner und Kellnerinnen servierten Kanapees und Getränke. Mark und Priscilla mischten sich mit unter den Gästen und genossen die Gesellschaft für die nächsten zwei Stunden.

Priscilla blieb für die verbleibende Zeit in London und für die Dauer des Heimflugs im Traumland.

Kapitel

"Wow, mir gefällt, was ich sehe."

Der Präsident der Vereinigten Staaten, Howard Steffenson, wurde auf der Fahrt zur neuen Privatresidenz seines Freundes, des ehemaligen russischen Präsidenten Andre Cherkov, der seit einigen Jahren in Amerika residierte, chauffiert.

Dieses Herrenhaus in Lake Road Somerset County New Jersey war größer als sein vorheriges Zuhause. Es war in seinen Dimensionen palastartig.

Der US-Präsident befand sich kurz vor seiner zweiten Amtseinführung auf einem privaten Besuch und hatte darum gebeten, dass nur zwanzig Sicherheitskräfte ihn begleiten würden.

Das Flugzeug, Airforce One, stand auf dem New Yorker Flughafen bereit und ein Militärhubschrauber hatte den Präsidenten zu einem nahe gelegenen kleinen Flugplatz geflogen.

"Andre, mein Freund, das...." Steffenson versuchte, mit seinen Armen das prächtige Anwesen zu beschreiben.

"Das ist schon etwas. Was für ein erstaunlicher Ort."

Cherkov war aus dem Haus gekommen und hatte seinen Freund umarmt. Der Präsident nahm so viel auf, wie er sehen konnte.

Aber dies war ein einhundert Hektar großes Gebiet und Andre lud Howard ein, mit ihm eine Golfbuggy-Tour durch das große Anwesen zu machen.

Die Seepromenade mit ihrer herrlichen Aussicht, die Reitställe, in denen vier Pferde lebten, das Gästehaus mit vier Schlafzimmern, das einem König Platz bot und die gepflegten Rasenflächen, die sich über das Anwesen erstrecken.

Um sich fit zu halten, standen Cherkov ein Schwimmbad, ein Tennisplatz, eine Basketballhalle, ein Fitnesszentrum und eine Kegelbahn zur Verfügung.

Zurück im Haus hatte das Personal auf der hinteren Terrasse Erfrischungen vorbereitet und Tatiana Gregovia, Andres junge Frau, begrüßte den US-Präsidenten.

"Es ist immer so schön, Sie zu sehen, Howard."

Sie umarmten einander und hielten sich eine Weile an den Händen.

"Tatiana, Sie sind wie immer eine Schönheit ohne Gleichen."

"Meine Frau lässt Sie herzlich grüßen und bedauert, dass sie nicht kommen kann, aber ihr Rückenleiden ist zurückgekehrt und Susan hat vorerst Reiseverbot."

"Aber seien Sie versichert, dass sie bald kommen wird da es ihr Wunsch ist Sie zu sehen und Zeit mit Ihnen zu verbringen."

Andre forderte Steffenson auf Platz zu nehmen und sie stießen mit einem Glas Champagner auf ihr neues Zuhause an.

Tatiana servierte dem US-Präsidenten einige Garnelen und reichte ihm die Meeresfrüchtesoße. Es war offensichtlich, dass sie unter dem Pullover keinen BH trug und ihre enge weiße Hose machte ihm verdammt heiss auch wenn er der Präsident der Vereinigten Staaten war.

Gregovia war ein russisches Supermodel, das dem ehemaligen Präsidenten vor Jahren vorgestellt wurde. Andre war viele Jahre von seiner Frau getrennt gewesen, als sie in sein Leben trat.

Er hatte wie viele seiner Freunde Zweifel an der Aufrichtigkeit ihrer Liebesbeziehung gehabt, denn sie war vierzig Jahre jünger als er, aber zur Überraschung aller verstanden sie sich nicht nur gut genug um ihre Romanze fortzusetzen sondern hatten vor fünf Jahren geheiratet und Cherkov trug sein Glück auf dem Ärmel.

Tatiana hatte gerade ihren dreißigsten Geburtstag gefeiert und Andre hatte ihr einen neuen schwarzen Ferrari gekauft, der stolz vor den Garagen stand.

"Ihre geschäftlichen Interessen müssen gut laufen, Andre."

Howard legte seine Hand auf Cherkovs Arm.

"Wenn ich in vier Jahren in den Ruhestand gehe, müssen Sie mir all Ihre Geheimnisse über ein erfolgreiches Geschäftsleben beibringen."

"Ich war mein ganzes Leben lang im öffentlichen Dienst und meine Pension als ehemaliger Präsident ist nicht allzu schlecht, aber sowas hier wäre außerhalb meiner Bezahlbarkeit also verraten Sie mir ein paar Tricks, wenn es soweit ist."

"Glauben Sie mir, Howard."

Andre lehnte sich rüber.

"Sie werden überrascht sein, was ein ehemaliger Führer eines Landes für viele Menschen wert ist."

"Sie würden ihre Brieftaschen weit öffnen, nur um mit Ihnen gesehen zu werden."

"Ich verlange hunderttausend Dollar für eine Sprechverpflichtung und Geschäftsleute stehen vor der Tür Schlange um mich sprechen zu hören."

"Ja, aber..."Flüsterte Steffenson jetzt.

"Aber Sie sind auch ein Glückspilz, eine so schöne Frau an Ihrer Seite zu haben, "sie ist wirklich all die Reden wert".

Tatiana war hineingegangen und hatte nichts von dem gehört.

"Danke Howard, aber vergessen Sie nicht, ich bin jetzt siebzig Jahre alt, und dieses sexy Mädchen, das jetzt meine Frau ist, hat einen Appetit im Bett, es ist schwer mitzuhalten.

"Aber jedes Mal, wenn ich sie nackt sehe, danke ich meinen Glückssternen, dass sie mitgekommen ist."

"Wir Männer haben alle ein Ego das befriedigt werden muss, und ich..." auf das Haus zeigend, "werde mich nie beklagen."

Selbst nach so vielen Jahren Freundschaft hatten sich die beiden Staats-Präsidenten beschlossen aus purem Respekt voreinander sich weiterhin zu sietzen.

Kapitel

Mark studierte den letzten Geheimdienstbericht, den sein Team zusammengestellt und ihm bei seiner Rückkehr vorgelegt hatte. Seit drei Tage war der verantwortliche Spezial-Agent wieder auf heimischem Boden.

Er hatte das Gefühl, dass er sein Büro seit einigen Monaten nicht mehr gesehen hatte.

So viel war seit Europa passiert.

Das Wichtigste für ihn war die Wiederverbindung mit seiner Tochter. Priscilla hatte ihn jetzt drei Tage hintereinander von der Arbeit abgeholt und die Vater-Tochter-Beziehung blühte auf. Er wusste, dass es noch sehr früh war und dass sich die Dinge ändern konnten, aber im Moment genoss er die Früchte dieser Reise.

Michail Andropovs Barclays-Bankkonto war geknackt worden, aber zu Marks Enttäuschung war keine E-Mail-Adresse vorhanden.

Er hinterließ auch keine Geldspur.

Sein Fernsehsender in St. Petersburg zahlte ihm sein monatliches Gehalt als Vorstandsvorsitzender und das war's. Er war ein Millionär ja, aber alle Transaktionen könnten erklärt werden, falls die britische Regierung oder irgendjemand anders seine Finanzgeschäfte untersuchen sollte.

Doch dann ging Tamara noch weiter und fand heraus, dass Geld von St. Petersburg auf ein luxemburgisches Treuhandkonto umgeleitet worden war. Es war dort bei der Credit Agricole Bank eingerichtet worden.

Und dort wurde die Spur kalt, da die luxemburgische Finanz- und Sicherheitskommission mehrere digitale Firewalls eingerichtet hatte, um ihre wohlhabenden Kunden vor dem Eindringen fremder Einflüsse zu schützen.

Dieses Hindernis konnte auch Tamara nicht durchbrechen.

Das Telefon klingelte, Hannah war in der Leitung.

"Okay, Mark, das wird Dir gefallen."

"Mikhail und Yuri waren zwei Jahre lang hintereinander zur gleichen Zeit in Bogota."

"Sie flogen in die kolumbianischen Hauptstadt von verschiedenen Fluggesellschaften und Herkunftsorten aus ein, aber ihre Dauer überschneidet sich unweigerlich."

"Zeit für Deinen Freund dort sich die Finger schmutzig zu machen."

"Lippy, Du bist erstaunlich und ja, Du hast recht."

"Ich brauche Enrique, damit er sich jetzt engagiert."

"Warte einen Moment, ich werde Dich in die Konferenzschaltung einbeziehen, da Jack gerade mein Büro betreten hat. Jack."

Sein Stellvertreter nahm Platz. "Hat Jack Überraschungen parat?"

Hannahs Stimme kam über den Lautsprecher.

"Scotland Yard ist mit interessanten Neuigkeiten zurück gekommen."

Jack öffnete den Ordner.

"Sie verfolgten Mickhail seine Handy Anrufe zu einer Quelle in Frankreich zurück und konnten mit Hilfe der französischen Nationalpolizei seine dortigen Bewegungen zu einem Ort in Boulogne-sur-Mer zu einem Lagerhaus feststellen und...."

"Es ist für Durchsuchungen und Beschlagnahmen gesperrt, da es sich um einen russischen Außenposten für den Transfer von Gegenständen zwischen diplomatischen Vertretungen in Europa handelt."

"Scheiße!"

Mark schlug mit der Faust auf den Tisch.

"Überall wohin wir hinschauen, ist eine Mauer."

"Okay, unser einziger Punkt ist im Moment Bogota."

"Nicht unbedingt Mark."

O'Brien hörte auf, durch sein Büro zu laufen, als er Hannahs Bemerkung hörte. "Oh, wie ist das Lippy?"

Er lehnte sich mit beiden Armen auf den Tisch.

"Fordere unser US-Zentralbüro hier in DC auf, eine blaue Notiz für Geheimdienstsammlungen an die Interpol-Sektion in Frankreich weiterzugeben und lass uns sehen wer von diesem Lagerhaus wohin geht."

Eine Sekunde lang war es still, als Marks Gesicht aufleuchtete.

"Lippy, Du bist mein Mädchen. Brillante Idee. Ja, ja, ja."

"Hey," Tamaras strahlendes Lächeln erschien in Marks Bürotür.

"Ich weiß, dass wir Dich alle mit einer großen Zeremonie zu Hause willkommen geheißen haben, aber ich wollte Dir auch eine persönliches Geschenk von mir geben."

Und damit überreichte sie ihm eine Schachtel mit österreichischen Marzipanpralinen.

"Ich hoffe, die schmecken Dir."

"Nun, vielen Dank."

Er wusste nicht, was er sagen sollte.

"Ich weiß Deine Gedanken zu schätzen, und ja, ich bin Schokoholiker und glaube mir die werden nicht lange anhalten."

Sie nahm Platz, ohne auf eine Einladung von Mark zu warten.

"Ich frage mich nur, ammh...." Sich so schüchtern zu verhalten, war für Tamara völlig untypisch.

"Wie ich höre, bist Du ziemlich gut im Kickboxen?"

Er schaute irritiert auf seine Schokoladenpackung.

"Ah, ich kann das ganz gut und vielleicht kann ich mich zehn Sekunden lang verteidigen, bevor Hilfe kommt."

Beide fingen an zu lachen.

"Ich hatte schon lange keinen regulären Kampfsportpartner mehr."

Sie vermied den Blickkontakt mit ihm.

Okay, dachte er, das könnte interessant werden.

"Und... ich würde mich wirklich freuen, wenn Du meine rostigen Knochen ein wenig aufrütteln würdest."

Ein weiterer dieser Welpenblicke von ihr und er würde über den Schreibtisch springen.

Mark dachte eine Sekunde oder so nach und konnte seine eigene Antwort nicht glauben.

"Klar, warum nicht. Solange Du sanft mit mir umgehst."

"Vergiss bitte nicht, dass ich fünfundzwanzig Jahre älter bin wie Du."

"Okay großartig," Tamara schaute erleichtert drein, denn sie hatte eine negative Antwort erwartet.

"Mein Fitnessstudio hat einen Boxring und ich werde uns für morgen Abend anmelden. Ich schicke dir die Details, tschüss."

Und weg war sie.

Was zum Teufel machst Du da, Mark O'Brien?

Er stand von seinem Stuhl auf und ging durch den Raum. Okay, vielleicht reagiere ich zu schnell und sie will wirklich nur einen Sparringspartner haben. Verdammt, dachte er, ich könnte ein bisschen Training gebrauchen. Es ist schon eine Weile her.

Also, warum werde ich wie ein Schuljunge so nervös? Mein Blut fließt schneller und mein Herz pumpt wie verrückt.

Das ist nicht gut. Überhaupt nicht gut.

Gleichzeitig fühlte er sich geschmeichelt, dass eine Frau die so super toll aussah wie Tamara Zeit mit ihm verbringen wollte. Er warf sich im Waschraum kaltes Wasser ins Gesicht und versuchte logisch zu denken. Er schaute in den Spiegel und sah einen erfolgreichen FBI-Agenten.

Werfen Sie das nicht weg, Mann!

Er drehte sich um und ging zurück ins Büro.

Kapitel

19

"Hallo Papa, Dein Arbeitstag ist fast rum? Lass uns etwas essen gehen."

Der Einstellungswandel seiner Tochter war bemerkenswert. Noch vor drei Wochen musste er darum kämpfen, ihre Aufmerksamkeitsspanne einfach nur zu erfassen um seine Anwesenheit anzuerkennen und jetzt das.

"Tut mir leid Priscilla, ich muss diese Telefonkonferenz nach Kolumbien noch machen und das wird eine Weile dauern."

"Wie wäre es mit morgen?"

Er dachte, die Verbindung sei abgebrochen, da sie lange brauchte um zu antworten.

"Papa!"

Ihre Stimme nahm einen anderen Charakter an.

"Wirst Du es zulassen dass Deine Arbeit die Zeit mit Deiner Tochter beeinträchtigt? Sag es mir!"

Mark wusste genau, worauf sie sich bezog. Seine Ehe war aus dem gleichen Grund in die Hundehütte gegangen.

Und nein, das würde mit ihr nicht passieren.

"Du hast völlig Recht, Pris, der Anruf kann bis morgen warten. Wie wär's mit Pizza? Ich werde hungrig."

Sie besorgten sich ein Take-away garniert mit Sardellen, Salami, Capsicum, Mascarpone und Chili. Anschliessend machten die beiden es sich auf Marks kleinem Balkon gemütlich.

Seine Tochter holte noch eine Flasche neuseeländischen Sauvignon Blanc aus dem Kühlschrank und dann verschlangen sie die Pizza.

Zwischendurch musste Mark Geschichten aus ihrem Privatleben ertragen, zum Beispiel, wer gerade in war, wer die kalte Schulter bekam und was so wirklich auf all den Partys los ging.

Mark war nicht überraschend schockiert als er hörte, was sein kleiner Liebling hinter seinem Rücken so alles unternahm.

Irgendwie schaffte es Pris die Schule reinzuquetschen, aber es klang wie ein Thema das man am besten auf dem Fußweg liegen lässt.

Aber er erkannte auch, dass seine Tochter die Nähe ihres Vaters suchte, die er für immer verloren glaubte.

Kein Wunder, dass seine Frau Priscillas Veränderung gegenüber ihrem Vater mehr als bemerkt hatte. Das Abendessen war für alle drei für einen Samstag in ihrem Haus vorgesehen.

Vielleicht, dachte er, nur vielleicht.

"Hey Amigo O'Brien, mein amerikanischer Freund. Wir haben schon lange nicht mehr miteinander gesprochen."

Enriques Stimme zu hören war wirklich eine Freude für Mark. Sie waren in den letzten zweiundzwanzig Jahren Kollegen und Freunde gewesen.

Die beiden Polizeibeamten waren zur gleichen Zeit in ihre jeweiligen Polizeidienststellen eingetreten, und Mark und Enrique hatten sich durch ein Austauschprogramm getroffen, das von beiden Ländern zur gegenseitigen Verbrechensbekämpfung gefördert wurde.

Als Mark und Pamela heirateten, wurde Enrique zu ihrer Hochzeit eingeladen und nur sechs Monate nach dieser Zeremonie knüpften Enrique und Maria in Bogota in Anwesenheit seines amerikanischen Freundes und seiner Frau den Bund der Ehe.

Sie hatten eine fünfzehnjährige Tochter, Luciana, die Priscilla einst nahe stand sich aber durch die Trennung immer weiter entfernte.

Enrique Suarez war nun Major der nationalen kolumbianischen Polizei, wo er in der Direktion für Sicherheit stationiert war.

"Mein Freund Enrique, es ist zu lange her."

"Die Zeit vergeht und wir werden alt. Wie geht es Maria und der lieben Luciana?"

"Nun, weißt Du."

Suarez' Stimme war mit einem starken spanischen Akzent beladen.

"Die Frau ist gut, aber meine Tochter wird sehr kopfstark weißt Du, sie hat zu sehr meine Gene."

"Sie kämpft immer für Dinge und sie gibt nie auf."

Beide tauschten noch mehr Höflichkeiten aus, aber dann wurde es ernst.

Mark füllte Enrique so viel wie möglich am Telefon ein, aber er schickte ihm auch alle Dateien per E-Mail, damit er sich ein vollständiges Bild machen konnte.

Als sich das Forum in Santiago näherte hatte Mark das Gefühl, dass Mikhail Andropov sich die Gelegenheit nicht entgehen lassen würde nach Bogota zu reisen und so bat er Enrique, ihn zu überwachen, aber auch Informationen über seine Bewegungen zu sammeln.

Zu diesem Zeitpunkt hatten Mark und sein Team nur teilweise Beweise für illegale Aktivitäten, aber nichts Konkretes.

In welchem Zusammenhang stand das französische Lagerhaus mit seiner Reise nach Bogota?

Mikhail hatte eine perfekte legale Deckung, da er der Hauptaktionär des viertgrößten Fernsehnetzes von Bogota, Canal Capital, war, daher seine monatliche Reise dorthin.

Aber alle Spuren und die Leiche von Yuri Kasparoff erzählten eine andere Geschichte.

"Im Moment, Enrique, haben wir nur eine kleine Spur und die Punkte verbindet wirklich nichts."

"Ich klammere mich hier also nur an Strohhalme, aber die Verbindung zwischen Mikhail und Yuri in Bogota ist zu real, als dass man sie einfach nur dahin nehmen könnte."

"Und für einen Leibwächter diplomatische Immunität zu haben ist fast unbekannt."

"Und natürlich..." so Enrique.

"Das bedeutet, dass sein Gepäck für die Zollbeamten zu untersuchen verboten ist."

"Also, wer weiß, was seine tatsächlichen Gründe sind, warum er zu dieser Zeit in Kolumbien ist."

"Wir werden Andropov bei seiner Ankunft aufspüren."

"Da er ein VIP ist, werden wir im voraus über seine Ankunft informiert sein."

"Und wenn nichts passiert, Mark, dann haben wir zumindest endlich wieder telefoniert."

Sie wechselten das Thema und sprachen mehr über ihre Familien.

Enrique arbeitete genau wie Mark viel zu viele Stunden am Arbeitsplatz und er hatte Maria ständig im Ohr, um die Arbeit nicht nach Hause zu bringen.

Sie war streng katholisch und beobachtete ihre religiösen Überzeugungen mit Leidenschaft. Eine Trennung oder Scheidung kam also nicht in Frage. Enrique hatte da Glück, dachte er.

Kapitel

Er parkte sein Auto neben dem Westleigh Sales Center in der 24th St North West. Genau gegenüber stand 'Urban Boxing' in großen blau/roten Buchstaben über dem Eingang im Untergeschoss eines Wohnblocks.

Als er die Sporthalle betrat, herrschte dort der übliche Gestank von Schweiß und schlechtem Geruch.

Viele Fitness-Junkies hämmerten in der großen Boxsack-Arena herum und daneben war ein Muay-Thai-Kurs im Gange.

Im hinteren Bereich sah er den Boxring und er fragte sich immer noch, was in aller Welt er hier wollte, als plötzlich Tamara in sein Blickfeld rückte und seine Aufmerksamkeit erregte.

Tamara hatte sich bereits umgezogen und kam ihm entgegen gehüpft.

"Hey, willkommen in meinem zweiten Zuhause."

Sie gab ihm einen Kuss auf die Wange was bei der Arbeit nie vorkam und sein Puls begann sich zu erhöhen.

Und Mark war noch nicht einmal im Ring.

"Ich stelle Dir Nathan vor, der unser Schiedsrichter und Trainer sein wird."

"Du kannst Dich dort drüben umziehen und wir treffen uns dann am Ring. Wir sehen uns in einer Minute."

Damit drehte sie sich um und ging in den hinteren Bereich. Eine Sekunde lang bewegte sich Mark nicht.

Er starrte nur ihren Hintern nach. In diesen knappen kurzen Hosen und den nicht enden wollenden unglaublich langen Beinen. Sie hatte ein kurzes Oberteil, das kaum das Offensichtliche verdeckte.

Wie zum Teufel soll ich mich auf mein Boxen konzentrieren, wenn dieses Ding vor mir rumspringt? Er murmelte vor sich hin.

Aber es war jetzt zu spät, es gab keinen Rückzieher mehr!

Er fühlte sich wie ein Lamm das zur Schlachtung gezogen wurde, nachdem er sich umgezogen hatte und zu ihr in den Ring stieg.

Mark wurde Nathan vorgestellt und seine Kopfbedeckung und Handschuhe waren für ihm bereitgelegt. Nathan erklärte dem Agent die Sparring-Regeln, da es sich um Kickboxen handelte, war Vollkontakt im Brustbereich und an den Seiten erlaubt, aber nicht im Rücken und schon gar nicht Kopfkicken.

Sie zogen sich ihre Schutzweste an und nahmen den Mundschutz auf.

Die beiden Agenten kletterten durch die Seile in den Ring und warteten darauf, dass Nathan ein Zeichen geben würde um zum anfangen. In weniger wie einer Sekunde rollte Tamara wie ein Dampflokomotive auf ihm zu und versuchte einen Seitentritt in den Nierenbereich zu schlagen, den er leicht mit dem Unterarm blockierte.

Sekundenbruchteile später kam ein runder Boxschlag von links und ein gerader Schlag von rechts.

Mark konnte den linken Schlag zur Seite treten, wurde aber mit dem rechten Landungsschlag auf die Stirn erwischt.

Er hatte es hier bestimmt nicht mit einem rostigen FBI-Rekruten zu tun, war sein einziger Gedanke.

Er taumelte rückwärts während sie ihm folgte und noch einen Schlag absolvierte. Er blockierte den oberen Doppelschlag und tauchte unter dem rechten Haken durch. Er konnte hören, wie Nathan etwas schrie, aber was und zu wem war ihm ein Rätsel.

Mark verteidigte seinen Körper noch immer in den Seilen, als Tamara einen perfekten Sidekick in seine Nieren landete, der ihm den einen oder anderen Atemzug raubte.

Jetzt reicht es dachte er. Ich habe genug von dieser Scheiße!

Er sprang einen halben Schritt zurück, brachte sein linkes Knie zur besseren Beschleunigung über den Unterkörper, sprang auf und schwang seinen Körper um 180 Grad herum und führte einen fliegenden Rückstoß aus, der Tamara mit Vollgas in den Brustbereich schlug.

Der Aufprall warf sie nach hinten und im gleichen Moment verlor sie das Gleichgewicht und stürzte zu Boden. Nathan sprang in den Ring und brüllte Tamara an.

Sie stand langsam auf und der Trainer richtete ihre Ausrüstung zurecht, zeigte ihr zwei Finger, dann einen und dann ging der Kampf weiter.

Sie war nun eher ein bisschen misstrauisch gegenüber Marks Geschicklichkeit geworden und bewegte sich in den nächsten Minuten sehr vorsichtig um ihn herum.

Typisch, dachte Mark. Jeder ist immer nur so gut bis der erste echte Treffer landet.

Er wusste nicht, ob Tamara angeben wollte oder ob er selbst versuchte ein Macho zu sein. Sie tauschten weitere Tritte und Kombinationen aus, einige aggressiver als andere.

Aber nachdem er ihr einen weiteren Schlag in die Seite ihres Kopfes versetzt hatte, sprang Nathan ein und beendete den Kampf.

"Was zum Teufel ist mit Euch beiden los?"

Er schrie auf sie ein, nachdem die Agenten ihre Kopfbedeckung abgenommen hatten.

"Dies sollte ein freundschaftliches Sparringsession sein und es war nicht gedacht das sich zwei Idioten verprügeln wollen. Und jetzt raus aus meinem Ring, nimmt eine kalte Dusche und verschwindet! Jesus."

Tamara und Mark sahen sich an und mussten lachen. Später hatten die beiden ein paar Drinks und kicherten in der Lounge der Blue Duck Tavern die nur zwei Gehminuten von der Turnhalle entfernt lag, bevor die Agenten sich verabschiedeten.

Ein kurzer Kuss und sie gingen ihren getrennten Weg. Mark war sich nicht sicher was er getan hätte, wenn sie versucht hätte mehr zu wollen. Gott sei Dank tat sie es nicht.

Kapitel

21

"Schön, dich wiederzusehen, Onkel, geht es Dir gut?"

Luca Bianchi liebte seinen Onkel sehr und gab ihm eine emotionale Umarmung. Onkel Luigi war die kurze Strecke von seiner Sommerresidenz angereist, um seinen Lieblingsneffen zu besuchen.

Bianchi machte sich Sorgen um seine Gesundheit.

Luca konnte den schmerzenden Körper von Onkel Luigi in seinen Armen spüren. Noch vor einem Jahr sah er sicherlich robust aus und hatte mehr Fett und Muskeln in seinem Körperbau. Jetzt waren nur noch die Knochen zu spüren.

Seine Sprache hatte einen hauchdünnen Ton angenommen und manchmal konnte er nur noch langsam mit den Füßen über die Fliesen von Lucas Haus in San Polo in der Toskana Region von Arezzo schleifen.

"Lieber Luca!"

Luigi Castillioni gab ihm einen sanften Klaps auf die Wange.

"Mir geht es im Moment nicht so gut."

"Mein Knie tut weh und diese nutzlosen Ärzte sagen mir einfach, ich solle mich operieren lassen und mein Knie durch ein künstliches ersetzen."

"Schrecklicher Gedanke. Ich hasse Krankenhäuser."

Onkel Luigi tippte mit einem Finger an seiner Schläfe.

"Aber das hier oben ist immer noch scharf wie eh und je."

"Mach Dir darüber keine Sorgen. Ich werde so schnell nirgendwo hingehen."

"Ich muss nur das hier benutzen, um mich fortzubewegen."

Er wackelte mit seinem Gehstock dicht vor Lucas Gesicht.

"Vorsicht, Onkel."

Luca neigte den Kopf zurück. "Das Ding tut wahrscheinlich weh, wenn Du jemanden schlägst."

Er nahm den Arm seines Onkels und half ihm die wenigen Stufen in den Garten hinunter, wo er den großen Schirm öffnete, damit sein geliebter Onkel auf der Gartenbank im Schatten sitzen konnte.

Die vier Leibwächter, die Onkel Luigi auf Schritt und Tritt begleiteten, blieben diskret im Haus.

Dies war eine Familienangelegenheit und es waren keine neugierigen Augen oder Ohren in ihrer Nähe erlaubt!

Onkel Luigi Castillioni war der Pate des mächtigsten Mafia-Clans in Europa. Sie hatten jahrzehntelang über andere kriminelle Organisationen die Oberhand gehabt.

Luigi verstand es, ein großer Kommunikator und diplomatischer Unterhändler zu sein. Seine Weisheit und sein Rat wurden auf dem ganzen Kontinent hoch geachtet.

Wenn man den Rat dann doch nicht folgte, ging man zwei Meter unter die Erde!

Aber er wusste auch, dass seine Zeit auf diesem Planeten begrenzt war.

So hatte er in den letzten Jahren die Führungsspitze seiner Organisation neu organisiert und sich darauf vorbereitet, dass Luca zu gegebener Zeit sein Nachfolger werden würde.

"Sag mir mein gute Neffe!"

Onkel Luigi drehte seinen Oberkörper leicht zu ihm hin, da er auf seiner rechten Seite nicht sehr gut hören konnte.

"Was hältst du von diesem russischen Politiker, wie heißt er? Chikanov oder so ähnlich?"

"Kann man ihm trauen?"

"Sein Name ist Andre Cherkov, Onkel."

"Nun, er kommt aus einem kommunistischen Land."

"Ich hatte einige gute Gespräche mit ihm und seine Geschäftsinteressen erstreckt sich über die ganze Welt."

"Cherkov ist sehr einflussreich und er kam mir wie ein Ehrenmann vor."

"Er hat einige großartige Verbindungen geknüpft, die bis ins Herz Kolumbiens und Afghanistans reichen."

"Cherkov's Netzwerk ist gut integriert und der Vertrieb erstklassig."

"Dieser Mann beschäftigt viele Soldaten, die sich um die Probleme innerhalb der Organisation kümmern."

"Ich hoffe, Du wirst ihn eines Tages kennen lernen, Onkel Luigi."

"Ich bin wirklich der Meinung Du wirst ihn mögen. Ja, ich glaube, wir können ihm vertrauen."

"Ja, Luca."

Der Onkel kratzte sich an der Stirn. "Aber er ist ein verdammter Politiker, nicht wahr?"

"Seh Dir das Chaos an, dass die dummen Narren diesem schönen Land angetan haben. Nichts als Schande für die."

"Also, was macht ihn so anders?"

Onkel Luigi war immer noch in der Lage, die Leute in Verlegenheit zu bringen und sogar seinem Neffen unbequeme Fragen zu stellen.

Luca blickte über das schöne Land, bevor er antwortete.

Dies war eine große Sache für ihn.

Er konnte seinem Onkel und dem Rest des Clans endlich beweisen, dass Luca dem Thron seines Onkels tatsächlich würdig war und der Machtbasis durch seine eigene Schöpfung einen weiteren Einkommensstrom hinzufügen konnte.

"Er führte sein Land mit eiserner Faust, Onkel, und machte es zu einer entsprechenden Weltmacht, auch wenn das mit diktatorischen Mächten getarnt in einem demokratischen Prozess zu tun hatte."

"Seine Geschäftspartner kommen aus den höchsten Kreisen und er hat sogar mächtige Politiker aus den Vereinigten Staaten und Russland, die in seiner Geschäftswelt verwurzelt sind."

"Ich denke, er wäre gut für uns Onkel Luigi."

"Wir haben starke und alte Verbindungen, die wir niemals aufgeben würden, weil diese Leute schon sehr lange bei uns sind."

"Aber wir brauchen frisches Blut, um unsere Zukunft zu sichern!"

"Ich weiss, mein guter Neffe."

"Wir Castellionis, haben alte Freunde nie im Stich gelassen. Wir ehren alle, die uns gut gedient haben."

"Ich bin zu alt für dieses neue Leben. Der Computer zerstört alles."

"Die Leute wollen mir jetzt E-Mails schreiben und ich weiß nicht einmal, wie ich das verdammte Ding einschalten soll."

"Sie sprechen eine Sprache, die ich nicht verstehe."

"Deshalb ist es gut, dass Du das alles übernehmen wirst."

"Du bist jung, Luca."

"Du wirst eine große Zukunft in unserer Organisation haben."

"Wenn Du mir schwörst, dass dieser Mann ein Mann von Ehre ist, dann hast Du meinen Segen die Interessen unserer Familie mit seiner Welt in Einklang zu bringen, aber nur im Drogenhandel, hörst Du?"

"Ja, Onkel Luigi, wir werden dieses Unterfangen nicht bereuen."

"Ich bin sicher."

"Gut."

Sein Onkel stand langsam von der Gartenbank auf.

"Das werden wir ja sehen."

"Wie Du weißt, trauen die Castillionis nicht vielen Menschen, deshalb sind wir wer wir geworden sind."

"Also, vermassel es nicht!"

"Lass uns ein bisschen laufen, damit ich spüren kann, ob mein Knie noch da ist und hol mir ein Glas Wasser!"

Kapitel

22

Einer nach dem anderen kamen die Wirtschaftsminister aus allen zwölf südamerikanischen Ländern ins Ritz Carlton im Bezirk El Golf von Santiago an, um das russisch inspirierte Forum zu eröffnen.

Einige dieser Länder strebten eine engere Zusammenarbeit mit Russland an, insbesondere finanzielle Gewinne als Gegenleistung für den Mineralreichtum oder das Öl, über den einige wenige Lateinische Staaten verfügten.

Andere waren lediglich daran interessiert zu sehen, was der 'Rote Bär' wollte, aber alle waren an mehr Handel mit der östlichen Supermacht interessiert.

Boris Andropov brachte eine ganze Reihe wichtiger Geschäftsleute mit, um lukrative beiderseitige Handelsgeschäfte in Gang zu setzen.

So konnte Russland den chinesischen und amerikanischen Einfluss in dieser Region minimieren.

Der Ballsaal Eins war in den prächtigsten Farben geschmückt und es war kein Geld gespart worden, um den internationalen Gästen während ihrer dreitägigen Konferenz zu unterhalten.

Marks Finger hatten gejuckt, so dass er mit dem FBI gehörendem Jet nach Bogota flog, um nahe am Geschehen zu sein.

Er war in Enriques Büro einquartiert worden, da die Ankunft von Michail Andropov im Sofitel Victoria Regia erwartet wurde. Seine Reservierung war bestätigt worden und er sollte mit einem Exekutivflugzeug aus Santiago ankommen.

Er gehörte dem russischen Komitee an, das für die exklusive Fernsehberichterstattung zuständig war.

Die Videoüberwachung des Hotels war in dem Konferenzraum von Enriques Abteilung verbunden worden.

"Zielperson ist eingetroffen!"

Ein Gegensprechfunkgerät des in der Hotellobby stationierten Überwachungsteams ging in Aktion.

Mark hätte eine Videoverbindung oder einen Live-Call-Feed in Washington nutzen können, aber er zog die alten Wege vor und wollte vor Ort sein.

Einige Zeit später tauchte Mikhail aus seinem Zimmer auf und schlenderte zum wartenden Mercedes.

"Zielperson verlässt jetzt das Hotel. WESPE tritt in Aktion!"

Die WESPE war das geistige Kind der kolumbianischen Polizeiwissenschaftler.

Es war die kleinste Drohne der Welt, nicht größer als drei Finger zusammen. Es hatte solarbetriebene Batterien, die sich während des Fluges selbst regenerieren konnten.

Eine Kamera, die sich ferngesteuert um dreihundertsechzig Grad drehen konnte und das Team mit einer Live-Übertragung versorgte.

Aber das Außergewöhnlichste an dieser Drohne und Enrique platzte vor Stolz, war die Signalabdeckung.

Mitten im Flug kann die kleine Maschine automatisch ein globales Navigationssatellitensystem erkennen, das an eine Konstellation angeschlossen ist.

Dabei handelt es sich um eine Gruppe von Empfängern im Orbit, die nach einem bestimmten Muster fliegen und senden.

Der Bodenkontrollraum, der bei Bedarf mit vier bis sechs Mann besetzt war, konnte das Drohnen-Signal in den Hauptrahmen eingeben und so an den Satelliten weiter schicken.

Durch das Signal übernahm der Satellit die Energiequelle, so dass die Drohne dann in der Lage war, während sie noch von der Bodenkontrolle aus betrieben wurde, von Konstellation zu Konstellation zu springen und so eine unbegrenzte Flugzeit zu erreichen.

Militärische Drohnen haben eine Reichweite von tausend Kilometern, teure Supermarkt-Drohnen maximal zehn Kilometer.

Aber nicht die WESPE.

Mit ihrem bordeigenen Drei-D-Kartierungsgerät war die WESPE nach mehreren Langstrecken-Trainingsflügen in der Lage, Kanada von Kolumbien nonstop zu erreichen und auf dem Hin- und Rückflug über dreizehntausend Kilometer zu fliegen.

Außerdem hatte die WESPE einen lärmmindernden Rotor, so dass man das Objekt nicht hören konnte, selbst wenn es direkt hinter einem war.

"Zielperson nähert sich Carrera Septima."

In der Hauptstadt war es auch als 7th Avenue bekannt, eine Hauptverkehrsader, die durch Bogota führte.

"Zielperson biegt in die Calle 141a ein. Zielperson hält am Wohnkomplex zwei."

Mikhail stieg aus dem Auto aus und näherte sich der Haustür. Sein Leibwächter blieb zurück.

Dies war ein sicheres Gebäude, in dem sich ständige Schutzbeamte befanden.

"WESPE dreht sich; Zoom auf Tastenfeld an der Wohnungstür eingeleitet."

"Nummer einundvierzig wird auf dem Infrarot-Display angezeigt."

"Okay."

Enrique unterbrach die Kommunikation.

"Bringen wir WESPE hintenrum zum Park Belmira und fliegen wir das Gebäude hinauf zum obersten Stockwerk!"

"Sebastian!"

Suarez rief quer durch den Raum. "Ich will wissen, wem diese Wohnung gehört!"

"Okay, geben Sie mir eine Minute." War die Antwort.

Mark konnte Enrique nicht genug danken.

Wenn es darauf ankam, zog er wirklich alle Register, und das FBI tat es ihm gleich.

Das war der Grund dafür, dass sie so viel Erfolg bei der Schließung großer Kartelle hatten, die in den USA und von Kolumbien aus operierten.

Die Vernichtung der kriminellen Gruppen Medellin, Cali und Norte de Valle war auf die Zusammenarbeit ihrer gemeinsamen Geheimdienste zurückzuführen.

"Das Penthouse gehört Alejandro Garcia, dem eine große Frachtschifffahrtslinie gehört, die von Barranquilla aus operiert."

"Er betreibt auch eine Transport- und Baufirma."

"Jetzt wird es interessant."

Mark beantragte, "Enrique, was ist in Barranquilla?"

Er wandte sich an den FBI-Agenten.

"Es ist ein großer Container-Terminal."

Der Wespenkontrolleur unterbrach ihn.

"Die WESPE hat das oberste Stockwerk erreicht."

"Wir fliegen um die Wohnung herum und versuchen, die Bewohner ausfindig zu machen. Da sind sie. Ich zoome sie heran."

Die Kamerabilder der Drohne wurden auf einem großen Bildschirm im Büro angezeigt.

Man konnte Mikhael und Alejandro sehen, wie sie mit einem Getränk in der Hand in den Aufenthaltsraum kamen und es sich auf dem Sofa bequem machten.

Leider behinderte ein Netzvorhang die Bewegung ihrer Lippen und Mark wollte unbedingt, dass Hannah das Gespräch identifizieren konnte.

Dennoch war dieses Treffen von entscheidender Bedeutung für die Sammlung von Informationen.

"Okay."

Mark streichelte seinen Schnurrbart. "Können wir Garcia und diejenigen, mit denen er sich trifft, verfolgen?"

"Könntest Du mir auch seine Schiffsliste besorgen?"

"Ich würde gerne wissen, von wo aus seine Schiffe verkehren."

"Können wir auch seinen Containerterminal und die Lastwagen, die von und nach Barranquilla fahren, überwachen lassen?"

"Es ist eine große Frage, Enrique, aber vielleicht bekommen wir hier etwas."

"Es ist nur eine Ahnung, aber man weiß ja nie."

"Oh, Amigo, eine Ahnung ist gut."

"Mal sehen, was ich tun kann."

"Aber heute Abend ißt Du bei uns zu Hause und Mark, kein Gerede über die Arbeit. Du musst unser kolumbianisches Festmahl genießen. Komm jetzt!"

Der Tisch in Enriques Wohnzimmer war gedeckt mit allem was in Kolumbien lecker ist.

Maria und Luciana verbrachten den größten Teil des Tages mit Kochen und Vorbereitungen um sicherzugehen, dass ihr Ehrengast nicht hungrig ins Hotel zurückkehren würde, auch nicht den Hauch davon.

Die Familie Suarez wohnte in einer schönen Wohnung im Vorort Chico direkt gegenüber dem Park El Virrey, durch den ein kleiner Bach floss.

Ihr Komplex war leicht rosa gefärbt und war vor zehn Jahren gebaut worden.

Viele Botschaften befanden sich in der Nähe.

Maria musste Mark jedes Gericht erklären da er keine Ahnung hatte, was auf dem Tisch stand. Und seine Bitte wurde zur Kenntnis genommen. Keine Zwiebeln.

Es gab ein Mondongo, eine Gemüsesuppe, das zusammen mit der Bandeja Paisa serviert wurde, einem Gericht mit zerkleinertem Fleisch, Reis, Bohnen, Spiegelei, Avocado und Blutwurst.

Und ein Fischgericht namens Arroz de Lisa, dazu Maiskuchen oder Arepas und Criollas al Horno, welches geröstete Anden-Kartoffeln sind.

Später hatte Luciana zum Nachtisch eine Torta de Nata, eine Sahnetorte mit Pfirsichen und Pflaumen, zubereitet.

Bei Sonnenuntergang, als Mark sich nicht sicher war ob er noch gehen konnte, nachdem er so viel gegessen hatte, saßen beide Männer auf dem Balkon, genossen ihren schwarzen Kaffee und beobachteten die Menschen die durch den Park schlenderten.

Das Gespräch drehte sich ausschließlich um deren Frauen und ihre schwierigen Töchter.

Wie sehr Maria sich danach sehnte, wieder neben Pamela zu sitzen und über alltägliche frivole Dinge zu sprechen und darüber, wie man ihre lieblichen Prinzessinnen regieren könnte.

Sogar Enrique stimmte zu, dass ein Abendessen an einem Samstag für beide positiv sein könnte.

Kapitel

23

"Ich schwöre feierlich, dass ich das Amt des Präsidenten der Vereinigten Staaten treu ausführen und die Verfassung der Vereinigten Staaten nach besten Kräften bewahren, schützen und verteidigen werde."

Und mit diesem Schwur begann Howard Steffenson seine zweite Amtszeit als US-Präsident!

Ein Gebrüll ging durch die eine Million Menschen, die sich an diesem kalten zwanzigsten Januar angesammelt hatten und stundenlang auf der Amtseinführung des 45. Präsidenten der Veinigten Staaten gewartet haben.

Steffenson schüttelte die Hand des Obersten Richters Rex Taft, der den Eid ablegte und wurde dann von seiner Frau Susan und deren drei Kindern Simona, Curtis und George umarmt.

Nachdem er von seinem Vizepräsidenten Richard Penske beglückwünscht worden war, umarmte er seinen Freund, den ehemaligen russischen Präsidenten Andre Cherkov, herzlich.

Er gehörte zu den Dutzenden von Würdenträgern, die auf Wunsch des neuen Präsidenten zur Vereidigung eingeladen wurden.

Als Ehrengast saß Cherkov zusammen mit Familienmitgliedern und dem Vizepräsidenten in der ersten Reihe.

Der Präsident hielt dann eine mitreißende dreißigminütige Rede an die Nation, in der er sie aufforderte, ihre Differenzen beiseite zu legen und gemeinsam eine wohlhabendere Zukunft zum Wohle ihrer Kinder aufzubauen.

"Den Schweiß und die Energie, die wir heute aus uns selbst schöpfen, soll eine Grundlage bilden, auf dem unsere Kinder auf einem unbekannten aber sicheren Weg gehen können. In dem Wissen, dass Ihr Leben und Ihre Zukunft durch Opfer, Mühen und die Verwirklichung von Idealen geschaffen werden kann, das Ihnen bei der Verfolgung ihrer Träume, Ziele und Ihres Glücks zugute kommen. Gemeinsam werden wir alle eine Plattform schaffen, auf der die nächste Generation mit Stolz stehen und sich an ihre Vorfahren erinnern werden, die diese große Nation aufgebaut haben. Heute ist der Tag, an dem wir neue Samen der Hoffnung und eine neue Morgenröte pflanzen, damit sie Wohlstand und Vielfalt ernten und unabhängig von Rasse und Hautfarbe Seite an Seite miteinander gehen können. Ich möchte Sie alle bitten, mir bei den vor uns liegenden Herausforderungen zur Seite zu stehen und uns daran zu erinnern, dass unsere Opfer für die künftige Generation von Bürgern der Vereinigten Staaten und für ein besseres Morgen bestimmt sind. Gott segne Amerika."

Ein riesiger Jubel raste über die Westflügel am US-Kapitol, wo die Einweihung stattfand und den ganzen Weg über die National Mall bis zum Washington Monument und darüber hinaus.

Howard Steffenson wusste, wie man Menschen inspiriert.

Nach Abschluss der Zeremonie nahmen der neu vereidigte Präsident und seine Gäste an einem vom Kongress der Vereinigten Staaten organisierten Mittagessen teil.

Andre Cherkov saß am Tisch des Präsidenten.

Zum Abschluss des Mittagessens würde der Präsident gemeinsam mit seiner Familie die Pennsylvania Avenue hinunterfahren und einen Teil des Weges vom Kapitol zum Weißen Haus zu Fuss zurücklegen.

Nachdem der neue Präsident und sein Gefolge, zu dem auch Cherkov gehörte, einige offizielle Aufgaben übernommen hatten, schlossen sie sich den vom Einweihungskomitee organisierten Versammlungen und Bällen an.

In der Zwischenzeit aß der etwa 12000 Kilometer entfernte Milizkommandeur Abdul Jaleel in Afghanistan seinen Eintopf vor seiner Hütte.

Es war gerade Abenddämmerung und abgesehen von ein paar streunenden Hunden, die die Gegend durchstreiften und etwas zu essen suchten, hatte sich in seinem Dorf alles beruhigt.

Es wurde langsam kalt und er hatte eine warme Jacke um die Schultern gewickelt.

Ein streunender Hund kam näher an seinen Platz und sah ihn bettelnd an, um seine Mahlzeit mit ihm zu teilen.

Sein Schwanz wedelte heftig und sein ganzer Körperbau war nur noch ein Skelett. Abdul warf ihm ein Stück Brot zu und der Hund verschlang es so schnell, dass es kaum eine Sekunde dauerte, dann war es weg.

Jaleel musste lächeln.

"Hier, mein Freund," als er seine Suppenschüssel auf den Boden stellte, "Wenigstens wirst Du heute Abend nicht hungrig sein."

Er streichelte seinen langen Bart und machte seinen Turban zurecht. Er stand auf und während er das Dorf überblickte hob er sein Kalaschnikow-Gewehr an und schlenderte über den staubigen Weg, der das Dorf in zwei Hälften spaltete bis zum Fuße des Berges der nicht weit entfernt lag.

Der Hund wurde nun sein ständiger Begleiter in der Hoffnung auf weitere Happen.

Als er sein Ziel erreichte, blickte er über die Opiumfelder die sich vor ihm ausbreiteten.

Am Rande des Nuristan-Waldes in der Provinz Laghman hatten die Dorfbewohner unter Jaleels Führung den Opiumhandel wiederbelebt, der von den Taliban die jahrelang die Kontrolle über Afghanistan innehatten, weitgehend ausgerottet worden war.

Ihr Glauben verbaten den Anbau der Ernte. Bis zur amerikanischen Invasion.

Plötzlich schossen im ganzen Land Felder aus dem Boden und der Handel begann wieder zu florieren.

Es brauchte keinen Einstein um zu erkennen, dass viele amerikanische Soldaten im Drogenhandel mitmischen und nach ihrer Dienstzeit Saatgut mit nach Hause nahmen, um ihre kleine Hinterhof Operation fortzusetzen.

Und ausländische kriminelle Organisationen waren schnell dabei, ihren Fußabdruck auf dem Boden zu hinterlassen. Das ganze Dorf stand auf der Gehaltsliste von jemandem.

Das Volk der Pashtai, dem Abdul angehört, lernte die Großzügigkeit dieses Menschen kennen, obwohl sein Name oder sogar die Person selbst hier unbekannt war.

Ein enger Mitarbeiter war der Mittelsmann, der im Namen des Generals handelte, wie er hier offiziell vorgestellt wurde.

Er hatte ihnen Schulen, Straßen und ein sehr kleines Krankenhaus auf der Spitze einer wirtschaftlichen Infrastruktur gebaut, um von den Almosen der Regierung unabhängig zu werden und die Opiumfelder des Generals wurden streng beschützt.

Jaleel kannte nur einen gewissen Oberst Popov persönlich, der die Dorfbewohner mit finanziellen Belohnungen besuchte.

Von hier aus sollten die geernteten Mohnblumen per Lastwagen in die etwa 60 Kilometer entfernte Hauptstadt Mithalam gebracht werden.

In einer Fabrik direkt vor den Augen der in der Nähe stationierten amerikanischen Streitkräfte wurde die Rohsubstanz chemisch verarbeitet und in reines Heroin verwandelt. Ein Kilo dieser süchtig machenden Droge würde in Europa etwa zwanzigtausend Euro einbringen.

Von diesem Labor aus fuhren Lastwagen in einem Konvoi auf der Jalalabad Highway One und machten sich unter ständiger Vorbeifahrt der amerikanischen Truppen auf den Weg in die afghanische Hauptstadt Kabul.

Ihr Ziel war der Flughafen, in dem sich ein Gebäude befand, das angeblich der russischen Regierung gehörte, da es als 'Diplomatische Verwahrstelle' bezeichnet wurde, in dem die Substanz gelagert war.

Es war für die amerikanischen Truppen die den Flughafen bewachten, nicht zugänglich und verboten zu untersuchen.

Von hier aus transportierte ein Frachtflugzeug die Drogen direkt zum Pariser Flughafen Beauvais in Frankreich, etwa einhundertfünfzig Kilometer von Boulogne-Sur-Mer entfernt.

Dort würden die Drogen bis zu ihrer Verteilung in Europa in einem grossen Warenhaus lagern.

Ungeahnterweise wurde Abdul Jaleel den amerikanischen Streitkräften in Afghanistan ein Dorn im Auge, da man annahm, dass er eng mit den

Taliban verbunden sei die versuchten die Kontrolle in Teilen des Landes wieder herzustellen.

Nichts könnte weiter von der Wahrheit entfernt gewesen sein.

Er hasste die Taliban als sie versuchten, den regionalen Gouverneuren die Kontrolle zu entreißen.

Sein Zahlmeister gab ihnen alles, was die Dorfbewohner jemals wollten. Und das Wichtigste für die Ältesten war die Sicherheit, die der General durch finanzielle Anreize bot.

Jaleel und andere hatten nicht die Absicht, wieder unter der Herrschaft der Taliban zu leben. Und die Taliban wussten sehr wohl, wie schwer bewaffnet die umliegenden Dörfer waren und würden es nicht wagen einen Kampf mit ihnen aufzunehmen.

Kapitel

Über Nacht hatte das französische Interpol-Büro einen Geheimdienstbericht über ein Schiff namens Santa Lucia geschickt, das am Kai von Boulogne-Sur-Mer vor Anker lag.

Ein großer Container, an dessen Seiten 'Diplomatische Verwahrstelle' Schilder angebracht waren, war entladen und per Lastwagen in das russische Warenhaus gebracht worden.

Ein diplomatischer Kurier war mit dem Stahlrahmen unterwegs gewesen.

Eine Inventarliste war dem Zoll übergeben worden, der keine andere Wahl hatte, als das offizielle Dokument zu akzeptieren. Und dieses Schiff war im Besitz von Alejandro Garcia.

Ein violetter Vermerk mit der Aufschrift 'Kriminelle Taktik' wurde an Interpol weitergeleitet!

Wie alle Beamten der Strafverfolgungsbehörden hatte Mark rund um die Uhr Zugang zu I-Link, einem internetbasierten Datensystem, dem super sicheren weltweiten Netzwerk von Interpol.

Er bat um weitere Überwachung und darum, die Sendung abzufangen sobald sie das Lager verlassen hatten.

Er musste sich vergewissern, was in dem Container war. Eine Vermutung ist nicht genug, stichhaltige Beweise waren entscheidend.

In der Zwischenzeit hatte er die Schiffsliste von Garcia durchstöbert und suchte nach Schiffen die in amerikanischen Häfen anlegten.

Mark setzte sich mit dem Interpol-Büro des Kommando- und Koordinierungszentrums von Buenos Aires in Argentinien in Verbindung, um alle auslaufenden Schiffe die Barranquilla verlassen, zu verfolgen.

Es dauerte nicht lange, bis er gegen Mittag erfuhr, dass die 'San Estaban' in Tampa Bay, Florida, am Industriekai angedockt hatte, wo ein Container mit der Aufschrift 'Diplomatische Verwahrstelle' entladen wurde, und dass dieses Schiff auch Garcia gehörte.

"Jetzt ist die Kacke am Dampfen!"

Und das Netz wird immer enger.

Später am Abend schickte Interpol in Frankreich eine Nachricht, dass sechs Lastwagen den Kai verlassen hatten, aber nicht abgefangen werden konnten, da sie auf beiden Seiten des Fahrzeugs ein Schild mit der Aufschrift 'Diplomatischer Kurier' trugen.

Mark biss sich frustriert auf die Lippen. Wir sind so nah dran, dachte er.

Er schickte eine Notiz zurück in der er darum bat, dass einer der Lastwagen verfolgt werden sollte und irgendwann bei einer Routinekontrolle möglichst ein GPS-Gerät unter den Lastwagen zu kleben.

Beamte des in Lyon ansässigen Interpol-Büros schickten eine Nachricht zurück um seine Bitte zu bestätigten.

Sie dachten, er mache Witze.

"Hält er dies für einen James Bond Film?"

Einer der leitenden Mitarbeiter dort war am lachen.

Jacques Meinung über amerikanischen Gesetzes- und Vollzugsbeamten war nicht sehr hoch. Er nannte sie 'Hollywood-Cowboys im Anzug.'

Interpol musste jedoch reagieren und so schickten sie ein Verfolgungsfahrzeug auf den Weg, der nur zur physischen Identifizierung diente.

Die Beamten setzten sich mit der Polizei in Paris in Verbindung und baten um Hilfe.

Da sie alle Autokennzeichen per Computer identifiziert hatten, konnte das Polizeiauto einem Lastwagen auf seinem Weg zur belgischen Grenze folgen.

Kurz vor der Stadt Amiens an der Autobahn A 29 hielten sie das Fahrzeug zu einer Inspektion an, da angeblich die hinteren Bremslichter nicht funktionierten.

Ein Beamter unterhielt sich mit dem Fahrer und sah sich die Inventarliste an, während sein Kollege ein magnetisches GPS unter den Lkw klebte. Dann winkten sie den Lastwagen wieder auf dem Weg.

Nun konnte Interpol den Wagen über den Transponder 'GLONASS' verfolgen, ein Satellitenortungssystem, das ein Kurzwellen-Funksignal an das Netzwerk der Straßenkameras weiter sendete.

Mit Hilfe der Bildanalyse zur Nummernschilderkennung und der Messung des Verkehrsflusses konnte die Abteilung das Auto nun problemlos bis zu seinem Ziel verfolgen, wo immer dieses auch sein mochte.

Aber Mark hatte etwas anderes im Sinn.

Um den Inhalt im Transit zu identifizieren und ohne einen diplomatischen Zwischenfall zu verursachen, musste er einen

Übergabepunkt finden, an dem die diplomatische Immunität nicht mehr gültig war.

Und genau das tat die französische Gendarmerie.

In der Nähe der Stadt Lille hielten sie den Lastwagen erneut an, beschuldigten den Fahrer mit Geschwindigkeitsübertretung und beschlagnahmten das Fahrzeug, da es für nicht verkehrstauglich befunden wurde.

Um keinen Verdacht zu erregen, hatte Interpol im Büro und in der Garage der Verkehrs- und Straßenbaubehörde ein 'Such- und Wiederauffindungsbüro' eingerichtet.

Alles Streiten und Geschrei half dem Fahrer und seinem Kollegen nicht weiter.

Mit der französischen Polizei legt man sich nicht an.

Und der Verdacht des FBI-Agenten wurde bestätigt.

Mit Hilfe eines High-Tech-Infrarot-Lasers hatten sie auf dem Monitorschirm mögliches hochwertiges Kokain in Hundert-Gramm-Tüten sehen können, die in südamerikanische Puppen gestopft waren.

Der Verdacht konnte nicht hundertprozentig bestätigt werden, da auf dem Bildschirm nur eine Substanz in der Verpackung zu sehen war. Aber es schien ziemlich offensichtlich zu sein, was es war.

Alles in allem mehrere Kilogramm weißes Pulver mit einem Straßenwert von zweieinhalb Millionen Dollar. Aber die Beamten waren sich auch bewusst nur abzufangen, aber nicht einzugreifen.

Sie wollten die großen Bosse der Drogen organisation ausschalten. Nach einer Entschuldigung der Polizisten die ihre Fahrt unterbrochen hatten, wurde der Lastwagen wieder auf die Reise geschickt, aber es wurde nun ständig überwacht und verfolgt.

Kapitel

25

In der Aspen Lodge auf dem Gelände von Camp David, dem Rückzugsort des Präsidenten in den hölzernen Hügeln des Catoctin Mountain Park in der Nähe von Thurmont, Maryland, hatte sich eine Reihe von Männern sowohl der englischen als auch der amerikanischen politischen Verwaltung versammelt.

Der britische Premierminister Henry Holsworthy.

Sein Außenminister Charles Elwood, der ehemalige russische Präsident Andre Cherkov und der US-Präsident Howard Steffenson hatten gerade ihren Nachmittagstee in der Lodge beendet und hatten sich privat zurückgezogen.

Sie alle waren in entspannter und geselliger Stimmung.

Monate nach der Einweihung befand sich der britische Premierminister auf einem Staatsbesuch, der nun schon in den dritten Tag hinein ging und der Präsident wollte mit seinem Gast ein wenig Ruhe und Frieden haben, ohne dass die Presse sie wie hungrige Hyänen jagten.

Sein Vizepräsident Richard Penske war auf seinem Weg von Washington DC, um später zu ihnen zu stoßen.

Der G8-Gipfel war nur noch zwei Monate entfernt und der Premierminister war Gastgeber dieses sehr wichtigen Ereignisses, welches in der walisischen Stadt Abergavenny stattfinden würde.

"Henry, ich weiß nicht was Sie glauben, aber unser japanischer Amtskollege Shinzo Kashita ist nicht gerade sehr offen mit seinem Wirtschaftsbudget für das kommende Jahr, nicht wahr?"

"Nein, Sie haben Recht, Howard."

Holsworthy nahm einen Schluck von seinem Tee.

"Zumal wir es uns auf dem diesjährigen Gipfel zum Ziel gesetzt haben, unsere Hilfe für die ärmsten Nationen zu erhöhen."

"Es scheint, dass Kashita diese Initiative blockiert."

"Oh, Andre."

Der Präsident wandte sich an seinen vertrauten Freund.

"Manchmal wünschte ich mir, Sie wären immer noch der russische Präsident."

"Nach dem, was ich gehört habe, war Ihr diplomatisches Geschick dem des Raufbolds Vondlokov weit überlegen."

"Er gibt nie eine direkte Antwort."

"Bei unserem letzten Treffen diskutierte ich mit ihm die Aufhebung der Exportbeschränkungen seines Nachbarn Kasachstan, eines großen Getreideexporteurs."

"Und damit dieser beginnen kann, die Verfügbarkeit von Nahrungsmitteln in den angrenzenden armen Ländern wie Kirgisistan und Tadschikistan zu erhöhen und die Preise zu senken."

"Er war nur bereit, darüber nachzudenken."

"Zwei Monate später denkt er immer noch nach!"

"Zumindest waren Sie offen für Diskussionen."

"Nun, Howard. Das ist leider Politik."

"Wo Entscheidungen sich auf dem Charakter einer Person basieren."

"Ob es zum Wohle des Landes oder zur Befriedigung des Egos ist."

"Vondlokov will länger an der Macht bleiben als die zehn Jahre, die in der Verfassung ratifiziert sind und er hat einige mächtige Verbündete im russischen Kongress, in der Duma."

"Und diese Macht Reise könnte für seine Verbündeten hässlich werden."

"Deshalb ist es gut, Sie als engen Berater zu haben." Steffenson machte eine große Handbewegung.

"Sie sind für niemanden eine Bedrohung und doch können Sie großen Einfluss ausüben, besonders bei Leuten wie Vondlokov oder diesem französischen eingebildeten kleinen Scheißer Präsident Thomas Agard."

"Er glaubt, noch in den napoleonischen Jahren zu leben und will die Europäische Union gegen den Willen des deutschen Bundeskanzlers reformieren."

"Was für ein Schwanzkopf."

"Sie sind und werden immer der große Kommunikator sein."

Der britische Außenminister stand an dem großen Fenster mit Blick auf den Patio-Bereich und gleich dahinter befand sich der Swimmingpool.

"Und unser anderer Stolperstein ist die Klimapolitik."

Minister Elwood beklagte.

"Unser Emissionsziel für die nächsten zehn Jahre ist immer noch nicht von den meisten Mitgliedern ratifiziert worden."

"Offen gesagt, eine Katastrophe."

Er bewunderte den großen Pool und wünschte sich, er hätte einen solchen in seinem Haus. Was Charles Elwood nicht wusste war, dass sich direkt unter dem Pool 'Orange One' befand, ein Militärkomplex, der vom Präsidenten in einer Notsituation genutzt werden konnte.

"Also meine Herren, nehmen Sie Platz!"

Hauptmann John Jay Wallace stand vor der Mannschaft des Navy Seal Team 8 und Mitgliedern des 160. Spezielle Luftlande Operations Regiment, in einem Gebäude innerhalb des Bagram Flughafen in der Provinz Parwan.

Es war nur eine Stunde von der afghanischen Hauptstadt Kabul entfernt.

Das Gebäude war Teil eines Komplexes auf dem Luftwaffenstützpunkt von Camp Vance, der von der amerikanischen Kombinierten Einsatztruppe der Spezial Operation kontrolliert wurde.

Es war zu Ehren von Feldwebel Gene Vance benannt worden, der als kryptologischer Sprachwissenschaftler bei der amerikanischen Nationalgarde tätig war.

Am 18. Mai 2002 gelang es Vance trotz seiner schweren Verwundung in seiner selbstlosen Pflichttreue, zwei amerikanische und achtzehn afghanische Soldaten vor dem sicheren Tod zu bewahren, als sie während ihrer Patrouille auf unerwarteten Widerstand der Taliban-Streitkräfte stießen.

Feldwebel Gene Vance starb später an seinen Wunden in einem Militärkrankenhaus.

"Heute beginnt die Operation Tomahawk Phase zwei!"

Hauptmann Wallace stand vor einer großen Karte, die die Berge und Täler der Provinz Laghman zeigte und auf einer zweiten Karte Einzelheiten des Waldes von Nuristan. Es war jetzt elf Uhr morgens.

"In zwei Stunden werden Sie in den Helikopter MH 47 Chinook steigen, der Sie zum Flughafen Mihtarlam bringen wird, von wo aus Sie morgen die Operation zur Tötung oder Gefangennahme des Milizkommandanten Abdul Jaleel, eines hochrangigen Taliban-Agenten, beginnen werden!"

"Sein Dorf Chintal liegt am Fuße des Bergkamms des Nuristan Waldgebirge."

"In Ihren Besprechungsnotizen werden Sie Fotos von zwei Gebäuden am Rande des Dorfes sehen, in dem Jaleel lebt."

"Die Erkundung durch das Seal-Team 4 vor ein paar Tagen bestätigte seinen Aufenthaltsort."

Leutnant Michael Seary, der Zugkommandant der Operation, hatte noch eine Frage.

"Sir, es scheint so, als bekämen wir widersprüchliche Berichte über die Stärke des Feindes."

"Hier in den Notizen heißt es zwanzig bis vierzig feindliche Soldaten; dennoch höre ich immer wieder, dass diese Zahl eine konservative Schätzung ist."

"Mit was genau haben meine Männer hier zu tun?"

"Ich verstehe Ihre Besorgnis, Leutnant."

Die Stimme des Hauptmanns war schwer und er ließ einen Seufzer aus.

"Ich wünschte, ich könnte Ihnen mehr Informationen geben, aber das Seal Team 4 hatte es schwer, die Dorfbewohner besser zu zählen, ohne entdeckt zu werden."

"Es tut mir leid, Leutnant, aber ich kann nicht mehr hinzufügen, was Ihnen und Ihren Männern helfen würde, diese Operation kompetenter durchzuführen."

"Das ist in Ordnung, Hauptmann."

Leutnant Seary sah sich zu seinen Männern um, die an seinen Lippen hingen.

"Wir müssen ihn dann nur so richtig hart ins Ohr ficken!"

Das Gebrüll der Mannschaft nahm fast das Dach des Gebäudes hoch. Sogar der Hauptmann musste grinsen.

"Alles klar, Jungs."

Der Leutnant stand auf und klatschte in die Hände.

"Lasst uns eure Ausrüstung holen und wir treffen uns in einer Stunde in diesem Gebäude, um zum Hubschrauber gebracht zu werden!"

Kapitel

26

Bevor Mark mit seinem Jet von Bogota abflog, hatte er Enrique gebeten wenn möglich, die Drohne für eine Überwachungsoperation in New York City zur Verfügung zu stellen.

Der Major war wirklich dazu bereit und die Drohne wurde an ihrem Mutterschiff 'Amigo' eingehakt und in den FBI-Jet geladen.

Die WESPE hatte einen Durchmesser von nur sechs Zentimetern und die größere Drohne war viermal so groß wie die Haupt-Drohne, um robuster reisen zu können.

'Amigo' war auch eingesetzt worden, als die WESPE Kanada und zurück flog.

Sie verfügte über Reserve Elektronik, auf den die WESPE über den Hauptrahmen zugreifen konnte.

Der Kontrollraum für dieses einzigartige Flugobjekt befand sich auf derselben Etage wie Enriques Büro. In der Mitte des Raumes war ein Platz eingerichtet. Auf jeder Seite befanden sich ein Cockpit artiger Stuhl und sechs Monitore.

Für eine Langstreckenreise oder Überwachungsoperationen wurden vier Offiziere benötigt, um den Flugplan und die Fähigkeiten für eine solche Aufgabe auszuführen.

Eine Person war der designierte Pilot, der das Fahrzeug auf seiner vorprogrammierten Flugbahn manövrierte. Der zweite Techniker beobachtete die elektronische Ausrüstung an Bord und konnte bei Bedarf über Satellitensignale Anpassungen vornehmen.

Die dritte Person hatte die Aufgabe, das Wettergeschehen auf seiner Reise zu studieren und den Piloten bei Kurskorrekturen zu beraten. Die WESPE konnte dann über die Bodenkontrolle in einer sichereren Umgebung von ihrer Schwester-Drohne befreit werden.

Der vierte Offizier würde die Bordkamera und den Zoom bedienen und die übertragenen Bilder in Echtzeit auf dem großen Wandschirm angezeigen.

Zwei weitere Mitarbeiter studierten alle eingehenden Daten und ein zweites Flugteam befand sich in Bereitschaft, um die erste Besatzung abzulösen, sollte WESPE die Drei-Stunden-Marke überschreiten.

Zurück in Washington arrangierte der verantwortliche Spezial-Agent ein Treffen mit Ron Dexter, seinem Kollegen von der DEA, eine Regierungs Abteilung die für den illegalen amerikanischem Drogenhandel verantwortlich war.

Da es sich nun um einen Drogeneinsatz zusätzlich zu dem Mord in einem Bundesgebäude handelte, musste diese Untersuchung ausgeweitet werden.

FBI und DEA würden nun eine konkurrierende Gerichtsbarkeit einrichten und wertvolle Informationen austauschen. Mark kannte Ron seit vielen Jahren und sie verstanden sich sehr gut.

Zwischen den beiden war kein Rasenschutz erforderlich.

Der Wirtschaftsgipfel zwischen Boris Andropov und Jonathan Steiner war in drei Tagen angesetzt. Die russischen und amerikanischen Sicherheitsteams hatten miteinander verwobene Zeitpläne erstellt und würden sich gegenseitig ergänzen.

Der russische Wirtschaftsminister würde als Gast der amerikanischen Regierung im Four Seasons Hotel an der Pennsylvania Avenue übernachten.

Mark veranlasste, dass Hannah dem diplomatischen Schutzdienst als Beobachterin zugeteilt wurde. In der Hoffnung in der Nähe des russischen Gesandten zu sein, um wichtige Gespräche von den Lippen abzulesen.

"Sechs Minuten bis zum Abwurfpunkt!"

Der Pilot des Hubschraubers MH-47 Chinook, der Leutnant Searys Team beförderte, übermittelte die Nachricht über die Gegensprechanlage.

Es war jetzt 4.30 Uhr morgens und das Navy Seal Team 8 bereitete sich auf einen weiteren Tag im Büro vor.

"Hört mal zu!"

Seary sah sich um um sicherzustellen, dass er die Aufmerksamkeit aller hatte. Für das erfahrene Seal Team war dies nur eine Routineoperation, die ihrer Meinung nach bis zum Mittag abgeschlossen sein sollte.

Lieutenant Seary hasste es, zu stagnieren und versuchte seinen Männern einzureden, dass diese Mission genauso gefährlich sei wie das erste Mal als sie sich gemeinsam hinauswagten, um in ein Kampf verwickelt zu sein.

"Die Taliban haben sehr gute Ohren und werden ihre Kommandeure zweifellos über unsere bevorstehende Ankunft informieren."

"Unser Hubschrauber ist nicht gerade ruhig und...."

"Abwurfpunkt in Sicht!"

Der Pilot bremste den Hubschrauber ab und schwebte über einer Grasböschung, die einige Tage zuvor vom Seal Team 4 vorgezeichnet worden war.

Zwei Black-Hawk-Hubschrauber, die als Schutz entlang des Chinook geflogen waren, hatten in der Luft kurz über der Landezone auch angehalten.

Die MH-47 befand sich jetzt nur noch einen Meter über der Kuppe, als Leutnant Seary den Befehl zum Absprung gab.

Nach der Landung stellten die ersten sieben Navy Seals mit ihren schussbereiten automatischen M4-Gewehren einen Schutzparameter um die Kuppe herum auf.

Der Chinook wandte sich sofort ab, sobald alle sechzehn Männer am Boden waren. Innerhalb von Sekunden waren die Hubschrauber verschwunden und Stille kehrte in das Gebiet zurück.

Die Sonne begann das Tal zu erwärmen, aber es war noch sehr früh am Morgen und keine Menschenseele würde ihre Ankunft ankündigen.

Eine zwanzig Meter entfernte Bergziege warf ihnen einen neugierigen Blick zu und verschwand dann in den Wäldern.

Dennoch meinte Lieutenant Seary es sei besser nur zu flüstern und gegebenenfalls Handzeichen zu geben.

"Also gut, das Dorf liegt zwei Kilometer weiter südlich direkt vor uns."

"Sobald wir es erreichen, wird Unteroffizier Axel die acht ausgesuchten Männer mitnehmen, genau so wie wir es geplant hatten, um sich dem nördlichen Eingang des Dorfes zu nähern!"

"Axel, gehe durch das Dorf, bis Du mein Team auf der anderen Seite triffst!"

"Eine Begegnung mit dem Feind und Du bringst ihn sofort zur Strecke!"

Leutnant Seary sah jedem Mann in die Augen und nickte dann. Das war seine Art, eine Operation zu beginnen.

Unteroffizier Mathew Axel gliederte sich hinter Seary ein, da er der zweite verantwortliche Offizier war.

Sie bewegten sich langsam durch den Wald der sich vor dem Team ausbreitete. Es blieb keine Zeit, die Aussicht auf dieses spektakuläre Gebiet und seine Umgebung zu genießen.

Die Morgensonne schnitt sanft durch die Schlucht und enthüllte selbst im Winter herrliche Baumgruppen mit verschiedenfarbigen Blättern, die am Berghang entlang wuchsen.

Die Provinz Laghman war eine der schönsten Gegenden Afghanistans.

Ihre üppig grünen Schluchten mit angepflanzten Reisfeldern entlang des Alingar-Flusses, der die ganze Schlucht durchschneidet, war einer der wichtigsten Nebenflüsse des Kabul-Flussbeckens.

In einigen der abgelegenen Bergregionen, in denen es nur wenige grüne Flächen zum Anpflanzen gab, hatten die Bauern vor Ort Terrassen in die Seite der kargen Klippen geschnitten um ihren gepflanzten Weizen, Gerste und Gemüse anzubauen.

Die Hirten kümmerten sich um ihre weidenden Schafe, Ziegen oder Kühe auf der Hangseite des Grabens.

In der paschtunischen Region waren kleine Dörfer entlang der Flussufer verstreut und die Einheimischen besuchten ihre Felder am frühen Morgen, bevor die Sonne ihren Zenit erreicht hatte.

Kapitel

27

Priscilla sah den Toyota-Landcruiser ihres Vaters, lange bevor er ihr Haus in Garett Park erreichte.

Sie freute sich, ihn besonders heute bei seinem ersten richtigen Besuch in seinem eigenen Haus zu sehen. In den letzten fünfzehn Monaten der Trennung von Mark und Pamela war er noch nie zu einem Abendessen hier gewesen.

"Hallo Papa."

Seine Tochter, die sich vor einigen Wochen bemüht hätte, ihn nicht zu sehen hatte das größte Lächeln quer über ihr Gesicht gemalt.

Von ihren liebevollen Umarmungen konnte er nicht genug bekommen und heute war keine Ausnahme. Er hatte Blumen für seine Frau mitgebracht und fühlte sich nervös wie ein Schulkind, das bei seiner ersten Verabredung unterwegs war.

Er mochte diese Formalitäten nicht, besonders nicht mit jemandem mit dem er seit zwanzig Jahren verheiratet war.

Aber es gab keine andere Wahl als die ganze Nacht Smalltalk zu machen wenn das so sein sollte.

Zum Glück für ihn wollte Pamela davon nichts wissen. Schließlich war er der Vater ihrer Tochter.

Sie machte ihn ebenso willkommen und erinnerte Mark daran, dass dies auch sein Haus war.

Sie war schon immer die perfekte Gastgeberin gewesen und ihre Lässigkeit wurde von allen geliebt. Aber der Spezial-Agent nahm diese Einladung nicht als gegeben hin und er blieb innerhalb seiner Grenzen.

Priscilla nahm die Rolle der charmanten Tochter mit natürlicher Leichtigkeit an und sollte es ein kleines bisschen Frost zwischen Pamela und Mark geben, ließ Priscilla es in einer Nanosekunde schmelzen.

"Deine Tochter hatte die Idee für das Abendessen, was ich als einen wunderbaren Gedanken empfand aber trotzdem habe ich am Ende das ganze Kochen übernehmen müssen."

Gelächter rundherum.

"Das stimmt bis zu einem gewissen Punkt, denn ich habe den Nachtisch gemacht," und Pris bewegte sich anmutig wie eine Ballerina durch die Küche.

"Oh?"

Staunte Mark. "Das ist mir neu, dass meine Tochter in der Küche aushilft. Okay, überrasch mich."

"Nun."

Sie hatte ihre Ellbogen auf die Küchenbank gelegt.

"Ich habe eine Pavlova gemacht."

Und damit öffnete sie die Kühlschranktür und alles was Mark sah, war diese massive weiße Masse mit seltsam aussehenden grünen Früchten darauf.

"Eine Pav... was?"

Dieses Wort hatte er noch nie zuvor gehört.

Seine Frau lächelte nur und hatte die Arme verschränkt.

"Oh, Papa, Du bist einfach so altmodisch. Hast du noch nie von diesem Nachtisch gehört?"

"Es ist aus Neuseeland."

"Aus Neuseeland?"

Er hob die Augenbrauen.

"Wie sind wir in dieses Land gekommen und was für ein seltsam klingendes Wort."

"Oje."

Sie keuchte. "Ich muss wohl meinen eigenen Vater erziehen."

"Papa, lass mich Dir eine Geschichte erzählen."

"Anna Pavlova war eine russische Primaballerina, die in den 1920er Jahren sowohl Australien als auch Neuseeland besuchte."

"Und ein neuseeländischer Koch backte ihr zu Ehren einen Kuchen und nannte ihn Pavlova. Und wie die Franzosen sagen würden; Voila."

Und damit verbeugte sich Priscilla wie eine Balletttänzerin.

"Okay, den Teil habe ich verstanden."

"Aber was ist das grüne Ding da oben drauf, Schleim?"

"Mon dieu, mon dieu."

Seine Tochter hielt sich den Handrücken an die Stirn und schloss die Augen und gab vor, einen französischen Tod zu sterben.

Sie klagte mit französischem Akzent.

"Mein Papa versteht das nicht; es ist mein Wunsch, einen wilden Mann zu erziehen. Es ist eine Kiwifrucht für den Mann, der Leidenschaft und Wissen webt."

Eine Privatvorstellung meiner Schauspielertochter, dachte er mit Stolz.

"Bravo." Pamela klatschte in die Hände. "Vielleicht können wir jetzt mit dem Abendessen beginnen."

Und dann servierte sie Marks Lieblingsgericht, einen irischen Eintopf. Ein herzhaftes Mahl, gefüllt mit Lamm, Kartoffeln, Karotten und anderem Gemüse. Ein wunderbarer Abend voller Lachen, Geschichten und Wärme.

Und zum krönenden Abschluss ein abendlicher Spaziergang durch die Nachbarschaft, wie sie es immer gemacht hatten, als Priscilla noch jung war. Eine glückliche Zeit für alle.

Es war schwer für Mark, sich das Lächeln auf dem Weg zurück zu seiner Wohnung aus dem Gesicht zu wischen.

Abdul Jaleel wurde von seinem Satellitentelefon neben seinem Bett geweckt. Zuerst dachte er er würde träumen, aber der anhaltende Klingelton ließ ihn schließlich mit halb geschlossenen Augen nach dem Gerät greifen.

Er sah auf die Uhr auf dem Nachttisch.

Es war jetzt vier Uhr fünfundvierzig am Morgen.

"Abdul!"

Er erkannte die Stimme. Es war Badih, sein Vetter, der zusammen mit zwanzig anderen Männern über das Tal verstreut als Spotter arbeitete.

Sie hatten die Hubschrauber gehört.

"Die Amerikaner kommen."

"Die Amerikaner kommen? Was?"

Nun war Abdul wach und saß aufrecht.

"Wie viele? Fünfzig oder hundert?"

"Nein, Vetter. Wir haben sechzehn gezählt."

"Sechzehn?"

Ihm fiel die Kinnlade runter.

"Das ist eine Beleidigung. Die Ungläubigen, die an meiner Tür ankommen, treten nur mit einer kärglichen handvoll Männer auf."

"Wie können die es wagen!"

"Badih, wo sind sie und wie nahe am Dorf?"

"Sie wurden auf dem Kamm des Farzah-Gebirges abgesetzt und sind jetzt auf dem Weg hinunter zu Dir."

Jaleel wusste, dass die Soldaten knapp eine Stunde brauchten, bevor die Amerikaner das Dorf erreichen würden.

"Ich werde ihnen einen Empfang bereiten, den sie nicht vergessen werden und sie können diese Erinnerung mit in die Hölle nehmen."

"Sechzehn lausige Männer. Ich verdiene etwas Besseres als das."

Er zog die Hose hoch und rief nach seinem Sohn, der im Nebenzimmer war.

"Schnell Sohn, lauf zu den anderen Kommandanten und die sollen alle Männer aufwecken, damit sie ihre Waffen holen und mich hier treffen!"

"Die Amerikaner kommen. Los, lauf!"

Er hatte noch nicht einmal den letzten Satz beendet und sein neunjähriger Sohn flog zur Tür hinaus.

Nur durch pures Glück waren gestern fünf Kommandanten aus den umliegenden Dörfern mit ihren Männern eingetroffen, um über die Sicherheit der gesamten Provinz zu sprechen und darüber, wie man sich besser auf die bevorstehende Ernte vorbereiten kann.

Insgesamt waren einhundertfünfzig Kämpfer im Dorf, bewaffnet mit allen modernen Waffen, die Oberst Popov und seine Mitarbeiter ihnen vor einiger Zeit geliefert hatten.

Leutnant Seary hob seine geschlossene Faust.

Sofort hielt seine Mannschaft an, hockte sich hin und richteten die Waffen auf dem bewaldeten Gelände um sie herum. Er hatte etwas gehört und erkundete mit seinem Fernglas das Buschland vor sich.

Er untersuchte die kleinen Buchszweige genau. Wären sie gestört worden, wären die Blätter immer noch in Bewegung, mehr als die leichte Brise es zulassen würde.

Die Sonne ging langsam hinter ihnen auf und gab ihm einen klaren Blick auf die Baumgrenze vor ihnen.

Und dann sah er es!

Nur leicht, aber gerade soviel, dass Seary einen Schatten neben einem Baum etwa zwanzig Meter direkt vor den Männern ausmachen konnte.

Er drehte sich um und in diesem Moment durchbohrte eine Kugel seine Kehle, trat hinten am Hals aus und riss auf ihrem Weg durch eine Hauptarterie. Er brach zusammen, umklammerte seinen Hals mit beiden Händen vor Schmerzen und das Blut strömte zwischen seinen Fingern heraus.

Geschosse durchschlugen nun die Büsche und Blätter und trafen ungehindert die SEALS.

Vier von Abdul Jaleels Männern waren ausgebildete Scharfschützen und sie hatten das neueste russische Durchschlagsgewehr mit Körperpanzerung.

Es war eine Waffe des Bizon SV Dragunov mit einem Kaliber von neun bis achtzehn Millimetern.

Es war das erste Gewehr dieser Art und es verbreitete nun unter den amerikanischen Soldaten ein Feuer der Hölle vor. Innerhalb weniger Sekunden gingen vier weitere Männer zu Boden.

Leutnant Seary war verblutet.

"Jesus Christ!"

Offizier Mathew Axel hatte keine Zeit, die angeschlagenen Körper seiner Kollegen zu beurteilen. Er musste schnell handeln.

"Kliesch!" schrie er.

"Nimm sechs Männer zu der Baumreihe dort, Einzelfeuer von links nach rechts. Nagel sie fest!"

"Hopp! Nimm vier Männer, Feuer und Bewegung zwei Meter auf einmal. Los,los, bewegt Euren verdammten Arsch!"

Und die SEALS reagierten, ohne nachzudenken. Trainings Instinkt setzte ein und sie nahmen innerhalb von Sekunden ihre Kampfposition ein und rückten vor.

"Klinsman! Geh ans Funkgerät! Wir brauchen ganz schnell Verstärkung. Hohl die QRF her!"

Die QRF war die 'Schnelle Eingreifstruppe' der Armee.

Die QRF konnte innerhalb von zehn Minuten mobilisiert werden und bald darauf im Hubschrauber sitzen. Sie befanden sich in einer ständigen 'kampfbereiten Rolle'.

Je nach Situation waren die Soldaten voll bewaffnet und saßen in ihren Humvees mit laufenden Motoren. Im Moment befand sich die nächstgelegene QRF auf der Mihtarlam Airbase, ein fünfzehn minütiger Hubschrauberflug.

Klinsman nickte und drückte den Knopf. In denselben Moment traf ihn eine Kugel seitlich am Kopf und er war tot.

Offizier Axel erkannte sofort die tödliche Gefahr in der sie sich befanden und die SEALS waren in der Minderheit.

Die Soldaten mussten ihre Mission aufgeben und sich weiter entfernt in Richtung der Anhöhe, ihrem ursprünglichen Absetzpunkt, neu gruppieren und auf Verstärkung warten.

"Rückzug und Feuer. Rückzug und Feuer. Niemand wird zurückgelassen!"

"Vorwärts! Bewegt euch! Bewegt euch!"

Schrie Axel über den Lärm des ständigen Abfeuerns ihrer Waffen.

Langsam bewegten sich die SEALS rückwärts und schossen in den Wald, während ein anderer Soldat das Funkgerät aus Offizier Klinsmans toter Hand nahm und versuchte, die Basis in Mihtarlam zu erreichen, um die dringend benötigte Hilfe zu erhalten.

Er wurde von mehreren Kugeln auf einmal getroffen und ging zu Boden.

Dann wurde das Funkgerät selbst in Stücke geschossen.

Der verantwortliche Offizier Mathew Axel holte sein Satellitentelefon heraus, um den Luftwaffenstützpunkt zu erreichen und fiel tot zu Boden nachdem er von einer einzigen Kugel getroffen worden war die seine Brust durchschlug. Die Scharfschützen waren gut positioniert.

Kapitel

28

"Darum erkläre ich Euch nun im Angesicht Gottes zu Mann und Frau."

Ein enormer Jubel erhob sich unter den vierhundert geladenen Gästen, die einer wunderschönen Hochzeit von Simona, die Tochter des US-Präsidenten beisassen, die im Alter von neunundzwanzig Jahren Stephen Aldrich, einen leitenden Bankanalysten von Goldman Sachs, im prächtig dekorierten Rosengarten auf dem Gelände des Weißen Hauses heiratete.

Präsident Steffenson war so stolz darauf, sein kleines Mädchen die Treppe des Portikus hinunter in den Garten zu begleiten.

Es war ein Live-Übertragungsereignis, an dem ganz Amerika teilnahm. Alle versammelten Kamerateams und Zeitungsfotografen hielten respektvollen Abstand, um die offiziellen geladenen Gäste nicht zu stören.

Andre Cherkov war der Ehrengast und saß in der zweiten Reihe direkt hinter den Eltern des nun verheirateten Paares.

Der US-Präsident und der ehemalige russische Staatschef verpflichteten sich, während der Veranstaltung nicht über Politik zu sprechen. Da auch Vertreter von anderen Ländern eingeladen waren, die eine Botschaft in Washington hatten, konnte Andre Cherkov seine Muttersprache mit dem russischen Botschafter Igor Ruslakovic sprechen.

Nach Abschluss der offiziellen Zeremonie begaben sich die Gäste in den Ostsaal wo ein Abendessen im Bankettstil serviert wurde, bevor Braut und Bräutigam einen langsamen Brautwalzer nach der Melodie von Lionel Ritchies 'three times a lady' hören konnten.

Dann war der Präsident an der Reihe, zur Freude aller mit seiner Tochter zu tanzen.

"Ich wusste nicht, dass Sie tanzen können." Bemerkte Cherkov während des Abends.

"Glauben Sie mir, Andre," flüsterte Steffenson, "das wusste ich auch nicht."

"Und ich werde Ihnen nicht sagen, wie lange ich schon praktiziere."

"Mein erster Tanz seit meiner eigenen Hochzeit vor achtunddreißig Jahren. Ich wollte auf keinen Fall einen Fehler machen."

Der ehemalige russische Präsident holte sich ein Glas Champagner und mischte sich unter die anderen Gäste.

Wie sich die Dinge in seinem Leben verändert hatten.

Noch vor acht Jahren war er Präsident des neben den USA mächtigsten Landes der Welt, doch die Verfassung verbot ihm, eine dritte Amtszeit anzustreben. Er schaute sich im Ostsaal um und erinnerte sich deutlich an den Tag vor fast zehn Jahren, als er als Ehrengast des Banketts, das der damalige US-Präsident William Strokes beim Staatsbesuch von Cherkov gab, einen Fuß in eben diesen Raum setzte.

Die gesamte USA waren begeistert in ihrer Bewunderung für den früheren russischen Präsidenten, der die ehemalige Sowjetunion aus der

Flaute der kommunistischen Ära herausführte, obwohl er nicht gerade ein Mann der Vernunft und sehr gegen die USA war.

Nach dem Aufstieg Cherkovs in das höchste Amt der ehemaligen Republik wurde er als der große Kommunikator bekannt.

Andre nutzte Überzeugungskraft und diplomatische Wärme, um einen Dialog und freundschaftliche Beziehungen zu Großbritannien und den Vereinigten Staaten und den meisten anderen Ländern der Welt aufzubauen.

Bei dieser Gelegenheit traf er mit Howard Steffenson zusammen, der damals ein Senator in seiner zweiten Amtszeit aus Ohio war. Sie verstanden sich so gut, dass sie auch nach seiner Rückkehr nach Moskau in Kontakt blieben.

Auf Cherkovs Idee und Empfehlung hin kandidierte der Senator bei der nächsten Vorwahl für das Präsidentenamt.

Zu diesem Zeitpunkt war Andre bereits ein Drogenbaron geworden und im Begriff, die Welt auf eine ganz andere Art und Weise zu erobern, als es ihm das Amt des Präsidenten erlaubt hätte.

Die Verhaftung seines damaligen persönlichen Leibwächters Dusan Popov unter dem Vorwurf des Drogenhandels führte ihn in die Drogen-Unterwelt und deren Verlockungen ein, sowie auch die Abhängigkeit von Millionen von Menschen.

Nachdem er monatelang im Gefängnis verweilte, besuchte ihn Cherkov in seiner Zelle, und aus der Tirade 'Wie konntest Du nur' wurde ein interessantes Gespräch über den illegalen Handel und Popovs Beteiligung.

Ihre geheime Korrespondenz in den nächsten Monaten etablierte in seinem Kopf ein festes Denkmuster, um nach seinem Ausscheiden aus dem Amt mit dem Drogennetz in Verbindung gebracht zu werden.

Er begnadigte Popov, der die notwendigen Kontakte knüpfte, damit Cherkov in der dubiosen russischen Sphäre Fuß fassen konnte.

Im Gegenzug schwor Dusan sich, dass er Cherkovs Diener auf Lebenszeit werden würde. Auf Anweisung des ehemaligen russischen Präsidenten richtete er das zwölfköpfige Todesschwadron 'die Soldaten der Finsternis' ein um die Opposition auszuräumen und rücksichtslos eine neue Ordnung herzustellen.

Dusan Popov fungierte als seine rechte Hand, während Cherkov unter dem Deckmantel eines pensionierten Politikers im Hintergrund delegierte.

Die zurückweichenden SEALS waren plötzlich in eine Kakophonie von Kugeln versunken, die direkt von hinten kamen.

Jaleel hatte seine Streitkräfte gespalten und schaffte es, die angeschlagenen Soldaten zu umzingeln und ihnen den Rückzug abzuschneiden.

Ein Feuerregen riss durch die Männer und löschte auf der Stelle das Leben aus.

Jahrelanges Training der Navy Seals wurde gegen so eine wilde Feuerwand zunichte gemacht.

"Eine Kugel ist unvergleichlich!"

Egal, wer sie abfeuert!

Das Einzelziel der am besten ausgebildeten Spezialeinheiten der Welt würde beim Aufprall einer Kugel den Verstand brechen!

Abdul Jaleel hob seine Faust und der Beschuss hörte auf.

Die Stille die folgte, war fast zu viel des Guten.

Und so war auch die Szene vor den Milizkämpfern. Alle sechzehn SEALS lagen regungslos am Boden.

Die Rinde der umliegenden Bäume waren durch den Einschlag der Geschosse von den Stämmen gerissen worden. Kleine Bäume und Sträucher hatten aufgehört zu existieren und waren entwurzelt umgekippt. Langsam bewegten sich die Männer mit erhobenen Gewehren auf die amerikanischen Soldaten zu.

Offizier Karney, der schwer verwundet wurde, wollte nicht gefangen genommen werden und zog seine SIG-Sauer-Handfeuerwaffe während er auf der Seite lag um zumindest einige der Milizkämpfer mitzunehmen.

Sobald er die Hand hob, wurde ihm die Pistole aus den Fingern geschossen. Die Scharfschützen gingen kein Risiko ein. Sie folgten auch dem von Jaleel weitergeleiteten Befehl, nicht mehr zu töten.

Genug war genug!

Der Offizier sackte zurück und wartete auf sein Schicksal.

Abdul sah die gebrochenen Männer vor sich an und bemerkte, dass drei weitere SEALS das Massaker des Feuers ebenfalls überlebt hatten.

Von seinem Leutnant erfuhr er, dass sie in ihren eigenen Reihen acht verletzte Männer und einen toten Kämpfer hatten. Abdul nickte. Selbst ein Mann war zu viel. Er musste die Familie konfrontieren und die Leiche für die Beerdigung vorbereiten.

Den verwundeten Soldaten wurden die Waffen abgenommen und ihre Wunden so gut wie es möglich war in dem unversöhnlichen Gelände geflickt. Alle sechzehn SEALS wurden zur Grashügelkuppe am Farzah-Berg zurückgebracht, von wo aus sie vor knapp sechzig Minuten den Kampfhubschrauber verlassen hatten.

Jaleel holte sein Satellitentelefon heraus und wählte die Nummer des Luftwaffenstützpunktes Bagram. Er wusste, welche Offiziere auf dem Flugplatz stationiert waren. Einige seiner eigenen Männer arbeiteten am Rande des Militärstützpunktes in Kleinstarbeit, aber ihre Augen und Ohren gehörten ihrem Milizkommandeur.

"Ich muss dringend mit Hauptmann Wallace sprechen!"

Zurückkam die Stimme des Operators.

"Der Hauptmann ist im Moment sehr beschäftigt. Wie lautet die Nachricht?"

"Hier spricht Abdul Jaleel."

Seine Stimme war eiskalt.

"Sagen Sie dem Hauptmann, er soll seine toten und verwundeten Männer abholen."

Toten Stille am anderen Ende der Leitung. Es dauerte nicht lange, bis eine dunkle, zitternde Stimme die Verbindung wieder zum Leben erweckte.

"Hauptmann Wallace."

Er schluckte schwer, als der schlimmste Alptraum nun über ihn hereinbrach.

"Hauptmann, Sie haben zwölf tote und vier verwundete Männer, die ich zu dem Punkt zurückgebracht habe, an dem sie abgesetzt wurden."

"Mit meiner Gnade werden die vier am Leben bleiben."

"Noch ein Rat, Herr Hauptmann. Bei Allah, dem Allmächtigen, kommen Sie nie wieder in meine Provinz."

"Dies ist mein Land und keine Ungläubigen haben das Recht, mir meine friedliche Existenz wegzunehmen."

"Ich entscheide, wer hier lebt. Kehren Sie nach Hause zurück."

"Sie gehören hier nicht her."

Und dann war die Leitung tot.

Kapitel

Nach einer Pause ging Tamara an Marks Büro vorbei und überhäufte ihn mit einem wunderschönen Lächeln.

"Hey," ihre Stimme, weich wie Samt, "arbeitest Du zuviel wie üblich?"

"Hey."

War seine nervöse Antwort.

"Ja, manchmal habe ich das Gefühl, ich brauche zwei von mir, um den ganzen Papierkram zu erledigen."

"Ich habe hier gerade die Nachrichten gehört."

Er deutete auf den Fernseher in der Ecke.

"Wir haben in einem Kampf in Afghanistan noch mehr gute Soldaten verloren."

"Es scheint nie ein Ende für das Sterben unserer guten Männer zu geben. Und was ist mit Dir? Geht es Dir gut?"

Er konnte seinen eigenen Smalltalk-Mist nicht glauben. Aber da war es.

"Ja, es geht mir gut."

"Höre, morgen ist mein Geburtstag und ich werde mit einigen meiner Freunde ausgehen, aber es wäre wirklich schön, wenn wir am Tag danach zusammen zum Abendessen gehen könnten."

"Es würde mir sehr viel bedeuten."

Da war wieder dieser Welpenblick.

Wie konnte er oder irgendein anderer Mann diesem Blick widerstehen? Mark bekam einen steifen in der Hose wenn er nur in ihre Augen schaute.

"Naja, ah, sicher okay."

Im Moment war er einundfünfzig und ging auf siebzehn zu.

"Ich werde mir ein Restaurant ausdenken und mich auf einen tollen Abend freuen. Soll ich Dich abholen?"

"Das wäre wunderbar."

Noch ein Blick und sie war verschwunden.

Mark konnte sich selbst nicht verstehen. Sie legte einfach einen Schalter um und die Männer kamen mit ihren Zungen heraushängend angekrochen. Nicht nur wegen ihres Aussehens, sondern ihre Intelligenz und ihr Selbstvertrauen ließen jeden Mann zu einem schrumpfenden Veilchen werden.

Und jetzt war er an der Reihe.

Als er ihr die Autotür vor seinem gewählten Restaurant "The 1789" in der 36th St North West in Georgetown öffnete, glitt Tamara elegant vom Vordersitz und richtete ihr enges Kleid gerade.

Sie hatte wirklich Klasse und als sie sich dem alten Haus im Kolonialstil mit der schwarzen Front näherten, nahm Tamara seinen Arm und ihre Augen strahlten ein liebevolles Leuchten aus. Seine mit Stolz gefüllte Brust wuchs ein paar Zentimeter mehr als sie das Gebäude betraten.

Das Paar wurde zu einem romantischen Tisch im Obergeschoss geführt, auf dem eine einzelne Kerze angezündet wurde, um die Stimmung für den Abend richtig zu stellen.

Ihr königsblaues Abendkleid war perfekt um ihre hinreißenden Kurven gelegt und am Rücken herrlich bis fast zum unteren Ende der Wirbelsäule offen geschnitten.

Sie brauchte nicht viel Bein zu zeigen oder ihre Brust freizulegen, um die Aufmerksamkeit aller anwesenden Männer zu erregen.

Alle verstummten als sie an ihnen vorbeigleitete. Tamara setzte sich mit solcher Anmut hin, dass auch die anderen anwesenden Frauen von ihrer kultivierten Haltung und Würde ergriffen waren.

"Ich glaube, Du hast gerade die ganze Luft aus diesem Raum genommen, alle Gespräche verebbten in Deiner Gegenwart."

Mark sah sich um und das männliche Kontingent begann langsam wieder zu atmen.

"Und ich glaube, Spezial-Agent O'Brien, dass Dein Aussehen und Dein Charme, den Du ausstrahlst, jede Frau eifersüchtig macht, dass ich an Deiner Seite bin."

Tamara legte ihre Hand auf seine und drückte sie leicht zusammen.

Er fühlte einen elektrischer Strom durch seinen Körper rasen und in seinem Kopf explodieren.

Während des ganzen abendlichen Gesprächs wurde beiden klar, wie viel sie tatsächlich gemeinsam hatten und es verging keine Minute in der der Austausch nachließ, weil beide nicht wussten was sie sagen sollten, ganz im Gegenteil.

Der ständiger Wechsel des Standpunkts reichte aus, um sich gegenseitig zu unterbrechen.

"Wow."

Tamaras Augen öffneten sich weit.

"Es scheint, wir haben die richtige Wahl getroffen. Das sieht erstaunlich aus."

Sie hatte die gebratene Entenbrust mit verkohlten Zucchini, Shiitake-Pilzen und Blumenkohlpüree bestellt, und Marks Gericht bestand aus dem Lammrücken, garniert mit Baby-Artischocke, Kichererbsen und Brokkoli.

Der zuständige Spezial-Agent hatte einen australischen Merlot zur Ergänzung des exquisiten Essens ausgewählt.

Immer wieder interagieren ihre Augen und das spielerische Berühren der Finger reichte aus, so dass Mark aus der Haut springen wollte.

Glücklicherweise bedeckte seine Serviette den Teil der Hose an dem die Wölbung deutlich zu erkennen war, dass er bis zum Äußersten erregt war.

Auch Tamara hatte Schwierigkeiten sich in Grenzen zu halten.

Die Feuchtigkeit zwischen ihren Beinen verlangte nach mehr. Keiner von beiden war klug genug eine Auszeit zu nehmen.

Alle intelligenten Gedanken wurden aus diesem nur einem Grund beiseite geschoben.

Nach dem Abendessen schafften sie es gerade noch bis zum Auto, als das leidenschaftliche Küssen die Logik überwältigte.

Marks Hand erforschte ihren Körper unterhalb der Wirbelsäule nur um festzustellen, dass sie darunter nichts trug. Tamaras schwerer Atem wurde lauter, je weiter sich seine Hand in Richtung ihrer feuchten Vagina bewegte.

Würden die Behörden sie jetzt in diesem Akt erwischen, könnten beide im Gefängnis landen.

Im Moment war ihnen das egal. Wenigstens entschied Mark, dass das innere des Autos die bessere Option war.

Tamara lehnte den Sitz weit nach hinten, zog das Kleid hoch und öffnete ihre Beine. Blitzschnell hatte Mark die Hose runtergelassen, schob seinen Penis in sie hinein und das Stöhnen, als sie zum Höhepunkt raste verwandelte sich in ein Crescendo von Schreien, wobei ihre Nägel in Marks Rücken vergraben waren. Noch ein weiteres Zucken ihres Körpers und sie brach unter ihm zusammen. Er kam einen Bruchteil später und fühlte sich dann völlig ausgelaugt und erschöpft.

Erst dann kehrte der gesunde Menschenverstand zurück.

"Das war ein tolles Dessert, Herr verantwortlicher Spezial-Agent."

Auch Tamara hatte nicht mehr viel Energie übrig.

"Aber es wäre vielleicht besser, wenn wir uns in eine mehr privaten Umgebung zurückziehen würden."

Ihre verehrenden Augen und ihr vernarrtes Lächeln warfen ihm einen Blick zu und Mark nickte zustimmend. Auf der Rückfahrt zu ihrem Platz im Logan Circle legte sie ihren Kopf auf seine Schulter und die Hand auf seinen Schoß.

Wenn Tamara eine Katze wäre, würde sie jetzt schnurren.

Sie hielten vor dem Wohnkomplex Iowa Condominiums in der 13th St North West, wo ihr eine teure Zweizimmerwohnung gehörte.

Eine Flasche Moet Chandon Champagner war bereits im Kühlschrank gekühlt worden und nachdem sie zwei Flöten aus dem Schrank geholt hatten, wurde das Sofa für die nächsten Stunden zu ihrem Liebesnest, bis es nichts mehr zu geben gab und eine Erholungszeit und Schlaf dringend nötig war.

Kapitel

Finanzminister Jonathan Steiner wartete am nördlichen Eingang des 1836 errichteten Bankgebäudes an der Pennsylvania Avenue.

Die massive Statue von Albert Gallatin, dem dienstältesten Finanzminister der US-Geschichte, ragte über den Vorplatz. Er diente dreizehn Jahre lang in den Verwaltungen von Thomas Jefferson und James Maddison.

Als die schwarze Cadillac-Limousine zum Stehen kam, stieg der russische Wirtschaftsminister aus dem Auto und beide Männer umarmten sich einander.

Sie machten sich auf den Weg in das Gebäude, um an einem formellen Mittagessen mit anderen Beamten der US-Regierung, der russischen Botschaft, Regierungsvertretern und Geschäftsleuten teilzunehmen.

Ein Arbeitsnachmittag stand auf der Tagesordnung, um Handelsabkommen mit niedrigeren Zöllen zu erreichen. Für diesen formellen Besuch standen zwei Tage mit Gesprächen und Besichtigungen auf dem Programm.

Mark erhielt einen Anruf von Enrique, dass die WESPE Mikhael verfolgt habe und die kolumbianische Drogenabteilung in der Nähe von Barranquilla ein Treffen zwischen Alejandro Garcia, Mikhael und Mateo Alonso, dem kolumbianischen Drogenzaren, beobachtet habe.

Ohne die Drohne wäre es unmöglich gewesen, in ihre Nähe zu kommen.

Sie waren auf einer zweitausend Hektar großen Hacienda die Mateo gehörte.

Seine Privatarmee von über zweihundert gut bewaffneten Männern war rund um die äußeren Parameter der Ranch stationiert und zusätzliche Wachen patrouillierten seine Kokainherstellungslabors im Regenwald nördlich von "Çapurgana" in der Region Choco.

Niemand war jemals in der Lage gewesen, die Verstecke aufzuspüren, oder hatten überhaupt den Mut dazu.

Für Mark waren das genau die Beweise die er brauchte.

Jetzt habe ich ihn, dachte er, aber der Agent wollte die gesamte Operation zerschlagen, also war Geduld das Allerwichtigste.

Ron und Mark besprachen ihre nächsten Schritte und es wurde beschlossen, dass beide Männer für die Dauer des Aufenthalts von Boris Andropov bei Andre Cherkov, in New York, stationiert werden sollten.

Mark sorgte auch dafür, dass Priscilla ihn dorthin begleiten konnte und er verbrachte mit ihr eine schöne Zeit.

In seinem Büro war ein Monitor eingerichtet worden und er stand nun in ständigem Kontakt mit Enrique. Unter Jacks Anleitung fand das Team die Bankverbindung von Andre Cherkov heraus und Tamara hatte einen

Jubeltag, nachdem sie in sein Konto bei der Atlantic Bank eingebrochen war.

Mehr als achtundvierzig Millionen Dollar waren in seinem digitalen Safe verstaut.

Der ehemalige russische Präsident wohnte in zwei sehr teuren Häusern.

Seine Wohnung in New York befand sich im Dakota-Gebäude an der Ecke 72nd St und Central Park West, und sein Landsitz befand sich etwa eine Autostunde entfernt in Lake Road, Far Hills, New Jersey, mit Blick auf den 100 Hektar großen Ravine Lake.

Das Team ging davon aus, dass Boris Andropov auf diesem Grundstück ansässig sein würde.

Mikhael war nun offiziell mit seinem Vater zum Gipfel gekommen, nachdem er mit einem Privatjet eingeflogen war und seine Stelle als Leiter der Fernsehberichterstattung angetreten hatte.

Zu diesem Zeitpunkt hatten sie Mikhael nur als schuldig erwiesen und konnten seinen Vater nicht mit einer direkten Beteiligung in Verbindung bringen. Yuri's Leiche oder nicht.

Cherkov war vorerst ein unbekannter Faktor. Für das Team blieb die Frage, wie die betreffenden Personen gefasst werden konnten, da die diplomatische Immunität das gesamte russische Personal umfasste.

Alejandro Garcia konnte ohne Frage vernichtet werden.

Aber die kolumbianischen Behörden wollten den Sauerstoff in den Drogenlabors für immer abstellen. Eine Idee begann sich in Marks Kopf zu bilden.

"Hannah, schön von Dir zu hören. Gibt es Neuigkeiten?"

Lippy hatte Mark auf seinem Handy angerufen.

"Ja." Sie flüsterte durch ihr Mundstück.

"Es ist nicht viel, aber als ich in der Nähe der Delegation stand, konnte ich Mikhaels Ankunft klar erkennen und mich dann in einem günstigen Moment seinem Vater nähern."

"Der Besuch wird bestätigt und es wird eine Probe abgegeben."

"Das ist alles, was ich ausmachen konnte."

"Okay, danke Lippy. Nicht viel, um weiterzumachen."

"Aber es klingt, als würde sich jemand zu ihnen gesellen. Ich vermute in New York."

Er übermittelte diese Nachricht an Enrique, der bereits ein Überwachungsteam am internationalen Flughafen von Bogota eingesetzt hatte.

Am folgenden Tag flogen Mark und Ron nach New York und richteten ihre Überwachungsoperation im FBI-Büro am Federal Plaza 26 im dreiundzwanzigsten Stockwerk ein.

Die Drohne sollte auf dem Dach des Gebäudes aufgestellt werden.

Zwei Offiziere waren dort als Wächter stationiert. Die Koordinaten waren dem Bodenkontrollteam mitgeteilt worden, und drei D-Bilder wurden von WESPE zurück zur Basis übermittelt.

Marks Team sollte am nächsten Tag eingeflogen werden und die Spezialwaffen- und taktischen Teams des FBI oder SWAT genannt, standen sowohl in Newark als auch in New York auf Abruf bereit.

Er befahl seinem Team auch die Waffen und die kugelsichere Körperausrüstung mitzubringen.

Jetzt brauchten sie nur noch auf die Ankunft der Andropovs zu warten.

Der verantwortliche Spezial-Agent und sein DEA-Kollege hatten im Frederick Hotel am Broadway eingecheckt, neun Minuten Fußweg zu ihrem Büro.

In den wenigen Monaten war so viel passiert, dass es fast surrealistisch war zu versuchen sich einen Überblick zu verschaffen.

Am bemerkenswertesten war die Verhaltensänderung seiner Tochter.

Mark konnte nicht auf ein einziges Ereignis hinweisen, das die Einstellung seiner Tochter dramatisch verändert hätte.

Vielleicht der Terroranschlag oder war es Paris oder einfach nur Zeit mit ihm? Mark musste zugeben, dass er vorher bei vielen Gelegenheiten wegen Arbeitssituationen immer in letzter Minute absagen musste sie zu sehen.

Und sie war ihm langsam aus dem Boot gefallen. Seine Frau hatte schon seinen Einflussbereich bereits verlassen. Durch Zufall hatte die Veränderung vor einigen Wochen begonnen und er war entschlossen, sie nicht rückgängig zu machen.

"Jesus, ist das alles?"

Als 'AMIGO' von O'Brien und Don auf den Dachbereich gebracht wurde, war der Offizier perplex als er sah, dass dieses Ding kaum Geräusche machte sobald es in Betrieb war. 'AMIGO' war die Träger-Drohne von der WESPE. Sie hatte die Lärmreduzierungsfunktion unter ihrem Bauch, die vom Kontrollraum aus aktiviert werden konnte.

"Ich kann größer scheißen als dieses Spielzeug!"

"Hey Mark. Ist das der Grund für die ganze Aufregung?"

"Das ist es Jerry. Das ist es."

"Also, was sollen wir jetzt machen?" Jerry klang etwas verwirrt.

"Du und Tom macht eine Absperrung auf, damit niemand in die Nähe der Drohne kommt."

"Die Jungs in Bogota werden sich sehr aufregen wenn ihrem Schatz etwas zustößt."

"Also, pass auf, wo Du Deine großen Stiefel hinsetzt, Jerry!"

Nachdem er dem Team in Kolumbien und Enrique gedankt hatte, inspizierten er und Don dieses elektronische Genie.

Mark erklärte jedes Detail dieses Objekts und alle drei, Don, Jerry und Tom, konnten kaum begreifen, dass sich in diesem kleinen Gerät so viel digitale Ausrüstung befand.

Und sie fielen fast um als der Agent sie darauf hinwies, dass der kleine graue Teil in der Mitte die eigentliche WESPE war, die auf einem Mutterschiff saß. Auf Kommando würde sie sich per Fernsteuerung trennen und für Überwachungsaufgaben unterwegs sein.

"Oh Mann." Jerry kratzte sich am Kopf: "Ich bin im falschen Jahrhundert geboren. Das ist zu viel für meinen kleinen Kopf."

Kapitel

31

Um vier Uhr nachmittags startete der private Golfstromjet von Alejandro Garcia vom internationalen Flughafen Bogota EL Dorado auf dem Weg zum Flughafen Newark Liberty.

Das kolumbianische Beobachtungsteam konnte nicht erkennen, wer sich an Bord befand. Zu riskant, wenn sie in die Nähe kamen und den Verdacht erregten.

In der Zwischenzeit hatten Jo-anne, Tamara, Jack, Debra, Tom und Stephen zusammen mit zwei von Rons Kollegen; Bill und George, den FBI-Jet von Washington nach New York genommen um ihre Laptops in den nun überfüllten Räumlichkeiten am Federal Plaza aufzustellen.

Tamara entschied, dass es ihr passte auf dem Boden zu sitzen.

"Mein Gott!"

Rons Augen machten Überstunden, als er Tamara erblickte.

"Wer ist denn diese schöne Frau mit dem super Hintern?"

"Sie heißt Tamara."

Mark drehte sich um. "Unser Computergenie, und Du bist zu alt für sie."

Sieh mal wer da spricht, dachte er.

"Also benehme Dich, alter Kumpel."

"Wie zum Teufel hast Du nur so viel Glück, jemanden wie die zu bekommen?"

„Wohlgemerkt, Dein ganzes Team hat den höchsten IQ den es gibt."

Ron hätte kein größeres Kompliment machen können, wenn es eins gegeben hätte.

"Ja," Mark begutachtete sein Team, "ich habe ziemlich viel Glück."

"Ein Teammitglied ist immer noch mit der Gruppe des Finanzministers zur Beobachtung in Washington."

"Hannah wird später eintreffen. Wir werden ihre Fähigkeiten in den kommenden Tagen brauchen."

"Übrigens, können wir ein Überwachungsteam zum Flughafen Newark bringen?"

"Es kommt ein Privatjet aus Bogota an. Ich möchte wissen, wer an Bord ist und ob die Personen nach Far Hills fahren."

"Ich gehe davon aus, dass Andropovs Jet das Gleiche tun wird, nicht New York, wie ich zunächst angenommen hatte."

Die Drohne war zu einem Übungsflug über das Grundstück in Far Hills aufgebrochen, um das gesamte Gebiet zu vermessen und nach geeigneten Landeplätzen in der Nähe des Hauptgebäudes, in Büschen oder Bäumen, zu suchen.

Es war fast Herbst, und der Nebel hing tief über dem Rasen. Die ersten Blätter, die bereits eine schöne braune Farbe angenommen hatten, fingen an ganz langsam zu Boden zu fallen. Es war noch nicht kalt aber Andre Cherkov trug schon eine Strickjacke während er auf der hinteren Veranda an seinem Kaffee nippte.

Zuvor hatte er einen Anruf von Oberst Popov entgegengenommen, der dem ehemaligen russischen Präsidenten die Schlacht im Laghman-Tal anvertraut hatte. Cherkov trauerte über den Verlust amerikanischer Leben.

Er war diese Art von brutaler Kriegsführung nicht gewöhnt und hielt es für völlig unnötig, dass Milizenführer ungestraft Bürger aus dem Land, das er jetzt sein Zuhause nennt nieder metzeln würden.

Aber niemand sagt den afghanischen Kriegsherren, was sie zu tun haben!

Und außerdem wusste er sehr wohl, dass er selbst schuld war indem er den Kontakt herstellte und finanzielle Anreize gab, um seine weltweite Drogenoperation auszuweiten.

Die Soldaten waren ihm dabei in die Quere gekommen.

Das war der Preis, den er zu zahlen hatte. Cherkov riss sich diesen Gedanken aus dem Kopf und bestaunte den gepflegten Rasen direkt vor sich, auf dem sich ein kleiner Teich mit einer nackten weiblichen Marmorstatue befand in deren Becken sanft Wasser herausspritzte, das an ihrem gemeißelten Körper herunterfiel und dabei ein entspannendes Geräusch erzeugte.

Weiter hinten zwischen den Bäumen konnte er einen Wächter sehen, der seine Sicherheitsrunde machte um ihn zu beschützen. Tatiana war früh aufgebrochen um mit Freunden in New York einen Tag lang einkaufen zu gehen.

Geld war in diesen Tagen keine Option und sie hatte eine extrem lose Kreditkarte, mit der das Supermodel in einem einzigen Geschäft Tausende von Dollars ausgab.

Ihr armer Chauffeur musste Cherkovs Frau mit vielen Taschen in der Hand aus allen Designergeschäften folgen. Tatiana war es gewohnt, immer Geld zu haben. Seit sie Andre kennengelernt hat, gab es von dem noch mehr. Seit ihrer Heirat war ihr gesellschaftliches Ansehen um mehrere Absätze gestiegen und die Welt lag ihr wirklich zu Füßen.

Sie war in jedem sozialen Register ein regelrechtes A-Label, das sie mit den sehr Reichen und Berühmten vermischte.

Manchmal mit dem ehemaligen russischen Präsidenten, manchmal ohne.

Sie wusste wie sie ihn bei Laune und an der Leine halten konnte. Tatiana hatte sehr schnell herausgefunden wie Andre tickte. Wie jeder andere typische Mann war sein Gehirn mit seinem Schwanz verkuppelt. Ihre Kleider waren stilvoll und provokativ. Etwas mehr Beine zeigend oder weit geöffnet, schnappte er nach Luft wie ein durstiger Hund.

Liebte sie ihn?

Wen kümmert denn das; wenn Du Geld hast, gehöre ich ganz Dir.

Gregovia wusste nicht viel über seine Geschäfte und sie war auch nicht sonderlich daran interessiert.

Wenn er zu einem weit entfernten Ziel oder zu einem Treffen in der Nähe düsen musste, das ist okay. Halte nur einfach den Geldhahn offen.

Zum Glück für ihn flossen die Dollars in diesen Tagen wirklich. Mehrere Millionen pro Tag waren die Norm. Seine Mitarbeiter hatten eine weltweite Struktur aufgebaut die dank seines politischen Ansehens und seiner Verbindungen florierte.

So sehr sein Freund Howard Steffenson auch anders dachte. In seiner Welt waren diplomatische Diskussionen fehl am Platz.

Als Drogenbaron war er seinen Gegnern gegenüber rücksichtslos gewesen.

Im Laufe der Jahre würde sein Todesschwadron 'Soldaten der Finsternis' jeden Gegner Cherkovs eliminieren. Alle Truppen kamen von ehemaligen russischen Spezialeinheiten.

Ihre Loyalität galt nur ihm, was sie wiederum zu den reichsten Soldaten der Welt machte. Zum Teil immer bei ihm in den USA, war der Ruf der Soldaten gefürchtet und respektiert.

Genau wie Vandlokov hatte er erwogen, eine Verfassungsänderung zu erzwingen, da er es liebte an der Macht zu sein.

Aber das hätte den Verlust aller politischen Gefälligkeiten und weltweiten Verbindungen bedeutet. Also wählte er eine andere Linie der Dominanz. Und die Kontrolle, die er nun über den Drogenhandel ausübte machte ihn zum unangefochtenen König auf seinem gewählten Gebiet.

Menschen mussten sterben wenn sie ihm zu nahe kamen, aber das war ihm eigentlich egal.

Das Geschäft ist brutal!

Vor fünf Jahren, kurz nach seiner Heirat mit Tatiana, waren beide in die USA gezogen. Die Tentakel seines Geschäfts waren über Russland hinausgewachsen und er musste im Zentrum seiner Operation stehen. Dass sein Freund Howard Steffenson vor vier Jahren Präsident der Vereinigten Staaten wurde, war ein Bonus der alles übertraf was er sich hätte vorstellen können.

Kapitel

32

Tage später befand sich der verantwortliche Sonder-Agent in den New Yorker FBI-Büros.

"Okay Leute!"

Mark klatschte in die Hände. "Lasst uns in den Konferenzraum gehen, die Show beginnt gleich!"

"Hannah, schön Dich zu sehen. Perfektes Timing."

Sie war gerade durch die Tür gekommen, nachdem sie einen anderen FBI-Jet genommen hatte um so schnell wie möglich in New York zu sein. Es hatte lange gedauert um durch New York durchzukommen da der Verkehr vom Kennedy-Flughafen zum Federal Plaza ziemlich chaotisch war.

"Nächstes Mal nehme ich einen Hubschrauber um hier zu sein. Was für ein Albtraum."

Hannah war nicht erfreut. Als DC-Mädchen war sie das Auto-Chaos dieser Stadt nicht gewohnt.

"Gibt es noch mehr Lippenlesen-Nachrichten für uns?" Mark fragte nach.

"Nein, nichts Neues."

Auf dem Großbildschirm konnten sie die WESPE in hundert Metern Höhe über dem Grundstück schweben sehen. Die Kamera bewegte sich langsam in alle Richtungen. In der linken oberen Ecke des großen Plasmabildschirms im Raum war eine kleinere Live-Übertragung vom Piloten der Drohne zu sehen. Auf der anderen Seite erschien Enrique um alle zu begrüßen.

"Hallo aus Bogota," nachdem er sein Team vorgestellt hatte, war Mark dran, dies ebenfalls zu tun.

"Mark, Du hast jetzt eine Live-Übertragung mit dem Piloten und mein Team ließ mich...." Er kam nicht weiter.

"Auto nähert sich aus östlicher Richtung und wendet sich dem Zielobjekt zu," das war die Stimme des Kommandanten des Überwachungsteams, das entlang der Straße zu Cherkovs Residenz stationiert war.

"Alle sollen sich bereithalten und Funkstille wird eingehalten es sei denn, ich kommuniziere mit dem 'Base Team' in New York!"

Enrique war auf der gleichen Frequenz und nachdem er Anweisungen gegeben hatte, ging die WESPE auf zwanzig Meter Höhe hinunter, wobei es die Bäume als Deckung benutzte und den Wagen filmte der sich den langen Fahrweg zum Haus hinauf bewegte.

Andre Cherkov war zu sehen, wie er auf der vorderen Veranda wartete. Alle klebten an diesen Bildschirm und sprachen kein Wort. Nicht, dass Cherkov sie hören könnte aber dies war ein aufregender Moment.

Sowohl Michail als auch Boris Andropov stiegen aus ihrem Auto aus und wurden vom Ex-Präsidenten mit einer herzlichen Umarmung begrüßt. Die Haustür schloss sich hinter ihnen.

"Können wir näher an die Räume heranzoomen um zu sehen wohin sie sich bewegen?"

Marks Bitte wurde sofort in die Tat umgesetzt, als das Haus auf dem Bildschirm vergrößert dargestellt wurde und die drei Männer zu sehen waren, wie sie sich auf den Weg zur Rückseite des Hauses machten.

Auf der Veranda war ein großer Tisch mit Speisen und Getränken aufgestellt worden. Im Hintergrund bewegten sich bewaffnete Wachen durch die Grasfläche und die an den Garten angrenzenden Bäume.

"Können wir die WESPE auf dem Denkmal dort landen lassen?"

Mark blickte auf den Marmor-Engel im Brunnen, der sich direkt auf einer geraden Linie mit dem äußeren Tisch befand.

"Es scheint ein guter Platz für eine Nahaufnahme zu sein. Hannah, Du bist dran!"

Hannah studierte ihre Lippen und kritzelte ein paar Notizen. Dann gab sie das Papier an O'Brien weiter. Das war für die Beweissammlung.

"Sie sprechen wieder davon, dass sie heute die neue Substanzprobe erhalten werden."

Sie erhob ihre Stimme damit alle sie hören konnten.

"Die aus Peru importierten Blätter werden uns eine hochwertige Kokainausgabe ermöglichen. Und der Marktwert kann erhöht werden."

"Diese Arschlöcher reden, als würden sie an der Börse investieren."

"Wenn wir loslegen will ich an vorderster Front dabei sein!"

Hannah überprüfte ihre Waffe und war bereit für ein Tötungsfeld.

Irgendwann später war der Kommandant wieder über den Rundfunk zu hören. "Ein weiterer Wagen dreht sich auf das Zielobjekt zu."

Der Wespenpilot erhielt die Anweisung sich an die Vorderseite des Hauses zu bewegen.

Wieder erschien Cherkov auf der Eingangstreppe um den Neuankömmling zu begrüßen. Als er ausstieg, hatte niemand in New York eine Ahnung, wer dieser Typ war.

Mark wollte gerade um ein Standbild bitten, damit er es in die Interpol-Datenbank eingeben konnte, um das fragliche Subjekt zu identifizieren, als Enrique online kam und in Spanisch sagte: "Eso no es posible!"

Debra unterbrach: "Wer ist das Enrique? Du siehst schockiert aus."

"Das ..." er zeigte auf den WESPEN screen, "ist Diego Gomez; Mateo Alonsos rechte Hand."

"Großer Gott!"

Ron konnte es nicht glauben.

"Wir haben Russlands Ex-Präsidenten, den Wirtschaftsminister, seinen Sohn und einen südamerikanischen Drogenboss auf einem Fleck. Ein operierendes internationales Drogensyndikat direkt hier in den USA."

"Mark! SWAT-Team?"

Der verantwortliche Spezial-Agent nickte mit dem Kopf.

Ron war bereits am Telefon.

"SWAT-Team NEWARK und New York. Wir sind GO. Ich wiederhole, wir sind GO!"

Alle sechsundvierzig New Yorker SWAT-Mitglieder sprangen in mehrere ihrer gepanzerten Mannschaftstransporter, einen Lenco Bearcat und rasten auf ihr Ziel zu.

Aufgrund ihrer größeren Nähe hatten die SWAT-Mitglieder von Newark einen Vorsprung von zwanzig Minuten. Alle schwer bewaffnet würden sie die gesamte Drogenresidenz in kürzester Zeit ausschalten.

"Ein weiterer Wagen nähert sich der Residenz!"

Mark schaute auf den Monitor. "Feiert er heute eine Party?"

WESPE nahm ein Standbild und der Spezialagent durchsuchte die Interpol-Datenbank da er die Person die im Haus verschwand, nicht kannte.

"Scheiße, Scheiße, Scheiße!"

Er konnte den Geheimdienstbericht, den er in der Hand hielt nicht glauben.

"Alle mal herhören!"

"Hier geht es gleich verdammt heiß her."

"Es handelt sich um Luca Bianchi, den Leiter des europäischen Mafia-Kartells mit Sitz in Palermo, Sizilien."

"Wie zum Teufel konnte er in unser Land eindringen, ohne dass wir davon wussten?"

Mark drehte sich mit dem Rücken zur Leinwand und sprach das Team an.

"Diese Scheiße muss jetzt aufhören. Machen wir sie fertig! Lasst sie uns hart rannehmen!"

Jack sprach auf. "Mark. Wir stimmen alle mit Dir überein."

"Wenn wir das jetzt tun, können wir sie verhaften und ihre Operation einfrieren."

"Aber die Andropovs und Cherkovs und andere russische Persönlichkeiten kommen frei, es sei denn wir erschießen sie."

"Solange die Diplomatische Immunität aktiv ist, müssen wir sie gehen lassen."

"Und es gibt keine Beweise gegen Bianchi und Gomez."

"Alles, was wir tun ist ihre Operation zu beenden und in einigen Monaten wird sie wieder neu aufgenommen."

"Andere Leute, anderer Ort. Wir sind mit Dir und auch total sauer, aber lass uns den Vogel noch nicht jetzt töten."

Mark hatte seine Hände in den Hüften und schäumte vor Wut. Die Hitze des Moments hatte ihn erwischt aber er wusste, dass Jack Recht hatte.

"Ron?"

Statt einer Antwort war er bereits wieder am Telefon.

"SWAT-Teams zurückziehen; ich wiederhole, SWAT-Teams zurückziehen!"

"Ich mache das nur ungern, aber Jack hat Recht."

Ron musste die Wahrheit akzeptieren.

Enrique unterbrach. "Ich glaube, wir sollten mehr Informationen gegen alle sammeln."

"Wir wollen die gesamte Operation von dieser Erde auslöschen."

"Das Netz schließt sich, aber so weit sind wir noch nicht. Wenn wir es tun, sollte niemand frei herumlaufen."

Mark nickte mit dem Kopf und wies Lippy an ihr Gespräch weiter zu verfolgen, als sich plötzlich ein anderes Auto dem Grundstück näherte.

"Das wird eine ganz schöne Konferenz werden. Möchte gerne wissen, wer das ist?"

Mark war genau wie jeder andere darauf erpicht, die Informationen über diese Person zu erhalten die aus seinem Auto ausgestiegen war, und dann erkannte Mark, Alejandro Garcia.

Nach einem kurzen Gespräch mit Cherkov verschwanden sie im Haus. Er hatte einen Plan, musste dies aber mit dem Direktor des FBI besprechen.

Kapitel

33

Heute war ein sehr wichtiger Tag für Andre Cherkov. Die Macht seines Geschäftsimperiums würde unangefochten wachsen.

Seine besonderen Besucher würden aus Südamerika und aus Italien anreisen.

Und natürlich auch seine russischen Freunde und Kollegen. Tatiana war im Haus, aber abgesehen davon, dass sie eine gütige Gastgeberin war wusste sie, dass er seine Geschäfte gerne privat erledigte.

Der ehemalige President bewegte sich zum vorderen Haupteingang, um die bevorstehende Ankunft seiner russischen Freunde zu erwarten. Der Torwächter hatte den Ankunft über sein Funkgerät bestätigt.

Und da waren sie. Boris und Michail Andropov stiegen aus dem Auto aus.

"Meine lieben Freunde!"

Er umarmte sie einen nach dem anderen. "Es ist so schön, Euch beide zu sehen. Alles lief gut mit Jonathan Steiner?"

"Ja, Andre, wir hatten einige großartige Gespräche und wir hoffen, dass es zwischen unseren beiden Ländern eine Art Politik geben wird die es beiden Ländern erlaubt die Zölle auf viele Waren, insbesondere Lebensmittel und medizinische Geräte zu senken."

"Übrigens, Sie sehen immer so frisch und strahlend aus. Das muss die amerikanische Luft sein."

Sie hatten ein herzhaftes Lachen und bewegten sich in das innerliche des Hauses.

"Das ist ein erstaunliches Gebäude, Andre."

Mikhael war beeindruckt und bewunderte das Innere des Herrenhauses, aber auch wie riesig es war. Er war schon in vielen großen Häusern gewesen aber dieses hier war nicht in seiner Welt vorhanden.

"Wow, außergewöhnlich!"

Boris war ebenso begeistert. Sie machten sich auf den Weg zur hinteren Veranda wo das Servicepersonal eine Vielzahl von Delikatessen serviert hatte die jede Gourmetkritik befriedigen würden.

"Später, meine Freunde, muss ich Ihnen das gesamte Anwesen zeigen."

"Es ist absolut prachtvoll. Aber jetzt bitte lassen Sie sich Ihre Geschmacksnerven verwöhnen."

Sie nahmen Platz und bewunderten die Kulisse des großen Gartens und den Wasserbrunnen in der Mitte des Rasens.

"Wenn Diego bald eintrifft, wird er die Blätter von unserer neuen Plantage in Peru mitbringen."

"Der Boden dort ist viel feuchter als in Kolumbien oder Afghanistan und unsere Labors sind daher in der Lage uns eine viel höhere Qualität bei der Kokainproduktion zu liefern."

"Und so wird auch der Marktwert dramatisch steigen."

"Und wir müssen Wege finden, unser Geld auf mehr legitime Weise auf unsere Konten in Luxemburg und auf den Kaimaninseln zu überweisen."

Boris beklagte sich über die begrenzte Lagerung, die sie hatten.

"Allein in meinem Haus sitze ich auf vierzig Millionen Dollar und weiß nicht, was ich jetzt tun soll."

Andre erwiderte. "Das ist der Grund für das heutige Treffen, aber auch um Ihnen allen einen neuen Geschäftspartner vorzustellen, der eine beträchtliche Expertise mitbringt."

Ein Bodyguard trat an ihn heran um Andre mitzuteilen, dass ein Auto die Auffahrt hinauffährt.

"Das muss unser südamerikanischer Partner sein. Bitte entschuldigen Sie mich für eine Minute."

Cherkov stand auf und näherte sich der Eingangstür.

"Mein Freund Diego, was für eine Ehre."

Andre gab Diego Gomez eine warme Umarmung.

"Es ist so schön Sie zu sehen Andre."

"Mateo ist voll des Lobes für Sie und er erinnert uns immer daran, dass es ohne Ihnen keinen Reichtum im Dschungel gäbe."

Auch Diego war vom Haus überrascht.

"Amigo, das ist... ein Palast. So unglaublich."

Wir haben große Häuser in Bogota, aber dieses ..." er streckte die Arme aus, "habe ich noch nie gesehen. Unglaublich."

"Komm, mein Freund! Mikhael und Boris sind schon da und später machen wir eine Besichtigung des Hauses und des Grundstücks."

Tatiana war aus ihrem Hauptschlafzimmer heruntergekommen um alle zu begrüßen und sich zu vergewissern, dass das Dienstpersonal seine Arbeit erledigte bevor sie sich entschuldigte und die Männer allein ließ um Geschäfte zu besprechen.

Alle vier hatten viel zu bestimmen und Diego zeigte ihnen die Blätter von der neuen Plantage.

Mateo Alonsos Gesicht war in Kolumbien zu bekannt, als dass er überhaupt erwägen konnte, das Land zu verlassen und sich mit Cherkov oder jemand anderem zu treffen. Daher schickte er immer seine rechte Hand, Diego. Cherkov wusste, dass dies nicht aus Respektlosigkeit geschah.

Ein anderes Auto kam die Einfahrt hinauf und Andre war sehr aufgeregt seinen besonderen Gast in seinem neuen Haus zu begrüßen.

"Luca Bianchi, es ist schon seit unserer letzten Begnung ein paar Monate her, viel zu lange."

Der ehemalige russische President umarmte seinen Neuankömmling herzlich.

"Andre Cherkov. Es ist wunderbar, Sie wiederzusehen."

"Sie haben Recht, vier Monate sind zu lang. Ich freue mich hier zu sein und wir werden uns in Zukunft sicher öfter treffen."

Cherkov legte einen Arm um seine Schulter, und gemeinsam gingen sie durch das Haus um sich zu den anderen zu gesellen. Sie hatten Luca noch nie zuvor getroffen.

Andre Cherkov war für die gesamte Organisation zuständig und hatte die Verbindungen, weshalb er immer ihr Anführer sein würde.

"Meine Herren."

Er sah Luca an. "Es ist mir eine große Ehre, Sie mit Luca Bianchi bekannt zu machen."

"Luca ist der Leiter des europäischen Mafia-Kartells, das den Drogeneinfluss auf dem Kontinent kontrolliert. Luca hat seinen Sitz in Palermo, Sizilien und ist der Neffe des Paten des Gastillione-Clans, Luigi Gastillione, der größten Mafiaorganisation der Welt."

"Ich habe seinen Onkel vor vier Monaten kennen gelernt und bin stolz darauf sagen zu können, dass die Familie sich uns als gleichberechtigte Geschäftspartner anschließen möchten."

Bianchi lächelte und der gegenseitige Respekt wurde von allen entgegengebracht.

Das war eine große Sache.

Andre wusste, dass er, Cherkov, mit der Familie Gastillione an Bord zum größten Drogenbaron der Welt geworden war.

Geld bedeutete ihm nichts mehr. Aber seine Macht war nun absolut.

Die letzte Person, die fehlte war Alejandro Garcia, der in einem gemieteten Rolls Royce ankam.

"Alejandro," Andre begrüßte ihn mit ausgestreckten Armen, "bitte, eines Tages müssen Sie nach Russland kommen und meine andere schöne Welt sehen."

"Mein besonderer Freund, Sie sind in meiner bescheidenen Heimat dort immer willkommen aber lassen Sie uns jetzt den American Way of Life genießen."

Und in das Haus gingen sie um sich mit den verschiedenen Mitgliedern dieses mächtigsten Drogenkartells der Welt zusammenzutun.

Kapitel

34

Priscilla war an einem Nachmittag angekommen, und beide gingen in ein Restaurant um die Ecke in die Chambers Street.

Mark war seit Ewigkeiten nicht mehr in einem italienischen Restaurant gewesen und dieser Ort namens 'Ecco' schien gute Kritiken zu haben. Ungewöhnlich für ein Restaurant war die rot gestrichene Front die sehr, na ja, italienisch aussah.

Vater und Tochter wählten einen Wandtisch mit Spiegeln quer durch die Anlage, so dass Priscilla sich alle zwei Sekunden selbst angucken konnte.

Die O'Brien's liebten die rustikale Atmosphäre des Restaurants und die altmodische Holzbar sah aus wie etwas aus einem Filmset.

Sie hatte ihren Blick auf ein Nudelgericht namens 'Cappellini Primavera' gerichtet, in das frisches Gemüse, Öl und Knoblauch gemischt wurden. Mark bevorzugte die 'Gnocchi con Pesto' garniert mit Basilikum und einer Knoblauchsauce.

"Papa." Sie faltete ihre Hände unter dem Kinn genau wie ihre Mutter.

"Ich bin fast achtzehn Jahre alt. Ist es nicht Tradition, dass der Vater seine Tochter zum ersten Mal zum Trinken ausführt auch wenn das gesetzliche Trinkalter bei einundzwanzig Jahren liegt?"

"Ich dachte, Du hast in den letzten Jahren sowieso viel getrunken."

Mark gab ihr diesen 'Was soll das alles?' Blick.

"Ja, hatte ich, aber...."

Sie blickte an der Wand entlang und zurück zu ihm, "Es ist nicht dasselbe, wie wenn mein Vater mich offiziell ausführt. Du weißt schon."

"Interessant." Er streichelte seinen Schnurrbart.

"Ich scheine mich daran zu erinnern, diesen Vorschlag vor ein paar Monaten schon gemacht zu haben und die Antwort klang, als ob da keine Zeit war und ich wie ein lästiges Insekt abgestreift wurde.

"Nun, Papa. Dinge und Zeiten ändern sich!"

Das taten sie mit Sicherheit. Das musste er zugeben.

Hier war seine Tochter also näher bei ihm als je zuvor und er sollte jetzt besser das Signal annehmen.

"Also gut. Lass uns vom Kellner die nächste Cocktailbar herausfinden."

Giuseppe, ihr erstaunlicher Kellner empfahl die 'Gordon Bar' im Hotel Soho, nur wenige Minuten mit dem Taxi entfernt. Nach dem Abendessen folgten Mark und Priscilla seinem Rat und nachdem sie die Church Street und die 6th Avenue entlang gefahren waren, erreichten sie das Hotel in der Thompson Street.

Sehr unkonventionell aussehend machten sie sich auf den Weg zur Bar, die sich wie eine gemütliche Bibliothek anfühlte und Priscilla wählte das Sofa neben dem Kamin aus.

Mark überließ die Wahl der Cocktails seiner Tochter und Priscilla bestellte für sich einen 'Sirenengesang' mit Rum, Espresso, Limette und Ananas und für ihren Vater eine 'Saucy Sue' mit Apfelschnaps und Aprikosenlikör.

Er war immer wieder erstaunt über die Richtung die seine Tochter in den letzten Wochen eingeschlagen hatte. Immer nur so weiter, dachte er.

Am nächsten Morgen hatte Priscilla auf eigene Faust eine Besichtigungstour unternommen, da Mark den Überwachungsbericht zusammenfassen und die WESPE per Anhalter mit einem anderen FBI-Jet zurück nach Kolumbien schicken musste. Die WESPE konnte auch selbst fliegen aber der Kommandant in Bogota entdeckte ein paar elektronische Probleme, so das es sicherer war im Flugzeug die WESPE wieder abzuliefern.

Die von der Drohne gelieferten Daten waren unermesslich und die Zerstörung des Drogenkartells stand unmittelbar bevor. Am Nachmittag befand sich das Team wieder in ihrem Privatjet, einer Cessna Citation X 750, mit Ziel Washington.

Mark hatte von seinem Chef, dem stellvertretenden Direktor Trevor Handy, die Erlaubnis erbeten und erhalten, seine Tochter in dem Geschäftsflugzeug mitfliegen zu lassen.

Priscilla staunte nicht schlecht. Sie war noch nie zuvor in einem Privatjet geflogen und das üppige Interieur mit seinen Ledersitzen und Holzverkleidungen war nicht von dieser Welt. Selbst die Toilette hatte eine luxuriöse Atmosphäre.

Jo-anne öffnete die Schiebetür des Schrankes und brachte eine Minibar zum Vorschein. Genau wie in 'Kriminellen Köpfen.' Sie dachte an die

Fernsehserie. Ihr Intellekt war darauf eingestellt, in die Fußstapfen ihres Vaters zu treten.

Sie hatten den Fernseher eingeschaltet und lauschten der NBC-Tagesprecherin Barbara Sherman, die einen ehemaligen Drei-Sterne-Armee General ins Studio eingeladen hatte.

Paul Getty, Generalleutnant im Ruhestand, war der Berater des Senders in Konfliktfragen, was die Streitkräfte der Vereinigten Staaten betrafen.

"Guten Morgen, General, es ist immer schön Sie zu sehen."

Barbara mischte die Papiere vor sich hin und lächelte ihn an.

"Sie werden sicher zustimmen, dass die Informationen die das Pentagon gerade veröffentlicht hat, äußerst beunruhigend sind."

"Ein Vorfall, der sich vor einiger Zeit in der Provinz Laghman in Afghanistan ereignet hat und zwölf unserer besten Navy SEALS-Kommandos das Leben kostete, ist ziemlich außergewöhnlich. Was halten Sie davon?"

"Ja, Barbara. Das war in der Tat der schwärzeste Tag in der Geschichte der SEALS!"

"Der größte Verlust an Menschenleben bei einem einzigen Einsatz in ihren langen und erfolgreichen Operationen. Wenn man die Papiere durchliest, die erst vor einer Stunde von der Verwaltung herausgegeben wurden scheint es, dass die SEALS auf einer Such- und Verhaftungsmission waren."

Sie waren auf eine große Versammlung von mehr als 250 schwer bewaffneten und gut ausgebildeten Taliban-Streitkräften gestoßen und in dem anschließenden Feuergefecht, in dem sie zahlenmäßig weit unterlegen waren, erlitten die SEALS einen Verlust der mit Worten nicht beschrieben werden kann."

"Mein Herz ist bei den Familien dieser tapferen Männer. Und trotz ihrer geringeren Zahl haben die amerikanischen Soldaten dem Feind eine große Zahl von Opfern zugefügt; das Pentagon sagte, etwa sechzig Tote, was natürlich nicht unabhängig bestätigt werden kann. Es wird Ihnen zeigen, dass...."

Und dann wurde der Bildschirm schwarz, als Mark den Monitor ausgeschaltet hatte. "Das sind genug schlechte Nachrichten für einen Tag."

Kapitel

35

Einige Wochen später war Enrique mit weiteren Geheimdienstnotizen zurückgekommen.

Er benutzte ein umgekehrtes Überwachungsverfahren. Sein Team nahm das Schiffsregister von Alejandro Garcia und beobachtete durch die WESPE und Bodenpersonal die Aktivitäten rund um die Barranquilla-Schiffswerft.

Der erste Schritt war die starke Bewegung von Lastwagen, die Container auf das angedockte Schiff 'Miguel Santos' mit Ziel Boulogne Su Mer, Europa, entluden.

Danach folgte die WESPE den Lastwagen entlang der Küste in Richtung Süden vierhundertvierzig Kilometer, bis zur Stadt San Juan de Uraba.

Nach mehreren Tagen der Untätigkeit tauchten Schnellboote mit kleinen Containern auf, die auf Lastwagen gehoben wurden und dann ihre siebenstündige Reise zurück nach Barranquilla antraten. Enrique interessierte sich nun mehr für die Schnellboote und wies den Piloten von der WESPE an, den Schnellbooten zu ihrem Herkunftsort zu folgen.

Sie verfolgten sie bis nach 'Capurgana' in der Choco-Region im nördlichen Teil Kolumbiens zurück.

Die Lotsen der Boote wohnten im 'Hostal Capurgana' am Eingang der Bucht in dessen Nähe sich auch ein alter Bootssteg befand, an dem die Boote ankerten.

Einige Tage später tauchten Dutzende von Männern mit bewaffneten Wachen als Eskorte aus der Dschungelregion auf, von denen jeder schwere Rucksäcke auf den Schultern trug, die in die Schnellboote geworfen wurden und dann ihren Weg zurück in die östliche Richtung antraten.

Die Packer verschwanden wieder in den Dschungel mit der WESPE direkt hinter ihnen.

Nach stundenlangem marschieren erreichten sie eine reihe kleiner mit Dachgras bedeckter Hütten die sie selbst und ihre Kleidung aus der Luft unsichtbar machten.

Die Kokospflanzen selbst waren unter großen dunkelgrünen Überdachungen versteckt, um sich in die Umgebung einzufügen und große Bäume wiederum beschatteten die Verkleidung. Die verantwortlichen Männer hatten Luftaufnahmen mit Drohnen gemacht, um die Abdeckung zu perfektionieren.

Aber wo Enrique und seine Männern wirklich die Spucke wegblieb, war ihr ausgeklügeltes Radarsystem.

Die WESPE landete auf einem ausgeschnittenen Baum und das verblüffte Team konnte vier Männer vor Radarschirmen beobachten, die nicht nur für das Überfliegen von Flugzeugen, sondern auch zur

Untersuchung der Satellitenpositionen verantwortlich waren und ein Bildschirm war für das Aufprallen von Wärmesignalen auf menschliche Bewegungen bestimmt.

Als sie mit dem Auto auf der Andrews Airforce Base ankamen, betraten der ehemalige russische Präsident Andre Cherkov und sein dreiköpfiges Gefolge das Gelände des Golfplatzes durch das Tor an der Virginia Avenue.

Nachdem sie ihren Ausweis bestätigt hatten, begaben sie sich zum East Course und warteten dort auf die Ankunft des US-Präsidenten, mit dem er die monatliche Golfrunde spielen wollte.

Cherkovs Privatjet war in einem Hangar am Flughafen Washington Dulles geparkt worden.

Jeden Monat würde der ehemalige Präsident einige Tage geschäftlich in DC verbringen und der US-Präsident war nur allzu begierig darauf ihn zu einer privaten Golfrunde zu treffen.

Die Sicherheitskräfte waren bereits auf der anderen Seite des Golfplatzes stationiert. Es war einfach die gesamte Umgebung des Gebiets zu schützen da es sich um einen Militärstützpunkt und ein gut bewachtes Gelände handelte.

Wann immer der Präsident auf dem Stützpunkt war, erhöhte die Verwaltung einfach die Zahl der persönlichen Leibwächter.

Der Luftwaffenstützpunkt Andrews Airforce Base war auch die Heimat der Airforce One, des offiziellen Flugzeugs des Präsidenten.

Kurze Zeit später konnte er das Geräusch des ankommenden Präsidentenhubschraubers hören, der auf einem zugewiesenen Streifen in der Nähe landete.

Es war nur eine fünfzehnminütige Autofahrt von Washington DC aber um niemanden zu belästigen, da Straßensperren errichtet werden mussten die den gesamten Verkehr stoppten bis die Präsidenten-Auto-Kolonnade vorbeigefahren war, setzte Steffenson den Hubschrauber ein.

"Guten Morgen, mein Freund," Steffenson begrüßte den russischen-Ex-Präsidenten mit einem warmen Händedruck und einem Lächeln. Er freute sich immer auf die Begegnung mit seinem Amtskollegen und schätzte Andres Ratschläge in politischen Fragen.

"Wir haben heute sicherlich tolles Golfwetter."

Cherkov bemerkte mit Freude als das letzte Mal als sie spielten, Regen das Spiel der mächtigsten Männer der Welt unterbrach.

Nicht, dass es sie gestört hätte.

Sie waren süchtig nach den Grüns und spielten einfach weiter, so durchnässt wie sie waren.

"Howard, Du hast die letzten beiden Runden gewonnen, also dachte ich mir, ich sollte besser einen guten Start hinlegen um meine Niederlagenserie zu überwinden."

"In diesem Fall," strahlte Steffenson, "schlagen Sie zuerst ab und ich werde zusehen wie Sie das erste Loch verlieren."

Und damit gingen sie zum ersten Abschlag und genossen die nächsten drei Stunden ihr Golfspiel und die Gespräche beim Spaziergang über das Fairway.

"Es wird interessant sein, sich mit Ihrem Nachfolger zu treffen," bemerkte der US-Präsident als er einen im Wald verirrten Schlag aufreihte.

"Vondlokov ist sicherlich anders als Sie."

"Ein Mann, mit dem man schwer umgehen kann."

"Ich erinnere mich an Ihr Verhandlungsgeschick mit meinem Vorgänger."

"Sie kamen bewaffnet mit allen Arten von Informationen, die bei einem Gipfel benötigt werden und Sie sprachen immer auf gleicher Augenhöhe."

"Yuri hingegen scheint zu denken Russland sei das einzige Super-Land auf dieser Erde und wir sind nur seine Juniorpartner."

Aus Frustration haute er mit seinem Golf Schläger gegen einen Baum, als Steffensons Schlag weit links vom Grün landete.

"Verdammt, ich habe diesen Ball zu hoch nach oben geschlagen. Scheiße! Ich dachte, ich hätte ihn. Deine Chance, Andre."

Sie gingen gemeinsam auf das Grün, als Cherkovs Schlag kurz vor dem Grün lag, aber er hatte einen kleinen Bunker zu überwinden.

"Man braucht nur auf das Mittelmeer zu blicken."

"Er beschließt drei Kriegsschiffe zur Unterstützung der Aufständischen in Libyen zu schicken ohne uns zu benachrichtigen."

"Nur damit er seinen eigenen Goldtopf beanspruchen kann."

"Was halten Sie von ihm? Wenn ich ihn nächsten Monat treffe, brauche ich ein bisschen Munition."

Der Rat des ehemaligen russischen Präsidenten war für Howard unermesslich.

Cherkov kannte Vondlokovs Denken und wusste, dass seine Weltansicht den westlichen Mächten völlig fremd war. Nach dem Spiel aßen sie gemeinsam im Steakrestaurant 'Smoke House 54' des Clubs zu Mittag, wo beide Männer die Schweinerippchen liebten, bevor der US-Präsident mit seinem Hubschrauber zurück ins Oval Office flog.

Andre Cherkov gewann an diesem Tag die Golfrunde.

Kapitel

Wochen später befand sich Cherkov in seinem Privatflugzeug auf dem Weg nach Moskau, wo er genau um ein Uhr nachmittags landete.

Er mietete immer eine Bombardier Global 6000 über ein Firmenjet-Programm und behielt sein eigenes kleineres Flugzeug, eine Cessna Citation Sovereign für Inlandsflüge innerhalb der USA.

Er hatte keine Lust diesen viel größeren Jet zu kaufen, da die Firma die das Programm durchführte, immer auf neuere Flugzeuge umrüstete, so dass er immer das Beste hatte was es gab.

Als er innerhalb des Hangars der sich im Besitz der russischen Regierung befand zum Stillstand kam, konnte er durch das kleine Fenster beobachten, wie sein Bentley und Chauffier bereits im Gebäude auf ihn warteten.

"Leonid." Cherkov begrüßte seinen Fahrer mit einem warmen Händedruck nachdem er das Flugzeug verlassen hatte.

"Ich bin immer zu lange weg und ich vermisse es, dass die russische Muttersprache nicht täglich mit mir gesprochen wird."

"Sie wissen, wie das ist. Meine amerikanischen Mitarbeiter sind großartig aber sie sind keine Russen. Das ist der Unterschied."

Sein Fahrer verbeugte sich. "Herr Präsident. Es ist mir eine absolute Freude, Sie wieder einmal auf dem Boden Ihres Mutterlandes zu begrüßen und ich hoffe, dass Sie noch eine Weile bei uns sein werden."

"Alles ist für Ihre Ankunft vorbereitet worden."

Cherkov durfte seinen Titel behalten und als solcher angesprochen werden. Das einzige Mal, dass er nicht als Herr Präsident angesprochen wurde, geschah aus Respekt in der Nähe des derzeitigen russischen Machthaber.

Seine sechs Sicherheitskräfte waren ebenfalls im Hangar und sie folgten ihm in ihren drei Autos, wobei der Bentley langsam aus dem Gebäude auf die öffentliche Straße fuhr.

Die erste Station wo Cherkov anhielt war der zweiunddreißigste Smolenskaja-Sennaya-Platz, wo sich das Außenministerium befand.

In demselben Gebäude befanden sich auch die Büros des ehemaligen Präsidenten, die sich über ein ganzes Stockwerk erstrecken.

Er hatte schnell ein Briefing mit dem Stabschef seines Büros und fuhr dann mit dem Aufzug in eine obere Etage, wo der Außenminister Gennadiy Mishkonov bereits auf ihn wartete.

Cherkov mag die Präsidentschaft schon vor langer Zeit verlassen haben aber sein Einfluss durch die politische Maschinerie in Russland war massiv.

Gennadiy war nicht nur ein ehemaliger vertrauter Helfer und Freund, sondern auch Teil des Geschäftsimperiums von Cherkov. Sie mochten sich beide unheimlich gern und genossen die Gesellschaft des anderen offensichtlich und ihre Umarmung war von Herzen zu spüren.

Andre hatte Mishkonov auch ein Geschenk mitgebracht. Die silberne Aktentasche, die von einem Leibwächter getragen wurde und an dessen Arm eine Kette befestigt war wurde Gennadiy mit dem größten Lächeln, das der ehemalige Präsident aufbringen konnte, übergeben.

In dem Koffer befanden sich eine Million Dollar, ein Teil der unregelmäßigen Zahlungen des Ministers.

Unnötig zu erwähnen, dass die Augen des Außenministers feucht wurden und sein Kiefer runter fiel, als er die große Summe Bargeld begutachtete.

"Andre, ich danke Ihnen von ganzem Herzen."

"Ihre Großzügigkeit kennt keine Grenzen und ich werde für immer Ihr treuer Diener sein."

"Inoffiziell natürlich. Brauchen wir mehr diplomatische Immunität Pässe oder Direktiven?"

Andre schüttelte den Kopf.

"Nein Gennadiy, nicht zu diesem Zeitpunkt."

"Wir arbeiten an einem neuen Netzwerk, bei dem wir Ihre Hilfe brauchen könnten."

"Aber ich möchte, dass Sie auch meine Früchte der Arbeit genießen. Es könnte an der Zeit sein Ihren Maserati aufzurüsten. Er sieht ein wenig abgenutzt aus."

Beide hatten zu lachen.

Cherkov nahm kurz einen Erinnerungs Gedanken wahr, der ihm zeigte wie leicht es fiel Menschen in seinen einflussreichen Kreis zu locken.

Es bedurfte wieder einmal nur einer atemberaubenden Frau, um den Außenminister in seine Schranken zu weisen.

Sie hieß Olga Kournikov, eine weitere Supermodel-Freundin seiner Frau, die Gennadiy nach nur einem Treffen und anschließendem Spreizen der Beine in einer luxuriösen Hotelsuite innerhalb von vierundzwanzig Stunden dazu überredete, sich von seiner Frau nach zweiunddreißigjähriger Ehe scheiden zu lassen.

Olga tauchte bei der vereinbarten Cocktailparty im kürzest möglichen Minirock auf. Andre Cherkov hatte diese Veranstaltung von Getränken und Canapes speziell aus diesem Grund initiiert.

Mishkonovs dicke Gläser vernebelten sich, als Olga eintrat und für den Rest des Abends blieb sie an seiner Seite.

Als sie gelegentlich an seinem Bein streifte, sprang er fast aus der Hose. Und seine Hände durften selbst auch ein wenig erforschen.

Olgas ausgeklügelter Instinkt wusste, dass sie um auf der sozialen Leiter aufzusteigen nur ihre Beine ein wenig öffnen musste. Das Wort Liebe bedeutete ihr nichts und ihre Hochzeit ein halbes Jahr später war eine aufwendige Angelegenheit mit ausländischen Würdenträgern, die anwesend waren und Kournikov schaffte es überall auf die Titelseiten.

Viele Male flog sie nach der Hochzeit in die Staaten um Zeit mit Tatiana zu verbringen, viele Einkäufe zu erledigen und tagelang weg zu sein.

Gennadiy hatte nie Einwände da er seinen Platz kannte und außerdem, ein Blick seiner zurückkehrenden Frau und er wurde weich wie Saft.

Kein Mann auf der Welt, egal wie mächtig oder reich, ist gegen diese Art der Behandlung immun.

Lange Beine und junges Fleisch sind eine tödliche Kombination.

"Nun sind wir heute Abend noch zum Essen verabredet?" wollte Cherkov wissen.

"Ja, in der Tat, Andre. Meine Frau und ich wollen uns gern mit Ihnen treffen. Ich nehme an, Tatiana ist nicht bei Ihnen?"

Cherkov antwortete negativ.

"Im Moment ist sie zu sehr mit Einkaufen beschäftigt und heute Abend reist sie nach Miami um mit ihrer besten Freundin zu einer Geburtstagsfeier zu gehen."

"Bekannte Prominente aus der Film- und Musikbranche werden ebenfalls teilnehmen."

"Und wie Sie auch bemerkt haben, ist unser Leben manchmal nicht immer parallel eingerichtet. Wir neigen dazu, uns auf andere Weise zu versöhnen, nicht wahr."

"Ich werde morgen mit Vandlokov zu Mittag essen, der sehr interessiert ist an meinem Treffen mit Steffenson und dem britischen Premierminister in Camp David."

"Er möchte so viele offene Karten wie möglich im Umgang mit dem US-Präsidenten haben."

"Eines Tages möchte ich gerne meine Kredite bei ihm einlösen."

Irgendwann später öffneten sich die Eingangstore von Moskaus prestigeträchtigsten bewachten Wohnviertel Roblevka , wo Cherkov eine Villa mit zehn Schlafzimmern besaß und alle vier Autos in die Einfahrt fuhren.

Er hatte Geschäfte zu erledigen und ging direkt nach oben in sein Büro.

Das Sicherheitspersonal nahm seine Positionen rund um das Gelände ein und sein Butler und das Hausmädchen die ständig im Haus waren, begrüßten ihn mit einem kleinen Imbiss.

Später servierten sie bei der Ankunft des Außenministers und seiner Frau ein wunderbares Abendessen.

Kapitel

37

Mark und Tamara gingen am Ufer des Potomac-Flusses im Algonkian Reginal Park in Sterling, Virginia, entlang. Es war eine Autostunde von Washington DC entfernt und ein großartiger Ort, um sich zu entspannen und den täglichen Stress hinter sich zu lassen, den seine Position als verantwortlicher Spezial-Agent mit sich brachte.

Beide hatten sich gegenseitig versprochen, dass von Arbeit keine Rede sein würde.

Innerhalb des Parks in der Nähe von Leesburg hatten sie ein Häuschen mit zwei Schlafzimmern für zwei Nächte gemietet.

Sie hatten ihre Sportschuhe an und bewegten sich mit flotten Schritten durch die angelegten Wege, die die Hütten umgaben.

"Sie haben eine süßen Hintern, Herr verantwortlicher Spezial-Agent." Tamara, die leicht hinter ihm lief, zwickte Mark in den Po.

"Oh, das ist es was Dich motiviert, schneller zu gehen?"

Er drehte sich zu ihr um und hatte ein Grinsen im Gesicht während er rückwärts lief.

"Soll ich Dir sagen, dass da ein Hindernis kommt oder sehe ich zu, wie Du am stolpern bist?"

Bemerkte sie lachend.

Mark drehte sich um und musste zur Freude Tamaras den Felsbrocken überspringen der auf dem Pfad lag.

"Das war ein lustiger Moment."

"Schade, dass ich meine Kamera nicht dabei habe."

Sie konnte nicht aufhören zu lachen und als Mark anfing sie zu kitzeln ging sie vor lauter Kichern fast zu Boden.

"Halt!" Das war alles was sie sagen konnte da sie fast außer Atem war.

Mark zog sie näher zu sich heran und küsste sie sanft auf die Wange, dann auf den Hals und dann auf ihre Lippen die ihn sehnsüchtig erwarteten.

Seine Hände begannen ihren Körper unter dem T-Shirt zu erkunden und als er ihren nun heftigen Atem hörte, bewegte er seine Hand zwischen ihren Beinen und tastete sie langsam ab, bis sie ein Stöhnen ausstieß.

Ihr Körper bewegte sich im Rhythmus seiner Hand und ihre Finger begannen sich in seinem Rücken zu vergraben. Tamara trug nichts unter der Gymnastikhose und Mark konnte die Feuchtigkeit durch das dünne Material hindurch fühlen.

Alles, was sie jetzt von ihm wollte war die Hose runterzuziehen und genau dort sie zu lieben. Er blieb stehen und zog sie an der Hand im Unterholz, weg von neugierigen Augen.

"Nimm mich!" Ihr Flehen wurde in einem Augenblick erfüllt und sie spürte wie das Feuer in ihr hochraste bevor es wie ein Vulkan in ihrem Kopf explodierte. Tamara musste ihren Schrei unterdrücken, denn es waren noch andere Menschen auf dem Weg.

Beide brachen zusammen und blieben eine Zeit lang bewegungslos liegen.

Abends war Tamara dabei das Gemüse zu zerkleinern, während Mark auf den BBQ ein paar mitgebrachte Steaks grillte.

Die Hütte hatte eine rustikale Einrichtung mit einem Kamin im Wohnzimmer. Auf einen Berg gebaut, genossen sie die Veranda mit ihren schwarzen Möbeln und die umliegenden Bäume gaben ihnen Privatsphäre von den anderen Häusern in der Nähe. Beim Abendessen sprachen sie über ihre Familien, über die Trennung von Mark und Pamela und seine schöne Europa Reise mit Priscilla.

"Weißt Du," Tamara war sich nicht sicher wo sie anfangen sollte und sie zögerte eine kurze Zeit und sah sich um, bevor sie Marks Blick erwiderte.

"Du willst das wahrscheinlich nicht hören, aber ich habe mich in Dich verliebt."

Die Zeichen in ihren Augen war unmissverständlich.

Er hatte es irgendwie erwartet, aber als sie damit herauskam raubte es ihm ein bisschen den Atem und machte die Situation noch komplizierter. Aber er war sich auch nicht einmal sicher ob er sich wirklich von ihr lösen wollte.

 Mark liebte ihre Gesellschaft und ihre Intelligenz.

Und doch war Pamela in seinen Gedanken nie weit weg. Und schon gar nicht Priscilla.

Ihm fehlten die großartigen Gespräche die er immer mit seiner Frau geführt hatte, aber auf der gleichen Seite gab Tamara ihm alles das, was in Marks und Pamelas Ehe schon lange verebbt war.

Mark fiel es extrem schwer diesem jungen, perfekten Körper zu widerstehen.

Und nachdem sie den Tisch abgeräumt hatten, wurde er wieder in die Spirale der Versuchung gezogen, als Tamara sich in einen Minirock umgezogen hatte und hohe Absätze trug.

Sie setzte sich mitten auf den Tisch und öffnete lustvoll ihre Beine und sie gab Mark einen so sinnlichen Blick, den jeden Mann zum Schmelzen bringen würde.

Welcher Gedanke auch immer ihm gerade durch den Kopf ging, jetzt war nicht gerade ein guter Zeitpunkt, als er begann ihren Knöchel sanft zu küssen und sich langsam an ihrem Innenbein hochzubewegen. Sie streichelte sein Haar und lehnte ihren Kopf zurück um seine Zunge und seine Lippen zu genießen, die sich bis zu ihrem Oberschenkel hinaufbewegt hatten.

Ihre Lust wurde durch seine Erregung befriedigt die er nicht kontrollieren konnte und unter der forschenden Zunge öffnete sich Tamara noch mehr und flehte ihn an sie gleich da zu nehmen.

Später, während sie schlief saß Mark eine Zeitlang auf der Veranda. Der normalerweise so logisch denkende Spezial-Agent war nicht in der Lage seine Gedanken zu ordnen und die Realität der Situation zu erfassen.

Kapitel

Ein Geschäftstreffen mit zwei Vertretern seiner südamerikanischen Operation brachte Andre Cherkov außerplanmäßig nach Washington.

Er entschuldigte sich bei Howard Steffenson, dass er ihn nicht zu ihrer monatlichen Golfrunde empfangen konnte, da er noch am selben Tag abfliegen musste um in Europa zu sein.

Igor Ruslakovic, der russische Botschafter in Amerika, empfing ihn in der Botschaft in der Wisconsin Avenue.

Cherkov hatte als ehemaliger Präsident Anspruch auf Amtsräume die er bei den entsprechenden Gelegenheiten nutzte, sollte er sich in Washington aufhalten um wichtige Termine zu haben.

Außerdem wurde ihm eine Vier-Zimmer-Wohnung in der offiziellen Residenz des Botschafters in der 16th St North West zur Verfügung gestellt.

Die beiden Vertreter aus Kolumbien waren Mitarbeiter seiner Geschäftspartner in Bogota und die Botschaft war der perfekte Ort um sie zu treffen da keine Abhörgeräte ihre private Gespräche stören konnten.

Sie gehörten zu seinem engsten Kreis und waren vertrauenswürdig.

Manchmal fragte sich Cherkov ob er zu mächtig geworden war und riskierte das die amerikanischen Behörden an ihm herum schnupperten. Er hatte immer diese Idee, dass vielleicht jemand anders seine Angelegenheiten regeln sollte und er im Hintergrund unbekannt die Fäden ziehen könnte.

Dafür war es jetzt ein bisschen zu spät, aber Andre wollte dass Oberst Popov in Zukunft mehr von seiner Herrschaft übernehmen würde und der ehemalige russische Präsident sich von der Frontlinie lösen kann.

Nur viele seiner engen Vertrauten wollten jedoch nur mit ihm zu tun haben und da er in der Drogenwelt die einflussreichste Person war, wurde er immer weiter in deren Netz hineingezogen.

Doch abgesehen davon war Andre auch sehr süchtig nach der Macht und die dominante Stellung die er nun auf dem ganzen Planeten innehatte.

Cherkov übte massiven Einfluss auf allen Ebenen der weltweiten Gesellschaften aus.

Die Verlockung dieses weißen Pulvers war immens und von Konferenzräume über Politiker, sehr reiche Leute bis hin zu sehr armen Seelen schnupfte jeder diese Substanz.

Andres Ego wuchs jeden Tag exponentiell und er fühlte sich wie ein Gott der mit einem Fingerschnipsen entschied, wer leben und wer sterben würde.

Aber eine solche Ignoranz konnte tödlich sein.

Gerade jetzt brauchte sein Imperium Entscheidungen von ihm. Man diskutierte Informationen, die an die entsprechenden Verbindungen weitergeleitet werden mussten und für die absehbare Zukunft wurden neue Operationen geplant.

Cherkov hatte einige Bedenken an den Sicherheitsvorkehrungen an verschiedener Orte und sie versprachen ihm alle Maßnahmen zu verbessern und ihn auf dem Laufenden zu halten.

Auf der Liste der Punkte die ihm zur Kenntnis gebracht wurden stand auch dass zwei Gebietsbetreiber seines kolumbianischen Reiches, Informanten zu sein schienen, da man sie in Begleitung anderer Männer gesehen hatte. Sie wurden als Angehörige von Teilen der Behörden Kolumbiens identifiziert, auf die Cherkov verzichten konnte.

"Meine 'Soldaten der Finsternis' werden sich um sie alle kümmern!"

Es brauchten keine Fragen gestellt zu werden. Sie wussten, was das bedeutete.

Nach dem zweistündigen Treffen war es für die Männer zeit nach Bogota zurückzukehren und für Andre nach New York zurückzufliegen, in ein größeres Flugzeug umzusteigen und zusammen mit Tatiana nach Paris aufzubrechen, wo sie an der Herbstmodenschau von Yves Saint Laurent teilnehmen würde.

Tatiana war ein typisches Laufsteg-Model und dort traf sie sich auch mit Stella McCartney, die diesjährigen Kollektion entworfen hatte.

In ihrem Privatquartier im Flugzeug befriedigte sie seine Wünsche.

Tatiana verkleidete sich als Polizistin in einem winzigen Slip und Stiefeln, legte Cherkov Handschellen an und peitschte ihn aus, bis er vor Schmerz stöhnte.

"Komm näher, mein Diener!"

Sie stand da, die Beine weit gespreizt, die Hände in den Hüften und bereit ihn wieder auszupeitschen.

"Ja, meine geliebte Herrscherin."

Er sah auf und kroch auf allen Vieren auf sie zu. Er fühlte den brennenden Schmerz durch seinen Körper schießen, als die Peitsche auf seinen entblößten Rücken schlug. Er biss sich auf die Lippen und stöhnte unter dem Aufprall.

"Alles, was Sie wollen, meine Priesterin. Du bist die hohe Göttin der Liebe. Ich verneige mich vor Dir."

Whack, kam die Peitsche herunter. Diesmal viel härter und es riss in seine Haut.

Er flehte um Vergebung.

Und erst dann durfte er ihren Slip herunterziehen und sie lecken wo immer es ihm gefiel. Sie konnte nie begreifen warum Männer mit absoluter Macht auf diese Weise erniedrigt werden mussten.

Kapitel

Mark nahm kurz vor Mittag Enriques Anruf auf seiner sicheren Leitung entgegen. "Guten Morgen, mein Freund. Es ist immer eine Freude, Deine Stimme zu hören."

Enriques Stimme war voller Sorge.

"Guten Morgen, Mark. Ich hoffe, es geht Dir gut."

"Mein Anruf ist nicht von freundlicher Natur."

"Wir hier in unserem Hauptquartier sind sehr besorgt über zwei unserer Agenten die seit zwei Tagen nicht mehr gesehen wurden."

"Agent Pedrosa und Agent Carrera sollten sich mit zwei Informanten der Alonso-Organisation im Stadtzentrum in der Nähe des Museum

International treffen und wir machen uns große Sorgen um ihren Verbleib."

"Oh Scheiße, Enrique. Meine Gedanken und mein Herz sind bei Dir und wir werden alle für ein positives Ergebnis beten."

"Irgendwelche Hinweise? Wie geht es ihren Familien?"

"Das ist das seltsame, Mark."

"Auch ihre beiden Familien sind verschwunden."

"Wir haben Pedrosas Wohnung im Vorort Chapinero Alto und Carreras Haus in Salitre überprüft, aber keine Spur von irgend jemandem."

"Agent Pedrosas Tochter Natalia war in der letzten Woche mit ihrer Großmutter, einige Straßen entfernt und sie hat den Alarm geschlagen und uns aufmerksam gemacht als sie mit ihrer Oma nach Hause kam."

"Ich halte den Atem an, Mark, aber Du kennst diese Stadt."

Enrique wusste wozu die Drogenkartelle fähig waren wenn ihre eigenen Leute Spitzel der Polizei werden.

Er hoffte entgegen alle Hoffnung, dass es eine logische Erklärung für ihr Verschwinden geben würde. Pedrosa und Carrera gehörten seit vielen Jahren zu seiner Truppe und arbeiteten als Team effektiv gegen Verbrechen im Zusammenhang mit Drogen.

Doch seine schlimmsten Befürchtungen wurden wahr, als einige Tage später ihre verstümmelten Leichen in einem kleinen Park in der Nähe des Ana-Mercedes-Museums im Vorort La Macarena gefunden wurden.

Sie waren gefoltert und dann getötet worden als Warnung an die Behörden sich nicht mit ihnen anzulegen.

Und als ob das noch nicht genug wäre, die Ermordung des einzigen Sohnes sowohl auch seine Frau des Agenten Carrera zementierte in jedem den Glauben, dass der Drogenkrieg brutaler geworden war als je zuvor und dass diese Brutalität selbst für kolumbianische Verhältnisse ungewöhnlich war.

Die Leichen der Frauen waren einfach vor ihren jeweiligen Häusern abgeladen worden!

Die Frage, die sich Enrique und seine Männer zu stellen hatten, war, ob ein neuer Akteur aufgetaucht ist.

Und wenn dies die neue Methode des Kartells war, dann war keine ihrer Familien sicher.

Haben die beiden getöteten Agenten Informationen geliefert die für das effektive Funktionieren der Abteilungen nachteilig gewesen wären?

Enrique und seine Kommandeure suchten nach Möglichkeiten, die Familien aller Agenten die direkt mit der Mateo-Alonso-Untersuchung in Verbindung standen umzusiedeln und das bedeutete, dass auch Enriques Familie ihr Gelände verlassen musste.

Luciana war überglücklich. Ihre Basketballmannschaft 'Brovados' hatte gerade ihre schärfsten Rivalen 'Taqueras' im Spiel heute Abend geschlagen und aufgrund dieses Ergebnisses war ihnen der Spitzenplatz in der Liga sicher.

Luciana war ein Point Guard und hatte vier erfolgreiche Dreier gegen ihren Namen. Sie war auf einem Hoch und spielte das Spiel in Gedanken nach, während sie den El Virrey Park in der Nähe ihres Heims durchquerte.

Es war in der Dämmerung und die Straßenlaternen waren bereits eingeschaltet worden.

Ihr Gehirn registrierte nur das Erscheinen eines weißen Tuches vor ihrem Gesicht kurz bevor es fest auf ihre Nase und Mund gepresst wurde. Sie versuchte zu atmen und inhalierte eine seltsam riechende Substanz bevor sie ohnmächtig wurde.

Einige Zeit später war es immer noch dunkel vor ihren Augen aber sie wusste, dass sie wach war denn Luciana konnte Stimmen hören.

"Papa?" Rief sie. "Ich bin krank!"

Jemand riss ihr das Tuch vom Kopf und sie musste die Augen schließen, das Licht blendete. Sie blinzelte und ganz langsam nahm Luciana die Umgebung auf.

Ihr Vater war nicht unter den Männern die sich im Raum unterhielten.

Sie konnte auch ihre Arme und Füße nicht bewegen da sie an einen Stuhl gefesselt waren. Luciana war sehr verwirrt und verängstigt. Wer sind diese Männer und warum tragen die Waffen?

"Hallo Luciana."

Einer der Männer näherte sich ihr und wischte eine Haarsträhne aus ihrem Gesicht.

"Deine Mama und Dein Papa werden nicht kommen um Dich zu retten und wenn Dein Papa nicht den Anweisungen befolgt wirst Du sie nie wieder sehen, versinkt das in Deinem kleinen Gehirn?"

Der Typ hatte faule Zähne und einen schlechteren Atem als ein Straßenköter.

Luciana begann zu zittern war plötzlich richtig kalt und fühlte sich krank im Magen. Der Typ hatte gute Reflexe und hatte einen Eimer vor ihr bevor sie sich übergeben konnte.

Er wischte ihr den Mund ab und hielt ihr ein Glas Wasser an die Lippen. Er hasste diese Art von Arbeit.

Er tötete lieber Menschen als kleine Mädchen zu entführen!

Aber Sergio war nur ein winziges Rad in der riesigen Drogenmaschine und sein Leben war sowieso nichts wert also tat er was man ihm sagte.

Zumindest gaben sie ihm etwas Geld zum Leben, denn sonst konnte er sich nicht einmal ein Essen auf der Straße leisten.

Und seine Bosse kümmerten sich um ihn. Sie bezahlten Sergio ein möbliertes Zimmer in einem Haus und schenkten ihm ein kleines Auto. Das war viel mehr als jeder seiner früheren Freunde hatte. Und hier bei den anderen fühlte er sich sicher. Seine Loyalität stand außer Frage.

"Also, kleines Mädchen. Versuche nichts lustiges zu tun sonst schneide ich Dir ein Ohr ab."

Er hielt ihr ein großes Messer vor der Nase.

Sie tat ihm leid, aber er traute sich nicht seine Gefühle den anderen zu zeigen. In Sekundenschnelle würde er auf der Straße sein.

Die Banditen lachten als sie die Klinge vor ihrem Gesicht baumeln sahen.

"Hey Sergio, erschrecke das Mädchen nicht zu sehr. Sie könnte sich in die Hose pissen und Du müsstest dann alles sauber machen."

Die drei anderen brüllten in ihren Stühlen.

"Oh ja!"

Sergio kam auf den Typen zu und brüllte.

"Wie wär's, wenn ich Dir die Stirn aufschneide, während du Deinen Kaffee trinkst und hellwach bist damit du den Schmerz spüren kannst?"

Der Typ war sehr schnell still und die Amigos neben ihm sagten auch nicht viel.

Sergio war der Verantwortliche und sie kannten seine Messergeschicklichkeiten und wollten nicht dem wirklich vorgestellt werden.

Kapitel

Stille senkte sich über den Ostsaal, als dreihundert Gäste in Vorfreude und Dunkelheit auf eine der größten Stars Amerikas, Yolanda Adams, warteten.

Als sie die Bühne betrat, die in blaues Licht getaucht war und ihre unglaubliche Stimme den Raum erfüllte, waren alle von ihrer Darbietung 'Change is gonna come' berührt. Eine hypnotisierende Darbietung in der 'Nacht der Musik' im Weißen Haus.

Eine Tradition, die mit Ronald Reagan begonnen hatte und Howard Steffenson und seine Familie liebten es eine solch wunderbare Show zu bieten.

Und in der ersten Reihe wie immer sein Freund Andre Cherkov, der zwei Geschäftsfreunde aus Russland eingeladen hatte.

"Meine Damen und Herren, der Präsident der Vereinigten Staaten!"

Unter großem Applaus sprang der Präsident auf die Bühne und begrüßte eine scheidende Yolanda Adams.

"Vielen Dank und was für eine Stimme von der bemerkenswerten Yolanda Adams. Und heute Abend...."

Er musste einige Sekunden warten bis das Klatschen nachließ.

"Wir feiern nicht nur die amerikanischen Musikwurzeln mit amerikanischen Künstlern."

"Wir, Susan und ich haben beschlossen, Künstler aus den Ländern einzuladen die seit sehr langer Zeit mit den Vereinigten Staaten befreundet sind."

Mehr Klatschen.

"Einer der längsten und standhaftesten Verbündeten Amerikas im Krieg und auch im Frieden ist Australien."

"Ich möchte den australischen Botschafter Martin Scheckter begrüßen der heute Abend hier bei uns ist."

Steffenson zeigte auf Scheckter der neben Cherkov saß.

"Nun... wir alle kennen INXS."

Lauter Jubel war die Antwort, "Und... wir kennen AC/DC."

Das Klatschen und Stampfen könnte das Haus zum Einsturz bringen.

"Aber Susan und ich hatten das Gefühl dass unsere Ohren einen Schaden erleiden könnten wenn wir sie heute Abend hier hätten."

Gelächter und Applaus folgten.

"Also dachten wir, dass etwas sanfteres eine gute Idee wäre."

"Er ist einer der großen australischen Jazzkünstler, der einige amerikanische Klassiker aufführen wird. Später wird er im Duett mit einer der besten Stimmen Amerikas auftreten, ...Usher."

Der Lärm der eingeladenen Schirmherren war ohrenbetäubend. Der Präsident erhob seine Hand für ein wenig Stille.

"Er wird ein Lied singen, das von einem der größten lebenden Schätze Amerikas, Stevie Wonder, geschrieben wurde. Meine Damen und Herren, begrüßen Sie bitte Jay Davies, aus Melbourne, Australien, auf die Bühne."

Jay, nervös wie alle anderen die vor dem Präsidenten der Vereinigten Staaten auftreten würden, begeisterte sie alle mit seiner tiefen, gewaltigen Stimme, als er 'Don't you worry about a thing' sang.

Beim Klavierspiel ließ er das Publikum schaukeln und den Präsidenten mit seinem nächsten Lied 'Got you on my mind' mit den Füßen klopfen. Rhythmisches Klatschen und Fingerschnipsen ließ alle mitmachen.

Man hörte sogar die Stimmbänder des Präsidenten mitsingen.

Nach dem Konzert wurden Getränke und Canapes serviert und Andre konnte mit seinen russischen Gästen ein privates Gespräch führen.

Der Dialog wurde in ihrer Muttersprache geführt um neugierige Ohren auf Distanz zu halten.

"Sag mir Mikhail."

Cherkov mampfte ein Stück Räucherlachs auf Roggenbrot.

"Diese neuen Kuriere aus der Ukraine."

"Wer beaufsichtigt sie eigentlich und vor allem, wie haben wir ihr Geldeintreibungssystem integriert?"

"Sie wissen, dass ich kein Fan dieser Ukrainer bin und dass ihre Unabhängigkeitssträhne mir mehr graue Haare beschert."

Mikhail Lupchek machte mit seiner rechten Hand eine wegwerfende Geste.

"Andre, Andre. Sie sind immer so misstrauisch aber glauben Sie mir, Oberst Popov kennt diese Typen seit seinen Armee Tagen und wird mit seiner rechten Hand für sie bürgen."

Andre leckte sich nach dem eher feuchten Feinkostladen die Finger und grabtsche mit der anderen hand eine Serviette vom angrenzenden Beistelltisch.

"Ja, Sie haben natürlich Recht."

"Der Oberst ist ein Ehrenmann und er steht lebenslang in meiner Schuld."

"Ich habe ihn seit einiger Zeit nicht sehen können, aber ich vertraue seinem Urteilsvermögen absolut."

"Die Ukraine ist ein neues Gebiet für uns und wir werden das Land die Drogenprofite entziehen."

"Es gibt einige andere Kartelle, die auf dem Boden des Landes aktiv sind und früher oder später unseren Operationspfad kreuzen werden."

"Ich möchte, dass Sie, Michail, eine Liste der Spitzenmänner dieser Gruppen zusammenstellen und sie mit Hilfe des Oberst davon überzeugen sich entweder uns anzuschließen oder liquidiert zu werden!"

"Wir haben viele ehemalige Soldaten in der Nähe stationiert, die die Tat auf die eine oder andere Weise ausführen werden."

"Die Drogenabhängigkeit des Landes ist nur groß genug für eine professionelle Operation und das sind wir!"

"Also, machen Sie ihnen klar, dass sie entweder für uns oder gegen uns sind!"

"Wenn sie sich für das letzteres entscheiden möchte ich dass sie innerhalb von vierundzwanzig Stunden vom Radar der Erde verschwinden. Keine Gnade. Ist das klar?"

Mikhail nickte mit dem Kopf. Lupchek war für den russischen Drogenhandel verantwortlich und gehörte zum inneren Kreis von Cherkov's vertrauenswürdigen Männern.

Kapitel

"Meine Tochter ist verschwunden!"

Mark erhielt am späten Abend einen Anruf von Enrique. Es war kurz nach elf Uhr.

Er war zu Hause und wollte gerade ins Bett gehen, als der Anruf aus Kolumbien ankam.

"Enrique."

Mark hatte sich auf sein Bett gesetzt. "Wissen wir das mit Sicherheit?"

Diese Frage hätte Mark sich selbst beantworten können.

Er wusste, dass Enrique als Polizist keinen Stein auf dem anderen ließ und alle möglichen Schritte die Luciana hätte unternehmen können, zurückzuverfolgen, war eine Routine die jeder Vater unternehmen würde.

"Maria ist krank vor Sorge und ich musste ihr etwas geben um sie zu beruhigen."

"Es hat keinen Sinn sie davon überzeugen zu wollen, dass es dafür einen logischen Grund gibt."

"Sie kennt ihre Tochter wie ihre Westentasche."

"Und es wäre völlig untypisch für Luciana ihre Mama nicht zu anrufen wenn sie irgendwo aufgehalten würde."

"Nein Mark, wir müssen das Schlimmste befürchten!"

"Ja, ich weiß, mein lieber Freund...!"

Das schwere Atmen des verantwortlichen Spezial-Agenten war durch die Leitung zu hören.

"Es ist im Moment schwer die richtigen Worte zu finden."

"Es gibt nichts was Dir in dieser Stunde Trost geben würde. Enrique, was kann ich tun?"

"Ich kann in einer Stunde in ein Flugzeug steigen um an Deiner Seite zu sein."

"Nein, Mark, mach das nicht!"

"Es gab bisher keinen Kontakt zu den Entführern."

"Wir wissen noch nicht was sie wollen. Es könnte eine direkte Geldforderung sein oder mit unserer Operation zu tun haben."

Er konnte Enrique in der Leitung heulen hören.

"Es wird mir das Herz zerreißen, aber ich kann nichts tun bis sie mit uns Kontakt aufnehmen. Bleibe in der Nähe des Telefons und bete bitte für uns."

"Es gibt nichts mehr was irgendjemand tun kann."

"Mein Kopf tut weh und ich kann nicht aufhören daran zu denken wie es Luciana jetzt gerade gehen muss."

"Sie wird so einsam und verängstigt sein. Oh Mark, ich habe auch Angst."

Er versuchte ein paar beruhigende Worte für Enrique zu finden, aber ihm fiel nichts ein.

Sie mussten warten bis die Entführer Kontakt aufgenommen hatten. Eine Sekunde lang dachte er daran Enrique zu empfehlen einen Sender in seine Telefonleitung einzubauen, aber im Moment waren das nicht die Worte die ein Vater hören wollte.

Als Enrique auflegte, warf Mark das Telefon durch den Raum.

"Scheiße!"

Und er stieß den größten Schrei aus weil er wusste, dass allen in diesem Moment die Hände gebunden waren. Einen Augenblick später sammelte er die Teile des Telefons ein und setzte sie wieder zusammen. Er musste für Enrique erreichbar sein.

Also, was konnte man tun?

Er nahm einen Zettel und schrieb alle Möglichkeiten auf die ihm durch seine Abteilung zur Verfügung standen.

Dann war es an der Zeit jemand anders anzurufen.

"Mark, Jesus. So spät rufst Du mich an? Ich bin schon eingeschlafen."

"Es ist Mitternacht, um Himmels willen!"

Pamela war nicht allzu glücklich darüber geweckt zu werden.

"Pamela, es tut mir Leid. Aber ich hatte das Gefühl, dass Du es wissen solltest."

"Luciana ist angeblich entführt worden."

Jetzt war Pamela hellwach. Sie saß aufrecht im Bett.

"Oh, Mark, nein. Das kann nicht sein. Warum sie?"

"Das wissen wir noch nicht, Pam."

"Ich bin in Bereitschaft für Enrique, da die Entführer bis jetzt keinen Kontakt mit ihm aufgenommen haben."

"Also können wir im Moment nicht viel tun."

"Ich versuche die bestmöglichen Lösungen zu finden und werde das Team morgen informieren. Aber im Moment sind meine Gedanken bei Enrique und Maria."

"Diese Schweine," schäumte Pamela.

"Ich wünschte es gäbe einen Weg sie alle zu töten. Die haben nur das Schlimmste verdient."

"Mark, ich möchte, dass Du mich auf dem laufenden hälst so gut wie Du kannst."

"Ich werde versuchen, Maria morgen zu erreichen um sie zu trösten. Mach diese Monster fertig, Mark."

"Mach Sie fertig!"

Er lehnte sich in seinem Bett zurück und trank einen Scotch. Nur damit er versuchen konnte diese Tortur logisch zu durchdenken.

Es war ihm klar, dass derjenige der die Spitzel entdeckt hatte im inneren der Kolumbianischen Polizei arbeitete.

Und das könnte für Enrique gefährlich werden.

Es bedeutete auch, dass seine enge Kollegen in der Schusslinie standen.

Die Drogenkartelle hatten Geld.Tonnen davon. Es wurde geschätzt, dass ihr Tagesumsatz über fünf Millionen Dollar betrug. Dafür konnte man jeden kaufen.

Und die Zahl der Leichen war für sie nur eine Statistik. Sonst nichts. Und Luciana war auf dem Weg eine weitere Statistik zu werden. Und das tat Mark wirklich weh.

"Wir haben Dein kleines Mädchen!"

Enrique erhielt den Anruf um vier Uhr morgens.

"Major Suarez. Es ist wichtig, dass Sie die Konsequenzen jeder weiteren Untersuchung gegen uns verstehen!"

Enrique konnte kaum atmen. Er hatte den Aufnahmeknopf gedrückt und versuchte nicht in Panik zu geraten.

"Bitte erlauben Sie mir mit meiner Tochter zu sprechen!"

Seine bettelnde Stimme war gebrochen, aber sie waren zuvorkommend.

"Papa!"

Ihr Weinen zerriss ihn, aber sie lebte noch: "Mein kleiner Engel, sei stark, sei...."

Er kam nicht weiter.

"Major, Sie müssen jetzt einige wichtige Entscheidungen treffen. Ihre Kollegen, die Agenten Pedrosa und Carrera und ihre Familien sind nicht mehr bei uns ebenso wenig wie die beiden unglücklichen Spitzel die beschlossen hatten gegen uns zu arbeiten."

"Unsere Operation wird es uns nicht erlauben, das sich jemand einmischt, weder von Ihnen noch von Ihren Kollegen!"

"Sie müssen verstehen, dass die Maßnahmen die die kolumbianischen Behörden von nun an ergreifen werden, direkte Auswirkungen auf das Leben von Ihnen und Ihrem Team haben wird."

"Wir sind in der Lage Ihren Prozess zu überwachen."

"Ich werde Ihnen versichern, dass Luciana kein Schaden zugefügt wird wenn Sie eine Rücknahme der Untersuchung erwirken. Ich glaube ich habe mich klar genug ausgedrückt."

Und damit war die Leitung tot. Enrique stürzte weinend zu Boden.

Kapitel

42

Mark und Enrique sprachen später über ein sicheres Satellitentelefon. In erster Linie war es wichtig, dass Maria und die Familienmitglieder aller anderen Agenten sicher waren.

Vorerst wurden alle Ermittlungen die in direktem Zusammenhang mit der Drogenakte standen, offiziell eingestellt.

Enrique fiel es verständlicherweise schwer logisch vorzugehen. Es lag also an Mark eine Abfolge von Operationen zu durchdenken. Keine E-Mails, keine Telefonanrufe, es sei denn über sichere Leitungen wo dies erlaubt war.

Sie wussten immer noch nicht, ob es in ihrem Hauptquartier einen Maulwurf gab. Das Netz des Drogenkartells war weit gespannt. Die einzigen Personen, die direkt von Mark und der Zusammenarbeit mit dem FBI wussten waren wenige. Für jeden von ihnen würde Enrique sein Leben geben.

Und es musste wirklich funktionieren denn hier stand nicht nur Lucianas Leben auf dem Spiel. Auch die Familien aller kolumbianischen Rauschgiftfahnder waren in Gefahr.

Ein Leben bedeutete den Drogenkartellen nichts.

Wenn Du meine Grenze überschreitest, wird eine Kugel Dein bester Freund!

In den nächsten Tagen wurden alle Familien der zwanzig an der Untersuchung beteiligten Agenten an einen sicheren Ort gebracht, nämlich in das Hotel Wyndham an der Avenue La Esperanza im Geschäftsviertel von Bogota.

Stark bewaffnete Polizisten bewachten das Hotel und die Zimmer.

Das Hotelpersonal wurde nicht informiert ebenso wenig wie die Beamten auf Streife.

Die Polizei gab offiziell bekannt, dass VIPs anwesend waren.

Zwei Tage später waren alle Personen die den Agenten des Falles nahestanden zum Flughafen gebracht worden. Eine gecharterte Boeing 767 unter dem Kommando des FBI traf aus den Vereinigten Staaten ein und dann wurden alle Angehörigen der Agenten nach Washington geflogen.

Die Regierung hatte für eine vorübergehende Unterkunft gesorgt.

Hannah Sherman und Stephen Daniels von Marks' Team hatten die Koordination für die Gäste in dieser Zeit übernommen.

Er musste für die nächste Phase der Operation frei sein.

Alle Beteiligten einschließlich Enrique waren der Meinung, dass er weder den Entführern noch dem Kartell im Allgemeinen nachgeben sollte. Die fortgesetzte Untersuchung wurde jedoch in Kolumbien in einem viel geringeren Umfang durchgeführt. Die größere Frage war jetzt.

Wo wurde Luciana festgehalten?

Sie waren zuversichtlich, dass sie sich irgendwo in Bogota befand und nicht auf dem Land. Die WESPE war vorerst ihre einzige Überwachungswaffe. Und das erste offensichtliche Ziel musste Alejandro Garcia sein.

Aber die WESPE hatte über mehrere Tage hinweg keine Spur von ihm in seiner Wohnung in Galle 141 neben Park Belmira gefunden.

Daher wurde beschlossen die WESPE nach Barranquilla zu verlegen um sein Haus im bewachten Club San Caujaral zu beobachten. Und da Alejandro sich in der Residenz aufhielt stand ein sofortiger Erfolg bevor.

Aber ob das erfolgreich sein würde wusste niemand.

Alejandro nahm keine offensichtlichen Kontakte zu irgendjemandem auf und selbst das Abhören seiner Telefonleitung schien keine weiteren Hinweise zu bringen. Enrique hoffte im Stillen, dass die Entführer von der Untätigkeit seiner Abteilung erfahren und seine Tochter freilassen würden.

"Sie scheinen alle richtigen Vorkehrungen getroffen zu haben, damit Ihre Ermittlungen zum Stillstand kommen!"

Ein nächtlicher Telefonanruf, der ihm Schauer über den Rücken laufen ließ.

"Aber die Familien aller Agenten wurden umgesiedelt. Ich frage mich, warum?"

Diese Stimme aus der Hölle kannte ihre Bewegungen.

Wer gab die Informationen weiter? Also musste Enrique ehrlich sein und der Stimme der Angst sagen, dass noch mehr unschuldige Menschen getötet werden könnten, daher die Versetzung.

Es ist nicht nötig über die USA zu sprechen. Enrique hielt den Atem an. Die anderen Seite der Leitung war nicht unvernünftig und stimmte seinem Plan zu. Aber auf seine Bitte, mit Luciana zu sprechen kam ein entschiedenes Nein. Und das war es vorerst.

Kapitel

43

Luciana war kalt!

Sergio hatte die dicken Drahtseile die sie an den Stuhl gebunden hatten entfernt und sie auf ein Bett gelegt.

Durch die Fesseln hatte sie Blasen um ihr Handgelenk entwickelt. Ihre Knöchel wurden in große Handschellen gelegt und an das Bett geklippt. Er deckte sie mit einer Decke zu und gab ihr eine Suppe.

Sie entschied sich, dass er von den vieren der menschlichste war, da die anderen drei sie mit gierigen Augen ansahen und einmal als Sergio auf die Toilette ging legte einer von ihnen seine Hand auf ihr Bein und wollte gerade ihr Inneres berühren als er zurückkam.

"Eines Tages wirst Du nicht mehr so viel Glück haben!"

Er knurrte bevor er zurückging um sich an den Tisch zu setzen. Keiner von ihnen hatte sich seit langer Zeit in der Nähe einer Frau aufgehalten, schon gar nicht so jung und schön wie Luciana und sie leckten sich die Lippen und warteten auf den Tag um ihr die Hose runterzuziehen.

"Wir haben Aktivität!"

Mark saß an seinem Schreibtisch, hatte aber vierundzwanzig Stunden lang direkten Kontakt mit den Operatoren von der WESPE in Bogota.

Sie gehörten zu Enriques innerem Kreis und waren vertrauenswürdig.

Sein Team bestand nun nur noch aus fünf Männern plus WESPE-Personal, während alle anderen Agenten in andere Abteilungen versetzt worden waren.

Die FBI-Maschine lief jedoch auf Hochtouren. In seinem Büro ließ er einen Großbildschirm aufstellen um die Ereignisse in Kolumbien zu überwachen.

Die WESPE saß in einem Baum gegenüber Garcias Haus und hatte Diego Gomez sein Lamborghini neben der Baumgrenze parken gefilmt bevor er in das Gebäude verschwand.

Nun die ängstliche Entscheidung, wem man folgen sollte. Garcia oder Gomez?

Es gab nur eine WESPE und wegen der teilweisen Schließung der Abteilung konnte kein Außendienstpersonal einberufen werden. Also trafen Mark und Enrique die Entscheidung Gomez zu folgen.

Zwei Stunden später fuhr Diego ab und sein Hochleistungssportwagen raste über die Autobahn und die WESPE hatte Probleme mitzuhalten.

Sie wussten dass er ein Haus in Barranquilla hatte aber Gomez schlug eine andere Richtung ein. Er fuhr auf die entgegengesetzte Fahrbahn und bog von der Autobahn ab um den internationalen Flughafen Ernesto

Cortissoz zu erreichen, der zwölf Kilometer vom Stadtzentrum entfernt lag.

Er parkte sein Auto am Eingang des Privatflugplatzes auf dem sein Jet stationiert war.

"Und was jetzt?"

Das hatte Mark nicht im Sinn, dass Gomez in den Wolken verschwindet.

Aber der WESPE-Operator hatte eine Idee. O'Brien konnte kaum glauben was er als nächstes sah.

Die Mini-Drohne flog auf das Flugzeug zu, wurde vorsichtig in den Radraum geführt und landete in der hintersten Ecke dieses ungewöhnlichen Verstecks.

"Ich werde verrückt!"

Er war verblüfft und sah durch das Kameraobjektiv die Öffnung des Gehäuses und das Rollfeld.

Dann zog die Markierung der Start- und Landebahn erst langsam dann immer schneller vorbei. Das Flugzeug war beim durchstarten.

Der verantwortliche Spezial-Agent bemerkte dass die Landebahn immer schmäler wurde als der Jet dann abhob und das Rad hochkam, seitlich abknickte und es plötzlich dunkel wurde da sich die Abdeckung automatisch geschlossen hatte.

"Wir hätten in die Kabine gehen sollen um zu sehen welchen Champagner er trinkt."

Das brachte zumindest Enrique zum Lächeln. In der großen Höhe in der das Flugzeug reiste, betrug die Lufttemperatur ungefähr minus zwanzig Grad, also schaltete der Bediener die WESPE ab und isolierte die Elektronik bis zur Landung.

Der Gangster zog Lucianas Decke zurück und liebte was er sah.

Sergio war raus gegangen um einen Anruf zu machen und etwas einzukaufen.

Sie wussten also dass er eine Weile brauchen würde. Luciana drehte sich zur Seite und begann zu zittern.

"Bitte nicht!"

Ihr hilfloser Schrei blieb unbeantwortet. Er riss ihr die Gymnastikhose herunter und seine Augen sprangen ihm fast aus dem Kopf als er das winzige Höschen des Mädchens sah.

"Hmmh, mein Frühstück."

Luciana weinte jetzt und betete.

"Papa!"

Der Mann sah sich um: "Ich sehe Papa nicht. Wo ist er denn?"

Die anderen lachten sich kaputt.

Sie hatten sich entschieden wer sie als nächstes vergewaltigen sollte. Der raue Hals zog langsam ihren Slip herunter und sah das schwarze Dreieck das ihm gehören sollte.

Seine Hände knöpften die Hose auf und er kletterte auf das Bett.

Seine Augen wurden immer größer und er drückte die Schulterblätter zusammen, hob den Kopf an und ließ ein kleines 'arrgh' heraus bevor er zur Seite fiel.

Er war tot bevor er auf dem Boden aufschlug.

Sergio stand in der Tür und sein Messer war mit solcher Wucht in den Rücken des Mannes eingedrungen, dass nur der Griff zu sehen war.

Er hatte nicht vorgehabt einkaufen zu gehen, Sergio musste nur mit seinem Chef sprechen.

Sein Anführer befand sich mehrere Ebenen unterhalb von Gomez, nahm aber direkte Befehle von ihm entgegen Luciana nicht zu verletzen.

Die beiden anderen starrten zuerst auf die Leiche und blickten dann zu Boden.

Sie wussten, dass das Leben billig war und dass es keine Gnade geben würde wenn Sergio dies wünschte.

"Gibt es noch weitere Probleme?"

Er starrte sie mit tödlichem Blick an. Die Männer schüttelten so schnell den Kopf, dass ihnen schwindelig geworden sein musste. Luciana hatte schnell die Hose hochgezogen und sich mit der Decke zugedeckt.

"Ich danke Ihnen." Sie flüsterte.

Sergio nickte nur.

Kapitel

Mark traf sich mit seinem Chef Trevor Handy und sie besprachen, wie mann diese Geiselkrise beendet und die Ermittlungen wieder in Gang gebracht werden konnten um die 'Operation Laconda' zu starten, das Codewort zur Abschaltung des gesamten weltweiten Drogennetzwerks, diplomatische Immunität oder nicht.

"Enrique Suarez und sein Team haben so viel für uns getan und wir brauchen sie für Operation Laconda."

"Ich möchte nicht dass Luciana zu einem Kollateralschaden für den Krieg gegen die Drogen wird."

"War das ein persönlicher und emotionaler Appell an mich, Mark?"

Trevor mochte es nicht wenn seine Spezialagenten von Emotionen getrieben wurden.

"Ja, Sir!"

Trevor dachte eine Sekunde lang nach und nickte dann.

"Also gut, falls und wenn wir Informationen über Lucianas Aufenthaltsort erhalten, werde ich mit dem Einverständnis der kolumbianischen Regierung den Einsatz von HRT genehmigen."

"Wenn der FBI-Direktor diesen Plan jedoch blockiert, müssen wir loslassen. Ist das klar?"

"Ja, Sir, das ist klar!"

Mark besprach die Idee mit Enrique und seine dahinter stehende Argumentation.

Keine kolumbianischen Spezialkräfte könnten zur Rettung seiner Tochter eingesetzt werden.

Sie wussten nicht wer und wo das Spitzel innerhalb des Polizeireviers saß.

Aber es war vorerst nur eine Idee.

Vieles hing von der Wespenüberwachung ab und dann müsste Enriques Chef den Einsatz ausländischer Kräfte auf kolumbianischem Boden absegnen. Schließlich waren keine amerikanischen Geiseln im Spiel. Enrique war erleichtert und natürlich auch verängstigt.

Es könnte seiner Tochter das Leben kosten wenn die Rettung schief ging.

Gomez war nach der Landung in Bogota mit seinem Jaguar F-Type zu seiner Millionen-Dollar-Penthouse auf Carrera One in Los Rosales gerast.

Rodriguez, sein Mitarbeiter, der sich um die Luxusfahrzeuge kümmerte die Gomez zur Verfügung standen, empfang den Jaguar nachdem Diego den Fahrersitz verlassen hatte und die Treppe hinaufgehüpft war, um mit seinem Privatlift in sein Penthouse zu fahren.

Es befand sich im vierzehnten Stock und bot einen weiten Blick über Bogota.

Ein erstaunliches Juwel mit fünf Schlafzimmern und sechs Bädern, wobei fast jedes Zimmer vom Boden bis zur Decke mit Fenstern ausgestattet war um den Ausblick über die Stadt zu maximieren.

In seiner Garage unter dem Gebäude standen ihm ein Ferrari, ein Range Rover, ein Bugatti und eine viertürige Maserati-Limousine zur Verfügung. Die WESPE saß in den Büschen auf dem Balkon und genoss das Panorama gleichermaßen.

"Ich kann es kaum erwarten, diesen Bastard in die Hände zu bekommen." Murmelte Enrique vor sich hin."

"Er hat mein Land ruiniert."

"Scheiße!"

Mark sprang von seinem Schreibtisch und rannte zur Tür hinaus, vorbei an seinem Stellvertreter der auf dem Weg zu seinem Büro war.

"Ich kann jetzt nicht reden."

"Ich hätte fast Priscillas Geburtstag vergessen. Ich bin in einer Stunde zurück," und damit schlossen sich die Fahrstuhltüren und ließen Jack mit offenem Mund zurück.

"Alles Gute zum Geburtstag, Liebling."

Es war zehn Uhr morgens, als Mark sie von seinem Handy aus anrief, während er von seinem Büro aus zügig die Straße entlang lief.

"Entschuldige, dass ich Dich so spät anrufe aber mein Fall hat mich aufgefressen."

"Oh, wirklich." Priscilla war nicht amüsiert.

"Wie praktisch. Ich stehe morgens um sieben Uhr auf Papa und hatte die Geburtstagskarte meiner Mutter auf meinem Frühstückstisch."

"Deine habe ich nicht gesehen."

Wie schnell die Kinder vergessen, dachte er. Aber heute war kein Tag für einen Vortrag.

"Weil ich es vergessen habe, Prisclla. Ich bitte um Entschuldigung und wir gehen heute Abend zum Essen, aber Du musst jetzt für eine Sekunde die Luft anhalten und Dich hinsetzen."

"Okay?" Sie war ganz Ohr.

"Pris, Luciana ist entführt worden."

"Deine Mutter weiß Bescheid und ich hatte sie gebeten es Dir erst dann zu sagen wenn Du es von mir hören würdest und es ist unnötig zu sagen, dass wir alle sehr besorgt sind.

"Oh, Papa. Es tut mir so leid."

Priscilla nahm die Nachricht genauso schlimm auf wie alle anderen Beteiligten.

"Vergiss, was ich gesagt habe, Papa!"

"Du hast einen Job zu erledigen. Gibt es Hoffnung?"

Mark versuchte beruhigend zu wirken. "Wir alle beten für ein gutes Ergebnis. Ich kann im Moment nicht viel sagen um unsere Erwartungen nicht zu erhöhen, aber wir haben einen Plan in Entwicklung."

"Aber wie dem auch sei, Pris, heute Abend gehen wir aus, wir alle drei. Ich hole Euch beide um sieben Uhr ab."

An der nächsten Ecke tauchte er in einen Blumenladen, pflückte einen großen Strauß weißer Rosen, ihre Lieblingsblumen und ließ sie zu Pamela nach Hause schicken. Er fügte eine schöne Karte bei und ging dann zum Juwelier, um ein teures Paar Ohrringe zu besorgen.

Und dann war es in einem Power Walk zurück ins Büro.

Er schwitzte, als Mark in seinen Stuhl kippte und sich die neuesten Informationen holte.

Kapitel

45

Diego Gomez nahm einen Anruf von Andre Cherkov entgegen und zusammen mit seinem Chef Mateo Alonso, der in einer Telefonkonferenz zugeschaltet war, diskutierten sie ihre aktuellen Operationen und Ergebnisse.

Sie waren alle zufrieden damit, wie sich ihr internationales Drogennetz ausweitete und es fiel Gomez zu, Luciana im Auge zu behalten und mit dem Maulwurf in Kontakt zu bleiben, wenn es zu polizeilichen Aktionen oder Bewegungen kommen würde.

Mateo wollte Alejandro Garcia informieren und Andre würde am nächsten Tag ein Skype-Gespräch mit Luca Bianchi arrangieren.

Die neue Plantage in Peru war am laufen und das russische Operationsfeld lief reibungslos!

Cherkov hatte die Ausschaltung eines europäischen Drogenkuriers angeordnet, der etwas zu dreist geworden war.

"Verdammte Franzosen." murmelte er, als er in seinem Büro in Moskau saß.

"Wir haben Aktivität!"

Der derzeitige WESPEN-Pilot in der Schicht erregte jedermanns Aufmerksamkeit. Die meisten des stationierten Personals schliefen nun alle in den Büros.

Dies war nun zu einer vierundzwanzig stündigen Überwachungs- und Drogenbeobachtungsaktion geworden. 'Laconda' war nicht weit entfernt. Sowohl das Büro in Washington als auch das in Bogota wurden live von der WESPE übertragen. Gomez hatte einen Besucher.

"Standbild einfrieren!" Rief Enrique.

"Santiago Rodriguez!"

Innerhalb von Sekunden hatte der Computer die Informationen ausgespuckt.

"Ein Kleinkrimineller, der auf keiner Überwachungsliste zu stehen scheint. Ein weiterer kleiner Drogenscheißer."

"Bring mich näher ran!"

Lippy war nach vorne gegangen. "Ich will ganz nah dran sein."

Sie zoomten die WESPE so dicht heran, dass man nur noch verzerrte Kiefer sehen konnte. Sie konzentrierte sich stark. Ihre Augen folgten jeder Lippenbewegung. Nicht eine Sekunde bewegte sie sich.

"Wir haben sie!"

Washington und Bogota hingen an ihren Worten.

"Sie sprechen von einem jungen Mädchen und einem toten Mann der aus dem Haus gebracht wurde."

"Dieser Kerl ist unsere Spur."

Alle atmeten erleichtert auf. Das war ihre Chance. Es war nicht nötig dem Piloten von der WESPE zu sagen wem er folgen sollte.

Endlich eine hoffentlich gute Nachricht.

Mark telefonierte sofort mit seinem Chef, um das HRT zum Handeln freizugeben.

Trevor informierte nun den FBI-Direktor Andrew Shatner der ohne zu zögern seine Zustimmung gab. Shatner setzte sich daraufhin mit der kolumbianischen Regierung in Verbindung, die unter diesen Umständen eine ausländische Polizeitruppe erlauben würde auf ihrem Boden zu operieren.

Nun war alles für die Rettung Lucianas vorbereitet.

"Herzlichen Glückwunsch zum Geburtstag und darf ich Dir im Namen Deiner Mutter und mir sagen, es waren achtzehn wundervolle Jahre mit der gelegentlichen Kurve dadrin."

Alle drei mussten lachen und Mark bekam von ihr ein Lächeln voller Liebe und Zuneigung, es war schwer nicht zu schmelzen.

"Danke, Papa."

"Weißt Du, Kinder können manchmal sagen wir mal, unangenehm sein."

Mark und Pamela warfen sich einen verlegenen Blick zu.

"Aber ich liebe euch beide von ganzem Herzen so sehr. Und es bedeutet mir sehr viel Euch beide hier zu haben."

Pamela war so stolz auf sie und drückte Mark sogar die Hand.

Er hatte sich für die 'Barcelona Wine Bar' in Cathedral Heights entschieden, sechs Autominuten von Pams und Pris' Zuhause entfernt. Nachdem sie ihre Ohrringe ausgepackt und vor Freude gequietscht hatte, sahen sie sich die Speisekarte an.

"Uuugh, Papa schau!"

"Die haben eine betrunkene Ziege und ein gepökeltes ungarisches Schwein."

"Das werde ich nicht essen."

Tapas waren in aller Munde und sie bestellten Cheers ala Plancha, Hanger Steak, Kartoffel Tortilla und Chorizo mit süßsaure Feigen. Dazu gab es etwas knuspriges Brot und Mark bestellte einen Chardonnay aus Uruguay, Las Violetas. Sie waren begeistert von der gemütlichen Holzeinrichtung mit einer langen Bar auf der anderen Seite und kommentierten über Marks großartige Wahl.

"Also, sag mir, was hält die Zukunft für Dich bereit?"

"Noch drei Monate bis zu Deiner Abschlussprüfung und was dann?"

Mark war wirklich neugierig. Die Frauen sahen sich an und lächelten.

"Nun, ich wollte bis heute warten um Dir einige Neuigkeiten mitzuteilen."

"Oooh?" Mark hob die Augenbrauen.

"Ich bin an der George Washington University angenommen worden um internationale Wirtschaft zu studieren."

O'Brien lehnte sich in seinem Stuhl zurück und starrte sie an. Das war eine tolle Neuigkeit.

"Wow, Priscilla, das ist erstaunlich. Ich weiß gar nicht, was ich sagen soll."

"Ich bin so stolz und..." er kam nicht weiter, "es gibt noch mehr."

Seine Tochter zappelte auf ihrem Stuhl herum.

"Ich wurde auch akzeptiert um nach meinem ersten Studienjahr im Handelsministerium als Praktikantin zu arbeiten." Jetzt war er wirklich sprachlos.

"Wann ist das denn alles passiert?"

"Ach, weißt Du, vor einiger Zeit."

Jetzt kannte sein Blick der Liebe keine Grenzen mehr. Er konnte seine Tochter nicht genug umarmen.

Aber Priscilla hatte auch andere Dinge im Kopf.

"Papa, wie geht es Luciana?"

Er wusste, dass sie beide es irgendwann wissen wollten.

"Wir hatten heute einen Durchbruch und sind näher dran sie zu finden, aber das ist alles was ich im Moment sagen kann. Wir müssen alle geduldig sein und für ein gutes Ergebnis beten." Priscilla war niedergeschlagen, versuchte aber zu lächeln.

Kapitel

Santiago Rodriguez, der seinen Volvo fuhr ließ den Vorort Los Rosales hinter sich. Er wurde von der WESPE verfolgt.

Er nahm die Autobahn Carrera One, die schließlich in die Diagonal 57 einbog wo er in die Ausfahrt abbog um seinen Vorort, Chapinero zu erreichen.

Er besaß eine kleine Wohnung in der Calle 64a, wo er mit seiner Frau Mercedes und seinem Sohn Gabriel lebte. Sie arbeitete als Näherin in einem Laden in der Nähe und im großen und ganzen war ihr Leben finanziell in Ordnung.

Sie wusste von seinen kriminellen Verbindungen, beschloss aber keine Fragen zu stellen. Mercedes war geistig darauf vorbereitet, dass er vielleicht eines Tages nicht mehr nach Hause kommen würde.

Santiago hatte Vorkehrungen für diesen Tag getroffen und eine Lebensversicherung abgeschlossen damit seine Frau und sein Sohn versorgt sein würden.

Sie sparten jeden Pfennig um Gabriel einen guten Start ins Leben zu ermöglichen.

Sobald er geparkt hatte, telefonierte er von seinem Auto aus aber Lippy war nicht in der Lage, das Gespräch zu lesen. Das Bild war im Zoom zu unscharf.

Sergio hatte über seinen Chef Nicholas Ramirez gefordert, dass die beiden Hohlköpfe durch professionelle Männer im Haus ersetzt werden sollten und die beiden Seelen als Späher auf der Straße eingesetzt werden könnten, was Ramirez bereitwillig akzeptierte.

Nicholas befahl vier Straßenkämpfer aus seinem Team Luciana zu bewachen und es wurde ihnen klar gemacht, dass Sergio der Boss war und das Mädchen war nicht anzufassen.

Nicholas Ramirez war für den Vorort San Bernada zuständig, in dem Luciana festgehalten wurde. Am späten Vormittag fuhr er mit seinem Auto nach Chapinero, um seinen Anführer Santiago Rodriguez zu treffen.

Santiago war der Chef von sieben Vorstädten und San Bernada fiel unter seine Zuständigkeit.

Er berichtete eigentlich direkt zu Alejandro Garcia, der Bogota leitete, aber wegen der Bedeutung dieser Angelegenheit und auf Bitten von Andre Cherkov bat Mateo Alonso, der für Kolumbien zuständig war, Diego Gomez, sich mit Alejandro und Santiago in Verbindung zu setzen.

"Wir haben einen neuen Verdächtigen!"

Die Stimme des Wespenkontrolleurs erregte jedermanns Aufmerksamkeit.

Sie waren alle müde und hatten ihre Schlafsäcke im Bürobereich ausgerollt, so auch in Bogota. Nach Priscillas Geburtstagsessen fuhr Mark direkt zurück ins Büro und blieb dort die Nacht bis dann dieser Anruf kam.

Durch die WESPE konnten sie Santiago und einen anderen Mann auf Rodriguez' Balkon deutlich sehen.

"Wir haben keine Informationen über den anderen Verdächtigen."

Sagte Enrique Suarez' zuverlässiger Kollege Iker Velez über den Lautsprecher.

"Wir untersuchen sein Auto. Geben Sie uns eine Minute."

Der blaue alte Mercedes wurde identifiziert.

"Der Besitzer ist ein gewisser Nicholas Ramirez, aber das ist alles. Keine Vorstrafen."

Okay, vielleicht nichts, dachten sie alle.

Vielleicht nur ein Freund.

Wir sollten uns nicht zu sehr aufregen. Ramirez wurde aber trotzdem verfolgt und als er San Bernada erreichte, parkte er sein Auto und ging drei Straßen weiter mit den Händen in der Tasche, ganz beiläufig als ob nichts von Bedeutung wäre.

Nicholas war einfach nur vorsichtig und schaute immer wieder über seine Schulter ob ihm jemand folgte.

Die Drohne war direkt über ihm und hatte den Lärmschutz eingeschaltet.

Er hielt an einer Straßenecke an um sich mit jemandem zu unterhalten und ging dann weiter.

Er kam an die Kreuzung der Calle 1b und Carerra 13 und ging in den kleinen Supermarkt an der Ecke, den El Porvenir.

Er kam mit einer Tüte von Äpfeln wieder raus, als sich jemand zu ihm gesellte und sie sich auf der Straße unterhielten.

"Nein, auch nichts über diesen Typen."

Kam die Stimme von Iker. Er benutzte eine Bildidentifizierungssoftware, nachdem die WESPE ein Standbild aufgenommen hatte, aber sie hatten keine Informationen über diesen Mann.

"Dieser Typ stinkt."

Enrique flüsterte mehr vor sich hin, aber die anderen nahmen ihn durch das empfindliche Mikrofon auf.

"Eine Ahnung, mein Freund?" fragte Mark.

"Ja, ich spüre es in meinem Magen," antwortete Enrique und...

"Folge ihm!" Befahl er dem Piloten von der WESPE.

Der Mann, der sich Nicholas angeschlossen hatte drehte sich plötzlich um und ging über die Kreuzung zu einem rosanen Haus mit grünen Fensterläden die alle geschlossen waren.

"Zoom, zoom, zoom jetzt!" schrie Enrique und dann wurde die Tür zu dem Haus geschlossen.

"Spiel das letzte Stück Film Bild für Bild ab!"

Forderte Mark, und alle gingen näher an den Bildschirm heran, nicht dass sie viel mehr sahen.

"Keine Bewegung!"

Schrie Hannah.

Sie hatte durch ihr Lippenlesen eine viel fokussiertere Sicht und konnte Dinge sehen die ein normales Sehvermögen nicht erkennen konnte.

"Was siehst Du, Lippy?"

Marks Frage wurde nicht beantwortet, da sie sich nun stark konzentrierte.

"Geh ein Viertel zurück, stop ,einzoomen, stop, nach rechts, stop. Scharfer Sucher, stop! Umschalten auf Tonwertpriorität. Langsamer Zoom neben seiner Hüfte, stop."

Sie sahen einen Teil einer Hüfte, die vermutlich dem Mann gehörte der die Tür öffnete.

"Ich brauche mehr Weißabgleich! Stop, ein bisschen mehr, stop. Anhalten! Bild bereinigen!" Der Standbildrahmen erhielt einen digitalen Mantel, um die Schärfe zu verbessern. "Mehr!" befahl Lippy.

Und jetzt konnten sie es alle sehen. Die Umrisse eines Bettes und eine dunkle langhaarige Figur darauf.

"Mein Engel, mein Engel!"

Washington konnte Enrique weinen hören und Mark legte seinen Arm um Hannah und gab ihr einen Kuss.

"Danke," flüsterte er und alle in Washington und Bogota hatten Tränen in den Augen.

Endlich hatte man sie gefunden.

Kapitel

47

Um zwei Uhr morgens traf ein US-Transportflugzeug vom Typ Hercules C 130 in Begleitung von zwei Jagdbombern der kolumbianischen Luftwaffe an ihrem Stützpunkt, dem internationalen Flughafen Eldorado Bogota, ein.

Bei der IAI KFIR handelte es sich um ein israelisches Allwetter-Mehrzweck-Kampfflugzeug.

Es rollte auf einen ausgewiesenen, umzäunten und schwer bewachten Abschnitt am Ende des Rollfelds.

Die Laderampe der C 130 wurde elektronisch geöffnet und die Triebwerke der beiden Lenco Bearcat X 3 Schützenpanzer brüllten in Aktion.

Sie fuhren aus dem Bauch des Flugzeugs die Rampe hinunter und auf eine Seitenstraße des Militärgeländes. Dort wurden sie mit hoher Geschwindigkeit von vier kolumbianischen schweren Waffenfahrzeugen eskortiert und verschwanden in der Nacht.

In der Bearcats-Fracht befanden sich zwölf Mitglieder des hervorragend ausgebildeten Geiselrettungsteams des FBI, kurz HRT genannt.

Neben dem Navy Seal Team 6 und der Delta Force waren sie die elitärste Tier-1-Truppe in den USA.

Bei Geiselbefreiungen hatten sie jedoch nicht ihresgleichen. Das gesamte Personal an Bord waren ehemalige Green Berets und Navy Seals.

Sie waren vor dem Abflug von Mark gründlich instruiert worden und hatten die von der WESPE, während ihres sieben stündigen Fluges, aufgenommenen 3-D-Karten und Straßenfotos studiert.

Ein kurzer Zwischenstopp in Puerto Rico zum Auftanken und dann weiter nach Bogota.

Das Büro in Washington und Bogota konnte das Geschehen durch die Helmkameras der Soldaten verfolgen. Die WESPE war gegenüber dem Zielhaus stationiert und suchte das Gebiet und die angrenzenden Straßen mit der Kamera ab. Die Soldaten wussten, wo sich die beiden Späher aufhielten.

"Vier Minuten bis zum Ziel!"

Durch die Gegensprechanlage kam die Stimme des Fahrers.

Auf jeder Bearcat hatten sich zwei Scharfschützen auf die hintere Plattform gestellt und ihre Waffen mit eingeschalteten Sicherheitslauf vorbereitet.

"Zwei Minuten bis zum Ziel!"

Infrarot-Visiere kamen herunter, Sicherheitsschalter entriegelt, fertig.

"Straße in Sicht!"

Die Späher hörten heftigen Motorenlärm um die Ecke und zündeten sich beiläufig eine Zigarette an. Kein Grund zur Sorge.

Als Nächstes wurden sie von einem Fernlicht geblendet und hatten einen schreienden Schmerz in den Beinen als die Scharfschützen sie ausschalteten.

"Zielhaus in Sicht. Auf mein Zeichen, vier, drei, zwei, eins, los!"

Die Soldaten sprangen aus den Fahrzeugen.

Die kolumbianischen Waffenfahrzeuge hatten die beiden unglücklichen Männer mit den verletzten Beinen eingesammelt die nicht wussten was los war. Ihre bewaffneten Lastwagen hatten sie seitlich geparkt um alle vier Straßen zu blockieren.

Vier FBI-Männer sicherten die Umgrenzung des Hauses.

Die anderen hatten ihre Waffen auf die geschlossenen Fenster gerichtet. Ein schweigendes Kommando und die Tür wurde aufgebrochen und eine Blendgranate hinein geschmissen.

Ein schlagartiger Blitz und einen massiven Knall ließen Sergio und die anderen Männer in dem Moment teilweise taub werden und sie konnten nichts sehen. Luciana war nicht besser dran und schrie als sie den Lärm hörte.

Dann war es nur noch still, da ihre Trommelfelle nichts mehr auffangen konnten.

In der teilweisen Dunkelheit brach jemand ihre Beinfesseln und hob sie auf.

Ihr wurde durch das ganze Geschehene schwindelig.

Ihr Gehirn registrierte nur spärlich die nächtliche Außenluft und das Tragen durch einen Mann in Uniform. Als sie den ersten Wagen erreichten, sagte der Soldat etwas aber sie war immer noch taub.

Er riss eine verborgene Tasche auf seinem Arm auf und Luciana sah die US-Flagge. Er lächelte und seine Finger machten ein V-Zeichen.

Sie war frei.

Sergio und die anderen wurden alle ins Bein geschossen, mit Handschellen gefesselt und auf die kolumbianischen Fahrzeuge gebündelt.

Alle gepanzerten Wagen verließen den Schauplatz acht Minuten nach Beginn des Angriffs.

Luciana wurde ebenfalls auf das kolumbianische Schwerfahrzeug verlegt, jedoch auf dem sicheren Vordersitz.

Der medizinische Offizier begleitete die Angeschossenen. Der gesamte Konvoi raste zum Flughafen zurück, wobei der Wagen mit Luciana und vier Personen Eskorte zur Stadt abzweigte. In der Tiefgarage des nationalen Polizeipräsidiums nahm ihr Vater sie in die Arme.

Die C 130 hatte bereits die Motoren an und die beiden Bearcats flogen die Rampe hinauf und das Flugzeug befand sich bereits auf der Startbahn, bevor die Rampentür oben war und verriegelt wurde.

Die gesamte Operation dauerte mit Fahrzeit knapp einer Stunde und das Geiselrettungsteam des FBI verschwand in den Wolken.

"Vielen Dank, Amerika. Vielen Dank, FBI. Vielen Dank, Mark."
Enrique war in Tränen aufgelöst und die 'Operation Laconda' stand nun kurz vor ihrem Beginn.

Sie parkten Marks Auto direkt vor dem 'Salsa mit Silvia'-Tanzkomplex in der Georgia Avenue.

Die rosa Schrift auf der Glasfront war unverkennbar. Heute sollten Tamara und O'Briens erste Salsa-Klasse stattfinden. Er wußte nicht wie sie ihn dazu brachte hier zu sein. Er hatte beim besten Willen nicht nicht die geringste Ahnung von Rhythmus.

Der Brauttanz auf seiner Hochzeit war nicht leicht zu beherrschen. Er brauchte Monate des Übens um seine Füße für einen vierminütigen Walzer an den richtigen Platz zu bringen.

Mark konnte sich nicht daran erinnern, was Pamela ihm in diesem Moment ins Ohr flüsterte, weil er sich so sehr auf seine Schuhe konzentrierte um sicherzustellen dass das Bein dort war, wo es sein sollte.

Und jetzt das.

Es war ihm nicht sehr angenehm hierher zu kommen, aber Tamara bestand darauf es zu versuchen.

Mark steckte Geld in die Parkuhr und schaute auf. Nun, nebenan gibt es zumindest ein medizinisches Zentrum dachte er scherzhaft, die könnten mich wieder in Ordnung bringen falls ich umfalle.

Ehe er sich versah war das Formular ausgefüllt und als nächstes fand sich Mark auf der Tanzfläche mit den glänzenden Holzdielen.

Die großen Spiegel an der Rückwand irritierte ihn, da er keine Sekunde verlieren wollte um zu versuchen seine Bewegungen zu studieren.

Außer ihnen versuchten noch vierzehn weitere Personen herauszufinden, wie ihre Füße koordiniert funktionieren würden.

Richard war ein großartiger und geduldiger Ausbilder und Tamara eine natürliche Bewegerin. Normalerweise gab es beim Salsa alle paar Minuten einen Partnerwechsel mit einer neuen Routine aber Tamara entschied sich klugerweise dafür, während des ganzen Kurses bei Mark zu bleiben damit er nicht weg ging um irgendwo einen Kaffee zu trinken.

Aber sie wollte auch einfach nur in seinen Armen liegen und die Zuneigung genießen.

Sie liebte Mark und wie niemand bei der Arbeit bis jetzt etwas bemerkt hatte war wirklich ein Wunder.

Tamara schien sich des stillen Sturms nicht bewusst zu sein der sich über sie zusammenbraute, sollte diese Affäre weitergehen.

Mark hingegen wurde von Tag zu Tag besorgter und selbst jetzt fiel es ihm schwer sich zu konzentrieren.

"Ein Fuß geht einen kleinen Schritt zurück, Herr verantwortlicher Spezial-Agent."

Tamara führte ihn sanft durch die Grundroutine.

"Das war's. Jetzt beide Füße parallel zueinander. Gut gemacht. Jetzt beweg den linken Fuß vor und zurück neben den anderen."

"Brillant."

Tamara lächelte und genoss es ihn aus seiner Komfortzone herauszuholen und gemeinsam ein Hobby zu beginnen.

"Was meinst Du damit, dass Du allein nach Hause gehen willst?"

Tamara war nicht erfreut diese Worte zu hören.

"Höre, ich brauche heute abend einfach ein bisschen Zeit für mich."

Mark versuchte vernünftig mit ihr zu reden.

"Ich habe im Moment viel um die Ohren und muss meine Gedanken ordnen."

"Du weißt, dass wir an einem großen Fall arbeiten der einen großen Teil meiner und übrigens auch Deiner Zeit in Anspruch nehmen wird."

Sie neigte ihren Kopf leicht zur Seite und starrte ihn direkt an. Sie gab ihm den besten Welpenblick den Tamara aufbringen konnte aber sie erkannte auch, dass die Operation 'Laconda' jeden Augenblick seines

Lebens in Anspruch nahm und sie war überzeugt, dass Mark für immer ihr ganzes Leben gehören würde wenn sie erst einmal damit fertig waren.

Tamara hatte durch ihre Liebe zu ihm eindeutig jeden intelligenten Gedanken verloren.

Mark hatte eine stressige Zeit als er nach Hause fuhr und er versuchte seine Gedanken in Gruppen einzuteilen. Das war in sich selbst schon eine Mammutaufgabe. Aber wem sollte er die Schuld geben? Er war bereitwillig in die tosende Strömung gesprungen die ihm nun vom sicheren Land wegzog.

Er hatte nicht viele Stunden Schlaf in dieser Nacht als er versuchte die Dinge logisch zu durch denken.

Kapitel

"Wie zum Teufel ist das passiert?"

Cherkov war wütend über Lucianas Rettung.

Mateo Alonso war ebenfalls nicht sehr beeindruckt von dem völlig nutzlosen Verhalten seiner kriechenden zweibeinigen Untertanen, die allem Anschein nach nicht einmal die einfachste Aufgabe erfüllen konnten eine Geisel zu bewachen.

"Im Moment," so Alonso in einer Telefonkonferenz mit Andre, "können wir uns auch nicht erklären wie sie uns gefunden haben."

"Wir trafen alle Sicherheitsvorkehrungen um sicherzustellen, dass nur eine Handvoll Menschen ihren Aufenthaltsort kannten."

"Ob die sieben Idioten die sie bewachten, jemand anderem den Mund vollgestopft haben? Wir wissen es nicht."

"Alonso, wir müssen diese Sache beenden!"

"Unsere Quelle schien durch reinen Zufall aus dem inneren Kreis der Entscheidungsfindung der kolumbianischen Polizei herausgehalten worden zu sein."

"Er wusste auch nicht, dass das kommen würde."

"Sag mir, Du hast einen Plan."

"Ich will diese Scheiße wieder in die Reihe kriegen!"

Mateo Alonso musste schnell handeln und versuchen der Schlange den Kopf abzuschneiden, bevor ihre tödlichen Fangzähne irreparable Schäden verursachen könnten.

"Andre, wir wissen, dass diese kleinen Filzer im Gefängnis von Bogota La Mondela zum Verhör festgehalten werden."

"Das ist die Chance für die Polizei sich unserer Organisation anzunähern."

"Ihre Beseitigung hat höchste Priorität."

"Wir haben Männer auf dem Gelände die sich darum kümmern können."

"Einige Gefängniswärter stehen auch auf unserer Gehaltsliste."

"Ich würde es gerne begrüßen wenn Enrique Suarez ebenfalls verschwinden würde."

"Er wird zu einer Nervensäge."

Andre Cherkov war in seinem luxuriösen Haus in Roblevka, Moskau, auf dem Sofa ausgestreckt und versuchte den Handlungen der kolumbianischen Polizei einen Sinn zu geben.

"Okay, bringen wir's hinter uns!"

"Wir haben fünf Tonnen Kokain die darauf warten aus Branquilla verschifft zu werden."

"Ich möchte, dass alle Aktionen unter Quarantäne gestellt werden bis wir Antworten haben."

"Und Alonso, ich brauche sie schnell!"

"Ich will nicht dass die italienische Mafia sieht dass wir bei einem so winzigen Thema Mist gebaut haben."

"Finde heraus, wohin die Familien der Agenten verlegt wurden und wer sonst noch außerhalb der kolumbianischen Regierung mit hilft."

"Wer wusste über den Unterschlupf Bescheid?"

"Es fällt mir schwer zu glauben dass die kolumbianischen Sonderpolizeikräfte über ein solches Fachwissen verfügen um dies auf eigene Faust zu bewerkstelligen."

"Vielleicht gibt es irgendwo eine Einmischung."

"Räum das Chaos auf, Alonso!"

Und damit hatte er gerade noch genug Zeit sein Satellitentelefon auszuschalten bevor er laut zu stöhnen begann als Tatiana die ihn mitten im Telefongespräch überrascht hatte, seine Hose herunter gezogen und ihre Lippen um seinen erigierten Penis wirbeln ließ, immer schneller und schneller, bis er zum Höhepunkt kam.

Es stand außer Frage dass er bereitwillig daran teilnahm ihr Sklave zu sein. Sie hatte eine Art mit ihm, keine andere Frau kam auch nur annähernd an die Kontrolle heran die sie über Andre ausüben konnte. Sie wusste, wie Cherkov tickte.

Tage später kam ein schwarzer Porsche Carrera GT 3 die Straße des Geländes hinaufgerast, nur um schreiend vor Cherkovs Residenz in Roblevka in die Bremsen zu gehen.

Oberst Dusan Popov sprang aus dem Auto und ging zügig auf die Haupttür zu.

Lässig gekleidet in Jeans und Lederjacke war er kein Mann mit dem man sich anlegen sollte. Der Oberst war der Anführer der 'Soldaten der Finsternis' und zweifellos dem ehemaligen russischen Präsidenten gegenüber loyal.

"Oberst Popov."

Cherkov begrüßte seine Ankunft am Fuße der Treppe nachdem sein Butler Igor die Eingangstür geöffnet hatte.

"Ihr Porsche macht mehr Lärm als mein Hubschrauber und Sie schienen nicht zu bemerken dass dies keine Rennstrecke ist."

Beide lachten und gingen nach oben in Andres Büro.

"Schön, Sie wieder in Moskau zu sehen, Herr Präsident, Sie kommen nicht allzu oft."

Popov und alle anderen Soldaten hatten den tiefsten Respekt vor Cherkov und würden ihn immer nur mit Herr Präsident anreden.

"Das ist wahr, Herr Oberst."

"Dies ist immer noch mein Mutterland und man sollte sich nicht zu lange von den Wurzeln seiner Geburt entfernen."

"Aber die Geschäfte stören leider meine privaten Gefühle und so muss ich meine Pflicht tun und dorthin gehen wo ich gebraucht werde."

"Im Moment ist das in den Vereinigten Staaten."

"Aber auch Sie werden in nächster Zeit öfter ins Ausland gehen."

"Das wird sowohl in der Freizeit als auch geschäftlich sein."

Popow hob eine Augenbraue an was normalerweise bedeutete dass er nicht genau wusste was der Ex-Präsident sagen wollte.

"Hier, sehen Sie sich diese Fotos an!"

Der Oberst beugte sich vor und sah ein wunderschönes Haus irgendwo am Ufer eines Sees mit einem herrlichen Garten der um den äußeren Rand des Gebäudes gesäumt war.

"Das, Herr Präsident, ist ein wunderbares Haus."

"Sie werden es sicher genießen auf dieser Veranda zu sitzen und den unverdorbenen Blick zu genießen."

"Wo ist es?"

"Dieses Haus, Oberst Popov, liegt am Vierwaldstättersee in der Schweiz und es ist nicht mein Haus."

"Es gehört Ihnen!"

Cherkov hatte den Bürotisch umrundet und setzte sich mit einem massiven Lächeln im Gesicht auf den Rand des Tisches.

"Entschuldigen Sie, Herr Präsident. Ich bin nicht sicher, ob ich das verstehe."

Popov sah leicht irritiert aus.

"Nun Oberst; lassen Sie mich erklären."

"Sie sind die loyalste Person die ich mir je vorstellen kann und als Dank Ihres tadellosen Dienstes beschloss ich mich Ihnen ein Haus in der Schweiz zu kaufen."

"Meine liebe Tatiana hatte eine Innenarchitektin engagiert und Ihr neues Heim vollständig eingerichtet."

"Und natürlich musste die leere Doppelgarage aufgefüllt werden und so stellte ich Ihnen dort einen neuen Range Rover und ein Jaguar zu Diensten."

Die Augen des Colonels füllten sich mit Feuchtigkeit und er hatte einen großen Kloß im Hals.

"Herr Präsident, ich weiß nicht, was ich sagen soll."

"Sie sind der netteste Mensch, den ich kenne."

Popov war wirklich sprachlos und schaute von den Fotos immer wieder nach Cherkov und zurück.

"Vielen Dank, Herr Präsident, vielen Dank. Sie sind sehr großzügig."

"Kommen Sie Oberst."

Andre winkte mit der Hand durch die Luft.

"Sie haben das wirklich verdient und ich möchte dass Sie an meiner Beute teilhaben."

"Sobald Sie also etwas Zeit haben müssen Sie nach Luzern fliegen und dieses großartige Herrenhaus inspizieren. Und hier," der Ex-Präsident überreichte ihm einen grossen Umschlag.

"Das sind fünfhunderttausend amerikanische Dollar für einige Ihrer Mühen."

Cherkov wusste von der unbestrittenen Loyalität Oberst Popovs und seinen Männern. Im Fall der 'Soldaten der Finsternis' war Geld nie wirklich ein Thema aber er belohnte sie von Zeit zu Zeit gerne.

Andre Cherkov war seit sehr langer Zeit ihr Oberbefehlshaber gewesen und sie hatten alle einen Eid geschworen ihm mit ihrem Leben zu dienen.

Nun ging es ums Geschäft.

"Herr Oberst, wir haben ein paar faule Äpfel in unsere Organisation herumliegen und es ist Zeit dass wir ein bisschen aufräumen."

Cherkov ging wieder um den Tisch herum und lehnte sich in seinem Stuhl zurück. Er reichte Dusan Popov ein Foto das eine Frau zeigte die mit einer Tasche in der Hand eine Einkaufsstraße entlang ging. Sie trug eine Sonnenbrille.

"Das ist Natalia Briskaya, eine freiberufliche unabhängige Enthüllungsjournalistin."

"Sie hat in den vergangenen Monaten mehrere Artikel in der Moskowskaja Prawda veröffentlicht, in denen sie den Drogenhandel in diesem Land versucht aufzudecken."

"Sie hat einige Politiker genannt die übrigens auf meiner Gehaltsliste stehen und einen Teil meiner Tätigkeit hier ziemlich genau beschrieben ohne zu wissen wer Herr X, wie sie mich beschreibt, ist."

"Jetzt weiß ich nicht, ob sie sich das ausdenkt oder ob jemand ihr Informationen weitergibt."

"Aber es interessieren sich zu viele Leute für ihre Story."

"Deshalb möchte ich dass sie eliminiert wird, Herr Oberst."

"Alle Informationen sind dem Foto beigefügt."

"Herr Präsident, diese Frau ist bereits tot. Sie weiß es nur noch nicht."

Cherkov nickte mit dem Kopf.

"Sobald dieses Problem beseitigt ist, müssen Sie persönlich nach Amerika reisen!"

"Ein Geschäftspartner dort wird ein wenig, sagen wir mal, gierig und versucht einen meiner Mitarbeiter zu erpressen."

"Ich wünsche mir dass Sie ihn ein bisschen aufmischen aber unter keinen Umständen umbringen!"

"Sein Name ist Payton Dalding."

"Er ist der Stabschef des Gouverneurs von Kalifornien."

"Es würde unerwünschte Aufmerksamkeit erregen wenn er diese Erde verlassen würde."

"Ich brauche ihn wegen seinen Verbindungen."

"Dalding muss nur eine Lektion erteilt werden damit er respektiert wer sein Chef ist."

"Und er soll aufhören mit seiner großen Klappe zu regieren."

Sie hatten sich beide ein paar kubanische Zigarren angezündet und genossen einen Johnnie Walker Blue Label.

Kapitel

Oberst Popov checkte seine Uhr. Es war jetzt neun Uhr fünfundvierzig am morgen.

Der Wagen, gefahren von Uryn, einem anderen Soldaten unter dem Kommando des Oberst war gerade in die große Straße Taganskaja im gleichnamigen Vorort abgebogen.

Hier waren viele der großen Wohnblöcke in den 1950er Jahren von ihrem damaligen Führer Joseph Stalin gebaut worden, der Wohnraum für die wachsende Bevölkerung Moskaus schaffen musste.

Meist fünfzehn- bis zwanzigstöckig mit geschlossenen Balkonen wegen des ständig zunehmenden Verkehrslärms, waren sie bei Familien immer noch begehrt da es nur fünf Kilometer bis zur Twerskaja-Straße, Moskaus Haupteinkaufsviertel, waren.

Popovs anderer Kollege Dima, der auf dem Rücksitz des Lada-Automobils saß, hatte ein Abhörgerät dicht am Ohr und belauschte ein Gespräch in Natalias Wohnung.

Ihr Telefon war vor einigen Tagen über die Moskauer Haupttelefonzentrale abgezweigt worden.

Oberst Popov wusste, dass bei Menschen in hohen Positionen Geld wirklich redet und Türen öffnet.

"Es klingt, als wolle sie gerade das Gebäude verlassen."

"In Ordnung, parken wir da drüben!"

Ihr Kommandant wies auf einen kleinen Parkplatz neben dem massiven Komplex von Einheiten, der Taganskaja-Straße 31, wo Natalia ihre Wohnung im zweiten Stock hatte.

Das Gebäude nahm die gesamte linke Straßenseite ein und wickelte sich rechts herum in eine kleine Seitenstraße mit mehreren Eingängen zur Versorgung aller Einheiten.

Die Soldaten liefen hundert Meter zurück am Busbahnhof vorbei wo gerade in diesem Moment ein blauer alter Bus mit der Nummer 7861 angehalten hatte. Viele Moskauer stiegen in den Wagen ein um einkaufen zu gehen.

Popov hatte die Waffe mit Schalldämpfer tief in seiner Armeejacke vergraben.

Er schien nie etwas anderes zu tragen.

Rasieren war auch nicht seine Lieblingsbeschäftigung. Der Oberst ließ sich allerdings gerne seine Hemden und Hosen nach Maß anfertigen. Und er liebte seinen nagelneuen Porsche 911 GT 3, den ihm Andre Cherkov gekauft hatte.

Sie betraten das Gebäude und gingen langsam die Treppe hinauf.

Natalia war in ihrer Wohnung und fütterte die Katze als das Telefon klingelte. Es war Gleb Sokolev, ihr Journalistenkollege von der Moskowskaja Prawda, einer der größten Zeitungen Moskaus.

"Hey Natalie, ich dachte, ich schaue mal nach wie sich deine Nachfolge Geschichte entwickelt."

"Ich sage Dir, Gleb, es ist erstaunlich wie interessiert die Leute seit meinem ersten Artikel geworden sind."

"Du wirst es nicht glauben aber heute vor nicht allzu langer Zeit erhielt ich einen Anruf vom Chefredakteur der Zeitung, Verchernaya Moskva."

"Er gab zu dass er mein Schreiben ziemlich interessant fand und bat mich in seinem Büro vorbeizuschauen, um die Möglichkeit zu erörtern weitere Schriften über den Drogenhandel dieses Landes in seiner Zeitung zu veröffentlichen."

"Nun, als Kollege und Freund würde ich sagen warum nicht."

"Du bist freiberuflich tätig und kannst tun, was Du willst."

"Aber denke daran Natalia, was ich Dir bereits gesagt habe."

"Du trittst auf viele Zehen und vielleicht trittst du eines Tages zu hart auf."

"Sei also bitte vorsichtig und befolge meinen Rat. Hole Dir Schutz!"

"Danke, Gleb, ich weiß, dass Du und alle unsere Freunde besorgt sind mit dem was ich schreibe."

"Aber dies ist eine große Chance für mich."

"Ich kann mit dieser Geschichte eine ganze Menge Geld verdienen und wer weiß vielleicht sogar ein Buch darüber veröffentlichen."

"Und dann der Anruf von der Vechernaya Moskva. Das ist die größte Abendzeitung in Moskau."

"Weißt Du was das bedeutet?"

"Ich gehe von einer Leserschaft von dreihunderttausend zu über eine Million."

"Gleb, das ist gewaltig."

"Ich kann immer noch nicht glauben dass es geschieht."

"Ich muss Dir heute Nachmittag das Dossier mit den neuesten Informationen aus einer meinen Quellen zukommen lassen."

"Es wird Dir den Kopf wegpusten."

"Das Drogenkartell in diesem Land ist größer als nur ein paar Politiker, die auf der Gehaltsliste von jemandem stehen."

"Wir haben vielleicht auch eine Spur zu Mr. X."

"Ich muss mich jetzt auf dieses wichtige Gespräch vorbereiten."

"Wir reden heute Nachmittag."

Damit huschte sie ins Badezimmer um sich etwas zu schminken.

Natalia Briskaya hatte noch weniger als vier Minuten zu leben.

Sie kritzelte einen Zettel für die Putzfrau um Katzenfutter zu kaufen, nahm ihre Handtasche und ihre Hausschlüssel und öffnete die Haustür.

Als sie sich umdrehte sah sie den Schatten eines Mannes im Flur in Kampfposition und dann... wurde es dunkel.

Der Mann nahm in aller Ruhe den Schalldämpfer von seiner Waffe und Uryn erschien von oberhalb des Treppenhauses um die Wohnungstür aufzustoßen und die Leiche hineinzuziehen.

Zu beiden gesellte sich Dima der direkt unter dem Oberst im Treppenhaus positioniert worden war, um sicherzugehen dass niemand dem Attentat störte.

Die Soldaten durchsuchten routinemäßig jeden Teil ihrer Wohnung und beschlagnahmten sämtliche Soft- und Hardware bevor sie das Gebäude unbehelligt verließen und sich langsam zum Auto begaben.

Alle Computerteile wurden in den Kofferraum ihres Fahrzeugs gelegt und dann machten sich die Männer auf den Weg in den Vorort, Leningradsky Project, wo Gleb Sokolev lebte.

Kapitel

Es war am späten Vormittag in Kolumbien und im Gefängnis La Mondela in Cundinamarca, Bogota, das zwischen Carrera 62 und Avenida Carrera 50 lag, waren elftausend Insassen heftig am schwitzten.

Das störte die meisten aber nicht alle.

Diejenigen, die es sich leisten konnten hatten sich Ventilatoren gekauft, um die Luft zirkulieren zu lassen und eine Art Komfort in ihren Zellen zu haben.

Die obersten Chefs in der Hierarchie der Gefängnispopulation hatten eine richtige Klimaanlage installiert.

Samuel Velez war einer von ihnen.

Er war Kommandant einer rechtsgerichteten paramilitärischen Einheit die übrigens der kolumbianischen Regierung gegenüber loyal war und die seit Jahren auf ihrer Seite die linken FARC-Rebellen im kolumbianischen Dschungel bekämpft hatte.

Die paramilitärische Miliz befand sich im Südflügel des Gefängniskomplexes, während die FARC-Rebellen im Nordflügel untergebracht waren.

Alle Streitigkeiten fanden gewöhnlich in der Mitte der beiden Flügel statt, die auch als Tötungsgebiet bekannt war.

Jede Seite wagt sich nicht in das Gebiet der Opposition einzudringen.

Samuel war wegen drei Morde angeklagt worden, aber die Polizei wusste nichts von den anderen achtzehn Auftragsmorden die er auf seinen Schultern trug.

Seine Zelle war vollständig mit Terrakottafliesen ausgelegt und er hatte einen Maler beauftragt die Wände zu verschönern.

Unnötig zu erwähnen dass er die neueste Klimaanlage installieren ließ und die Möbel maßgefertigt waren.

Neben dem Fenster befanden sich der Plasmafernseher und die Satellitenempfangsschüssel.

Samuel hatte ein Handy und seine Pistole und sein Maschinengewehr waren offen an der Wand ausgestellt.

Er setzte die Waffen nur gegen den Feind ein wenn es nötig war aber niemals gegen die Wachen.

Sie standen ohnehin meist auf seiner Gehaltsliste und waren unbewaffnet.

Sie störten ihn nicht; er störte sie nicht.

Wenn ihm danach war, bezahlte er sie großzügig und ging dann für ein paar Stunden in die Innenstadt um Einkäufe zu erledigen, um dann bei Einbruch der Nacht zurückzukehren. Am diesem Morgen erhielt er einen Anruf von Alejandro Garcia.

"Ja Boss, wir kümmern uns darum!"

Er schrieb ein paar Namen auf und beendete den Anruf. Er machte ein zweiten Anruf zu seinem Leutnant Gabriel Martin. Als Gabriel in seine Zelle kam gab Samuel ihm den Zettel.

"Holen Sie Ihre Männer und kümmern Sie sich in aller Öffentlichkeit um die!"

Es war jetzt Mittag und die Gefangenen hatten sich in einer Reihe aufgestellt um ihre Mahlzeit zu erhalten. Es wurde aus großen blauen Fässern ausgegeben die hauptsächlich aus Fleisch, Kartoffeln und einer Suppe bestanden.

Sie versuchten so gut sie konnten einen Platz zu finden um das Essen zu verschlingen. Es war nicht leicht unter diesen beengten Verhältnissen, aber es gab keine andere Wahl.

Sergio hatte sich neben einer Mauer auf dem beschädigten Basketballplatz gehockt, seine Unterschenkel noch in blutverschmierten Verbänden, wo er von den Soldaten die den Unterschlupf gestürmt hatten angeschossen worden war.

Er hatte immer noch keine Ahnung wie sie gefunden worden waren. Aber das spielte jetzt keine Rolle mehr. Er war ein Gefangener, der in der Maschinerie der Regierung geraten war.

Es konnte Monate dauern bis er vor einem Richter landen würde und was dann? Als Entführer würde er für die nächsten Jahre wieder in La Mondela oder anderswo zu Hause sein.

Jeden zweiten Tag sah er den Gefängnisarzt, der ihm einen neuen Verband anlegte und dann humpelte Sergio wieder zurück in seine Zelle.

Zum Glück hatte er eine Zelle. Viele Gefangene hatten nur eine Matratze oder eine Hängematte im Flur und das wars.

Die blau-weißen Wände die den Basketballplatz umgaben wurden auf beiden Seiten von Polizisten bewacht die als einzige der Gefängnis-Beamten, Waffen trugen. Und das war buchstäblich alles was sie schützten.

Die Mauern.

Das Innere des Geländes wurde von Syndikaten kontrolliert die ihre eigenen Regeln durchsetzen.

Die Offiziere, um am Leben zu bleiben, griffen nicht ein und die Kommandeure dieser Fraktionen sorgten für die Sicherheit der Aufseher.

Sergio wurde von dem ständigen Geruch der über dem Hof hing übel und er beschloss in seine Zelle zurückzukehren.

Er hatte keinen Kontakt zu den anderen Männern die mit ihm, Luciana im Haus bewacht hatten.

Sie waren in andere Bereiche zerstreut worden.

Zwei von ihnen hatten sich zu einer Menschenmenge gesellt die sich im Inneren eines anderen Geländes einen Boxkampf zwischen zwei Gefangenen ansahen. Der rudimentäre Ring wurde auf den karierten Bodenfliesen aufgestellt und die Wetten flossen.

Sie beachteten die sich nähernden Männern nicht und lagen Sekunden später mit aufgeschlitzter Kehle in einer Blutlache auf dem Boden.

Niemand der diesen grausamen Mord sah sprach ein Wort und die Männer verschwanden wieder.

Die anderen vier wurden im Duschhaus getötet.

Sechs Männer hatten den Flur Nummer Zehn betreten und gingen durch den Pavillon Drei in dem die spanischen Gefangenen untergebracht waren. Über ihnen war im Bogengang in grünen und blauen Buchstaben die Worte 'Bienvenidas Madres' eingemeißelt, was 'Willkommene Mütter' bedeutet.

"Sergio Panteras!"

Ein Wächter brüllte seinen Namen aus als er im Türrahmen seiner Zelle stand die er mit sieben anderen teilte.

"Das bin ich, Sir."

Sergios Kopf erschien aus dem unteren Etagenbett.

"Holen Sie Ihre Sachen, Hombre, Sie werden verlegt!"

Sergio holte seine wenigen Habseligkeiten und schlurfte aus der Zelle wo vier andere Offiziere ihn zwischen sich platzierten und sich zu der verschlossenen Tür begaben die sie in einen anderen Bereich des Hauptrahmens des Gefängnisses führte.

Unterwegs bemerkte er kaum ein paar Männer die an ihnen vorbeigingen bevor sie die blaue Tür erreichten die sich ferngesteuert öffnete und die Wachen und Sergio verschwanden in einen anderen Bereich.

"Wer von Euch ist Sergio Panteras?"

Fragte Gabriel Martin als er und seine Männer vor einer bestimmten Zelle standen.

Die meisten von Gabriels Männern hatten Macheten in der Hand. Die Insassen würden es nicht wagen zu lügen.

"Die Offiziere haben ihn erst vor Sekunden geholt."

Kam eine verängstigte Stimme aus einem oberen Bett. Sergio war dem sicheren Tod entkommen.

Luciana hatte ihrem Vater von ihm erzählt und Enrique beschloss ihn zum Verhör zu bringen und dann als Zeuge in einem sicheren Haus unterzubringen sollte Sergio kooperieren würden.

Mercedes Rodriguez war von der Näherei in der sie arbeitete nach Hause gekommen und hatte ihrem Sohn Gabriel bereits sein Abendessen gegeben, da ihr Ehemann Santiago später nach Hause kam.

Also beschloss sie mit dem Essen zu warten bis er eintreffen würde.

Er kam weder an diesem Abend noch am nächsten oder übernächsten Abend nach Hause.

Sie weinte leise und brach außer Sichtweite ihres Sohnes zusammen der nun das Einzige war wofür es sich zu leben lohnte.

Nicholas Ramirez wurde tot in seinem alten blauen Mercedes neben einem kleinen Park gefunden.

Kapitel

"Was für ein Scheißkerl. Ich würde ihm gleich gerne ein in seine hässliche Fresse hauen."

Peyton Dalding schäumte vor Wut als er in sein Auto stieg.

Der Stabschef des Gouverneurs von Kalifornien, Donald Theotakis, der erste Grieche der Gouverneur eines US-Bundesstaates wurde, war nach dem Treffen mit Jerry Thompson, dem Minister für öffentliche Bauarbeiten, wirklich wütend.

Jerry scheute sich an jeder Ecke davor zurück, die Kürzung der Mittel für den staatlichen Bildungsrat zu akzeptieren und neue Haushaltsmaßnahmen umzusetzen.

Der Vorsitzende geriet in ein Schreiduell mit Peyton und warf die Papiere nach ihm bevor Dalding aus Thompsons Büro stürmte.

Er drehte die Reifen seines Ford Mustangs durch als er noch vor der 1315th St in Sacramento, dem Sitz der Exekutive der kalifornischen Legislatur, stand.

Daldings Büro befand sich im selben Gebäude nur ein Stockwerk tiefer aber er brauchte etwas frische Luft und musste weg.

Er raste die Autobahn hinunter. In seiner anderen, eher schattigen Welt hätte er seinen Handlangern befohlen Jerry an den nächsten Baum zu hängen.

Aber dies war seine offizielle öffentliche Rolle und sein Gesicht, das er bis zur Perfektion spielen musste ob er nun jemand anschrie oder nicht.

Auf der anderen Seite der Medaille war Dalding der für Kalifornien und den Mittleren Westen zuständige Drogenbaron.

Vor einigen Jahren nahm sein Leben eine Wende nachdem er den russischen Ex-Präsidenten Andre Cherkov und seine Mitarbeiter getroffen hatte, die ihm nach und nach finanzielle Anreize gaben, denen er nur schwer widerstehen konnte.

Als er dann Natalia Orolenko, eine weitere enge Freundin von Tatiana und ebenfalls ein Modell des Hauses Yves Saint Laurent, vorgestellt wurde nahm er den Köder frontal an.

Natalia hatte die längsten Beine die er je gesehen hatte und mit seinem Schwanz aus dem Mund hängend schluckte sie ihn komplett nach den ersten zehn Gesprächsminuten.

Und in dieser Nacht ging seine konservative Erziehung eilig aus der Tür als sie auf ihm saß und Peyton in das La-La-Land ritt wo er noch nie zuvor gewesen war.

Nachdem er den nächsten Tag mit Natalia im Sheraton Grand Hotel verbracht hatte, trennte er sich noch am selben Abend von seiner Frau von zwanzig Jahren.

Einer von Andre Cherkovs Mitarbeitern schenkte ihm im Auftrag des ehemaligen russischen Präsident ein Haus im Diamond Head, Oahu, Hawaii und gab ihm nur zum Spaß auch noch einen Ferrari dazu.

Alles war natürlich unter dem Namen einer toten Person registriert, so dass es nicht zu Dalding zurückverfolgt werden konnte.

Unnötig zu erwähnen dass er ein loyaler Diener des Cherkovs-Imperiums wurde.

So loyal sogar dass sein Ego mit der Zeit über alle Maßen wuchs und er gierig wurde.

Nicht nach Geld, davon hatte er reichlich sondern nach mehr Macht.

Nachdem er entdeckt hatte dass ein anderer Partner von Cherkov, Thomas Brownstock, der für die Drogenoperation im oberen Norden Amerikas und an der Westküste Kanadas einschließlich Vancouver verantwortlich war, in einer homosexuellen Beziehung stand, sah Peyton seine Chance.

Andre Cherkov verabscheute schwule Männer und Frauen so sehr sogar, dass er in seiner Organisation jemanden zerstückeln ließ der offen schwul war.

Langsam übernahm Daldings Straßenbande nach und nach das Territorium von Thomas' Einflussbereich und der Stabschef begann ihn zu erpressen um sich seiner Autorität über Brownstock zu vergewissern.

Der ehemalige russische Präsident wusste von Brownstocks sexuellem Verlangen nach Männern und hätte ihn am liebsten umgebracht, aber er respektierte ihn auch als einen sehr effizienten Teil seiner Organisation und nahm Peytons Eindringen nicht allzu gern hin.

Der Stabschef hatte für den Tag genug von der Politik und als er sein Auto in seiner Villa in Cascade Drive im wohlhabenden Vorort Folsom, Sacramento parkte, hatte er nur einen Gedanken und das war die

Ankunft von Natalia heute Abend und all die Freuden die sie mit sich bringen würde.

Sie würde aus Europa zurückkehren und eine Woche lang an seiner Seite sein. Das allein hielt ihn davon ab rational zu denken und er sah nicht den Mann, der in dem Sessel am Fenster saß.

Als Dalding sich gerade einen Scotch eingoss und einige Dokumente auf seinem Schreibtisch im Wohnzimmer durchsah, hörte er das Geräusch eines Lichtschalters.

Er drehte den Kopf und sah einen knorrigen Mann mit einer Waffe in der Hand. Peyton erstarrte, aber nur für eine Sekunde oder so.

"Wer zum Arsch bist Du und wie zum Teufel bist Du hier reingekommen?"

Peyton knallte das Glas auf den Tisch und stellte sich aufrecht hin.

"Hast Du Drecksack eigentlich eine Ahnung mit wem Du dich hier anlegst?"

"Wie bist Du kleiner Scheißer an meinen Mitarbeitern vorbeigekommen?"

Was ihn für eine Sekunde innehalten ließ.

Wo waren seine Leibwächter und seine Putzfrau?

Sein Blick fiel durch das Fenster auf einen Mann im Anzug, den er noch nie zuvor gesehen hatte und der langsam in seinem Garten hin und her ging.

Ein Geräusch im Flur veranlasste ihn sich umzudrehen und da stand noch ein elegant gekleideter Mann mit einer Pistole und einem Schalldämpfer in der Hand.

Als er sich mit Zuversicht umdrehte und versuchte seine Angst zu überwinden, hatte sich der schroff aussehende Mann von dem Sessel erhoben und stand nun direkt vor ihm und lächelte.

Dann wurde Peyton so hart ins Gesicht geschlagen dass er rückwärts auf den Schreibtisch stürzte und dann zu Boden fiel.

Er war in Todesqualen, da sein Kiefer gebrochen war.

Oberst Dusan Popov legte einen Schlagring über seine rechte Hand und der Mann im Flur spannte ein Klebeband über Daldings Mund.

Der Colonel schlug dann wiederholt auf Paytons Oberschenkel ein bis das Blut ausgoss und der Muskel gerissen war. Seine Schreie wurden durch das Klebeband gedämpft.

Dusan war wirklich in der Stimmung dem gebrochenen Körper dieses Mannes noch mehr Schaden zuzufügen, aber er hatte seine Befehle.

"Hör zu, Du kleiner Wurm!"

Popov flüsterte in einem gefährlich tiefen Ton nahe Daldings Ohr.

"Du bist ein winziger Fleck in dieser Organisation und ich schlage vor Du kümmerst Dich um Dein eigenes kleines Territorium und mischst Dich nie wieder in andere Sachen ein und erpresse niemanden."

"Sollte ich zurückkehren müssen, werde ich Dir etwas abschneiden und Deine Gliedmaßen entsorgen damit sie niemals gefunden werden."

Durch den unerträglichen Schmerz konnte Payton Dalding Popovs Stimme immer noch deutlich hören.

"Jetzt nimm das Telefon Du Abschaum und wähle den Notruf 911 und sage dem Notdienst dass bei Dir gewaltsam eingebrochen wurde!"

"Du findest Deinen Leibwächter irgendwo in der Küche leicht zerzaust vor."

"Bleib bei Deiner erfundenen Geschichte und versaue es Dir nicht. Ich wünsche Dir einen schönen Tag."

Und damit verschwanden Oberst Dusan Popov und seine Männer.

Kapitel

52

Mark, der an seinem Außentisch in der Au Bon Pain Brasserie einen schwarzen Kaffee trank fühlte sich in der gegenwärtigen Situation mit Tamara offensichtlich nicht wohl.

Er musste sich herausziehen und zwar schnell.

Bisher hatte niemand ihre Beziehung bemerkt die schon seit einiger Zeit blühte.

Beide wussten dass dies ein Minenfeld war das sie nicht sicher überqueren konnten. Beide Positionen standen auf dem Spiel und Mark hatte viel mehr zu verlieren als Tamara.

Ihre Verliebtheit ineinander musste ein Ende haben.

Er wollte nicht in dem vierteljährlich intern veröffentlichten FBI-E-Mail erscheinen, in der über die einzelne Vorfälle von Fehlverhalten berichtet wurde. Technisch gesehen handelte es sich nicht um eine außereheliche

Affäre die strafrechtlich verfolgt werden konnte weil sie beispielsweise durch Erpressung ein Risiko für die nationale Sicherheit darstellte.

Aber er musste sich die Frage stellen ob die Affäre ihm die Fähigkeit nahm in seiner Position nach den Richtlinien des FBI zu operieren.

Ein durchschlagendes Ja war die Antwort.

Sein Arbeitsplatz und seine Sicherheitsfreigabe könnten in Gefahr sein wenn das 'Verteidigungs Büro für Anhörung und Berufung' (Defence Office of Hearings and Appeals-DOHA) eine Überprüfung durchführt und der vorsitzende Richter sich darauf beruft dass die nationale Sicherheit aufgrund der Zwangsanfälligkeit dieser Person im Zusammenhang mit der Affäre gefährdet sein könnte.

Mit anderen Worten, Mark steckte tief in der Scheiße.

Der Rausschmiss aus dem Präsidium war keine Option.

Beide hatten die Konsequenzen diskutiert aber Tamara hatte ihm ihre Liebe gestanden und konnte nur schwer verstehen was auf dem Spiel stand.

Sie wollte nicht den Tsunami sehen der auf sie zukam. Mark war für sie der Vater den sie nie hatte und in Gedanken ihn loszulassen schien ihr keine gute Idee zu sein.

Es braute sich ein Scheißsturm zusammen und der verantwortliche Spezial-Agent war der Autor.

Enrique Suarez verließ sein zweites Büro im Gebäude der 'Direccion General de la Policia Nacional' an der Carrera 59 und bog nach links ab.

Er war hier zwei bis drei Tage in der Woche stationiert, kehrte aber immer zu seinem Hauptbüro zurück das sich an einem sicheren, unbenannten Ort im Zentrum von Bogota befand wo sich auch der Kontrollraum und das Team für die WESPE befanden.

Dieses niedrig gelegene Gebäude hatte eine kugelsichere Glasfront und ein Röntgen-Tor, durch das Besucher passieren mussten um ins Innere der Polizeiwache zu gelangen.

Auf dem Weg zu Enriques Lieblingsziel passierte er zu seiner Linken das eingezäunte Zentralkrankenhaus und auf der anderen Straßenseite das 'Instituto Nacional de Vias', das Nationale Straßeninstitut.

Hätte er genauer hingesehen hätte Suarez eine einsame Gestalt in dunkler Sportjacke und Jeans erkennen können, die sich seinen Schritten anpasste.

Der Polizeichef ging an einem altmodischen gelben Fiat vorbei, der mit leerlaufendem Motor in einer Stehverbotszone stand.

Er lernte das Nummernschild des Autos auswendig und würde es überprüften sobald er wieder im Büro war.

Zu seiner Linken befand sich nun ein fabrikartiges Gebäude und direkt daneben standen über eine lange Strecke zwei Meter hohe Zäune entlang der Hauptstraße.

Und neben dem Zaun lag sein Ziel.

Auf der hinteren Teil eines Fahrrads stand ein großer Schrank mit Glasfenstern und einem rosa Dach. Drinnen war in Sechserreihen ordentlich aufgereiht sein Lieblingsessen. Doughnuts.

Er konnte ihnen nicht widerstehen so sehr er sich auch bemühte.

Seine Augen und seine Zunge zoomten auf diese köstlichen Leckereien an.

Hätte er nun einen Blick zurück geworfen, hätte Enrique beobachten können wie der dunkel gekleidete Mann die Straße überquerte und seinen Schritt beschleunigte und der gelbe Fiat sich langsam vom Bordstein entfernte.

Der Major winkte dem Besitzer des mobilen Doughnut-Ladens zu und erhielt dafür ein Lächeln.

Die schattenhafte Gestalt hinter ihm war nun nur noch drei Meter entfernt und er löste den Sicherheitsschalter an seiner Waffe, die einen Schalldämpfer am Lauf hatte.

Er hob die mörderische Waffe an, zielte auf den Hinterkopf des Polizeibeamten und drückte den Abzug.

Enrique hörte ein plumpsendes Geräusch, drehte sich um und nahm den dunkel gekleideten Mann wahr, der auf dem Bürgersteig lag und dessen halber Kopf weggeschossen worden war.

In derselben Sekunde hörte Suarez das Zersplittern eines Fensters und sah weiter hinten, wie ein Mann in Kampfposition auf das Autofenster des Fiat geschossen und den Fahrer getötet hatte.

"Muchas gracias mi amigo." Der Major war erleichtert endlich Mark O'Briens nörgelnden Bitten, Schutzmänner zu beantragen, nachgegeben zu haben.

Enrique erhielt zwei Polizei Carabineros, die Männer der kolumbianischen Spezialeinheiten angehörten, die eine neue Art des sicheren Schutzes praktizierten.

Auf Anweisung ihrer FBI-Berater sollten sie sich nicht bei ihrem vorgesehenen Kunden dicht an der Seite sein, sondern sich in zehn oder mehr Metern Entfernung aufhalten, um die Umgebung nach möglichen Hinweisen auf ein Attentat oder einen Entführungsversuch zu durchleuchten.

Das bedeutete aber auch ohne Vorwarnung zu schießen und es musste ein 'tödlicher Schlag' sein.

Als der dunkel gekleidete Henker abdrückte, war die erste Kugel bereits in seinen Schädel eingedrungen und hatte die Fingerbewegung eingefroren. Der zweite Schuss dezimierte den Rest des Gehirns des Mannes.

Enrique atmete erleichtert auf, aber der Major wusste nun, dass er auf der Abschussliste von jemandem stand. Sie mussten den Maulwurf finden.

Kapitel

53

"Er steht kurz vor dem Zusammenbruch."

Rafael Iglesias kam aus dem Verhörraum und stellte sich neben seinen Chef Enrique Suárez, der sich vor die einseitige Überwachungsglasscheibe gestellt hatte, die den Raum überblickte.

Beide beobachteten wie der traurige Körper von Sergio Panteras der auf einem stahlrahmen Stuhl mit bandagierten Beinen saß, zusammensackte.

Das verstärkte Mikrofon war eingeschaltet und sie konnten Leutnant Iker Velaz mithören, der Sergio verbal auseinander riss.

Allein die Drohung wieder ins Gefängnis von Mondela gebracht zu werden und die Möglichkeit, dass der Drogenring von seinem Gespräch mit der Polizei wusste, ließ ihn erschauern.

Aber als Iker den Tod der anderen sechs Männer im Gefängniskomplex graphisch beschrieb, fiel Sergio in ein tiefes Loch und begann zu weinen.

Panteras war erledigt.

Als Bonbon bot Velaz, Sergio einen Platz im Zeugenschutzprogramm an.

Einen neuen Namen und einen neuen Ort weit weg von Bogota, aber vor allem ein neues Leben.

Die Frage begannen auf ihn niederprasseln, aber sie wussten auch dass er nur ein kleines Opfer in dieser riesigen Drogenmaschine war.

Er gab ihnen alles was er über seinen Chef Nicholaz Ramirez wusste, aber das war für Suarez nicht der Punkt.

Jeder kleine Schritt würde sie demjenigen näher bringen, der sie von innerhalb der Polizeibehörde verriet.

Die Behörden hatten die Handys von Lucianas Wächtern die alle in Mondela getötet worden waren, sichergestellt. Bei der Analyse der Daten wurden die meisten Anrufe Ramirez zugeschrieben, der ihr direkter Vorgesetzter war.

Es gab nicht viel um weiterzumachen.

Der nächste Schritt war ein Besuch bei Santiago Rodriguez, von dem sie durch die WESPE wussten, dass er irgendwie mit jemand in Verbindung stand.

Vier Polizeiwagen kamen in Bogotas Vorort Chapinero an und die Männer rissen seine Wohnung auseinander und nahmen kaum Notiz von Rodriguez' Frau Mercedes, die schluchzend auf einem Eckstuhl saß.

Sie nahmen seinen Computer und andere Software mit und ließen die Witwe nach der Vernehmung zurück damit sie sich alleine durchschlagen konnte.

Die Daten die sie entschlüsselten reichten aus um eine Verbindung zu Alejandro Garcia und Diego Gomez herzustellen.

Nun brauchten sie die Hilfe von Tamara Hunter.

Sie wurde mit einem FBI-Flugzeug eingeflogen und vom internationalen Flughafen Eldorado in Bogota von einer starken Polizeipräsenz abgeholt und zu Enriques Kommandoposten im Büro der Polizeidirektion gebracht.

Vier bewaffnete Männer wichen nie von ihrer Seite.

Sie schwelgte in dieser Aufmerksamkeit die ihr zuteil wurde und ihr Ego erhielt einen Auftrieb den Tamara sehr genoss.

Aber es ging an die Arbeit.

Ein Schreibtisch war für sie eingerichtet worden und alle elektronischen Anhänge, die der Spezialagent benötigte, standen ihr zur Verfügung.

Niemand außer Enrique, Iker und Rafael wusste, wer diese Frau war.

Sie war vom Rest der Abteilung abgeschirmt.

Tamara verband das Verschlüsselungs- und Ortungsgerät 'RAINBOW' der amerikanischen Nationalen Sicherheitsbehörden mit dem kolumbianischen Überwachungs- und Abhörsystem 'ESPERANZA', das vom Büro des Generalstaatsanwalts verwaltet wurde.

Enrique beschloss aus Sicherheitsgründen, für diese bevorstehende Operation nicht über den normalen Antragsweg zu gehen.

RAINBOW filterte nun massenhaft alle Kabel die durch das System kamen.

Das eingerichtete Netzwerk war mit Tamaras Computer-Forensische-Prüfergruppe im FBI-Hauptquartier in Washington verbunden, wo das Personal eingehende Nachrichten aus Kolumbien überwachte.

Mehrere Online-Crawler untersuchten und reinigten Telefonnummern und Nachrichten die man an die Handys von Alejandro Garcia und Diego Gomez gesendet hatte.

Dadurch wurden Texte von Santiago Rodriguez gefunden und gesichert.

Durch die Rückleitung aller Informationen über den sicheren Computer programm des FBI konnte niemand in der Polizeidirektion in Bogota auf die Aktivitäten von Tamara zugreifen.

Enrique konnte nur warten. Und der Spezial-Agent war in ihrem Element.

Sie hackte sich in die einzige Überwachungs- und Analyseplattform namens PUMA ein, die von der kolumbianischen Geheimdienstdirektion der Polizei benutzt wurde, um Nummern wie die von Garcia und Gomez gesendeten zu isolieren.

Major Suarez beschloss, nicht um Erlaubnis zu bitten das System zu benutzen, da es als zu riskant erachtet wurde und die Untersuchung entdeckt werden könnte.

Selbst dadurch, dass Tamara keinen direkten Zugang zu den Handys der Drogenbarons hatte, war sie durch die Einbruchssoftware des FBI, die mit PUMA verbunden war, in der Lage ausgehende Anrufe der Drogenbarone zu filtrieren.

Und dann, nach vielen Tagen des mühsamen Untersuchen der Anrufe, die Entdeckung.

Das Team bemerkte, dass regelmäßig eingehende verschlüsselte Nachrichten hauptsächlich an Alejandro gesendet wurden.

Tamara schickte die Koordinaten durch das Telefonverfolgungssystem IMEI und konnte die bis zu dem Gebäude zurückverfolgen, das von der Direktion des polizeilichen Nachrichtendienstes genutzt wurde, nämlich genau in dem Gebäude in dem sie jetzt saß.

"Jetzt Enrique." Tamara hatte Suarez mit ihrer Online-Kamera verbunden.

"Schau Dir das an!"

Indem sie die Software des FBI benutzte um die Geräte einzelner Personen ferngesteuert auszunutzen, schaltete sie die Kamera von der Zielperson aus ein und Enrique machte sich fast in die Hose.

Da war der Typ der eine Nummer wählte und sein Gesicht war über Enriques ganzen Computer geklebt.

Innerhalb von Sekunden war er mit dem Aufzug zwei Stockwerke nach unten gefahren und durch den Korridor in Richtung des Büros von Major Felippe Madeira gerannt.

Er sah dass sich Enrique näherte, aber der Offizier ging direkt an der Glastür seines Büros vorbei.

Felippe bemerkte ein großes Messer in Suarez' Hand, als er sich mit der Schulter durch die Tür in den Arbeitsbereich nebenan rammte, in dem zwanzig Mitarbeiter waren.

"Oh Scheiße!"

Madeira sprang auf und als er aus der Tür stürmte, löste er den Sicherungspunkt seiner Pistole.

Ein kurzer Blick und Enrique hatte seinen Mann.

Er trat hinter ihm auf, riss ihn hart aus seinem Stuhl und knallte ihn mit dem Kopf zuerst in den Teppich.

Das Messer wurde gegen die Kehle des Mannes gedrückt so das die Haut aufriss.

Suarez' Augen waren zu einem Schlitz geschlossen und er qualmte wie ein wütender Ochse auf einem Amoklauf. Seine Halsarterien wölbten sich und sein Gesicht war rot vor Wut.

Die anderen Mitarbeiter um ihn herum waren an ihren Stühlen festgefroren und wussten nicht was sie tun sollten.

Dem Mann auf dem Boden ging die Luft aus und seine Augen begannen, sich in ihre Augenhöhlen zurückzurollen, aber Enrique war das egal.

Dieser Mann sollte bestraft werden.

"Major Suarez, treten Sie mit erhobenen Händen sofort weg!"

Major Madeiras scharfe Stimme ließ keinen Raum für Verhandlungen.

"Dieses Arschloch ist für den Tod von zwei meiner Agenten und vieler anderer verantwortlich."

Suarez warf Felippe einen Seitenblick zu. "Dieser Scheißkerl ist der Spitzel der fast mein Leben zerstört hätte."

"Er verdient keine Gnade."

Felix Verlasquez, der als Analytiker für die Geheimdienstdirektion tätig war, lag hilflos auf dem Boden, sein Körper zuckte jetzt nur noch, als das Leben langsam aus seinem Lungen wich.

"Ich werde mich nicht wiederholen, Major Suarez."

"Treten Sie zurück oder ich schieße!"

Enrique hörte das Klicken des Auslösers.

Erst dann nahm er den Druck von dem Hals des Mannes und Felix keuchte und hustete nach Luft.

Seine Augen waren weit geöffnet und aus seinen Luftröhren kam ein gurgelndes Geräusch als Verlasquez versuchte, Luft in seine Lungen zu bekommen.

"Sehen Sie sich diesen Verräter gut an Major Madeira!"

Suarez sah ihm direkt in die Augen und war immer noch von Wut erfüllt.

"Er ist der Grund, warum meine Tochter entführt und einige meiner Männer getötet wurden."

"Dieser Wurm ist der Schuldige, warum Agent Pedrosa und Agent Carrera und deren Frauen und Sohn nicht mehr unter uns sind."

"Vielleicht möchten Sie das denjenigen erklären, die von deren Familien noch übrig sind!"

"Major Suarez, ich verstehe Ihren Ärger, aber wir nehmen das Gesetz nicht selbst in die Hand."

"Als Kollege werde ich darüber hinwegsehen, was hier gerade passiert ist und Verlasquez wird bis zum Abschluss einer Untersuchung verhaftet und in einer Zelle sitzen."

"Sie werden sich jetzt unmittelbar von dieser Etage entfernen bevor ich eine Anzeige mache und um Ihre Waffe und Dienstmarke bitte und Ihre Suspendierung anordne. Gehen Sie jetzt!"

Major Madeira drehte sich zur Seite um Enrique Platz zum Ausgang zu machen. Er erlaubte ihm keinen weiteren Blick.

Kapitel

54

Mark O'Brien war in seinem Büro, nachdem er mit Enrique telefoniert hatte, um den nächsten operativen Schritt zu planen als Jack in sein Büro marschierte und sich in den Stuhl neben dem Schreibtisch pflanzte.

Seine Augen standen in Flammen.

Mark hatte nicht die Zeit eine Frage zu stellen.

"Vögelst Du Tamara?"

Sein Stellvertreter war am dampfen.

O'Brien lehnte sich in seinem Stuhl zurück und atmete ein paar Mal durch, bevor er gestand.

"Ja, Jack."

Seine Stimme war schwer und es hatte keinen Sinn Jack anzulügen den er seit zwanzig Jahren kannte.

Er wollte ihm nicht in die Augen schauen. Dies war schlimm.

"Du verdammtes Arschloch!"

Jack beugte sich vor und zeigte mit dem Finger auf Mark.

"Dein Schwanz macht eine Karriereentscheidung!"

Er stand vom Stuhl auf und starrte Mark lange an.

Als er auf die Tür zuging drehte er sich leicht um.

"Keine Sorge, niemand hat etwas bemerkt, jedenfalls noch nicht jetzt."

"Ich kenne Dich lange genug und kann riechen wenn etwas nicht stimmt."

"Mark, um deinetwillen; bring dieses Chaos in Ordnung!"

Und weg war er.

O'Briens Welt zerbröckelte direkt vor ihm. Sein Herz wurde herausgerissen.

Und dann noch den Anruf seiner Tochter entgegenzunehmen und vorzugeben glücklich zu sein.

Später als er sich mit Priscilla zum Abendessen traf, konnte er es sich nicht leisten auch nur einen Funken Selbstmitleid zu empfinden um sich den Abend oder in seine aufblühende Vater-Tochter-Beziehung zu vermasseln.

Jakes Worte waren der endgültige Auslöser dafür, dass er seine Beziehungen zu Tamara abbrechen musste.

Im FBI-Flugzeug zurück aus Bogota hatte Tamara viel Zeit ihren Gedanken freien Lauf zu lassen. Langsam dämmerte es ihr, dass dieses Liebesspiel kein Happy End hatte.

Tamara kam endlich zu der Einsicht, dass dies für beide, aber noch mehr für Mark ein schlimmes Ende nehmen würde.

Es tat ihr so weh ihn loslassen zu müssen.

Sie erwägte aus dem FBI auszutreten um Mark zu schützen. Es war schwer zu ertragen, sowohl den Mann den sie liebte, aber auch die Arbeit ihres Lebens zu verlieren, aber es musste getan werden.

Sie konnte immer irgendwo anders von vorne anfangen, aber nicht Mark.

Seine lebenslange Rente stand auf dem Spiel, ebenso wie all die Freundschaften die er im FBI gepflegt hatte. Das Team würde mit jemand anderem an der Spitze neu organisiert werden, aber die Inspiration seiner Führung die Mark in das 'Base Team' brachte wären für immer verloren.

Zurück in Washington und ihrer Wohnung goss sich Tamara einen Drink ein und setzte sich eine Weile auf den Balkon.

Dann ging sie langsam zurück zu ihrem Laptop, ein schwerer Atemzug und dann schrieb sie ihr Rücktrittsschreiben ab, das sie morgen in der Personalabteilung abgeben würde.

Es klopfte an der Tür.

Mark wurde von einer Frau mit Tränen in den Augen begrüßt und er wusste sofort, dass alles vorbei war.

Ohne ein Wort zu sagen zeigte sie ihm den Brief. Er studierte den Text immer wieder und forderte sie auf sich neben ihn auf das Sofa zu setzen.

"Hey."

Er zeigte auf den Brief.

"Ich kann das nicht annehmen."

"Ich will Dich auch nicht verlieren."

"Wir hatten eine Affäre und glaub mir, ich habe keinen einzigen Moment bereut den ich mit Dir hatte und die Erinnerungen werden für immer in mir bleiben."

Sie sah irritiert aus.

"Ich will und kann die wunderbare Zeit, die wir zusammen verbracht haben nicht auslöschen."

"Und das tun wir eigentlich immer noch. Ich möchte, dass Du an meiner Seite bleibst und wir beide werden das gemeinsam durchstehen."

"Wenn Du weggehst wird nichts erreicht werden."

"Es würde mich zerstören. Und es würde das Team zerstören. Ich hätte gern Dein Erlaubnis, dem Team von uns zu erzählen."

"Was?"

Tamara dachte, sie hätte nicht richtig gehört.

"Du meinst alles?"

"Ja, absolut!" Mark nickte mit dem Kopf.

"Sie sind unsere Familie und als Familie haben wir keine Geheimnisse."

"Es wird wehtun und es wird Zeit brauchen zum heilen, aber wir können nicht mit einer Lüge leben. Aber dazu brauche ich Dich an meiner Seite."

Es herrschte eine ohrenbetäubende Stille im Raum, als Mark und Tamara ihr Team konfrontierten und ihnen die ganze Geschichte erzählten.

Er wusste, dass ein Geständnis der einzige Weg für sie beide war wenn etwas daraus gerettet werden sollte. Und er meinte nicht professionell.

Er mochte jede Person in diesem Raum.

Die Arbeit war ihm wichtig, aber bei weitem nicht so wichtig wie ihre Freundschaft. Es war schwer. Jo-anne sprach zuerst.

"Antworte mir dies, Tamara. Hält Marks Schwanz wirklich den Test der Zeit aus?"

Der ganze Raum heulte und schrie, aber das Eis war gebrochen und jeder einzelne umarmte Mark und Tamara.

"Du bist wirklich ein Schwanzhase, nicht wahr, O'Brien?"

Debras Lächeln war eine große Erleichterung für Mark und sie schüttelte sanft sein Kinn zwischen ihren Fingern.

Das Team war immer noch ein Team!

Kapitel

55

Mark und der FBI-Direktor Andrew Chatner trafen am Eingang des Westflügels des Weißen Hauses ein.

Nachdem Mark seinen Chef Trevor Handy informiert hatte, reagierte der stellvertretende Direktor auf die Entwicklungen ihrer laufenden Untersuchung und meinte es sei an der Zeit die Autorität zu erhöhen um diesen Fall zu einem Abschluss zu bringen.

Trevor vereinbarte dann einen Zeitplan mit dem FBI-Direktor, der um Marks Antrag genehmigt zu bekommen Vorkehrungen traf den Präsidenten der Vereinigten Staaten zu treffen.

Andrew Chatner bestand darauf, dass der Sonder-Agent ebenfalls anwesend sein sollte.

Als sie durch den Eingang gingen, marschierten sie rechts an einer riesigen blauen Porzellanvase vorbei die auf einer Vitrine stand.

Leah Hernandez, die Empfangsdame, begrüßte beide und die Männer nahmen auf den blauen Stühlen gegenüber ihrem Schreibtisch Platz.

Jede Sitzung im Weißen Haus lief nach einem Uhr genauen Zeitplan, so dass Leah, Mark und Andrew innerhalb weniger Minuten nach ihrer Ankunft durch den Roosevelt- und Kabinettsraum zum Büro des Präsidentensekretärs führte.

Katja begrüßte sie und bat sie, gleich dort zu warten.

Es war ein kleiner, überfüllter Raum mit zwei Tischen auf der linken Seite, die mit Laptops und großen Computerbildschirmen ausgestattet waren. Die Sekretärin informierte die Männer über die ihnen zugeteilte Zeit von zwanzig Minuten mit dem Präsidenten.

Pünktlich öffnete sich die Tür des Oval Office und ein Strom von Menschen verließ den Raum.

Katja winkte sie durch und hier waren sie mitten im Herzen des politischen Amerika.

"Mr. Präsident! Der FBI-Direktor Andrew Chatner und der verantwortliche Sonder-Agent Mark O'Brien."

Mark war so nervös, dass seine Hand zu zittern begann. Aber der Präsident, Howard Steffenson, begrüßte sie wie alte Kumpel. Mit einer Hand in der Tasche ging er auf sie zu.

"Andrew, immer schön Sie zu sehen und Mark, ich freue mich Ihre Bekanntschaft zu machen."

"Kommt Leute, lasst uns hier sitzen."

Er führte sie zu den beigen Sofas, die sich gegenüber standen. Der Präsident auf der einen Seite und die FBI-Männer auf der anderen.

Auf Marks rechter Seite befand sich eine schöne Lampe mit blauem Sockel und neben der Sitzgelegenheit war der Kamin mit dem Bild von

George Washington darüber und die Büste von Abraham Lincoln, die auf einem kleinen Schrank platziert war.

"Andrew!"

Der Präsident eröffnete das Gespräch.

"Sie haben eine ganz schöne Untersuchung am laufen und ich bin sicher mit Leuten wie Mark an Ihrer Seite werden Sie die Sache zweifellos rasch zum Abschluss bringen."

"Wenn man sich die Notizen ansieht, scheint es sich um ein ziemlich großes weltweites Drogensyndikat zu handeln."

"Ich bin mir nur nicht sicher, wie ich da hineinpasse."

Der russische Ex- Präsident war ein guter Freund von Howard Steffenson und die Nachricht würde ihn schwer treffen.

Aber es musste getan werden.

"Mr. Präsident. Mark hat ein einseitiges Dossier mit Fotos zusammengestellt, das die aktuellsten Informationen für Sie enthält, aber er hat auch eine Idee wo wir Ihre Hilfe brauchen, Sir."

Der Präsident streckte seine Hand aus.

"In Ordnung, her damit!"

Den Kopf auf zwei Finger gestützt, begann er die Seite zu studieren. Sein Benehmen änderte sich kein bisschen.

Es kam den FBI-Agenten wie eine Ewigkeit vor. Irgendwann stand der Präsident auf und ging langsam zu seinem Schreibtisch.

Nun wurde seine Stimme eiskalt.

"Das wurde überprüft und bestätigt?"

Er sah nicht einmal von dem Dokument auf.

"Ja, Sir, das wurde es!"

Andrew musste schlucken. Das war hart.

"Wird das FBI dazu stehen?"

Andrew nickte.

"Ja, Mr. President. Hundertprozentig."

Der Präsident legte die Seite auf seinen Schreibtisch und steckte beide Hände in die Tasche. Er blickte zu Boden und starrte dann die Männer feindselig an.

Seine Augen hatten sich zu einem Schlitz geschlossen.

"Was wollen Sie von mir, Mark?"

Der verantwortliche Spezial-Agent fühlte, wie die Augen des Präsidenten sein Herz durchbohrten und er hatte Atembeschwerden.

"Nun, ah Mr. President."

Ein räusperndes Husten.

"Mein Team und ich sind der Meinung, um zum Abschluss dieser Untersuchungen zu kommen, ob Sie mit dem russischen Präsidenten sprechen könnten um die diplomatische Immunität der beteiligten Männer aufzuheben."

Da war es. Es war raus.

"Ich habe hier eine zweite Seite mit deren Namen, Sir."

Und dann tödliches Schweigen.

Der Präsident hatte sich abgewandt und starrte auf das Lincoln-Gemälde an der Wand.

"Lassen Sie die Seite auf dem Tisch liegen! Die Sitzung ist beendet!"

Er drehte sich nicht einmal um, um die Männer hinauszubegleiten. Sie standen auf.

"Vielen Dank, Mr. Präsident."

Und sie verließen das Oval Office, während der verantwortliche Machthaber des amerikanischen Volkes noch immer auf die Wand starrte.

Kapitel

Mark fuhr langsam durch die Stadt zum Garett-Park, um Pamela zum Abendessen abzuholen.

Sie hatte ja zu seiner Einladung gesagt und er freute sich über die positiven Schwingungen die seine Frau in letzter Zeit an den Tag legte.

War Priscilla der Grund dafür?

Er konnte es nicht mit Sicherheit sagen aber Mark hatte ihr den nötigen Raum gegeben und sie nicht mehr gedrängt eine Ausrede zu finden um bei ihr im Haus zu sein. Er hätte sowieso keine Zeit dafür gehabt; dieser Fall hat ihm den Kopf verdreht und Tamara hat eine verletzliche Seite an ihm offenbart von der Mark nichts wusste.

Er musste zugeben dass es immer noch weh tat ihr nicht nahe zu sein und es war nicht einfach in Besprechungen etwas distanzierter zu sein.

Jeder verstand es und sie alle nahmen die gegenwärtige Situation so gut wie möglich auf.

Es war manchmal unangenehm aneinander vorbeizugehen, aber sie mussten sich in diesem Fall hineinbeißen und durften nicht zulassen dass ihre persönlichen Gefühle dazwischenkamen.

Das war leichter gesagt als getan.

Tamaras Schmerz war in ihren Augen deutlich sichtbar, aber sie bemühte sich sehr sich auf die vor ihr liegende Aufgabe zu konzentrieren.

"Guten Abend, Mark."

Pamela sah in dem weiß-blauen Kleid umwerfend aus und sie spürte die Nervosität in seinen Händen.

"Deine Tochter ist zu einer Geburtstagsfeier gegangen und sie hofft Dich später am Abend zu sehen. Ich muss sagen."

Pamela hatte seinen Arm genommen, als sie beide auf das Auto zugingen.

"Pris ist ein ganz anderer Mensch als der, der nach London abgereist war."

"Ich habe ab und zu den Atem angehalten um zu sehen ob sie wieder in ihre alten Gewohnheiten zurückfällt, aber jetzt kann ich im Vertrauen sagen, dass mir das gefällt, was ich sehe."

Er öffnete ihr die Autotür und dann machte Mark eine Linkskurve um zum Restaurant La Chaumiere in Georgetown zu fahren wo er einen Tisch reserviert hatte.

Pamela sprach nicht, wie in der Vergangenheit als sie und Mark noch zusammen waren, über seine Arbeit oder bevorstehende Ermittlungen, sondern sie orientierten sich mehr an dem was die Zukunft für beide bereit hielt.

Er hatte lange und intensiv darüber nachgedacht ob es etwas bringen würde, ihr seine Affäre mit Tamara anzuvertrauen.

Wie sehr er sich auch danach sehnte dass sie es erfahren sollte, oder einfach nur mit jemandem darüber sprechen zu können.

Er entschied sich klugerweise dass Pamela nicht diese Person sein würde wenn er sein Herz öffnen müsste.

Es gibt einige Dinge, die besser ungesagt bleiben sollten.

Und Pamela genoss die Tatsache, dass Mark sich in Themen vertiefte die ihr am Herzen lagen, wie ihre Tochter, das Haus, die gemeinsamen Freunde und die Hobbys, die sie im vergangenen Jahr aufgenommen hatte.

Sein Macho-Image juckte danach, mit all den Dingen zu prahlen, die er in den letzten zwölf Monaten getan hatte.

Jetzt ins Fitnessstudio zu gehen, sein Golf-Handicap, Salsa, neue Diät und was ihm sonst noch so einfiel.

Genau wie früher.

Früher wäre Pamela nicht einmal zu Wort gekommen, da Mark so sehr damit beschäftigt war, über sich selbst zu sprechen und beeindruckt war seine eigene Stimme zu hören.

Aber nicht mehr.

Er hatte viel gelernt und er gestand dass es manchmal nicht leicht war das beiseite zu schieben. Schon allein wegen seines enormen Erfolg als verantwortlicher Spezial-Agent.

Mark und sein 'Base Team' waren in aller Munde.

So oft musste er Reden vor neuen Rekruten oder vor leitenden Angestellten halten, dass es leicht war der ganzen Aufmerksamkeit zu verfallen und sich wie ein Rockstar zu verhalten.

Marks Ego erhielt immer wieder massive Tritte, wenn die Leute vor seiner Anwesenheit in Ehrfurcht erstarrten.

Aber heute Abend hatte er noch ein anderes Thema im Kopf. Ein Urlaub, bei dem alle drei nach Italien fliegen würden. Pamela liebte dieses Land und es war ihr Wunsch gewesen dorthin zurückzukehren, wo sie vor zwanzig Jahren ihre Flitterwochen verbracht hatten und noch einmal durch Florenz zu schlendern.

"Ich brauche Zeit, Mark."

Wenigstens hatte sie nicht nein gesagt.

Kapitel

Das gesamte Team war aus Washington eingeflogen und hatte es sich in den überfüllten Büros des New Yorker FBI-Hauptquartiers so bequem wie möglich gemacht.

Sie hatten sich in den Konferenzraum begeben, in dem Ron seinen Laptop bereits für die Konferenz vorbereitet hatte.

"Alles klar, Leute!"

Mark eröffnete die Sitzung.

"Heute sehen wir uns die abschließenden Geheimdienstberichte an und beginnen mit den Vorbereitungen für die 'Operation Laconda'."

"Jack, hast Du etwas neues für uns?"

Jack reichte eine Kopie des ersten Berichts herum.

"An der europäischen Front hat Scotland Yard bestätigt, dass Mikhael Andropov in der St. Johns Wood High Street 45 anwesend ist."

"Er hat ein zweites Domizil in der Stadt Shanklin auf die Insel Wight, das er nur selten besucht."

"Das Schiff 'Miguel Santos', das Alejandro Garcia gehört, hat den Hafen von Boulogne mit unbekanntem Ziel verlassen."

"Wir vermuten, dass es auf dem Rückweg nach Kolumbien ist."

"Luca Bianchi befindet sich derzeit in seiner Villa in der Toskana, Italien, in der Nähe von Arezzo."

"Wenn es die Geschäfte erfordern, wird er nach Palermo auf Sizilien reisen, um bei seinem Onkel zu sein aber er hat sich seit seiner Rückkehr aus den USA in Arezzo versteckt."

"Die italienischen Behörden verfolgen seine Bewegungen."

"Sechs diplomatisch zugewiesene Kurierfahrzeuge haben den Container-Kai von Boulogne verlassen und sind auf dem Weg, um Pakete nach Paris, Amsterdam, Brüssel, Berlin, Zürich und Rom abzuliefern."

"Interpol hat eine Liste der Fahrer und der sie begleitenden diplomatischen Kuriere zusammengestellt."

"Danke Jack. Debra, was haben wir?"

"Okay, Cherkov ist mit seinem Gefolge in Far Hills geblieben."

Sie sah sich am Tisch um.

"Er hat zweiundzwanzig Sicherheitskräfte um sein Grundstück stationiert, aber er bleibt außer Sichtweite."

"Seine Wachen sind alle bewaffnet!"

"Ein weiteres Schiff von Garcia, die Santa Lucia, hat in Tampa Bay, Florida, angelegt."

"Dasselbe Frachtschiff war vor einiger Zeit in Boulogne-Sur-Mer beobachtet worden."

"Große Kisten, die als Diplomatische Immunität gekennzeichnet waren, wurden entladen und befinden sich in einem Container im industriellen Teil der Werft."

"Lastwagen und Fahrer sowie Diplomatische Kuriere wurden erkannt und als Verdächtige gekennzeichnet."

"Vielen Dank, Debra. Tom hier hat Enriques Informationen überprüft!"

Er gab seinen Kollegen seinen Geheimdienstbogen weiter.

"Die WESPE und ihre Crew haben die Labors in der Region Choco lokalisiert und zwar einige Kilometer außerhalb der Stadt Capurgana, die im Nordwesten Kolumbiens liegt."

"Das Kartell benutzt ein ausgeklügeltes Transportsystem mit Treckern, Schnellbooten und Lastwagen um Barranquilla zu erreichen."

"Während der Fahrt zum Container-Kai gibt es zu jeder Zeit Begleitung mit Waffen!"

"Ein hochmodernes technisches Radarsystem hält Eindringlinge in Schach."

"Danke Tom."

Mark machte weiter.

"Mateo Alonso befindet sich die meiste Zeit in seiner Hacienda, aber die örtlichen Behörden haben ihn trotzdem im Visier."

"Das Gleiche gilt für Alejandro Garcia, der ein zweites Grundstück im 'San Caujaral Club' besitzt, einem eingezäunten Gelände in der Nähe von Barranquilla."

"Der Aufenthaltsort von Diego Gomez ist unbekannt, aber es wird vermutet, dass er als engster Vertrauter von Alonso an seiner Seite sein wird."

"Wir haben keine Informationen über die Lieferungen des Kartells innerhalb Kolumbiens."

"Und das fasst im Großen und Ganzen unseren Überwachungs- und Geheimdienstbericht zusammen."

Mark ging mit den Händen auf den Hüften um den Tisch herum bevor er neben Jack anhielt und seine Arme auf den Tisch legte. Er schaute von einem zum anderen.

"Wir haben Nachricht von unserem Präsidenten, dass sein russischer Amtskollege Yuri Vandlokov die gesamte Diplomatische Immunität für alle an dieser Operation beteiligten Personen mit Ausnahme von Andre Cherkov aufheben wird."

"Der russische Präsident hat persönliche Gründe für seine Entscheidung angeführt."

"Und leider müssen wir das respektieren."

"Unser Präsident bat aber darum, dass Cherkov in sein Büro gebracht wird, bevor er in ein Flugzeug nach Moskau gesetzt wird."

Mark senkte seine Stimme.

"Ich brauche Euch nicht zu sagen dass dies eine schwierige Operation sein wird und dass bei der Durchführung möglicherweise Menschenleben verloren gehen werden."

"Ihr werdet Euch den drei SWAT-Teams anschließen, die Far Hills einnehmen!"

"Ein SWAT-Team wird sein Grundstück im Dakota-Gebäude betreten."

"Ich habe für morgen eine Konferenz mit allen beteiligten Behörden geplant und der Angriff wird weltweit in einem ähnlichen Zeitrahmen beginnen."

"Morgen ein letzte Besprechung, bevor die 'Operation Laconda' beginnt!"

Kapitel

Um vier Uhr morgens war die St. Johns Wood High Street von der Polizei abgeriegelt worden.

Niemand kam rein oder raus.

Um diese Zeit in der Morgendämmerung war auf den Straßen sowieso nicht viel los, außer dass die eine oder andere Person früh zur Arbeit gehen musste.

Polizist Trevor Daglish und Polizist Ian Page sicherten die Nordseite der Straße ab.

Alles, was die beiden wussten war dass es einen Angriff einer Spezialeinheit der Polizei geben würde, um jemanden festzunehmen.

Einer ihrer eigenen Polizeiwagen war seitlich abgestellt worden, um die Straße zu blockieren. Scharfschützen waren gegenüber der Hausnummer 45 auf dem Dach stationiert und ihr Zielfernrohr war auf die Eingangstür und die Fensterscheibe im ersten Stock gerichtet.

"Jesus Christ."

Daglish versuchte seine Hände zu wärmen indem er sie aneinander rieb.

"Warum bringen uns die an der Spitze immer so früh am Morgen zu solchen Operationen?"

"Ich brauche meinen Kaffee und einen Doughnut wäre auch keine schlechte Idee."

"Die Hierarchie schläft aus und wenn die Herren erst einmal aufgestanden sind und ihre gekochten Eier gegessen haben, sind wir hier fertig und müssen dann unsere Papierarbeit erledigen."

"Das stinkt wirklich."

"Um Himmels willen, Daglish!"

Polizist Page warf ihm an diesem frühen Morgen einen seiner nicht so glücklichen Blicke zu.

"Halte doch einfach die Klappe, ja?"

"Du verdammter Schotte jammerst immer nur rum."

"Du bist nie glücklich."

"Du solltest in einer Konditorei arbeiten und Dir dein Gesicht mit...." Weiter kam er nicht als das Funkgerät anfing.

Kommandant Thompson sprach mit den Schützen.

"Haben wir Grün? Over."

Der Scharfschütze hatte durch seine Infrarot-Teleskoptik freie Sicht auf die vorderen Räume.

"Zielperson und zweite Person schlafend im zweiten Stock; zwei Verdächtige möglicherweise bewaffnet auf Stühlen schlafend, vorderer Raum im ersten Stock."

"Keine weiteren Personen oder Bewegungen sichtbar. Bestätige grün, over."

Ein maskiertes Team des britischen Schusswaffenkommandos zur Terrorismusbekämpfung oder auch SCO19 genannt, nahm seine Position außerhalb der Nummer 45 ein.

Kommandant Thompson nickte Wachtmeister Moore zu.

Er seinerseits hob die rechte Hand und zeigte schweigend auf seine fünf Finger, dann vier, drei, zwei, eins und dann eine geballte Faust.

Der Rammbock brach die Tür mit solcher Wucht ein dass der untere Teil in tausend Stücke zersplitterte.

Ein halbes Dutzend Angehörige der Streitkräfte stürmten die Treppe hinauf und wandten sich nach rechts, wobei zwei von ihnen die Küche geradeaus sicherten und ein Offizier richtete seine Waffe auf den leeren Fernsehraum.

Es wurde kein Risiko eingegangen.

Die anderen drei rannten auf den vorderen Raum zu, wo die Leibwächter schliefen.

Beide waren durch den Lärm geweckt worden, hielten ihre Pistolen bereit und nahmen eine Kampfstellung ein.

Sie konnten in der Dunkelheit nicht viel sehen, aber beide feuerten auf den dunklen Schatten in der Türöffnung.

Polizist Crawford wurde in der Schulter- und Nierengegend getroffen und ging zu Boden.

Die beiden anderen Soldaten der Spezialeinheiten befanden sich neben ihm und konnten mit heruntergelassener Infrarot-Nachtsichtbrille die beiden Angreifer deutlich sehen.

Sie schossen auf beide gleichzeitig und die Leibwächter starben auf der Stelle.

"Mann am Boden, Mann am Boden!" Schrie einer der Soldaten.

Ein in Bereitschaft befindlicher Sanitäter stolperte die Treppe hinauf um sich um den angeschlagenen Polizisten zu kümmern.

Währenddessen rannten vier weitere bewaffnete Männer an den sechs Spezialisten vorbei um die nächste Ebene zu sichern auf der sich das Hauptschlafzimmer befand.

Mikhael und seine Freundin wachten auf und sahen das Waffen auf sie gerichtet waren.

"Was hat das zu bedeuten?"

Er war noch im Halbschlaf und nicht gerade erfreut darüber dass uniformierte Männer in seinem Zimmer standen die dann das Licht einschalteten nur um zwei Personen nackt daliegen zu sehen.

Mit einer Reflexbewegung deckte Mikhael beide mit dem Bettlaken zu was ihn fast das Leben gekostet hätte, wenn Wachtmeister Moore nicht gewaltsam die geladene Waffe des Offiziers neben ihm mit der eigenen Hand gesenkt hätte.

"Sie sind verhaftet!" Schrie ein Offizier.

"Nehmen Sie die Hände über den Kopf!"

"Ich bin Michail Andropov und ich habe Diplomatische Immunität!"

 Er protestierte heftig.

"Jetzt nicht mehr."

Der Unteroffizier genoss diese Rolle ungemein.

"Ihre Immunität wurde aufgehoben."

"Auf Befehl Ihres Präsidenten."

"Kommen Sie, ziehen Sie Ihre Hose an und seien Sie kein Spielverderber. Los geht's!"

So typisch britisch.

Es war fast Mitternacht in Washington als der erste Bericht über die erfolgreiche Festnahme von Michail Andropov eintraf.

"Gab es Tote?"

Mark wandte sich an seinen Stellvertreter der das erste Dossier erhalten hatte. "Zwei Verdächtige sind tot, ein Offizier mit einer Nierenverletzung, aber sein Zustand ist stabil."

Mark nickte und lehnte sich in seinem Stuhl zurück. Das würde eine lange Nacht werden.

Kapitel

Währenddessen raste auf der anderen Seite des englischen Kanals die taktische Eliteeinheit der französischen Polizei oder GIGN auf ihr eigentliches Ziel zu.

"Hey Gilles, willst Du nicht langsamer fahren? Da kommt ein Zaun auf uns zu."

Kommando Henri Pelletier schaute an seinen Kameraden vorbei, um zu beobachten wie das Eisentor schnell auf sie zukam aber der Fahrer Gilles Boucher schien das nicht zu interessieren.

"Welcher Zaun?"

Und in derselben Sekunde brach das Sherpa-Sturmfahrzeug mit hoher Geschwindigkeit durch die Barriere und krachte auch noch durch ein zweites Hindernis bevor es vor den Containern, auf dem 'Diplomatische Verwahrstelle' geschrieben stand, kreischend zum Stehen kam.

Ihm folgten ein weiterer gepanzerter Mannschaftstransporter und zwei Centigon Fortress Intervention Vehicles, schwer gepanzerte Toyota-Landkreuzer mit Schraffur Dächern.

Ein plötzliches Kreuzfeuer verschlang das vordere Fahrzeug und die Soldaten suchten Schutz wo immer sie nur konnten.

Cherkovs europäisches Team, das hauptsächlich in Frankreich stationiert war waren ehemalige französische und russische Elitesoldaten und wussten wie man kämpft.

Durch ihre Überwachungskameras am vorderen Tor wurden sie auf den bevorstehenden Angriff aufmerksam gemacht und nahmen am äußeren Rand der Container Stellung.

"Hey Pavel!"

Rief eine der Wachen während des anhaltenden Schusswechsels.

"Warum schießen wir auf die wenn wir Diplomatische Immunität haben?"

Pavel, der russischer Kommandant, rollte mit den Augen.

"Du französischer Scheißkerl."

"Glaubst Du dass diese Drecksäcke hierher gekommen sind um mit uns eine Partie Schach zu spielen, Du Idiot?"

"Man hat denen einen Tipp gegeben, wie sonst würdest Du die gepanzerten Fahrzeuge und bewaffneten Soldaten erklären?"

"Die sehen für mich nicht sehr freundlich aus, oder?"

"Jetzt halte die Schnauze und mach sie fertig!"

Er starrte nach vorne und sah Bewegung aus dem ersten Wagen kommen.

"Jetzt geht's los."

Er sagte es mehr zu sich selbst.

"Ich hasse diesen Amateurkram."

Er sah eine Vier-Mann-Formation die sich langsam zu ihrer versteckten Position, die neben dem Container lag, vorwärts bewegte.

Das Führungskommando hatte eine große kugelsichere Weste wie ein Schild am Arm, die die Kolonne vor den herannahenden Kugeln abschirmen sollte. Im oberen Teil der Weste befand sich eine Kamera, durch die der erste Mann das Gebiet überwachen konnte.

Mit ihrer CZ-Bren-Maschinenpistolen in Bereitschaft waren die Soldaten gerade dabei, einen Teppich tödlicher Kugeln zu legen, als der fordere Soldat plötzlich mit einem Loch zwischen den Augen nach hinten fiel.

Der Tod kam schnell.

Pavel Sikorov war ein ehemaliger Armeescharfschütze und Teil einer Untergruppe der 'Soldaten der Finsternis.'

Er hatte durch das Teleskopobjektiv seines Gewehrs das kleine Kameraauge in der Weste gesehen und buchstäblich direkt hindurch geschossen.

Die anderen drei Kommandos brachten sich hinter einer Steinhecke in der Nähe ihrer Position in Sicherheit und wurden von einem Bleihagel überschüttet der es ihnen unmöglich machte sich irgendwohin zu bewegen.

"Frontalangriffskolonne eingeklemmt!" Schrie Leutnant Gaston Bisset.

"Geht zurück hinter das Fahrzeug und bewegt es vorwärts!"

"Lasst Eure Waffen automatisch abfeuern."

"Machen wir ihnen die Hölle heiß!"

Eine Sache die die Geheimdienstsitzung der GIGN bei ihrem letzten Besprechung im Hauptquartier der Einheit in Versailles, Satony, in der Nähe von Paris, nicht einberufen hatte war die Frage, mit wie vielen Gegnern sie es zu tun haben würden.

Es stellte sich heraus, dass die Elitekommandos in ein Hornissennest gestolpert waren.

Der zweite Lastwagenkonvoi stand kurz davor durch ganz Europa zu fahren, so dass sich die meisten Drogenkuriere, Fahrer, Leibwächter, Containerbereichspatrouillen und zusätzliche Kämpfergruppen in diesem Versteck in Boulogne Sur-Mer befanden.

Alles in allem etwa siebzig Personen.

Leutnant Bisset war dem zahlenmäßig bei weitem unterlegen. Seine Truppe war festgenagelt und zwei weitere Mitglieder seiner Besatzung waren bei dem Feuergefecht ums Leben gekommen.

Sie hatten ihrerseits über ein Dutzend Männer getötet aber diese Belagerung führte zu nichts.

Das Triebwerk des vorderen Panzerwagen war durch eine Rakete zerstört worden. Der einzige Teil der nicht gepanzert war.

Der russische Kommandant wusste das.

"Lassen Sie ESCAPE sofort frei!" Schrie der Leutnant in sein Funkgerät.

"Los, los, los!"

Minuten später konnte Pavel Sikorov den Lärm der herannahenden Rotorblätter eines Hubschraubers hören.

Er war darauf vorbereitet.

Die Sonne ging langsam am Horizont auf und er sah den schnellen Anflug der beiden Black-Hawk-Hubschrauber.

Er war gerade dabei den ersten ins Visier seiner optischen Linse zu nehmen die auf der von der Schulter gehaltenen Flugabwehrwaffe montiert war, als er sah wie der Hubschrauber eine große Stahlplattform herunter ließ.

Sie schützte die Unterseite des Kampfhubschraubers aber es waren auch sechs Soldaten darauf stationiert, deren Sicherheitsclip an dem Stahlseil befestigt war das langsam nach unten losgelassen wurde.

"Wow, das habe ich noch nie gesehen, sehr beeindruckend." Dachte er.

Er warf sein Flugabwehrgeschütz weg und hob sein Scharfschützengewehr auf um diese Kommandos einen nach dem anderen auszuschalten.

Außer... dass jetzt alle sechs gleichzeitig eine Symphonie des Geschützfeuers ihrer Maschinengewehre auslösten die sein gesamtes Team, das nun völlig bloßgelegt war und nicht schnell genug Deckung finden konnte um dieser Mauer des Todes zu entkommen.

Als der zweite Hubschrauber seine ESCAPE-Plattform absenkte und diese Kommandos sich dem Feuersymphonie dazuschlossen, war der einzige sichere Ort im Inneren des Containers.

Wenn man es schaffen könnte.... Pavel wurde von sieben Kugeln getroffen und lag auf dem Rücken.

"Ihr habt mich erwischt." Waren seine letzten Worte. Die anderen Kämpfer ergaben sich und schmissen die Waffen weg.

Interpol erließ eine rote Mitteilung an alle Mitgliedstaaten um die Verdächtigen der Drogenoperation, sowie die Fahrer und die diplomatische Eskorte der verbleibenden Kurierfahrzeuge in Europa ausfindig zu machen und festzunehmen.

Alle russischen Mitarbeiter mit Ausnahme der direkten Botschaftsangestellten hatten ihre Immunität vor Strafverfolgung verloren und die russische Regierung verpflichtete sich mit

Nachsendeadressen für mögliche Kriminelle die sich unter der diplomatischen Wolke versteckten.

Nachdem die Elitetruppe das Gebiet mit weiteren Verstärkungen gesichert hatte, zog Leutnant Bisset eine Bilanz des Angriffs.

Drei seiner eigenen Männer waren gestorben.

Achtzehn Schurken waren ebenfalls getötet worden. Sechs Kommandotruppen waren schwer verletzt aber in stabilem Zustand. Drei weitere Schwerverbrecher erlagen ihren Verletzungen im Krankenhaus. Es war ein heftiges Feuergefecht gewesen. So sollte es nicht sein.

Er zog die schwarze Deckung zurück und sah das Kommando Horace Marchand, den ersten seiner Männer, der getötet wurde.

Bissets Herz schmerzte.

Er kannte Marchand seit vier Jahren und er war in seiner Truppe ein guter Freund geworden.

Der Leutnant schloss seine Augen und weinte leise.

Kapitel

Die Sonne war über den Hügeln in der Toskana aufgegangen.

Abgesehen von den Bauern die von dem lauten Hahn geweckt wurden, der den Beginn eines neuen Tages ankündigte war alles ruhig und die Stadtbewohner schliefen noch.

In San Polo in der Region Arezzo hatte das 1. Fallschirmjäger-Carabinieri-Regiment juckende Finger.

Sie waren vor wenigen Minuten auf den umliegenden Grundstücken abgestiegen und bereiteten sich auf den Angriff vor.

Fransesco Moretti war früh aufgestanden um seine Hühner zu füttern.

Er war jetzt siebzig Jahre alt und sein Rücken hatte ihm über die Jahre einige Probleme bereitet, so dass das Bücken eine schwierige Aufgabe war.

Er benutzte seine Gehhilfe um sich festzuhalten und das Getreide mit einer kleinen Schüssel aus einem Sack auszuschaufeln.

Aus seinem müden Augenwinkel sah er zwei maskierte Männer in schwarzen Uniformen hinter dem Hühnerkäfig kauern.

Sie hielten ihre Gewehre bereit und deuteten Fransesco an still zu sein indem sie einen Finger auf ihre Lippen legten.

Sie zeigten beide auf die Insignien ihres Fallschirmjägers und forderten ihn auf wieder ins Haus zurückzukehren.

Moretti zuckte mit den Schultern.

Oh, nun, dachte er, seine Hühner werden heute hungrig bleiben. Dann schlurfte er zurück ins Haus wo seine Frau gerade aufgestanden war.

"Hast du die Hühner gefüttert, Fransesco?" Sophia rieb sich die Augen.

"Nein, heute nicht meine Liebe."

Murmelte er und deutete hinter sich.

"Wir haben Besuch in unserem Garten."

"Was?"

Sophia war sofort wach und als seine Frau an ihm vorbeiblickte, sah sie gerade die beiden Männer die über die Hecke in das angrenzende Grundstück sprangen. Sophia sah ihn mit einem Fragezeichen in den Augen an.

Fransesco nickte mit dem Kopf.

"Sieht aus, als ob Bianchi in Schwierigkeiten steckt."

Gerade als er das sagte, konnte er das Knallen von Gewehrfeuer und zersplitternden Fenstern hören.

Sie waren beide zu alt, um sich über irgendetwas aufzuregen und sie zeigte auf den Kessel.

"Gut, dann lasst uns jetzt Kaffee und Brot essen!"

Leutnant Lurenzo Russo erreichte als erster das Außengebäude von Bianchis Herrenhaus.

Er schaltete den ersten Mann aus während er auf die Scheune zulief.

Der leitende Karabinier Luigi Gallo war mit einem halben Dutzend Kommandos aus der entgegengesetzten Richtung gekommen und schoss auf die Fenster des ebenerdigen Teils des Hauses.

Die Fallschirmjäger trafen auf Abwehrfeuer aus dem Inneren des Hauses, aber innerhalb von Sekunden waren vier von Bianchis Leibwächtern tot.

Leutnant Russo war mit überwältigender Mannschaft gekommen und er war entschlossen diese Operation schnell und mit minimalen Verlusten zu beenden.

Es hatte nie einen Zeitpunkt gegeben offiziell auf das Grundstück zukommen und zu versuchen, Luca Bianchi zu verhaften.

Er hatte kluge Anwälte, die ihm unter welchem Vorwand auch immer, freibekommen hätten.

Und der Clan hätte genügend Zeit das Haus von jeglichen Beweisen wie Drogen, Geld oder Computerdateien zu säubern.

Über O'Briens FBI-Büro in Washington und Interpol hatte die italienische Regierung ein umfangreiches Dossier über Bianchis Geschäfte mit Cherkov erhalten und war der Ansicht dass der physische Angriff die einzige Möglichkeit sei ihn zu überrumpeln.

Als die Carabineries die große Innentreppe hinaufstürmten sahen sie zunächst nicht die beiden bewaffneten Männer an der gegenüberliegenden oberen Wand.

Neben Leutnant Russo gingen zwei Soldaten zu Boden bevor er reagieren konnte.

Als er sich hinter einer Statue in Deckung begab, sprühten er und sechs weitere Fallschirmjäger die Wand mit ihren Maschinenpistolen und diese beiden Männer starben in einem Bleihagel.

Luca Bianchi war dumm genug die Tür zu öffnen und das Feuer zu erwidern.

Sofort erlag der Mafiaboss einem Sperrfeuer von Kugeln.

Sein anderes verbliebenes Personal war klüger und warf die Waffen weg.

Der gesamte Angriff hatte gerade einmal zehn Minuten gedauert. Bereitschaftsdienst-Sanitäter hatten die beiden verletzten Soldaten versorgt, aber ihre Wunden waren nicht lebensbedrohlich.

In Palermo, Sizilien, schlief Luigi Castillione noch, als seine Frau ihn sanft schüttelte.

"Luigi, wach auf. Lorenzo muss Dich sehen."

"Wozu?" Luigi blinzelte mit einem Auge.

"Jetzt?"

Aber er wusste auch, dass sein zuverlässigster Leibwächter diesen Anruf nicht so früh machen würde, es sei denn es war dringend.

Er zog sein Morgenmantel an und schlurfte zur Tür.

"Entschuldigen Sie die Störung, Mr. Castillione, aber es gab einen Zwischenfall."

Lorenzo führte den Paten zu einem Stuhl und erzählte ihm dann von dem Überfall in Arezzo und dem Tod von Luca Bianchi.

Die Lippen des alten Mannes zitterten und in seinen Augen bildeten sich Tränen.

"Luca, Luca, nein!"

Sein lautes Schluchzen war im ganzen Haus zu hören und Lorenzo kniete neben ihm und hielt seine Hand. Es brauchte nichts gesagt zu werden.

Der Boss des Mafia-Clans konnte nicht aufhören zu zittern und sein Leibwächter war besorgt dass die Nachricht schlecht für Luigis Gesundheit war.

Seine Frau Anita brachte ihm ein Glas Wasser und sie legte ihre Hände zum Gebet zusammen.

"Ich sagte Luca," schrie er in seiner Trauer, "dass er sich nicht mit Politikern einlassen sollte. Das sind alles Gauner."

Kapitel

Es war zwei Uhr morgens in New York, und Mark O'Brien hatte nur ein paar Stunden geschlafen seit der letzte Bericht aus Europa eintraf.

Einer nach dem anderen wurde jedes Teammitglied von anderen FBI-Mitarbeitern geweckt.

Sie hatten es sich in dem kleinen Raum der ihnen zur Verfügung stand, so bequem wie möglich gemacht.

Aus ihren Schlafsäcken herausgerollt konnten sie in einem Nebenraum frischen Kaffee riechen.

Als das 'Base Team' mit halb geschlossenen Augen in diesen Raum stolperte, gab es Toast, Marmelade, Obstsalat, Doughnuts, Kaffee, Tee und Orangensaft. Alles wurde von den Betreuern des New Yorker Büros geliefert.

Sie nahmen hier und da einen Bissen zu sich aber niemand hatte im Moment wirklich Lust zu essen.

Ihre Gedanken wandten sich nun dem Angriff zu, der nicht weit weg war.

Mark sah, wie Tamara nervös versuchte die kugelsichere Weste zu befestigen, aber aus irgendeinem Grund konnte sie mit ihrer linken Hand den Rückengurt nicht zurückziehen.

Sie bemerkte einen Ruck an ihrem Rücken und die Weste saß nun fest. Tamara drehte ihren Kopf leicht und sah wie Mark an ihrem Rückengurt herumfummelte.

"Danke."

Sie schenkte ihm ein schiefes Lächeln, das Mark mit einem Nicken beantwortete.

"Geht es Dir gut?"

"Aber sicher." Sie öffnete ihre Augen weit.

"Ich töte jeden Tag Menschen, weißt Du!"

Beide hatten etwas gelacht, aber Mark war sichtlich besorgt.

Dieser Überfall könnte tödlich enden.

Europa hatte das gezeigt.

Er war wie betäubt in seinen Händen und wollte sie unbedingt in seine schützenden Arme nehmen und ihr versichern, dass alles in Ordnung sein würde.

"Yeah!" Er sah sich um.

"Es wird ein höllischer Morgen werden."

"Du wirst in Debras und Jacks Gruppe sein. Du bist in guten Händen."

Er holte tief Luft und sah ihr in die Augen. Die Liebe war immer noch da.

"Bitte sei vorsichtig!"

Sie sagte nichts und schaute nur nach unten als sie begann scharfe Kugeln in ihre Waffe zu stecken.

Es wurde Zeit, das Team zusammenzurufen.

Alle fünfzig SWAT-Mitglieder plus das Washington Team von Mark versammelten sich im Besprechungsraum. Ein Vermittler übergab ihm den neuesten Bericht von Interpol Europa. Er studierte ihn eine Weile bevor er sich an die rund sechzig Personen vor ihm wandte.

O'Brien blieb noch einen Moment lang still, sah in die Runde und blickte in besorgte Augenpaare.

"Das... ist keine leichte Aufgabe!"

"Wir zerschlagen das größte Drogenkartell auf diesem Planeten und wie der europäische Bericht zeigt, gehen sie nicht kampflos unter."

"Dennoch waren alle drei Operationen auf dem alten Kontinent erfolgreich."

Ein gedämpftes Händeklatschen war die Antwort.

"Der Angriff war jedoch nicht ohne Schmerzen."

Er schaute auf sein Papier hinunter.

"In England kamen zwei Drogenangehörige ums Leben und ein Polizist wurde schwer verletzt."

"In Italien starben acht Mitarbeiter von Castillione, darunter Luca Bianchi, der Leiter der europäischen Drogenoperation. Und zwei Fallschirmjäger wurden ebenso schwer verletzt."

Mark hielt für eine Sekunde inne.

"In Frankreich töteten die GIGN-Kommandos achtzehn Menschen, verloren aber auch drei ihrer eigenen Männer in der Schlacht."

"Und jetzt beginnt die 'Operation Laconda' hier in den Vereinigten Staaten."

"Ich brauche Euch nicht zu sagen, wie gefährlich diese Mission sein wird."

"Ihr wurdet alle ausführlich über Eure individuellen Aufgaben und Verantwortlichkeiten informiert. Es gibt nicht viel hinzuzufügen."

Stille senkte sich über den Raum.

"Seid vorsichtig da draußen!"

Und das war alles.

Jack stand auf und klatschte einmal in die Hände um die Aufmerksamkeit auf sich zu lenken.

"Okay, Leute!" Er schrie quer durch den Raum.

"Gehen wir runter in die Garage in die zugewiesenen Fahrzeuge!"

"Überprüft Eure Waffen und Eure Westen! Viel Glück für alle. Los geht's!"

Die schweren Mannschaftstransporter würden die Stadt verlassen, während die meisten New Yorker noch schliefen.

Da um sie herum noch Dunkelheit herrschte, waren nur wenige Autos auf dem Interstate 78 Freeway in Richtung Newark und darüber hinaus unterwegs.

Ein Dutzend schwarzer, schwerer, kugelsicherer Fahrzeuge fuhren in einer langen Schlange nach Somerset County und kamen eine Stunde später an ihrem Ziel an.

Als sie in die Lake Road abbogen, hielten sie vor Erreichen des Grundstücks an und errichteten eine Straßensperre.

Die SWAT-Teams verteilten sich auf Kommando um das Anwesen und mussten innerhalb von fünfzehn Minuten an ihrer zuvor zugewiesenen Position sein.

Sechzig Teammitglieder schlossen sich in kleinen Gruppen mit eingeschalteter Nachtsichtbrille zusammen und warteten auf jeden Teamleiter, der ihnen eine Vorwärtsbewegung mit dem Finger für GO gab.

Jeder Spezialagent von Marks war einer bestimmten SWAT-Gruppe zugeteilt worden.

Tamara war bei ihrem ersten Feldeinsatz verständlicherweise sehr nervös. Sie hatte den Abzugsfinger auf die Seite ihrer Waffe gelegt, an der der Sicherheitsschalter eingeschaltet war.

Und dann bewegten sie sich!

Es ging alles so schnell.

Sie sprangen über den äußeren Zaun, schalteten den Sicherheitsschalter aus und gingen in Deckung vorwärts. Dies war ein einhundert Morgen großes Gelände, so dass es anfangs schwierig war, Ziele zu lokalisieren.

Dann der erste Schrei.

"FBI. Lassen Sie die Waffe fallen. Sofort!"

Sie trafen auf einen Wachmann der ohne weiteren Widerstand ins Gras fiel.

Mit blitzschnell angelegten Handschellen blieb eine Person bei dem Gefangenen, bis Verstärkung eintraf um ihn wegzubringen.

Plötzlich hörte man Schüsse. Alle gingen in Deckung.

Marks Team war auf der anderen Seite des Hauses und konnte nicht sehen was vor sich ging. Er rannte den langen Fahrweg hinauf, als sie mit Pistolenfeuer aus der Autogarage besprüht wurden.

"Ich bin getroffen. Scheiße!"

Ein Agent der Special Forces überschlug sich und brach zusammen.

"Sanitäter!"

Mark schrie in das Funkgerät.

"Mann am Boden, Mann am Boden!"

Er gab der Gruppe den Standort an und zeigte auf zwei Männer, die bei ihm bleiben sollten.

Er musste dieses Feuernest abriegeln. Die Polizisten waren leichte Beute ohne Deckung.

Plötzlich spürte er einen brennenden Schmerz in seinem linken Arm, als eine Kugel in seinen Bizepsmuskel eingedrungen war.

"Scheiße!"

Er schrie vor Schmerzen und ging auf allen Vieren zu Boden.

Ein SWAT-Kommando rannte zu ihm und schrie nach dem Sanitäter.

Dann funkte er nach einem nahegelegenen SWAT-Team und unter Feuerdeckung machten sich drei Scharfschützen auf den Weg nach vorne und mit einem dumpfen Aufschlag waren die beiden Kumpel in der Garage tot.

Genau in diesem Moment wurde das Licht im Haus eingeschaltet und tauchte die ganze Gegend in gleißende Helligkeit.

Das FBI-Team musste ihre Nachtsichtbrille abreißen, da das Licht sie blendete.

Von allen Seiten schwärmten SWAT-Mitglieder auf das Haus zu.

Das Leibwächter-Personal war ihnen nicht gewachsen. Der Rest von Cherkovs Sicherheitsteam warf die Waffen weg und ließen sich wie befohlen mit am Hinterkopf verschränkten Händen auf den Boden fallen.

Einer von Andres Männer versuchte ein Held zu sein, indem er seine Waffe auf ein anstürmendes SWAT-Mitglied richtete.

Er war eine Sekunde später tot nachdem er von Jack, der sich in der Nähe befand neutralisiert worden war.

Tamara, die als erste am Haus war, schoss auf das Fenster das zersplitterte, sprang durch, machte eine Rolle, landete auf den Knien und schoss.

Sie streifte einen Leibwächter, der durch die offene Küchentür kam, an der Seite des Kopfes und er ging zu Boden.

Es gab keinen weiteren Widerstand.

Sie konnte Cherkov hören, wie er jedem seiner Mitarbeiter zurief die Waffen niederzulegen.

"Was zum Teufel geht hier vor?"

Er marschierte auf Tamara zu, die die Waffe auf ihn gerichtet hatte.

"Weißt Du eigentlich, wer ich bin?"

"Nimm die Waffe runter, Du Scheiß Luder!"

Er war wütend und schnaubte wie ein Stier als Mark durch die Vordertür stolperte, mit dem Sanitäter der verzweifelt versuchte den Blutfluss zu stoppen und ihn wiederholt aufforderte sich hinzulegen, aber keine Verletzung konnte ihn davon abhalten die Arbeit zu erledigen.

Er zog vor Schmerz eine Grimasse.

"Mark!"

Schrie Tamara und rannte auf ihn zu.

Er wurde fast ohnmächtig, als seine Knie nachgaben und sie und der Arzt ihn gerade noch erwischten. Er biss sich auf die Lippen.

"Es geht mir gut."

"Dir geht es nicht gut Du Idiot!"

Sie schrie ihn an.

"Da ragt ein Knochen aus deinem Arm und Du siehst schrecklich aus. Hör jetzt endlich auf, den Helden zu spielen!"

Tamara hatte solche Angst um ihn.

Konnten sie nicht einfach Feierabend machen und sie würde den verantwortlichen Spezial-Agenten ins Krankenhaus bringen und sich dann bis zu seiner Genesung um ihn kümmern?

Ein Stöhnen kam tief aus seinem Inneren, als er sich mit dem Sanitäter und Tamara, die ihn abstützte, hochhob.

Er stellte den Ex-Präsidenten zur Rede.

"Du bist verhaftet, Du Arschloch!"

Er hatte keine Zeit für Nettigkeiten. Plötzlich klingelte das Telefon.

Cherkov wollte gerade den Hörer abnehmen, als Debra La Fontaine die Waffe auf ihn richtete und mit harter Stimme flüsterte.

"Wenn Sie das Telefon berühren, blase ich Ihnen die Finger weg!"

Sie warf ihm einen Blick zu und er wagte nicht sich zu bewegen. Jack war durch die Hintertür gekommen und drehte Cherkov herum und legte ihm die Handschellen an.

"Das ist doch lächerlich!"

Cherkov hatte Schaum vor dem Mund.

"Sie werden die Handschellen sofort abnehmen!"

"Ich habe Diplomatische Immunität."

"Wenn ich Ihren Präsidenten sehe, ist Ihre Karriere beendet!"

"Oh, das ist lustig."

Debra genoss diesen Moment.

"Er bat uns, Sie auf dem Rückweg am Oval Office abzusetzen."

Dass Andre Cherkov verwirrt aussah, war eine Untertreibung.

Die SWAT-Teams verhafteten den Rest von Cherkovs Stab, während das 'Base Team' um Mark herumkauerte, der sich schließlich dazu verpflichtete sich hinzulegen und sich medizinisch behandeln zu lassen.

"Geht es dem anderen SWAT-Mitglied gut?"

O'Brien machte sich immer noch mehr Sorgen um andere Leute. Jack war unruhig, als er Mark ansah und den Kopf schüttelte.

"Er hat es nicht geschafft!"

Mark schloss vor Trauer die Augen und alle blieben stumm.

Kapitel

62

Die Sanitäter rasten mit Mark O'Brien auf der Krankentrage den Interstate Highway 78 hinunter zum Robert Wood Johnson University Hospital in Somerset. Er hatte eine Morphiumspritze erhalten, um die Schmerzen bis zum Erreichen des Operationssaals zu lindern.

Der kolumbianische Drogenboss Mateo Alonso hatte wiederholt versucht Cherkovs Nummer zu wählen, aber es kam keine Antwort.

"Ich weiß, er sollte in seinem Haus sein. Ich habe erst vor sechs Stunden mit ihm gesprochen."

Er kratzte sich am Kopf.

"Vielleicht ist er gerade beschäftigt, Boss."

Einer seiner Leibwächter stand neben seinem Schreibtisch.

"Er erkundet vielleicht verschiedene Möglichkeiten im Bett."

Alle vier Männer in Alonsos Büro fingen an zu lachen, aber Mateo brauchte jetzt ein paar Antworten.

Zwei seiner Männer, die an der Seite der russischen Fahrer und Kuriere arbeiteten, waren dem heftigen Feuergefecht in Boulogne-Su-Mer entkommen und in der Minute in der sie wieder zu Atem kamen hatten sie den kolumbianischen Drogenzaren angerufen.

Dieser wiederum versuchte sofort und ohne Glück zu Cherkov durchzukommen.

Als nächstes rief er Boris Andropov an, der ihm sagte dass auch er nicht herausfinden könne warum sein Sohn in London nicht ans Telefon ginge.

Mateo witterte einen Verdacht, fand es aber im Moment schwierig den Ernst der Lage zu ergründen.

Frankreich war dramatisch schief gegangen, aber woher kam dieser Angriff und wer war dafür verantwortlich diese Hitze auf sein Team auszuüben?

Er hatte keinen persönlichen Kontakt zu Luca Bianchi und wusste daher nichts von dem Überfall auf das Eigentum des europäischen Mafiabosses.

Mateo war sehr bestrebt, mit Andre Cherkov zu sprechen.

Es mussten Entscheidungen getroffen und das Ausmaß des Sicherheitsbruchs in Boulogne untersucht werden.

Gab es einen Verräter in ihrer Mitte?

Wurde der Funkverkehr von der Polizei abgehört? Könnte es sich nur um einen einzelnen Vorfall handeln oder hatte dieser Angriff weitere Auswirkungen?

Während ihm diese Gedanken durch den Kopf schossen, jagte Interpol die einzelnen Lastwagen quer durch Europa und stoppte die Verteilung der Drogen tot in ihren Gleisen.

Es war fast fünf Uhr morgens, als Dr. Taylor und sein Team eine Operation durchführten um die eingeklemmte Kugel in Marks Bizeps zu entfernen, die Muskelsehnen wieder zu befestigen und den gesplitterten Knochen aus seinem Ellenbogen wieder einzusetzen.

Sein 'Base-Team' entschied sich bei ihrem Chef zu bleiben und das Ergebnis der Operation abzuwarten.

Tamara holte sich einen Kaffee aus dem Automaten und ging dem Flur auf und ab während sie auf Neuigkeiten wartete.

"Hey."

Jack versuchte, sie zu trösten.

"Er wird wieder gesund. Es ist nur eine nicht bedrohliche Schusswunde."

"Er wird andauernd angeschossen."

Das brachte sie zumindest zum Lächeln.

"Ich weiß. Er ist zäh wie Nägel und den Schmerz den der verantwortliche Spezial-Agent jetzt im Moment empfindet ist nicht genug um ihn am Boden zu halten."

"Auch eine Kugel in Arm wird Mark nicht langsamer werden lassen."

"Aber dennoch; ich bin genau wie der Rest von uns um sein Wohlergehen besorgt."

"Außerdem habe ich noch nie erlebt, dass eine mir nahe stehende Person angeschossen wird. Das ist im Moment etwas schwer zu schlucken."

"Ja!"

Jack zeigte hinter sich.

"Vor ein paar Jahren wurde Tom in den Unterleib geschossen als wir im Einsatz waren um einen Polizistenmörder zu jagen."

"Wir hatten ein Haus umzingelt in dem sich der Verdächtige versteckte und waren durch die Hintertür eingebrochen, wobei Tom den Überfall anführte."

"Er wurde in der Küche von Schüssen getroffen und ging zu Boden."

"Wir haben das Arschloch neutralisiert und die Sanitäter hatten eine Höllenzeit unseren Mann zu stabilisieren."

"Wir hatten alle eine Scheißangst."

"Niemand verließ das Krankenhaus, bis wir vom Chirurgen die Nachricht erhielten, dass die Kugel an den lebenswichtigen Organen millimeterweise vorbei gegangen war und auf der andere Seite den Körper verlassen hatte."

"Und das trotz des Tragens einer kugelsicheren Weste. Glaub mir, diesen Tag werde ich nie vergessen."

"Heute ist es nicht anders. Tamara, wir sind alle besorgt."

"Die Schusswunde ist das geringste Problem."

"Wird er seinen Arm wieder voll einsetzen können? Der Muskelriss kann ein Problem sein."

"Ich weiß, dass Du noch Gefühle für ihn hast und im Moment braucht er vielleicht all die Liebe die er bekommen kann."

Sie sah sich um und blickte auf das niedergeschlagene 'Base-Team' in den Stühlen des Warteraums.

Tamara atmete schwer durch.

"Meine Gefühle für ihn helfen in dieser Situation nicht weiter und wir haben uns darauf geeinigt getrennt zu bleiben, was natürlich lächerlich ist wenn man so eng zusammenarbeitet."

"Was sollte ich Deiner Meinung nach tun, Jack?"

Marks Stellvertreter blickte zu Boden und erhob dann widerwillig die Augen, um den ihren zu begegnen.

"Das kann ich nicht beantworten, Tamara!"

"Das müsst ihr zwei selbst klären."

"Und so gut ich ihn auch kenne, manchmal ist mir sein Denken fremd."

"Aber es kann nicht einfach sein, die Arbeit zu tun die er macht und dann zwischen Dir, seiner Frau Pamela und seiner Tochter Priscilla hin und her zu schalten."

"Mark war schon immer brillant darin viele Sachen auf einmal zu bearbeiten."

"Deshalb ist er auch der Beste den es gibt."

"Er hat viele Male eine Beförderung zum stellvertretenden FBI-Direktor abgelehnt, weil er die Arbeit und das Team liebt."

"Niemand von uns möchte, dass er diese Leidenschaft verliert, auch Du nicht."

"Also..."

Jack legte seine Hände auf ihre Schulter.

"Damit wir gut funktionieren können, brauchen wir einen klar denkenden Chef."

"Aber Entscheidungen werden zwischen Euch beiden getroffen."

Tamara brach sie den Augenkontakt ab, biss sich auf die Lippe und nickte nur mit dem Kopf.

Kapitel

Fast zur gleichen Zeit als in den USA noch die Laconda-Operation wütete, stand der kolumbianische Krieg kurz vor seinem Beginn.

Enrique hatte ein großes Team zusammengestellt. Seine Streitkräfte kamen aus dem 'Kolumbianischen Einsatzkommando' oder 'COPES', wie sie genannt wurden.

Eine Eliteeinheit, die eine Unterabteilung der nationalen Polizei war fiel unter Enriques Zuständigkeit. Da es zunächst das leichteste Ziel war, brachen sie in Alejandro Garcias Wohnung in Bogota ein um Informationen zu beschaffen.

Die Drogenlabors in der Region Choco blieben ihre oberste Priorität.

Um 4.30 Uhr morgens landeten ein Dutzend militärischer Schnellboote kurz vor Carpurgana.

Die 'COPES'-Soldaten bewegten sich schnell durch das Unterholz am Wasser in die Dicke der Pflanzen und Bäume des Dschungels.

Leutnant Gabriel Cavallero führte die 100-Mann-Einheit an und sie verteilten sich lautlos in kleinen Gruppen, die fünfzehn Meter voneinander entfernt waren, so dass die Truppen noch Blickkontakt miteinander hatten.

Durch die WESPE wussten sie, dass sich die Labors etwa fünf Kilometer innerhalb des Regenwaldes befanden.

Sie hatten einen höllischen Treck vor sich.

Jedes Mitglied trug 'CHAFF', das sind aluminiumbeschichtete Glasfasern, die an ihrer Uniform befestigt sind. Sie sind so konstruiert, dass sie den Radarstationen falsche Rückmeldungen geben und eine Wolke von Interferenzen erzeugen.

Das würde die Hitzesignale auf dem Radarschirm bis zum Ende verwirren.

"Das wird ein verdammt heißer Tag werden!"

Murmelte das Kommando Sebastian Pedrosa zu seinem Kameraden Daniel Marquez.

"Es ist erst fünf Uhr morgens und ich schwitze schon wie ein Schwein."

Daniel sah sich um und konnte kaum die andere Formation erkennen die rasch vorrückten.

"Ich weiss was Du meinst."

"Könnten die nicht einfach eine Bombe auf das Labor werfen und uns ein Frühstück in der Kaserne genießen lassen?"

Sebastian blieb stehen, um sich den Schweiß von der Stirn zu wischen.

"Und schau Dir die ganze Ausrüstung an die wir tragen...."

"Kommando Pedrosa!"

Die leise flüsternde, durchdringende Stimme von Truppenführer Dominguez ließ keinen Raum für Verhandlungen.

"Beweg Deinen verdammten Arsch! Wir müssen mit dem Rest mithalten, Du Scheißkerl!"

Sebastian murmelte etwas unter seinem Helm und stapfte weiter.

Auf Befehl von Leutnant Cavallero beschleunigten sie ihr Tempo und die Soldaten machten ihre Waffen bereit.

Sie waren noch weit weg aber man konnte kein Risiko eingehen. Ein Dutzend Kämpfer dieser Fraktion hatten Körperkameras an ihrer kugelsicheren Weste befestigt und Major Enrique Suarez beobachtete die Bewegungen auf einem mehrere Kilometer entfernten Bildschirm in einem vorübergehend im Dschungel errichteten Kommandoposten.

"Wir haben alle Vorkehrungen getroffen um eine Entdeckung oder Vorwissen von unserem Angriff zu vermeiden."

Klagte Suarez zu seinem Assistenten für Landoperationen, Leutnant Lucas Ruiz.

"Aber ich werde dieses ekelhafte Gefühl hier immer noch nicht los."

Er legte eine Hand auf seinen Bauch, während er auf das Bildschirmgerät starrte.

Ruiz sah sich um.

Sechs Offiziere waren eingeflogen und im Zelt versammelt worden; jeder von ihnen war für einen bestimmten Teil dieses militärischen Angriffs verantwortlich.

Alles war für die bevorstehende Aktion vorbereitet.

Ihr Dschungelcamp war nicht sehr groß und die Ausrüstung war schon Tage zuvor in den Urwald transportiert worden. Mann hatte ein Feld geräumt um diesen Posten einsatzbereit zu machen.

Der Major hätte diese gesamte Übung leicht von seinem Büro in Bogota aus beaufsichtigen können, aber nach Lucianas Entführung und Ermordung seiner beiden Agenten, ganz zu schweigen von seinem eigenen Attentatsversuch, war er fest entschlossen dieses Drogennetzwerk notfalls gewaltsam zu beenden.

Seine Anweisungen an Lieutenant Cavallero waren einfach.

"Die geringste Neigung sich der Verhaftung zu widersetzen; drücken Sie den Abzug!"

Es würde keine Gnade geben.

Aber er wusste auch, dass Wut manchmal das Urteilsvermögen trüben kann so dass ein kühler Kopf vorherrschen musste.

"Zwei Kilometer bis zum Ziel!" kam eine Stimme über das Funkgerät.

Suarez schaute auf seine Uhr, sie waren genau pünktlich. Ohne den Kopf zu drehen, sprach er mit leiser Stimme zu Ruiz.

"Leutnant, beginnen Sie Phase zwei!"

In diesem Augenblick hatten die Radarbediener in den Drogenlabors irgendwo im Dschungel kilometerweit vor ihnen entfernt, den entgegenkommenden Angriffszug entdeckt.

Was der Major nicht wusste und WESPE nicht beobachtet hatte, waren die niederfrequenten Laserstrahlen, die einen unsichtbaren Schutzschild um das gesamte Lager in zwei Kilometern Entfernung bildeten.

Sie waren in Baumstämmen platziert worden und mit dem bloßen Auge nicht zu erkennen.

Der Radaraufseher Juan Pablo Hernandez rief den Kommandanten der Lagerverteidigungseinheit zu sich durch.

"Es scheint, dass wir mehrere Eindringlinge haben!"

Andres Alcado war ein ehemaliger Elitesoldat, so wie die meisten seiner Männer. Matteo Alonso hatte keine Kosten gescheut um das Lager mit der besten Ausrüstung und den besten Männern auszustatten.

Alcado war vor einiger Zeit unehrenhaft aus der Armee entlassen worden und hatte in Alonso einen sehr großzügigen Mann gefunden.

Er verdiente nun viermal so viel wie als Offizier der Armee.

Und Geld regiert die Welt.

Er schaute auf den Bildschirm und sah die kleinen Punkte die jedes Mal erschienen wenn sich ein Soldat am Lichtsignal vorbei bewegte. Er nickte und ging ans Funkgerät. Innerhalb von Minuten hatten fünfzig Männer am äußeren Rand des Lagers Stellung bezogen.

Kapitel

Leutnant Cavallero überprüfte seine Koordinaten, die die WESPE anhand von Satellitenbildern übermittelt hatte und sie an den Einheitsposten vor Ort zurückgesendet wurden.

Die Sturmkommandos hatten angehalten, während er die Karte studierte.

"Wenn die Zahlen hier richtig sind."

Er wandte sich an Unterleutnant Felipe Cantor.

"Liegt das Lager weniger als einen Kilometer entfernt, direkt vor uns."

"Ich will, dass Du fünf Kommando Einheiten nimmst und aus westlicher Richtung vorrückst!"

"Ich nehme den Rest der Männer und nähere mich dem Ziel von Osten. Halte Funkkontakt. Lasst uns unsere Uhren überprüfen!"

Beide Männer verglichen ihre Zeitmesser.

"Okay! Hört mal her!"

Cavallero kratzte sich am Stummel-Bart und blickte nach vorne in den scheinbar undurchdringlichen Dschungel.

"Wir brechen in fünf Minuten auf. Gebt den Befehl!"

Unterleutnant Cantor verschwand aus seinem Blickfeld, als er sich auf den Weg zu seiner Einheit unter seinem Kommando machte.

"Das wird ein Scheißtag werden." Er murmelte vor sich hin.

"Wie weit entfernt ist der Feind?"

Andres Alcado und seine Männer hatten außerhalb des Lagers Stellung bezogen und ihre Geschütze auf die Dunkelheit des Regenwaldes trainiert.

Der Radaroperator meldete sich über den Gegensprechfunk bei ihm.

"Der Feind ist vor Ihnen etwa dreihundert Meter entfernt. Over!"

"Okay, haltet Funkstille!"

Alcado kommunizierte mit seinen Männern in Zeichensprache um sich auf die sich nähernden unerwünschten Besucher vorzubereiten.

Truppenführer Feldwebel Torrero war vorne in seiner Angriffsgruppe und versuchte einen Weg durch das Unterholz zu finden.

"Es muss einen besseren Weg als diesen geben."

Er wandte sich an seine elf Männer während er noch auf seinem alten Kaugummi kaute.

"Wie um alles in der Welt sind die Wanderer hier reingekommen....?"

Plötzlich wurde ein Blitzen von Geschützfeuer auf seine Kommandos losgelassen und alle gingen zu Boden.

"Scheiße, woher zum Teufel wussten die, dass wir kommen?"

Soldat Corredor aß Schlamm, als er mit dem Gesicht voran in den Dreck getaucht war.

"Hey Torrero, sollen wir uns für den Gegenangriff aufteilen?"

Corredor erhielt keine Antwort als die erste Kugel Torrero in die Stirn getroffen hatte und er war im nu verschwunden.

"Verdammte Scheiße!"

Er sah den reglosen Körper des Feldwebels direkt vor sich und ging sofort ans Funkgerät.

"Leutnant!"

Er schrie in das Funkgerät, als die Kugeln über ihn hinweg schossen, die Blätter durchbohrten und die Äste der Bäume zersplitterten um nach Zerstörung zu suchen.

"Der Feldwebel ist tot. Wir sitzen in der Falle und brauchen Anweisungen!"

Unterleutnant Cantor brauchte nur eine Sekunde, um eine Entscheidung zu treffen.

"Teile Deine beiden Truppen auf und gib uns Feuerschutz, wir kommen von links!"

"In Ordnung, Jungs!"

Rief Corredor den anderen Kommandos zu.

"Lasst uns zurück schiessen und macht den Arschlöchern die Hölle heiß! Die wollen sich mit uns anlegen."

Sie zogen ununterbrochen am Abzug um Cantor einen Feuerschild zu geben und damit Alcados Männer ihre Köpfe einziehen würden.

Corredor hörte das bekannte Geräusch von Maschinengewehrfeuer, das von der linken Seite der Gruppe kam, als Cantor nach vorne stürmte und das Nest von sechs feindlichen Kanonieren neutralisieren wollte.

"Passt auf eure Flanken auf, Jungs!"

Weiter draußen hörte Alcado das herannahende Klappern von Geschützfeuer. Er hatte viele Jahre militärische Ausbildung und wusste wie ihre Angriffstaktik funktionierte.

Er sprang über die Verteidigungslinie auf die andere Seite und legte sich auf die Lauer.

Er war ein erstklassiger Scharfschütze und als er den sich nähernden Kommando direkt vor sich sah, hatte er keine Schwierigkeiten die ersten beiden Soldaten die er in seiner optischen Linse sah zu erschießen.

"Männer am Boden, Männer am Boden!" brüllte Leutnant Cavallero.

"Geht in Deckung!"

"Wo ist der Sanitäter? Bewegt seinen Arsch hierher!"

"Feldwebel Hidalgo, bringe Deine Männer auf die rechte Flanke und pisse den Scheißkerlen Kugeln in den Kopf."

"Los, los, los!"

Hidalgo rannte gebückt auf die andere Seite mit seiner Truppe direkt hinter ihm, um den Sauerstoff des Geschützbeschusses der auf die Kommandos zukam, abzuschneiden.

Sie warfen sich kopfüber in die Büsche um der heftigen Salve von Schüssen zu entgehen die plötzlich auf sie nieder prasselte.

Alcado hatte ihre Bewegungen bemerkt und wollte nicht zulassen, dass die Soldaten ihre Schusspositionen einnehmen konnten.

Er schaltete einen weiteren Elite Kommando aus, bevor er selbst in Deckung gehen musste als plötzlich Maschinengewehrfeuer seine Männer von der äußeren rechten Flanke verschlang und vier von ihnen direkt in die Hölle gingen.

"Leutnant Cavallero!"

Major Suarez verfolgte das Feuergefecht auf Monitoren.

"Nehmen Sie weiter am Feuergefecht teil aber bleiben Sie in Deckung, da Phase zwei der Operation gerade begonnen hat!"

"Ja, Major, verstanden, Ende!"

Er wusste genau, was das bedeutete.

"Jetzt werden wir euch den Arsch lecken!" Er flüsterte und lud ein weiteres Magazin in sein Sub-Maschinengewehr.

In der gleichen Zeit, während sich die Eliteeinheiten auf ihr Ziel zu bewegten, schwebten fünf Sikorsky UH-60 Black Hawk-Hubschrauber vom Luftwaffen-Sondereinsatzbataillon über den vier Kilometer entfernten Feldern und warteten auf ihr Einzugssignal.

In den Transport- und Kampfflugzeugen befanden sich jeweils elf bewaffnete Soldaten. Sie gehörten der kolumbianischen Luftwaffe an und waren der nationalen Polizei für den Kampf gegen Drogen ausgeliehen.

Die WESPE war vorausgeflogen um in letzter Minute wichtige Kamerabilder an die Kommandozentrale zurückzugeben, an die Enrique die Operation delegierte. Nun war es Zeit für die WESPE die Überwachung abzubrechen.

Der führende Black Hawk Hubschrauber startete jetzt sein elektronisches 'Stau Sperren', indem er Signale benutzte um mehrere Frequenzen die von den Radarstationen kamen zu stören und seine Funktionen zu beeinträchtigen.

Das würde auch das Satellitensignal für die WESPE unterbrechen, so dass er in Sicherheit gebracht werden musste.

Die Radaroperatoren sprachen wild untereinander darüber warum sie in der einen Sekunde Objekte auf dem Bildschirm hatten und in der nächsten weg waren. Sie nahmen zu Recht an, dass etwas nicht stimmte.

In diesem Moment beschleunigten die Black Hawks auf die Dschungellabors zu.

Die Piloten kippten die Nasen der Hubschrauber nach unten, drückten den Steuerknüppel nach vorne und flogen mit hoher Geschwindigkeit auf ihr Ziel zu. Als sie ihr vorbestimmtes Feld erreichten, zwangen sie die Maschine zu einem plötzlichen Stoppmanöver in der Luft, wobei sie die Nase hochzogen um die massiven Biester abzubremsen.

Und dann erschienen direkt über Alcados Kopf dunkle Schatten und landeten in der Mitte des Lagers.

Fünfundfünfzig Elitesoldaten kamen an Seilen von den Helikoptern über sie herunter und eröffneten sofort das Feuer. Achtzehn Dschungelrebellen erlagen dem Todesregen darunter auch Alcado, der mehrmals getroffen wurde.

Fast im gleichen Augenblick warf der Rest von ihnen ihre Waffen weg und ergaben sich. Als die Schlacht vorüber war, waren sechsunddreißig der Männer des Kartells gestorben.

Vier Kommandotruppen aus Enriques Team wurden ebenfalls in Leichensäcken rausgeführt.

Aber es war vorbei!

Kapitel

Die überwältigende Soldaten Kraft des Majors machte die Entscheidung zur Kapitulation relativ einfach.

Leutnant Cavallero war erstaunt über die Einrichtung der Laboratorien mitten im Nirgendwo. Die Entdeckung von oben zu tarnen war beeindruckend. Die WESPE hatte ihnen einen breiten Überblick über das Lager verschafft, aber es in Wirklichkeit zu sehen war eine ganz andere Sache.

Die Radarmonitore waren nagelneu und man hätte einen erstklassigen Flughafen-Kontrollturm direkt hier im Dschungel haben können, so aufwendig war ihre technische Installation.

Die Kommandos schlenderten mit Gewehren die ihnen von den Schultern hingen, durch die Umgebung des Lagers.

Sie entdeckten eine Koppel, auf der Dutzende von Maultieren faul herumliefen die bereit waren diese wertvollen Substanzen in die Welt zu tragen.

Über hundert Menschen die sich ergeben hatten, mussten aus dem Regenwald abtransportiert werden.

Die logistische Operation und die anschließenden Verhöre würden zu höllischen Kopfschmerzen führen.

Major Suarez beschloss einen Transporthubschrauber einzusetzen und die Kriminellen, zwanzig per Flug herauszubringen, damit sie nach Bogota weiter gebracht werden konnten.

Was Leutnant Cavallero nicht herausfinden konnte, war die Lage des Drogenhaufens und die Wohnquartiere der Lagerbewohner.

Wo waren ihre Lebensmittelvorräte?

Er konnte die Generatoren zur Stromerzeugung und einige transportable Toiletten sehen, aber sonst nicht viel.

Unter dem schattenspendenden Tuch befanden sich ein Hektar Opium Pflanzen und starke Infrarotlichter die an Reihen von Stahlstäben aufgehängt waren, um sie wachsen zu lassen.

Aber seine Augen entdeckten keine Ernte der Rohdroge.

"Hey Leutnant!" Schrie einer seiner Kommandos zwanzig Meter vor ihm.

"Das wollen Sie sich ansehen!"

Corredor und vier seiner Kollegen beschlossen sich selbst ein paar Antworten zu besorgen und hatten eine unglückliche Seele so lange aufgemischt, bis er die Katze aus dem Sack gelassen hatte.

Als Dank brachen ihm die Soldaten die Nase.

Cavallero ging zu der Stelle wo Corredor auf einige Büsche zeigte die zur Seite geschoben worden waren.

"Was zum Teufel ist das?"

Die Neugierde des Leutnants kannte keine Grenzen.

"Major, sehen Sie das?"

Enrique konnte durch die Körperkamera seines Offiziers einen versteckten Türrahmen erkennen.

"Seien Sie vorsichtig, Leutnant, wir wollen keine weiteren Opfer!"

Zwei bewaffnete Einheiten drangen durch die Tür und stießen auf eine Treppe die nach unten führte.

Sie war alle drei Meter mit Neonröhren beleuchtet und zwei Männer konnten auf den breiten Stufen problemlos nebeneinander gehen.

"Heiliger Spaghetti!"

Kommando Ricardo Martin, der wegen seiner Liebe zum Essen dieses südeuropäischen Landes den Spitznamen 'Italiener' erhielt, konnte nicht glauben was er sah.

Es gab in den unterirdischen Felsen gemeißelte Räume mit Bettenreihen und eine voll funktionsfähige Küche schloss den großen Wohnbereich ab.

Er sah einen sehr großen Plasma-Fernseher mit Filmen auf DVDs, die zur Vorführung bereitstanden. Regale mit Büchern und Computerspielen um die Kriminellen zu unterhalten, während sie im Lager stationiert waren. Alles professionell dekoriert und eingerichtet.

Der Unterkiefer von Major Suarez klappte vor Erstaunen immer wieder herunter.

Er wollte es mit eigenen Augen sehen und beschloss, sobald die ersten Gefangenen in seinem Lager ankamen um dann weiter abtransportiert zu werden, dass er mit dem Hubschrauber zurückflog.

Die Männer gingen weiter an Büros, Waffenarsenalen und einer großen Speisekammer vorbei, die bis zur Decke mit Lebensmitteln gefüllt war.

"Hier unten ist es schön kühl." Bemerkte Kommando Axel Torres und er streichelte immer wieder die Wände um sicherzugehen, dass das, was er sah auch wirklich so war.

"Diese Idioten haben eine unterirdische Stadt gebaut."

Der 'Italiener' war immer noch erstaunt dieses versteckte 'Atlantis' des Dschungels gefunden zu haben.

Alles in allem zählten die Soldaten zweiundzwanzig Zimmer mit Fahrrädern, die für den schnellen Transport von einem Teil dieser geheimen kleinen Metropole zur anderen benutzt wurden.

Die Kommandos drangen dann in einen anderen Abschnitt dieses unterirdischen Labyrinths ein, wo sie plötzlich mit einem starken Chlorgeruch konfrontiert wurden der übermächtig war.

Die Soldaten stießen auf Lagerbestände von Chemikalien die bei der Herstellung von Kokain verwendet wurden.

Es gab Fässer mit Bleichmittel, Kerosin und Schwefelsäure und dann einen Raum voller Säcke, die mit Kokainblättern gefüllt waren die oben auf den Feldern angebaut worden waren.

"Leck mich am Arsch!"

Corredors Augen sprangen ihm aus dem Kopf als er das große Labor sah, das vollständig mit Wannen ausgestattet war, um das Koka aus den Blättern zu extrahieren; ein Bereich mit Kokapaste, in dem der Fermentationsprozess die Paste in Kristall verwandeln würde, dass die reinste Form des Kokains darstellt.

Mehrere Öfen, um die abgetropfte Paste zu härten und dann ein riesiger Hinterraum in dem buchstäblich Tausende und Abertausende von ziegelartigen Schichten der Droge versandfertig verpackt worden waren.

Der Raum war so groß, dass man leicht einige Lastwagen darin parken konnte.

Zweiundfünfzig Tonnen hochwertiges Kokain mit einem Straßenwert von fast sechshundert Millionen Dollar wurden beschlagnahmt und vernichtet.

Kapitel

Mark O'Brien öffnete nach der Operation langsam die Augen, aber er hatte anfangs Schwierigkeiten sein Sehvermögen an die Umgebung anzupassen.

Die Narkose hatte ihn umgehauen. Und wach zu bleiben erwies sich als ziemlich anstrengend.

"Ah, willkommen zurück im Land des lebenden, Herr Spezial-Agent," sagte Jo-anne, die als erste zu Wort kam.

Er versuchte zu lächeln und neigte den Kopf um besser sehen zu können wer da noch im Raum war. Jack, Debra, Tamara, Tom, Stephen, Jo-anne und Hannah drängten sich alle um sein Bett.

"Wie fühlen Sie sich, junger Mann?" fragte Hannah.

"Wie Scheiße."

Das brachte alle zum Lachen, aber er fühlte sich wirklich nicht gut.

Er blickte auf seinen linken Arm hinunter der in seiner ganzen Länge in einen Gips gelegt worden war und Mark sah eine Menge Kritzeleien darauf. Bei genauerem Hinsehen bemerkte er, dass alle Botschaften guten Willens hinterlassen hatten.

Er konnte seine Augen kaum offen halten aber sein Geist war hellwach.

"Oh ja," Jack war dran, sich einzumischen. "Wir haben auch die Entscheidung getroffen unser Büro in dieses Krankenhaus zu verlegen bis Du fit genug bist um nach DC zurückzukehren."

"Ach wirklich!"

Nun versuchte Mark, sich aufzusetzen, was eine äußerst schwierige Sache war als er sich nach dem operativen Eingriff sich immer noch groggy fühlte.

Im Nu hatten Jo-anne und Tom ihn aufgestützt.

"Ich glaube nicht, dass das eine so gute Idee ist."

"Ihr werdet alle wieder in Washington gebraucht und Ihr könntet mir alle Nachrichten telefonisch übermitteln."

"Nun, eigentlich."

Debra hatte ihre Hände auf die Hüften gelegt und gab ihm diesen "Sprich nicht so mit Deiner Mutter" Blick.

"Du bist überstimmt worden und unsere Kommunikationsausrüstung wurde bereits hier aufgestellt."

"Also, ruh Dich aus und erlaube dem Krankenhauspersonal..." sie drehte sich um als Schwester Angela gerade den Raum betrat, "sich um Dich zu kümmern und Dich wieder in den Schlaf zu schicken."

"Wir sind in ein paar Stunden wieder da."

Mark versuchte verzweifelt etwas über den Angriff in Kolumbien zu erfahren, aber sein Team war bereits aus seinem Zimmer marschiert und er starrte eine lächelnde Krankenschwester an, die diese große Nadel in der Hand hielt.

"Müssen wir das tun?"

"Ja, das müssen wir. Jetzt drehen Sie sich um!"

O'Brien grunzte beim Umdrehen wie ein verwundeter Hund. Er hasste Nadeln.

Vier Sicherheitskräfte brachten Andre Cherkov in das Oval Office, wo der Präsident bereits an seinem Schreibtisch wartete.

Im Raum befanden sich auch der nationale Sicherheitsberater John Leverage und der Stabschef des Weißen Hauses, der ehemalige General Dwight Hemington. Die mit der Bewachung des Präsidenten des amerikanischen Volkes beauftragten Schutzdienstagenten blieben im Hintergrund.

Cherkov wurde gezeigt wo er sich neben den Schreibtisch hinsetzten sollte.

Vor ihm wurden Fotos ausgelegt auf die Hemington zeigte.

Es waren von der WESPE aufgenommene Bilder des Treffens, die ihm in Begleitung der Andropovs, Bianchi und Gomez zeigten.

Der ehemalige russische Präsident war sichtlich schockiert und musste sich damit abfinden, dass seine Zeit abgelaufen war.

Seine Schultern sackten ein und seine Augen zeigten Reue über das was er getan hatte.

Der US-Präsident war sichtlich verletzt und seine Stimme verzerrte sich vor Wut.

"Ich kenne Dich seit zwölf Jahren."

Für das Wort 'Sie' war es vorbei.

"Du kamst in mein Land und wurdest mit offenen Armen empfangen."

"Du warst Ehrengast auf der Hochzeit meiner Tochter. Du warst bei der Taufe meines Enkels."

"Ein besonderer Gast bei Veranstaltungen des Weißen Hauses."

"Wir spielten jeden Monat Golf und vor allem warst Du ein Freund dem ich Einzelheiten meines Privatlebens und meiner Arbeit anvertraute, während Du eine Drogenoperation geleitet hast, bei der amerikanische Staatsbürger getötet wurden.

"Howard...."

Es war eher ein Schrei, da Andre um Vergebung bat.

"Halt's Maul, Cherkov!" brüllte der Präsident.

Er stand abrupt von seinem Stuhl auf, ging zum Fenster und starrte über den Südrasen. Seine Hände hinter seinem Rücken gefaltet, seine Stimme wie ein durchdringendes Messer.

"Dein Eigentum wird beschlagnahmt."

"Deine Bankkonten werden eingefroren."

"Alle anderen Vermögenswerte und Investitionen werden dem Finanzministerium übergeben."

"Von hier aus wirst Du direkt zum Flughafen gebracht wo ein Flugzeug der russischen Regierung auf dem Rollfeld wartet um Dich dorthin zurückzubringen wo Du hingehörst."

"Dem Sicherheitsdienst habe ich die Autorität für einen Tötungsbefehl erteilt solltest Du Dich widersetzen."

"Und mit der Gnade Gottes mag ich nichts lieber als persönlich den Abzug zu ziehen. Es werden keine Wertgegenstände mitgenommen."

"Du bist hier nicht mehr willkommen."

"General Hemington, nehmen Sie diesen dreckigen Fleck aus meinem Büro!"

Es gab nichts mehr zu sagen.

Der Sicherheitsdienst eskortierte ihn aus dem Oval Office und der US-Präsident erlaubte Cherkov keinen weiteren Blick.

Steffenson starrte über den Rasen und seine Augen waren schlitzartig geworden.

Kapitel

"Hey Boss," einer von Mateos Leibwächtern stand auf der Veranda und schaute nach oben in den Himmel.

"Haben wir irgendwo in unserer Nähe eine militärische Einrichtung?"

"Nein, warum?"

Matteo studierte gerade sein wöchentliches Drogenkurierblatt und war sich nicht einmal bewusst, dass sein Drogenlabor im Dschungel von der nationalen Polizei überrannt worden war und nicht mehr operierte.

"Nun." Bruno, sein Sicherheitskommando, war sich nicht sicher was er aus dem Gesehenen schließen sollte.

"Wenn ich nicht sehbehindert bin scheine ich vier Flugzeuge zu sehen, die Fallschirmjäger direkt über uns absetzten."

"Sie haben was...?"

Jetzt hatte er Alonsos volle Aufmerksamkeit.

Er ließ die Papiere fallen, sprang auf und eilte hinaus. Als er hochblickte, sah er vier große Flugzeuge direkt über seinem zweitausend Morgen großen Grundstück, die Fallschirmjäger durch die Hintertür abwarfen.

"Sehr interessant." Murmelte er.

"Ich frage mich, was das alles soll."

"Ich kann mich nicht erinnern dem Militär die Genehmigung erteilt zu haben auf meinem Grundstück zu landen."

"Vielleicht treiben sie einfach weiter weg aber trotzdem. Das ist merkwürdig."

"Die Armee hätte mich informiert, wenn in der Nähe meines Hauses Übungen stattfinden würden."

"Lassen Sie mich General Zapatero anrufen um zu sehen was los ist."

"Er steht auf meiner Gehaltsliste."

Als er zurück ins Haus marschierte, klingelte sein Handy. "Boss!" Schrie Marco Molinero, sein Sicherheitschef.

"Personaltransporter der Armee sind gerade durch das westliche Tor gerast und haben angefangen auf uns zu schießen."

"Oh scheiße...."

Alonso strapazierte sein Ohr.

"Marco!" Schrie er. "Sprich mit mir!"

"Ich bin getroffen!"

Marcos Stimme nahm einen weinähnlichen Ton an.

"Sie töten uns alle. Sie hören nicht auf. Diese Gringos sind schlimm. Aaargh." Und dann war das Telefon tot.

"Bruno!" Brüllte Mateo.

"Schick alle verdammten Männer sofort zurück zum Haus, Waffen bereithalten! Wir haben jemanden, der sich mit uns anlegen will."

In diesem Moment sprühten Schüsse die Schmutzflecken vor der Hacienda auf und prallten an den beiden draußen parkenden Autos ab.

Sie schlugen in den großen Wassertank unweit des Hauses ein und setzten Tausende Litern von Wasser frei. Die Kugeln kamen immer näher an die Veranda heran wo sie dann Bruno fanden, der sich unter dem Einschlag der Kugeln drehte und zuckte und es ihm dann von den Füßen haute und er regungslos dalag.

"Schnallt Eure Sicherheitsleine fest!"

Major Jorge Rubio, Kommandeur des ersten Fallschirmjägerbataillons der 13. Brigade, betätigte einen Schalter und die große Laderampe des Transportflugzeugs C 130 Hercules kam in einer Höhe von 4000 Metern langsam herunter und enthüllte die herrliche Landschaft Kolumbiens direkt unter ihnen.

"Achtzig Sekunden bis zur Abwurfzone!" kam über die Sprechanlage des Frachtflugzeuges.

"Alles klar, Männer!"

Alle standen auf und stellten sich in einer einzigen Reihe auf und klickten in ihrer Abwurflinie in ein Stahlkabel über ihren Köpfen. Er sah seine fünfundzwanzig Fallschirmjäger an.

"Kontrollieren Sie ob die Sicherheitsschalter Ihrer Geschütze gesichert sind! Ich will nicht, dass Sie sich selbst erschießen!"

Einige von ihnen lachten etwas, aber sie wussten alle wie tödlich diese Aktion werden konnte.

"Zehn Sekunden, neun, acht, sieben, sechs, fünf, vier, drei, zwei, eins... ein einzelnes großes rotierendes Licht wurde grün und einer nach dem anderen sprangen sie aus dem Flugzeug.

Major Rubio war der letzte der das Flugzeug verließ.

Drei weitere Herkules machten ihre Sprünge in genau derselben Zeitspanne und hundert Fallschirmjäger regneten auf Alonsos Grundstück nieder.

Der Wind verflachte die Wangen der Kommandos und trieb ihnen die Luft in die Nasenlöcher. Nachdem sie die Arme wie die Flügel eines Vogels ausbreiteten, verlangsamten sie den freien Fall und ließen den Fallschirm in einer Höhe von 800 Metern auf.

In einer Höhe von siebenhundert Metern hielten die Soldaten ihre angebrachten Gewehre bereit und drehten den Sicherheitsschalter.

In einer Höhe von 600 Metern begannen sie auf alles zu schießen was sich auf dem Gelände bewegte.

Die Anweisung lautete den Feuerregen in der Nähe der Hazienda zu halten um nicht die Armeefahrzeuge zu treffen die durch den Westeingang eingedrungen waren und auf den Ranchkomplex zugerast waren.

Nach acht Sekunden hörten sie auf zu feuern und die Soldaten machten sich zur Landung bereit.

Als die Männer auf dem Grundstück niedergingen, drückten sie auf den Gurtzeugschalter um den Fallschirm freizugeben der am Boden noch hinter ihnen liegend hergeschleppt wurde und sie bewegten sich vorwärts um nach Deckung zu suchen.

"Que dios se apiade de nosotros." Mateo Alonso flüsterte (Möge Gott uns gnädig sein), als er Bruno auf den Boden fallen sah.

Er nahm die Pistole vom Couchtisch und zielte auf die offene Vordertür um den Abzug zu betätigen.

Plötzlich wurde die Hintertür aufgestoßen und die drei Wohnzimmerfenster zerbrachen unter dem Aufprall der Gewehrkolben.

Glassplitter regneten auf ihn herunter als er sehr nahe an einem der Fenster stand und Alonso schützte sein Gesicht mit seiner rechten Arm.

Als er nach oben blickte wurden vier Maschinenpistolen auf ihn gerichtet die von Kommandos der Spezialeinheiten gehalten wurden. Zwei weitere Soldaten kamen durch die Vordertür. Mateo warf die Pistole weg und hob die Arme.

"Bitte nicht schießen. Ich bin unbewaffnet!"

Er gab vor eine zitternde Stimme zu haben. Die Soldaten senkten ihre Waffen.

"Lass die Arme oben, Scheißkerl!" Einer befahl.

"Keine Bewegung, verdammt!"

"Okay, okay. Immer mit der Ruhe."

Langsam fand der Drogenbaron seine Zuversicht wieder. Dass sie sich mit ihm anlegten, war für Mateo unverständlich.

Was in aller Welt dachten sie was sie da taten?

"Was machen wir jetzt?"

Alonso wollte wirklich die Situation reizen.

"Wir warten bis der Major kommt und dann wird Dein Arsch eine Gefängniszelle reiben."

Kommando Orejon fühlte sich im Moment übermütig.

"Hört zu, Jungs. Ich bin nicht sicher ob ihr wisst wer ich bin."

"Mein Name ist Mateo Alonso. Der Name sollte Euch etwas bedeuten."

"Mir gehört Kolumbien und ich besitze auch Euch, meine kleinen Diener."

"Was hat der Major mit mir vor? Mich nach Bogota mitnehmen?"

"Nach zehn Minuten werde ich freigelassen und kehre hierher auf meine Hazienda zurück, die Ihr freundlicherweise umgestaltet haben."

"Ihr habt einige meiner Männer getötet und das wird sehr...."

Alonso fühlte einen Schlag in der Brust. Als er nach unten blickte sah er ein kleines Loch in seinem Hemd, das einen roten Umriss hatte. Dieser Umriss wurde immer größer und größer da die Kugel eine Hauptarterie getroffen hatte.

Er blickte fassungslos auf und kippte langsam zur Seite und fiel tot zu Boden.

Orejon drehte sich um und sah das Kommando Javier Bravo immer noch seinen Gewehrlauf auf den toten Drogenboss gerichtet hatte.

"Warum zum Teufel hast Du das getan?"

Bravo senkte seine Waffe.

"Ich sah wie er sich auf Dich zu bewegte und versucht hat Deine Pistole aus dem Halfter zu reißen."

"Also beschloss ich ihn zu neutralisieren."

Beide trafen sich Auge zu Auge und dann wusste Orejon genau warum Bravo ihn getötet hatte.

Alonso war ein mächtiger Mann und wäre in kürzester Zeit wieder auf der Straße und würde sich dann an die Soldaten und deren Familien rächen.

Er hatte einige hochrangige Politiker auf seiner Gehaltsliste und niemand konnte ihm etwas anhaben.

"Ja!" Orejon nickte mit dem Kopf. "Ja, das tat er. Er versuchte nach meiner Waffe zu greifen."

In diesem Moment stürmte Major Rubio mit einem weiteren halbes Dutzend Fallschirmjägern im Schlepptau durch die Vordertür. Er starrte den toten Drogenkönig an und seine Augen durchdrangen jeden der sechs Männer die im Raum waren bevor er einmarschierte.

"Kann mir jemand sagen, was zum Scheiß hier passiert ist?"

"Ich scheine gesagt zu haben, dass wir den Mann festnehmen sollten damit wir dieses Schwein verhören könnten."

Der Major legte seine Hände auf die Hüften und wartete auf eine Antwort.

"Nun, Major," fing Orejon an, "der fragliche Verdächtige war auf den Knien mit den Händen über dem Kopf und wir hatten ihm die Waffe abgenommen."

"Ich stand zu nahe bei der fraglichen Person, als er versuchte die Pistole aus meinem Holster zu ziehen."

"Kommando Bravo hier sah die drohende Gefahr und feuerte einen Schuss aus seinem Gewehr ab um den Täter außer Gefecht zu setzen."

Der Major musste sich selbst davor bewahren ins Gelächter auszubrechen.

"Das ist die größte Schwachsinnsgeschichte die ich seit langem gehört habe. Vielleicht kann mir jemand die Wahrheit sagen."

Er sah sich um und sein Gesicht war zu einem eisigen Ausdruck verhärtet.

"Nein, Major." Kommando Hugo Moreno unterbrach das Schweigen.

"Es geschah genau so wie Kommando Orejon die Situation beschrieben hatte."

Der Major trat näher an Moreno heran und starrte ihn mit seinem berühmten Blick an, aber das Kommando rührte sich nicht vom Fleck.

"Sie alle wollen mir also weismachen, dass sechs Berufssoldaten seine Aktionen weder bewältigen noch aufhalten konnten."

Er zeigte auf den verstorbenen Alonso.

"Jawohl, Major!" war die kombinierte Antwort.

"Nun, Kommando Orejon."

Er drehte sich um, immer noch mit den Händen in den Hüften.

"Anscheinend schulden Sie Kommando Bravo hier einen Dank der Ihnen nach allem was man hört das Leben gerettet hat."

"Jawohl, Herr Kommandant."

Orejon richtete sich auf. "Ich bin sehr dankbar für seine Taten, Major."

Der Major stieß ein Grunzen aus und schüttelte dann mit den Fingern durch den Raum.

"Okay, räumen wir diese Scheiße auf und Sie Kommando Orejon, werden persönlich dafür sorgen, dass der Abschaum des Verstorbenen in einen Leichensack gesteckt wird!"

"Habe ich mich klar ausgedrückt?"

"Jawohl, Major."

Kapitel

"Hallo Papa, wach auf, wach auf."

Mark schlug die Augen weit auf und konnte nicht glauben, dass seine Tochter neben seinem Bett stand.

"Hey Pris. Wie bist Du denn hierher gekommen?"

Er war erstaunt sie zu sehen, aber auch sehr glücklich sie an seiner Seite zu haben inklusive die Person neben ihr, Pamela.

"Also, Papa, es gibt doch Flugzeuge weißt Du."

"Sobald wir hörten was passiert war, nahmen Mama und ich den nächsten Flug. Geht es Dir gut? Hast Du Schmerzen?"

Es kam nicht oft vor, dass seine Tochter einen so besorgniserregenden Gesichtsausdruck hatte und ihn streichelte.

"Nein, mir geht es gut. Ich bin mir nur nicht sicher wie ich mit diesem Ding umgehen soll." Er hob seinen eingegipsten Arm an.

"Aber zum Glück ist es nicht der rechte Arm. Ich kann immer noch fahren und schreiben."

Mark sah sich um. "Wo ist das Team?"

"Sie sind nebenan und werden Dich gleich sehen."

Pamela zeigte auf den Flur.

"Sieht aus, als wollten sie Dich für eine Weile hier behalten."

"Ich habe mit dem Chirurgen gesprochen und zwei Wochen hier drinnen sollten erstaunliche Dinge für Deine Genesung bewirken."

"Übrigens hast Du tatsächlich fünfzehn Stunden lang fest geschlafen, was für Dich eine Lebenszeit ist.

"Zwei Wochen?"

Mark hob den Kopf. "Sag ihm er soll weiter träumen. In zwei Tagen sitzen wir wieder im Flugzeug nach DC!"

"Ich habe zu arbeiten und kann es mir nicht leisten wie ein Rentner im Bett zu liegen."

"Zwei Wochen mein wunder Hintern."

Pamela zuckte die Schultern.

"Das habe ich ihm auch gesagt. Ich sagte dem Chirug, das mein Ehemann Ihr Krankenhaus in den nächsten zwei bis vier Tagen verlassen wird."

"Arm oder kein Arm. Ich denke er hat die Nachricht verstanden."

"Wie auch immer, Pris und ich sind nebenan im Motel."

"Wir gehen jetzt nach unten um im Café des Krankenhauses zu Mittag zu essen."

"Wir werden heute Abend gegen sechs Uhr zurück sein aber jetzt braucht Dein Team Dich um die neuesten Informationen aus Kolumbien zu besprechen. Bis heute Abend."

Sie gab ihm einen sanften Kuss, gefolgt von der liebevollen Berührung seiner Töchter und dann verschwanden sie.

Mark fiel in sein weiches Kissen zurück und blickte lächelnd zur Decke.

Das war das erste Mal seit über einem Jahr dass Pamela wieder das Wort 'Ehemann' benutzte.

Es gab aber noch einen anderen Grund warum der zuständige Spezial-Agent und sein Team eine Zeitlang im Raum New York bleiben mussten.

Zumindest für die nächsten fünf Tage. Er hielt es für eine Pflicht teilzunehmen. Sein Arm würde genug Ruhe bekommen um den Chirurgen glücklich zu machen und er hatte ohnehin alle hier um mit der Arbeit fortzufahren.

Er rutschte aus dem Bett nachdem er sich vergewissert hatte, dass er nicht an Schläuche oder andere medizinische Geräte angeschlossen war, um zu sehen was sein Team vorhatte.

Im nächsten Augenblick fühlte er sich ziemlich groggy und seine Beine schienen aus Gelee gemacht zu sein.

Er musste sich am Bett festhalten um nicht umzufallen. Mann hatte Mark Morphium gegeben um die Schmerzen in Schach zu halten und das ließ seine Welt ziemlich wackelig aussehen.

Schwester Angela lehnte sich mit verschränkten Armen an den Türrahmen.

"Gehen Sie irgendwohin?"

Sie erreichte ihn rechtzeitig bevor sein Körper sich zusammenfaltete.

"Lass uns wieder ins Bett gehen, ja?"

"Ich dachte wirklich, ich könnte laufen." Rasselte er weiter.

"Sie haben die letzten zwei Tage stationär gelegen." War ihre Antwort.

"Das Blut begann durch Ihren Körper nach unten zu rauschen sobald Sie aufrecht standen."

"Außerdem hatte man Ihnen eine Morphiumspritze gegeben. Wir sollten es vielleicht für einige Tage oder so ruhiger angehen lassen."

"Ich lasse Ihre Mitarbeiter wissen, dass Sie wach sind."

Sie deckte ihn wieder zu und verließ den Raum.

Kapitel

Alejandro Garcia drehte am späten Vormittag seine üblichen Runden im Schwimmbad.

Er schwamm gerne da er dort Zeit zum Nachdenken hatte. Er achtete religiös auf sein Fitnessprogramm und seine Ernährung und Garcia war stolz darauf wie er im Alter von sechzig Jahren aussah.

Er konnte Männer die halb so alt waren wie er im Laufen überholen und vor einigen Monaten nahm er den Radsport in sein Trainingsprogramm auf damit wenn alles planmäßig verlief in einiger Zeit er an einem Triathlon teilnehmen wollte.

Sein schütteres Haar war ein kleines Problem und wenn er jeden Abend in den Spiegel schaute schien es so als fehlten wieder einige Strähnen.

So sah es jedenfalls aus.

Aber es war sowieso an der Zeit einen Haarspezialisten aufzusuchen um sich eine Haartransplantation anzusehen.

Er wollte versuchen Mateo Alonso nach seinem Frühstück noch einmal anzurufen da seine Leitung aus irgendeinem Grund tot war.

Nicht einmal sein Handy funktionierte seit einiger Zeit was Garcia seltsam fand.

Als er nach mehreren schnellen Runden die Beckenwand berührte, zog er sich hoch hatte aber immer noch die Augen geschlossen als das Wasser sein Gesicht herunterlief.

Alejandro strich mit einer Hand die Haare zurück und als Garcia die Augen öffnete war er zunächst von der Sonne geblendet, konnte aber nahe des Beckenrandes einen Schatten erkennen.

Nachdem sich sein Sehvermögen angepasst hatte merkte er wie ihm ein Handtuch gereicht wurde.

Der Drogenboss sah sieben Männer mit Pistolen in der Hand die alle auf seinen Kopf zielten.

"Alejandro Garcia."

Der Offizier zeigte ihm sein Abzeichen.

"Sie sind verhaftet wegen drogenbezogener krimineller Aktivitäten."

Der Polizist lächelte. "Bitte seien Sie so nett und nehmen Sie das Handtuch als Teil unserer großzügigen Geste Ihnen gegenüber."

Garcia nahm das Handtuch das am Ende des Laufs eines Gewehrs befestigt war.

Er kletterte langsam aus dem Pool und bevor er sagen konnte dass er seinen Anwalt anrufen wollte, peitschte ihn ein anderer Polizist mit einer Pistole mitten ins Gesicht und Alejandro verlor das Gleichgewicht und stürzte auf die Kacheln des Pools.

Viele Polizeibeamte hatten im anhaltenden Drogenkrieg jemanden verloren und Garcia sollte für seine Sünden bezahlen bevor er eingeliefert wurde.

Als sie mit ihm fertig waren war er kaum noch am Leben. Beide Beine waren gebrochen, ein zertrümmerter Brustkorb, eine beschädigte Augenhöhle, eine umgebogene Nase und ein paar andere kleinere Verletzungen.

Einige Tage später säumten Tausende von Menschen die Richmond Street in Staten Island um sich von dem erschossenen SWAT-Offizier Jerry Roddick zu verabschieden, der bei dem Angriff auf Andre Cherkovs Anwesen in Far Hills sein Leben verloren hatte.

Seine letzte Ruhestätte sollte der Mährische Friedhof sein auf dem auch sein Vater begraben worden war.

Hunderte von FBI-Beamten aus dem ganzen Land hatten sich hier versammelt um sich von Jerry ein letztes Mal zu verabschieden.

Dutzende von SWAT-Fahrzeugen waren entlang der zeremoniellen Route zu Ehren ihres gefallenen Kollegen aufgestellt worden.

Er war Gitarrist in der New Yorker Musikabteilung des FBI und sein ehemaliges Orchestra führte die Prozession an wobei seine Gitarre vom Dirigenten getragen wurde.

Sie machten sich langsam mit seiner Familie, die dicht hinter dem Auto her ging, das seinen drapierten Sarg trug, auf den Weg die Straße hinauf.

Mark und sein Team standen am Eingang des Friedhofs, wo sie vom FBI-Direktor Andrew Shatner und seinen Mitarbeitern hinbegleitet wurden.

Selbst nach zwanzig Jahren im Dienst schnitt dieses Ereignis tief in O'Briens Herz.

Sie alle waren auf Marks Bitte hin an dem Angriff beteiligt.

Er wusste dass Dinge schief gehen konnten aber das machte es nicht leichter hier zu sein. Pamela stand an seiner Seite, ihr Arm war mit dem seinen verbunden. Priscilla war auf ihrer rechten Seite und es war schmerzhaft für sie dies mit anzusehen.

Der Angriff auf London strömte zurück und Tränen rollten ihr über die Wangen.

Als die Prozession langsam an ihnen vorbeizog schlossen sie sich der Schar der Trauernden hinter dem Zug an und machten sich auf den Weg zum offenen Grab neben Jerrys Vater.

Zuvor hatte der Gottesdienst in der New Dorp Moravian Kirchestatt gefunden, die nur wenige Minuten vom Friedhof entfernt war.

Die Menschen hatten sich zu Hunderten in der Kirche versammelt um ihren Respekt zu bekunden.

An der Außenwand waren Lautsprecher angebracht worden, da nochmal so viel Menschen auf dem Rasenplatz standen und somit alle am Gottesdienst teilnehmen konnten.

Pfarrer Duane Ullrich, der den Dienst leitete, sprach über Jerrys Leidenschaft für die Gemeinde und seine Mitwirkung bei der Unterstützung der Benachteiligten in der Gegend mit Essenslieferungen wann immer es seine Zeit erlaubte.

Er wollte dass sie alle im Namen von Jerry zusammenkamen um seine Arbeit als Tribut an einen Mann fortzusetzen der gerne gab.

FBI-Direktor Andrew Shatner sprach von seiner Liebe zum FBI dem er sich vor zehn Jahren angeschlossen hatte.

Die Kameradschaft, die J. Roddick mit seinen Kollegen pflegte und die beliebten Grillabende die monatlich in seinem Hinterhof stattfanden.

Seine selbstlose Hingabe an diesen Job und Jerrys einzigartige Kunst Freundschaften zu schließen wohin er auch ging.

Am nächsten Tag startete der FBI-Jet nach Washington DC mit dem gesamten Team an Bord, einschließlich Pamela und Priscilla.

Ab und zu schaute Tamara dorthin hinüber wo Mark, seine Frau und seine Tochter saßen.

Sie hatte ein seltsames Gefühl im Bauch aber es war nicht aus Eifersucht oder Neid.

Sie waren schon lange vor ihr dort gewesen, aber die Gefühle die sie in den letzten Monaten entwickelt hatte, waren nicht leicht abzuschalten obwohl sie einen Weg gefunden hatte sie zu unterdrücken.

Tamara zog in Erwägung an einen anderen FBI-Standort versetzt zu werden, aber sie hatte sich jetzt auch in dem 'Base Team' eingelebt.

Und gemeinsam hatten sie mit der 'Operation Laconda' so viel durchgemacht.

Sie sahen sich in die Augen und es brauchte keine Worte gesprochen zu werden um zu erkennen, was in ihnen geschrieben stand. Sie versuchte zu lächeln, aber Mark durchschaute sie und wusste dass dies für Tamara nicht angenehm war.

Aber nichts konnte die Vergangenheit zurückbringen.

Kapitel

"Hey Amigo," Enrique war überglücklich, "es war eine höllische Zeit, mein Freund."

Mark war in seinem Büro in Washington um Berge von Papier zu sichten, da nun alles detailliert und untersucht werden musste.

Es würde noch viele Monate dauern, bis das Team die Akten schließen konnte.

"Ja, das war es."

"Und ohne Dich mein lieber enger Freund, hätten wir das nicht erreicht."

"Wir verdanken Dir alles. Mein herzliches Beileid von uns allen hier dass Du in dieser Schlacht vier wunderbare Menschen verloren hast."

"Vielen Dank, Amigo. Es wird schwierig sein ihre Familien zu konfrontieren aber es ist das mindeste was ich tun kann."

"Wir haben den Krieg gewonnen!"

Und was für eine Leistung das war.

Die größte Drogenbeschlagnahmung der Welt mit einer Gesamtmenge von vierundneunzig Tonnen hochwertigen Kokains und einen Straßenwert von mehr als einer Milliarde US-Dollar.

Die Statistiken für die 'Operation Laconda' waren einfach erschütternd.

Achtundfünfzig Menschen waren bei dem Angriff ums Leben gekommen, dazu vier Männer der kolumbianischen Spezialeinheiten ganz zu schweigen von den französischen und amerikanischen Opfern.

Fast sechshundert Verhaftungen, darunter hundertachtundachtzig Männer mit russischer Diplomatischer Immunität. Alle Ringführer waren entweder tot oder verhaftet worden.

Lucca Bianchi starb gewaltsam.

Mikhael Andropov saß im Gefängnis von Dartmoor und wartete auf seinen Prozess.

Mateo Alonso war tot und Alejandro Garcia konnte mit einer lebenslangen Haftstrafe rechnen.

Diego Gomez starb von Kugeln durchlöchert, als er sich der Verhaftung widersetzte.

Boris Andropov wurde seines Postens enthoben und sein materiellen Reichtum beschlagnahmt worden. Alle Bankkonten waren vom Kreml eingefroren.

Ein Auslieferungsersuchen der Vereinigten Staaten wurde von der russischen Regierung abgelehnt.

Der Außenminister Gennadiy Mishkonov war ebenfalls aus seinem Amt entfernt worden und seine staatliche Rente verweigert.

In den USA würden die Leiter des Drogenvertriebs für sehr lange Zeit hinter Gitter kommen.

Payton Dalding, der Stabschef des kalifornischen Gouverneurs, wurde in seinem Haus verhaftet.

Als er erfuhr wer der echte Dalding war, erlitt Gouverneur Theotakis einen leichten Herzinfarkt, erholte sich aber wieder.

Thomas Brownstock war im Urlaub als das FBI in sein Ferienhaus in Oregon einbrach.

Der Aufenthaltsort von Andre Cherkov blieb unbekannt, da er tief im russischen Herzland verschwunden war.

"Und nächsten Monat, Enrique, wirst Du und Deine Familie hier in Washington zu Gast beim FBI sein, mit der offiziellen Anerkennung Deiner Dienste und der Abteilung."

"Und während Du hier bist, möchte ich ein Abendessen organisieren an dem auch Pamela und Priscilla teilnehmen werden. Es ist Zeit für uns alle das nachzuholen. Es ist so viel passiert."

"Oh, Amigo. Das ist Musik in meinen Ohren. Es wird eine lange Nacht werden."

"Sage mir; meine Regierung hatte eine hohe finanzielle Belohnung für Informationen oder die Ergreifung von drogenbezogenen Personen ausgesetzt. Du und ich dürfen sie nicht haben."

"Hast Du eine Idee was wir damit machen sollen?"

Mark zögerte nicht. "Ja, Enrique. Ich kenne genau diese Person!"

Kapitel

"Ah, Monsieur O'Brien. Es ist mir eine Freude Sie wiederzusehen."

Pascal, der Restaurantleiter von Lafayette, freute sich Mark zu sehen und schüttelte seine Hand und zeigte auf alle Leute die hinter ihm warteten.

"Heute Abend haben Sie eine große Familie bei sich?"

Mark machte eine leichte Drehung.

"Ja Pascal, man könnte sagen, wir sind eine Familie."

"Darf ich Ihnen mein Team vorstellen."

"Ohne die bin ich nichts."

"Also habe ich gedacht nachdem wir einen Fall erfolgreich abgeschlossen haben, dass es an der Zeit ist dass das FBI die Geldbörse ein bischen öffnet."

"Oh, das ist wunderbar!"

Es war wirklich eine Freude, seinen stark französischen Akzent, ewig zuzuhören.

"Bitte folgen Sie mir, ich habe einen wunderschönen Tisch für Sie und Ihr Team."

Er zog die Stühle vom Tisch weg damit die Damen Platz nehmen konnten.

Heute Abend war ihr Abend.

Für Mark war die Anwesenheit von Jack, Jo-anne, Debra, Tom, Stephen, Hannah und der Neuankömmling Tamara die wunderbare Krönung der harten Arbeit und der Grenzüberschreitung.

Jetzt die Früchte dieser schwierigen Untersuchung zu genießen, war für ihn persönlich ein stolzer Moment.

Er schaute sich am Tisch um und sah nur entspannte Gesichter. Die Gespräche die sie miteinander ohne Pause führten war erstaunlich. Sie verstanden sich alle so gut und es verblüffte ihn, dass es nicht mehr solche geselligen Zusammenkünfte gab.

Vielleicht sind wir alle in unseren Jobs zu beschäftigt, dachte er.

Es wurde zu einem wirklich großartigen Abend.

Die Gespräche hörten auf, als er mit seinem Messer an das Glas klopfte. Er stand auf.

"Ihr wisst alle, dass ich kein großer Redner bin."

Das Team kicherte.

"Aber heute Abend habe ich das Gefühl, dass ich ein paar Worte sagen sollte."

"Dies war bei weitem der schwierigste, aber auch der aufregendste Fall den ich je bearbeitet habe. Aufregend wegen Euch allen."

"Immer wieder habt ihr mich hochgehoben und nach vorne getragen wenn ich schon aufgegeben hatte."

"Ich kann ehrlich sagen, dass es ein Privileg ist mit Euch allen zu arbeiten und private Momente wie diese zu teilen. Erheben wir also alle ein Glas und einen Salut auf unser 'Base Team'.

"Das Base Team!"

"Und Jack, offiziell liegen Die Panama-Akten am Dienstag wieder auf Deinem Schreibtisch."

"Ja!" Er schlug genüsslich in die Luft.

"Zeit noch mehr Leute in den Arsch zu treten. Ja!"

Alle klatschten und schmeichelten. Mark stand immer noch und forderte sie auf, sich einen Moment zu beruhigen.

"Nun, der Grund warum ich Dienstag sagte ist, da wir alle am Montag einen freien Tag haben."

Noch mehr Jubel.

"Weil uns am Montag," er blickte von einem nach dem anderen in sein Team, "der Präsident der Vereinigten Staaten uns ins Weiße Haus eingeladen hat!"

Alle wurden still.

"Heilige Scheiße." Die Antwort kam von jemandem.

"Und die Absicht der Einladung ist... der Präsident wird diesem Team die 'Presidential Medal of Freedom' verleihen."

Die Stille die folgte war wirklich ohrenbetäubend.

Nur Keuchen konnte man hören.

Es wurde erst gebrochen, als "Scheiße" vom Tisch kam, nur um mit "Heilige Scheiße" beantwortet zu werden. "Ist das Dein Ernst?", "Jesus", "Wow", "Oh mein Gott", "Scheißt Du mich an?", "Das ist verrückt", "Oh Mann."

Dann stand Jo-anne auf, hob ihr Glas und schrie quer durch den Speisesaal.

"Gott segne den Präsidenten der Vereinigten Staaten!"

Und aus allen Ecken des Restaurants hielten die Leute ihre Gläser hoch und antworteten.

"Gott segne Amerika!"

Und da Jo-anne die Extrovertierte ist, brach sie spontan in die Nationalhymne ein.

"Oh say, can you see by the dawn's early light...."

Zuerst ihr Team, dann die gesamten siebzig Gäste standen auf als jeder von ihnen mitsang.

"What so proudly we hailed at the twilight's last gleaming…"

Den Klang konnte man außerhalb des Hotels und im Lafayette-Park hören.

Menschen hielten an und sangen stolz mit ihnen den Refrain.

"Tis the star-spangled banner, O! Long may it wave, O'er the land of the free and the home of the brave."

Kapitel

72

"Zeit zur Schule zu gehen, Gabriel."

Mercedes Rodriguez hatte die vorbereiteten Brote in die Lunchbox ihres Sohnes gelegt und half ihm den Rucksack auf die Schulter zu tun. Dann war es Zeit zu gehen. Sie gab ihm eine Umarmung und einen Kuss.

"Ich liebe Dich, Mama." Und er sah sie mit seinen schönen blauen Augen an.

Mercedes lächelte ihren Schatz an und gab ihm eine warme Berührung auf die Wange, bevor er das Wohnhaus verliess.

Sie beobachtete ihn vom Balkon aus wie er an der Haltestelle in den Bus stieg und kurz bevor der Fahrer die Tür zumachte, winkte er ihr noch einmal zu.

Seine Mutter zählte die Stunden bevor sie ihn am Nachmittag wieder sah.

Das Geld, das sie nach dem Verschwinden ihres Mannes Santiago und dem darauf folgenden angekündigten Tod von der Lebensversicherung erhalten hatte, war in einen Treuhandfonds für Gabriels Zukunft investiert worden.

Es war jetzt auch für sie an der Zeit zur Arbeit zu gehen.

Sie schnappte sich ihre Handtasche und ging die Straße hinunter zu dem Geschäft, in dem ihre Arbeit als Näherin wartete.

Das Leben war nicht einfach gewesen, nachdem Santiago gestorben war.

Sie nahm sich einen Tag zur zeit und trauerte nur, wenn Gabriel nicht da war.

Sie versuchte vor dem einzigen Juwel das ihr noch blieb, stark zu sein.

Sergio Panteras hob einige Ziegelsteine auf und trug sie zu seinen Vorarbeitern, die gerade eine Mauer bauten, die an das Haus einer wohlhabenden Familie aufgezogen wurde.

Sie waren gerade dabei eine neue Garage zu bauen und er und die beiden anderen Arbeiter waren immer wieder erstaunt, wie einfach Santino und sein Kollege Vicente es mit dem vorbereiteten feuchten Zement und den Ziegeln es schafften, diese Einrichtung so schnell zu bauen.

Es war ein heißer Tag und hin und wieder durften sie einen Schluck Wasser trinken, bevor die harte körperliche Arbeit fortgesetzt wurde.

Aber die schwierige Aufgabe störte Sergio nicht.

Wenigstens hatte er einen Job und bekam etwas Geld für seine karge Existenz.

Seine Wunde am Bein war verheilt und er war froh am Leben zu sein.

Nachdem die Polizei das Verhör beendet hatte, wurde er während der 'Operation Laconda' in einen sicheren Unterschlupf gebracht und dann freigelassen.

Enrique Suarez kannte einige Leute und war in der Lage ihm diese Arbeitsmöglichkeit zu bieten.

Sergio hatte geschworen sich nie wieder in der Drogenwelt einzumischen.

Der schwarze Porsche GT3 raste die M-9 hinunter die auch die Autobahn 'Baltia' genannt wurde, da es sich um eine lange Strecke handelte, die den ganzen Weg von Moskau bis in die Republik Lettland führte.

Oberst Dusan Popov wollte seine Schwester Selfina in Wolokolamsk, hundertzwanzig Kilometer von der russischen Hauptstadt entfernt besuchen.

Er wünschte sich immer, er könnte in seinem Luxus Auto mehr Gas geben und die Geschwindigkeitsbegrenzung von 130 Kilometern ärgerte ihn.

Er hatte sich vorgenommen mit seinem Auto in den nächsten Monaten nach Deutschland zu fahren, um dort mit voller Geschwindigkeit die Autobahn rauf und runter donnern, bevor er auf der Rennstrecke des Nürburgrings im Süden des Landes mit seiner mächtigen Maschine loslegen würde.

Für den Oberst hatte sich nicht viel geändert seit die Nachricht durch sickerte, dass Cherkovs Geschäftsimperium abgerissen worden war.

Er hatte vergeblich versucht den Aufenthaltsort des ehemaligen russischen Präsidenten ausfindig zu machen, aber alle Anfragen nach

Informationen waren von den Behörden seines Landes blockiert worden.

Er war immer noch ein loyaler Soldat und da er einen Eid geschworen hatte seinen Chef jederzeit mit seinem Leben zu schützen, sollte dieser Eid bis zu seinem Tod aufrecht erhalten werden.

Alle zwölf 'Soldaten der Finsternis' lebten nach diesem Kodex.

Während seines Aufenthalts im Haus am See in Luzern hatte er einen Privatdetektiv mit der Suche nach Andre Cherkov beauftragt.

Sie wussten dass er sich irgendwo in Russland befand und Dusan hoffte dass diese achtbare Firma besser als er in der Lage war die Mauer des Schweigens, die seinen Chef umgab zu durchbrechen.

Sie schienen auf jeden Fall bessere Verbindungen zu haben.

Der Oberst war dank des Ex-Präsidenten ein wohlhabender Mann.

"Komm schon, Mann. Lasst mich in Ruhe, Ihr kleinen Drecksäcke!"

Im Rückspiegel sah er die blinkenden Lichter eines Polizeiautos, das hinter seinen Porsche fuhr.

Er wurde langsamer bis er auf einem Parkplatz neben der Autobahn zum Stehen kam.

Dusan fand es seltsam dass ein schwarzer Lieferwagen direkt hinter dem Polizeiauto ebenfalls anhielt, dachte sich aber nichts weiter dabei.

Er drückte den Knopf um die elektrischen Fenster herunterzubringen und sah gelangweilt dem Beamten ins Gesicht.

"Ja, mein guter Mann. Was scheint das Problem zu sein? Oder sind Sie mit Nichtstun beschäftigt?"

Der Offizier beugte sich vor.

"Entschuldigen Sie die Störung, aber kann ich bitte Ihren Führerschein sehen? Nur eine Routineangelegenheit, das ist alles."

Popov nickte und suchte in der Tasche in seiner Armeejacke und fischte dann die Karte heraus.

Er reichte sie dem Polizisten und als der Oberst aufblickte starrte er in den Lauf einer Pistole mit Schalldämpfer.

Der Offizier lächelte und drückte zweimal den Abzug.

Der russische Sicherheitsapparat eliminierte alle 'Soldaten der Finsternis', um das Land von allen Spuren zu säubern die mit dem Drogenimperium Cherkov in Verbindung standen.

Im elften Stock des Gebäudes der Transamerica-Pyramide in der Montgomery Street in New York befanden sich die weitläufigen Büros von 'Quantum Quest', das ein sehr erfolgreiches Computer Program zur Verwaltung von Inhalten entwickelt hatte.

Der Gründer und Inhaber dieses Unternehmens, der Milliardär Stephen Wheeler, telefonierte in Seattle mit seinem Bruder Michael.

"Wir müssen an Mamas Geburtstag in diesem Jahr etwas anders machen."

"Sie zum Mittagessen auszuführen und mit dem Auto irgendwohin zu fahren wird langsam etwas langweilig."

" Laß uns sie und Papa mit einem Urlaub in Honolulu überraschen. Alle Ausgaben werden bezahlt. Wir geben ihnen die ganze Palette."

"Bist Du wirklich in der Lage Deinen Arsch vom Schreibtisch wegzuziehen, Stephen?"

Michael hatte diese Geschichten schon mal gehört.

"Oh ja, Kumpel-Bruder. Diesmal schaffe ich es. Ich möchte euch allen auch jemanden vorstellen."

"Oh fuck...!" Er schlug mit der Hand auf den Schreibtisch.

"Bist du okay, Steph?"

"Ja, alles gut hier. Hör zu. Ich werde zurück rufen. Jesus fuck...!"

Michael konnte ein Stöhnen hören und dann war die Leitung tot.

Stephen knallte das Telefon hin, neigte den Kopf zurück und schloss die Augen, als der Orgasmus in seinem Kopf explodierte.

Er musste ein paar Mal verschnaufen bevor er mit seiner atemlosen Stimme etwas sagen konnte.

"Scheiße, bist Du gut!"

Er sah hinunter in Tatianas lächelndes Gesicht.

Nach der Verhaftung von Andre Cherkov war sie mehrere Stunden lang vom FBI verhört worden bevor sie freigelassen wurde.

Sie verlor keine Zeit die Vergangenheit hinter sich zu lassen und traf Stephen zwei Wochen später auf einer Wohltätigkeitsveranstaltung in New York.

Gleicher Lebensstil, anderer Mann.

Kapitel

73

Mark war wie alle anderen aus seinem Team nervös und er hatte einen Kloß im Hals als sie sich an den Toren des Ostflügels des Weißen Hauses versammelten.

Er trug einen schönen Anzug mit einer passenden blauen Krawatte, die ihm Priscilla am Wochenende gekauft hatte.

Seine Tochter hatte einen wunderbaren roten Rock mit einer weißen Bluse und ein passendes rotes Jackett an.

O'Brien konnte sich nicht erinnern ob es jemals eine Zeit gab, in der seine Tochter umwerfender aussah.

Neben ihr war seine Frau Pamela ebenso schön. Sie trug ein kariertes rosa-beiges Kleid mit einer kurzen schwarzen Jacke am Arm. Sie wirkte strahlend und war enorm stolz auf ihren Mann, diese Auszeichnung zu erhalten.

Trennung hin oder her.

Sie alle waren ziemlich ruhig in ihren Gesprächen.

Jeder hatte Familienmitglieder mitgebracht und dann erschien der Protokollbeamte und führte sie zur Kontrolle durch den Sicherheitsraum, bevor sie das Gebäude im Ostflügel selbst betraten.

Direkt über ihnen befanden sich die Büros der First Lady.

Durch die Lobby schlenderten sie in den Gartensaal und weiter in die lange Ost-Kolonnade.

Zu ihrer Rechten befand sich das Familienkino.

Die große Versammlung betrat dann die eigentliche Residenz des Weißen Hauses und durch das Besucherfoyer im Erdgeschoss wartete die Gruppe dann in der zentralen Halle, wo der Protokollbeamte dann alle Familien Mitglieder, außer Mark und seinem Team die Treppe hinaufführte wobei sie an der Bibliothek vorbei gingen.

Kurze zeit später traf ein Adjutant ein und führte den Spezialagenten und seine Kollegen die große Treppe hinauf in den Ostsaal.

Alle anderen Gäste hatten bereits auf den goldgerahmten Stühlen Platz genommen auf denen ein weißes bequemes Kissen lag.

Der FBI-Direktor Andrew Chatner war anwesend und ebenso Trevor Hendy, beide so stolz auf die Leistungen des Teams.

Die FBI-Agenten saßen auf der linken Seite der mit Teppich ausgelegten Bühne.

Direkt über ihnen hing das riesige Porträt von Martha Washington, der Frau des ersten Präsidenten, dessen ebenso großes Porträt auf der anderen Seite hing.

"Meine Damen und Herren. Der Präsident der Vereinigten Staaten!"

Und dann schritt er selbstbewusst durch die Tür.

Alle standen und Howard Steffenson forderte sie auf doch bitte wieder Platz zu nehmen.

"Als John Kennedy 1963 zum ersten Mal diese Auszeichnung vorstellte, wollte er dem Einzelnen die Würdigung einer großen Tat bescheinigen, die er oder sie vollbracht hatte."

"Aber noch nie zuvor war die Medaille einer Gruppe überreicht worden. Heute ist dieser Tag gekommen."

Er blickte mit einem warmen Leuchten in den Augen zum 'Base Team' hinüber und hielt eine Sekunde inne.

"Die US-Regierung erkennt Menschen an, die einen besonders verdienstvollen Beitrag zur Sicherheit oder zum nationalen Interesse der Vereinigten Staaten, zum Weltfrieden, zum kulturellen oder anderen bedeutenden öffentlichen oder privaten Unternehmungen geleistet haben."

Der Präsident wandte sich nach rechts.

"Würde der Adjutant bitte das Zitat vorlesen!"

Eine uniformierte Dame trat auf das Podium.

"Sie als Team haben unserer Nation Ihren Stempel aufgedrückt. Im Kampf für Recht und die Niederlage des Unrechts und mit Ihrer unerschütterlichen Unterstützung machen Sie dieses Land einem sichereren Ort zum Leben. In dem Bestreben, die dunklen Flecken dieses Bodens zu beseitigen und unsere Institutionen zu schützen, haben Sie mit Ihrer Offenheit, Ihrem Optimismus und Ihrer Tatkraft Erfolge erzielt, wo andere versagt haben. Ihr tiefer und beständiger Patriotismus hat dieses Land vor den Mächten des Bösen geschützt. Eine schuldige Nation dankt Mark O'Brien, Jack Spencer, Dr. Jo-anne Tait, Debra La Fontaine, Thomas Cooley, Stephen Daniels, Tamara Hunter und Hannah Sherman für Ihre Dienste. Und im Namen der Vereinigten Staaten von Amerika verleihen wir Ihnen die Presidential Medal of Freedom."

Der Präsident bat das Team gemeinsam auf das Podium zu kommen und ihnen diese Auszeichnung zu überreichen. Ein Moment des Stolzes für alle.

Kapitel

74

"Hey!" Ein paar Tage später steckte Tamara ihren Kopf durch die offene Tür von Marks Büro.

"Viel zu tun?" Ihr Lächeln heizte den Raum auf.

"Hey!" Er freute sich, sie zu sehen und winkte sie herein.

"Schau Dir das Durcheinander an."

Er zeigte auf die Ordner auf seinem Schreibtisch.

"Alle im Zusammenhang mit der 'Operation Laconda'. Es ist ein Punkt die Bösewichte zur Strecke zu bringen, eine ganz ander, die Papierspur zu bezwingen."

"Ich habe das Gefühl sie zu verhaften ist der leichteste Teil."

"Die Ordner auf meinem Schreibtisch sind nicht so hoch wie Deine, aber immerhin."

Tamara hatte ihr Haar zur Seite gebürstet.

"Die Akten scheinen nicht aufzuhören und immer wieder kommen mehr. Wie geht es mit dem Arm voran?"

"Gut." Er hob ihn leicht an.

"Der Arzt hier meinte, in zwei Wochen kann ich den verdammten Gips abnehmen lassen."

"Dann will er, dass ich täglich Rehabilitationsübungen mache um Kraft und mehr Bewegung zu erreichen."

"Aber," er zuckte mit den Schultern, "die sind sich nicht sicher ob ich wegen des Muskelschadens jemals die Funktion aller Finger wiederherstellen kann."

"Aber weißt Du was?"

"Das ist nichts im Vergleich zu Jerrys Tod. Ich kann mit der Verletzung leicht umgehen."

"Seine Frau und seinen Sohn bei der Beerdigung zu sehen war hart. Ich kann mich erholen, er nicht."

Marks Gesicht war betrübt.

"Ich weiß," sie traf seine Augen, "es ist nicht leicht für uns alle, aber Du fühlst die Verantwortung auf Deinen Schultern und wir sind immer bei Dir."

"Ich danke Dir." Er versuchte zu lächeln.

"Es ist toll Dich im Team zu haben."

"Was wir beide zusammen hatten werde ich nie vergessen oder bereuen. Manchmal wünschte ich wir hätten uns woanders treffen können."

"Cest la vie, wie die Franzosen sagen."

Tamara steckte die Hände in die Gesäßtaschen ihrer Hose.

"Hör zu, hmmmh." Sie war sich nicht sicher, wo sie hingucken sollte.

"Ich kam eigentlich vorbei, um mich zu verabschieden!"

Da war es. Raus in der Öffentlichkeit.

Marks Unterkiefer fiel herunter.

"Was? Wo gehst Du hin? Was meinst Du mit 'Auf Wiedersehen?'

Sicher hat er nicht richtig gehört.

"Ich bin..." sie verschränkte die Arme über ihrer Brust, "ich habe eine Weile darüber nachgedacht und...." Sie kam nicht weiter.

"Was meinst Du damit? Uns? Das Team? Mich? Was?"

O'Brien verstand nichts.

"Lass... lass es mich einfach erklären, okay?"

Sie sah auf und hatte feuchte Augen.

"Es ist nicht leicht für mich hier zu arbeiten wenn ich weiß, dass Du gleich um die Ecke bist."

"Ich weiß, dass Deine Erfahrung Dich verhärtet hat und Du Gefühle einlagern kannst. Nun...."

Sie warf ihren Kopf zurück.

"Ich kann das nicht. Ich bin nicht so hart wie ich manchmal vorgebe zu sein. Gerade Du solltest das am besten wissen. Um meinen Kopf frei zu bekommen brauche ich etwas Abstand zwischen uns."

Mark schaute reumütig nach unten.

"Es tut mir leid. Ich habe es nicht so gemeint wie ich es gesagt habe."

"Das ist schon in Ordnung."

Tamara hatte Schmerzen in den Augen, aber Entschlossenheit war eine ihrer Stärken.

"Vor einer Woche erhielt mein Chef einen Anruf von unserer Botschaft in Brüssel."

"Der Abteilungsleiter dort hatte einen Herzinfarkt und sie brauchen jemanden der einspringen und bei der täglichen Arbeit helfen kann."

"Roger Manner dachte, ich hätte die richtigen Kriterien um in seine Fußstapfen zu treten und dann weiterzumachen um für einen anderen Auftrag ausgebildet zu werden. Ich habe nicht gezögert."

Mark musste sich hinsetzen.

"Ich verstehe... nun, das ist eine Überraschung."

Er faltete die Hände und war nun an der Reihe nicht zu wissen wohin er schauen sollte.

"Wow, Abteilungsleiter. Du wirst die Jüngste aller Zeiten sein."

"Ich weiß." Sie lachte und rollte mit den Augen.

"Das scheint mein Markenzeichen zu sein. Jüngste dies, Jüngste das."

"Mark, ich glaube wirklich, dass ich das schaffen kann."

"Ich weiß, dass Du es schaffst."

Seine Stimme war jetzt sanft und fürsorglich und das kam auch in seinen Augen zum Ausdruck.

"Es kam mir einfach nie in den Sinn, dass wir oder ich Dich eines Tages verlieren würden. Aber ich muss zugeben, dass dies eine verdammt gute Gelegenheit ist."

Er sah ihr in die Augen.

"Vor einer Minute sagtest Du, dass Du Dich verabschieden wolltest."

"Sicherlich wirst Du nicht sofort abreisen. Das Team will Dir zweifellos einen gebührenden Abschied geben und ich gerne auch."

Sie brach den Blickkontakt ab.

"Nein Mark. Ich meinte das wirklich so."

"Mein Flugzeug geht in fünf Tagen und ich muss einiges organisieren, die Wohnung zusammenpacken und meine Sachen einlagern."

"Meine Eltern werden sich um alles andere kümmern. Ich war den ganzen Morgen in Sitzungen, um mich auf meine Abreise vorzubereiten und Roger hat meine Arbeit unter den anderen Teammitgliedern aufgeteilt."

"Ich verstehe...!"

Mark klammerte sich an Strohhalme und wusste nicht, wie oder was er sagen sollte.

"Vielleicht können wir heute Abend etwas trinken und ein wenig feiern?"

Jetzt war Tamara die Stärkere.

"Nein Mark. Ich will es so lassen, wie es ist." Ihre Blicke trafen sich wieder.

"Ich möchte mich wirklich verabschieden."

Sie ging um den Tisch herum und brachte Mark dazu aufzustehen.

"Ich werde Dich vermissen!"

Sie flüsterte und gab ihm eine warme Umarmung und indem sie sein Gesicht hielt, küsste sie ihn.

Noch ein Blick und dann... war sie weg.

Mark starrte ihr nach und versuchte herauszufinden was gerade passiert war.

Er stand eine ganze Weile bewegungslos da und erkannte, dass sie wirklich weg war.

Er hatte sich selbst etwas vorgemacht als er dachte, dass alles in Ordnung sein würde und dass alle, auch Priscilla, Tamara und Pamela, sich großartig zu verstehen wüssten und das Leben so weiterging.

Pamela hatte vor über einem Jahr schon zu ihm gesagt.

"Man merkt erst was man hatte, wenn es weg ist."

Und Pamela war korrekt. Tamara gehen zu sehen, tat wirklich weh.

Er wusste die ganze Zeit, dass das Ende kommen würde.

Aber es sollte zu seinen Bedingungen geschehen.

Er öffnete die oberste Schublade seines Schreibtischs und holte ein Foto heraus, ein Selfie, das im Algonkian Park in Sterling, Virginia, aufgenommen wurde. Es zeigte eine sehr glückliche Tamara und Mark vor ihrem Ferienhaus. Er lächelte. Er zögerte eine Weile und ging dann zu dem Aktenvernichter.

Er atmete schwer und hielt das Bild eine Zeit lang fest und ließ es dann los.

"Viel Glück Tamara." Er flüsterte.

Kapitel

Mark bog von der Bladensburg Road in nordöstlicher Richtung in die South Dakota Avenue im Vorort Gateway ein. Von weitem sah er das beleuchtete Schild von 'Capitol Packaging', seinem Zielort.

Er parkte den Toyota auf der Straße und ging auf das Lagerhaus zu dessen große Rolltore geöffnet waren und er beobachtete einige Arbeiter die Kisten packten und auf Paletten setzten.

"Kann ich Ihnen helfen, Sir?"

Ein kräftig gebauter Mann mit einem Schutzhelm erschien von seiner rechten Seite. Mark zeigte sein Abzeichen.

"FBI. Ich möchte bitte mit Joe Santieri sprechen."

Die Augen des Mannes weiteten sich.

"Ich sah Sie im Fernsehen. Sie bekamen eine Medaille von unserem Präsidenten. Oh Mann, herzlichen Glückwunsch. Hat Joe etwas falsch gemacht? Ich bin Jack, sein Vorarbeiter."

"Nein, Jack, machen Sie sich keine Sorgen. Ich möchte nur kurz mit ihm reden."

"Hey Joe!"

Der Vorarbeiter hatte wirklich eine dröhnende Stimme. Santieri kam um die Ecke gelaufen.

"Der Typ will mit Dir reden. Hat mich gefreut, Sie kennenzulernen, Sir."

Als Joe näher kam, erkannte er Mark sofort vom Reagan-Gebäude her. Sie schüttelten sich die Hand.

"Ich sah Sie im Fernsehen. Wow, gut gemacht, Mann."

"Nun, ich weiß das zu schätzen, Joe."

"Aber ich bin eigentlich hier um Ihnen zu danken!"

"Oh." Santieri schaute erstaunt. "Wie kommt das?"

"Sagen wir das mal so. Durch Ihr kleines Missgeschick im Ronald-Reagan-Gebäude haben wir einige Bösewichte ausfindig gemacht, die wir dann einsperren konnten."

"Und...." Mark zog einen Umschlag aus seiner Tasche.

"Es gab eine Belohnung für ihre Ergreifung, die Sie meiner Meinung nach verdient haben."

Joe öffnete den Umschlag, zog einen Scheck heraus und seine Augen fingen an aus seinem Kopf zu springen.

"Leck mich am Arsch, ist das echt?"

Er sah sich den Scheck noch einmal an um sicherzugehen, dass er nicht geträumt hatte, aber da stand immer noch zweihunderttausend Dollar.

"Entschuldigen Sie, dass ich fluche, Sir. Ist das für mich?"

"Tja, Joe. Dein Name steht drauf. Und ja, es ist für Sie."

"Oh, Mann." Er bekam Tränen in die Augen und musste Mark umarmen.

"Ich danke Ihnen, Sir."

"Oh, Mann. Meine Frau hat gerade ein Baby bekommen. Oh, Gott, ich kann es nicht glauben. Das ist unglaublich. Ich danke Ihnen vielmals."

Und er fing an zu tanzen.

"Wie ist der Name Ihres Babys?"

"Jonathan Sir. Oh, das ist unglaublich. Ich weiß nicht, was ich sagen soll."

"Jetzt können Sie in Jonathans Zukunft investieren."

"Also, vielen Dank von uns allen und hören Sie, ich gehe besser zurück. Ich wünsche Ihnen alles Gute."

Und damit drehte Mark sich um und ging auf sein Auto zu.

"Hey Joe!" Es fiel ihm noch etwas ein.

"Sir?"

"Seien Sie vorsichtig mit dem Gabelstapler. Es kann zu Unfällen kommen."

Joe lachte und gab ihm einen Militärgruß. "Jawohl, Sir."

Es wurde jetzt kalt. Die Blätter hatten sich rostbraun verfärbt und fingen an zu Boden zu fallen. Das einst üppige grüne Gras sah jetzt grau und müde aus, als der sibirische Wind über den Fluss Oka kam.

Vlad hatte seine kuschelige alte Winterjacke an als er sich auf den Fußweg zum Ufer des Flusses machte.

In einem Monat oder so würde er mehr als einen Mantel brauchen um sich warm zu halten.

Seine Mütze war tief über die Ohren gezogen. In der einen Hand die Angelrute und in der anderen die Tragebox mit allen Utensilien, die er für einen Angeltag brauchte.

Seine Frau Olga hatte ihm ein paar Brote gemacht und ihm ein Fläschchen mit heißem Kaffee gegeben.

In ein paar Stunden würde die Sonne durch die Wolken kommen und etwas mehr mildere Temperaturen mit sich bringen und dann konnte er seine Jacke ausziehen.

Es war noch früh am Morgen, aber er war nicht der einzige der sich nach einem guten Tag am Flussufer sehnte.

"Guten Morgen."

Er begrüßte den Fischerkollegen, der sich mit seinem tragbaren Stuhl und zwei Ruten aufgestellt hatte.

"Schon Glück gehabt?"

"Guten Morgen, auch Ihnen, mein Freund." Der Fremde antwortete.

"Noch nicht. Ich bin erst vor wenigen Minuten hier angekommen und vielleicht schlafen die Fische noch."

Vlad schaute hinauf in die verschwindenden Wolken.

"Es sieht nach einem sonnigen Tag aus. Es wird nicht mehr viele weitere geben. Ich habe das Gefühl, dass der Winter dieses Jahr früher kommen wird."

"Ja." Auch der andere Mann schaute auf.

"Wir müssen das Beste aus unseren Tagen machen bevor der warme Ofen unser Freund für die nächsten vier Monate oder so wird."

"Nun." Vlad schlurfte langsam weiter.

"Ich werde weitergehen und ein Stück weiter flussabwärts gehen. Ich wünsche Ihnen einen schönen Tag."

"Ja, Ihnen auch und viel Glück mit Ihrem Fang."

Vlad verschwand in der Ferne, während Andre Cherkov seine Leine korrigierte.

Es gab nicht viel zu tun an diesen Tagen und er hatte seine Leidenschaft für das Angeln wiederentdeckt, genau wie damals als er noch ein kleiner Junge war.

Jahrzehnte zuvor stand er genau an der gleichen Stelle.

Das kleine Haus, das seine Eltern im Dorf Lamishino besaßen war während seiner Amtszeit als russischer Präsident restauriert und luxuriös eingerichtet worden.

Im hinteren Teil waren vier Zimmer angebaut worden und es war nun ein recht großes Wohnhaus.

Er war in diesen Tagen sehr viel allein.

Die meisten seiner so genannten Freunde vermieden ihn jetzt.

Die russische Regierung sorgte dafür, dass sein gesellschaftlicher Kreis keine einflussreichen Personen mehr umfassen würde.

Sein ganzes Vermögen, seine Autos und Häuser waren beschlagnahmt worden.

In der Presse wurde nie etwas erwähnt und die Behörden im Kreml sorgten dafür, dass dies auch so blieb.

Aber als ehemaliger Präsident Russlands blieb seine Würde gewahrt und die ihm zustehende Rente wurde monatlich auf sein Konto überwiesen.

Die Regierung stellte ihm auch drei voll möblierte Räume im Kreml-Komplex zur Verfügung, die er nach eigenem Ermessen nutzen konnte.

Seine großen Büros und sein Personal standen dem Ex-Präsidenten nicht mehr zu, aber er erhielt weiterhin ein Auto, einen Fahrer und einen Leibwächter.

Sehr selten würde er sich nach Moskau begeben, da es wirklich keine Notwendigkeit gab dort zu sein.

Alle Verbindungen waren abgestellt worden.

Cherkov durfte nicht mehr ins Ausland reisen, so dass das Dorf Lamischino nun seine Heimat war. Er schaute verzweifelt über den Fluss und fragte sich, wo Tatjana jetzt sei.

Er vermisste ihre Gesellschaft sehr.

Ihr blondes Haar, das ihren Schultern herabfiel; die herrlichen blauen Augen, in die er ewig starren konnte; der perfekte Körper und ihre Liebeskunst, die keine Grenzen kannte.

Aber auch ihre Intelligenz und ihr Lachen hielten sein Herz während des kalten Herbstes am Fluss Oka warm.

Der Versuch, mit ihr Kontakt aufzunehmen, erwies sich als fruchtlos.

Sie hatte ihre E-Mail-Adresse gelöscht und ihre Telefonnummer geändert. Selbst ihre Freunde, die Andre kontaktierte, waren nicht sehr zuvorkommend. Aber wer könnte ihr das verübeln, dachte er.

Er war nun ein armer Niemand und Zeit mit einem Fischermann zu verbringen war nicht das Leben, das Tatiana jemals führen würde.

Kapitel

Abdul Jaleel saß auf dem Stuhl auf der vorderen Veranda seines Hauses.

Die Sonne ging langsam in der Ferne unter, versteckt direkt hinter der Baumgrenze. In der Dämmerung des Herbstes war es noch warm und das Laghman-Tal zeigte seine majestätischen Farben.

Für die Dorfbewohner und Bauern war es der schönste Ort der Welt.

Sie brauchten nicht viel.

Fast die gesamte Infrastruktur war mit dem Drogengeld von Andre Cherkov bezahlt worden und die Ernten hatten reiche Dividenden von ihren üppigen Weiden eingebracht.

Das Leben für sie war wirklich herrlich und mit großem Stolz weihten Abdul und die anderen Ältesten vor etwa acht Monaten ihr erstes Schulgebäude ein.

Bezahlt wurde es mit dem Erlös der Mohnfeldsamen, die wiederum in ihren Labors in Methelem zu Heroin verarbeitet worden waren.

Aber wo war Cherkov oder besser gesagt sein Leutnant, mit denen Abdul zu tun hatte?

Es war fast vier Monate her, als alle Kontakte abgebrochen zu sein schienen.

Jaleel war persönlich im Lagerhaus am Flughafen Kabul gewesen und hatte geduldig darauf gewartet, dass das Frachtflugzeug landete und sie von ihrer immensen Menge der dort untergebrachten Substanzen befreite.

Aber das Flugzeug kam nie an. Alle Telefonanrufe an Personen die er kannte blieben unbeantwortet.

Und so traf er bei Wintereinbruch zwei Monate später die Entscheidung, die Felder für immer zu verlassen.

Die letzte Ernte war vor ein paar Wochen erfolgt und jetzt würde sowieso nichts mehr wachsen.

Sprengladungen wurden innerhalb und entlang der Außenwände des Flughafenlagers angebracht und auf spektakuläre Weise in die Luft gesprengt.

Die US-Marines sprangen beinahe aus ihren Uniformen und rasten mit allen motorisierten und schwer bewaffneten und gepanzerten Mannschaftstransportern und Panzern in die Nähe des eingestürzten Lagers, da sie einen Angriff der Taliban-Kräfte annahmen.

Der Flughafen war weit über eine Woche lang abgeriegelt bis der Betrieb wieder aufgenommen wurde.

Den Labors in Methelem erging es nicht viel besser und sie wurden auf ähnliche Weise zerstört.

Heute Abend hatten sich die meisten Navy SEALS, die in Little Creek, Virginia, stationiert waren, in ihrem Trinklokal Pub 19 versammelt, das sich am 1500 Hewitt Drive befand genau in der Mitte ihrer Basis.

Die Joint Expeditionary Base war die Heimat des Navy SEAL Team 8.

Aufgrund ihrer Nähe zur Chesapeake Bay und der Norfolk Naval Base, wo zu jeder Zeit mehrere Flugzeugträger stationiert waren, hatte sich der Stützpunkt zur größten amphibischen Einsatztruppe der Vereinigten Staaten entwickelt.

Aber sie waren aus einem ganz anderen Grund hier.

"Achtung!" schrie jemand. "Major im Raum."

Alle sprangen auf und standen gerade.

"Bitte rühren Sie sich, meine Herren!"

Wallace nahm seinen Hut ab und drehte sich zu den Männern um.

"Wir alle haben einen einzigen Grund heute Abend hier zu sein und es ist eine Ehre, das Sie mich eingeladen zu haben. Deshalb danke ich Ihnen."

"Wie wir alle wissen, dass das SEAL-Team 8 vor einigen Monaten schwere Verluste erlitt, aber es ist nun an der Zeit unser Team neu zusammenzustellen, aber auch in der gleichen Zeit nie unsere Freunde, die das ultimative Schicksal erlitten haben, zu vergessen."

Er wandte sich nach links.

"Leutnant Jim Connor, wird Sie von heute an führen. Und damit möchte ich den Kommandanten bitten, ein paar Worte zu sagen."

Leutnant Connor trat vor und sah die Männer vor sich schweigend an.

Der Major trat in den Hintergrund.

"SEAL-Team 8, seit einigen Monaten hatten wir Zeit zum Nachdenken und Zeit zum Trauern. Die Opfer, die wir ertragen haben sind die schwersten in der stolzen Geschichte aller SEAL Teams."

"Ich möchte Sie bitten, sich mit mir für eine Schweigeminute anzuschließen um unserer Freunde zu gedenken."

Und damit hörte alles in der Kneipe auf.

Niemand bewegte sich. Alle Köpfe waren gebeugt auch das von Bar- und Küchenpersonal.

Dann brach Leutnant Connor die schwere Luft im Raum.

"Meine Herren, es wird mir eine Ehre sein Ihnen zu dienen und Sie zu führen. Wir werden die Vergangenheit nie vergessen, aber wir müssen jetzt in die Zukunft blicken."

"Aber bevor wir das tun möchte ich dass Unter Offizier 1. Klasse Ian Karney vortritt um das letzte Wort zu haben."

Der fragliche Offizier kletterte auf einen niedrigen Barstuhl, so dass jeder im Raum ihn sehen konnte. Seine Wunden waren verheilt und der Soldat war wieder zu seiner Einheit zurückgekehrt, aber die seelischen Narben blieben zurück.

"Leutnant Michael Seary war mein bester Freund."

"Aber er war so viel mehr als das. Michael war Trauzeuge bei meiner Hochzeit und unsere Familien standen sich sehr nahe."

"Aber er war auch mein Mentor und keiner von uns würde zögern den Weg zu gehen, den er uns vorgezeichnet hatte."

"Selbst jetzt, so viele Monate später ist der Schmerz dieses Tages an dem viele unserer Kollegen umgekommen sind noch immer spürbar."

"Das Vertrauen, das wir alle in Leutnant Seary hatten, wird von heute an unserem neuen Kommandant entgegengebracht werden. Deshalb möchte ich Sie alle bitten, das Glas auf die Vergangenheit, Gegenwart und Zukunft des SEAL-Team 8 zu erheben."

"SEAL-Team 8!"

Es war ein Kriegsschrei, der den Raum erschütterte und das neue SEAL-Team war bereit.

Die Fähre 'Lucia' hatte gerade Menaggio am Comersee verlassen und war auf dem Weg nach Bellagio. Das Boot schwankte auf den sanften Wellen. Ein wunderschöner blauer Himmel über dem Wasser, die warme Sonne die ihre Strahlen auf die sanften Hügel kaskadierte und die Bucht umarmten. Alte Villen säumten das Ufer und Menschen saßen auf Parkbänken in der Nähe des Sees und beobachteten das Vorbeiziehen der Welt. Durch den Lautsprecher der Fähre hörte man Dean Martin singen: "When the moon hit's your eye, like a big pizza pie-that's Amore."

Mark genoss die Brise und die Landschaft glitt in Zeitlupe an ihm vorbei. Priscilla sprudelte wie immer ohne Stopptaste vor sich hin. Er nahm nur spärlich auf was sie sagte. Seine Augen waren mehr auf die Dame neben ihr gerichtet.

Seine Frau Pamela. Die Hände hinter dem Rücken ihrer Töchter haltend, war die Liebe, die sie vor so vielen Jahren zusammengebracht hatte, wieder entfacht.

Das Leben ist nicht schlecht, dachte er, das Leben ist überhaupt nicht schlecht.

Donnerstagnachmittag

19. November 1863

Nationaler Soldatenfriedhof

Gettysburg

Pennsylvania

"Vor einhundertunddreizehn Jahren brachten unsere Väter auf diesem Kontinent eine neue Nation hervor, die in Freiheit konzipiert wurde und sich der These verschrieben hat, dass alle Menschen gleich geschaffen sind.

Jetzt befinden wir uns in einem großen Bürgerkrieg, in dem geprüft wird, ob diese Nation oder eine so konzipierte und so engagierte Nation lange bestehen kann. Wir befinden uns auf einem großen Schlachtfeld dieses Krieges. Wir sind gekommen, um einen Teil dieses Feldes als letzte Ruhestätte für diejenigen zu weihen, die hier ihr Leben gegeben haben, damit diese Nation leben kann. Es ist völlig angemessen und richtig, dass wir dies tun.

Aber in einem größeren Sinne können wir diesen Boden nicht weihen - wir können ihn nicht weihen - wir können ihn nicht heiligen. Die tapferen Männer, Lebende und Tote, die hier gekämpft haben, haben ihn geweiht, weit über unsere armselige Macht, ihm etwas hinzuzufügen oder ihn zu entziehen. Die Welt wird das, was wir hier sagen, kaum zur Kenntnis nehmen und sich auch nicht lange daran erinnern, aber sie kann niemals vergessen, was sie hier getan haben. Es ist vielmehr für uns Lebende, uns hier dem unvollendeten Werk zu widmen, das sie, die hier gekämpft haben, bisher so edel vorangebracht haben. Vielmehr ist es an uns, uns hier der großen Aufgabe zu widmen, die noch vor uns liegt - dass wir uns von diesen geehrten Toten verstärkt jener Sache widmen, für die sie das letzte volle Maß an Hingabe aufgewandt haben - dass wir hier in hohem Maße beschließen, dass diese Toten nicht umsonst gestorben sind - dass diese Nation unter Gott eine neue Geburt der Freiheit haben wird - und dass die Regierung des Volkes, durch das Volk, für das Volk, nicht von der Erde verschwindet."

Abraham Lincoln

Biographie Klaus Klatt

Rennfahrer, Tennisprofi, Sänger, Gitarrist und Restaurantleiter. Das sind nur einige Dinge, die Klaus in den letzten Jahren getan hat. Nachdem er in Deutschland, Großbritannien, USA und Neuseeland gelebt hat, hat er sich nun in Melbourne, Australien, niedergelassen. Hier schrieb er seinen ersten Krimi "Diplomatische Immunität". Nach Abschluss dieses Thrillers beschloss Klaus, seinen anderen Roman "Russland, oh mein Russland" vom Markt zu nehmen und neu zu schreiben. Er rechnet damit, dass es im kommenden Jahr wieder freigegeben wird. Nach begeisterten Kritiken von Freunden, werden für Klaus' schreibende Zukunft große Dinge erwartet.